DAVID ET LEIGH EDDINGS

David Eddings, né en 1931 dans l'État de Washington, a publié son premier roman en 1973. D'abord employé chez Boeing, il démissionna, fit un petit détour par l'enseignement, puis se retrouva... directeur d'un supermarché à Denver. Refroidi par un hold-up suivi d'une fusillade, il abandonna son poste, revint chez lui, à Spokane, et décida de se consacrer à la littérature.
Leigh Eddings, son épouse, qui avait commencé une carrière dans l'armée de l'air, collaborait depuis toujours à ses romans. Elle s'occupait plus particulièrement des personnages féminins et de la fin des romans ! Et cela fonctionnait à merveille puisque David Eddings est best-seller depuis 20 ans aux USA et a également déclenché une véritable passion à l'étranger, notamment en France avec ses deux cycles cultes : *La Belgariade* et *La Mallorée*. Le célèbre couple-roi de la fantasy a de nouveau figuré sur les listes des best-sellers avec *Le Réveil des anciens dieux*, premier volume de la tétralogie « Les Rêveurs ».
Leigh Eddings s'est éteinte en février à l'âge de 69 ans.

LA DAME D'ATOUT

DES MÊMES AUTEURS
CHEZ POCKET

LES RÊVEURS

1. Le réveil des anciens dieux

LA GRANDE GUERRE DES DIEUX

LES PRÉQUELLES

1. Belgarath le sorcier
   Les années noires
2. Belgarath le sorcier
   Les années d'espoir
3. Polgara la sorcière
   Les années d'enfance
4. Polgara la sorcière
   Le temps des souffrances

LA BELGARIADE

1. Le pion blanc des présages
2. La reine des sortilèges
3. Le gambit du magicien
4. La tour des maléfices
5. La fin de partie de l'enchanteur

LA MALLORÉE

1. Les gardiens du Ponant
2. Le roi des Murgos
3. Le démon majeur de Karanda
4. La sorcière de Darshiva
5. La sibylle de Kell

LA PIERRE SACRÉE PERDUE

LA TRILOGIE DES JOYAUX

1. Le trône de diamant
2. Le chevalier de rubis
3. La rose de saphir

LA TRILOGIE DES PÉRILS

1. Les dômes de feu
2. Ceux-qui-brillent
3. La cité occulte

SCIENCE-FICTION
Collection dirigée par Bénédicte Lombardo

DAVID ET LEIGH EDDINGS

LES RÊVEURS

2. LA DAME D'ATOUT

Traduit de l'américain
par Jean Claude Mallé

FLEUVE NOIR

Titre original :
THE TREASURED ONE
(The Dreamers, vol. II)

Publié par *Voyager*
An Imprint of HarperCollins Publishers

ISBN : 978-2-266-15512-0

Le nid du Vlagh
Col de Long
ÎLE DE THURN
Rivière Lattash
Chutes de Vash
Lattash
Rivière Vash
La maison de Veltan
ÎLE D'ARASH
BARRIÈRE DE GLACE D'ARACIA
L'EMPIRE TROGITE
Castano
Rivière Gazun
Rivière Erdemn
Rivière Jasik
Kaldacin
Sontan
Rivière Sharleah
Rivière Vaaloka
Rivière Adal
Rivière Monosa
Rivière Anamitho
Ondos
Datan
Ranta
R-G

PROLOGUE

L'annonce du triomphe de nos guerriers-serviteurs se faisant toujours attendre, l'incertitude régnait dans le nid du Vlagh. Qu'était-il advenu des combattants partis vers le pays du soleil couchant, un territoire bordé par la plus vaste étendue d'eau qui fût ?

Au début, alors que nos frères avançaient dans les entrailles de la terre, le long de galeries obscures, tout se passa à merveille. Invincibles, ils déferlaient sur leur objectif et tuaient sans pitié les humains qui osaient se dresser sur leur chemin. En ces heures glorieuses, le cœur de notre Vlagh bien-aimé débordait de félicité.

Une fois le pays du soleil couchant annexé, la nourriture ne nous manquera plus, et celui à qui nous devons la vie engendrera une progéniture plus nombreuse que les grains de sable dans le désert. Alors, avec chaque couvée, la conscience collective qui nous unit tous deviendra plus forte et plus complexe.

A présent, l'impatience torture le Vlagh. Aucun de ses serviteurs n'étant revenu crier victoire, se reproduire, il le sait, serait prématuré. Pire encore, quand il a projeté ses sens pour interroger la conscience sur le déroulement de l'attaque, et sur le destin de ses guerriers aux formes si diverses, il n'a obtenu aucune réponse.

Cela, nous le savons tous, est dramatiquement inhabituel.

Au fil des jours, miné par l'incertitude qui lui interdit de céder à son besoin de donner la vie, le Vlagh est devenu de plus en plus irritable.

— Filez ! a-t-il ordonné aux guerriers qui protègent son nid secret. Allez voir ce qui est arrivé, et revenez me dire ce que je dois absolument savoir !

Les serviteurs aux crocs venimeux obéirent à la volonté de notre maître. Alors, ceux d'entre nous qui ont *vraiment* mission de protéger les nouvelles vies et le Vlagh tentèrent de le réconforter en affirmant que tout se passait comme prévu.

Un mensonge, hélas…

Quand les guerriers aux formes étranges revinrent, ils durent avouer qu'ils n'avaient pas vu un *seul* de nos frères partis en quête de gloire sous la surface de la terre. Plus inquiétant encore, ajoutèrent-ils, il ne restait pas de traces des terriers. Enfin, et rien ne saurait être plus horrible, ils n'avaient à aucun moment senti la présence de la conscience collective dans le pays du soleil couchant.

Chez le Vlagh, l'inquiétude céda la place au désespoir. Cruellement diminuée par ce coup du sort, la conscience collective resterait affaiblie tant qu'on n'aurait pas retrouvé les creuseurs de terriers et les guerriers – et uni de nouveau leurs esprits en son sein.

Un peu plus tard, un creuseur, plusieurs membres arrachés et la carapace atrocement brûlée, revint au nid et raconta une terrible histoire. Jaillissant des montagnes, une lumière brûlante et un liquide rouge plus chaud que le feu s'étaient déversés dans les terriers, carbonisant tout sur leur passage.

Puis ce miraculé prononça des paroles qui n'auraient jamais dû retentir aux oreilles du Vlagh.

— Il n'y a pas de survivants. Tous ceux qui avançaient dans les terriers, en chemin vers le pays du soleil couchant, sont morts brûlés par le liquide rouge. Et leur disparition nous rend plus faibles et vulnérables...

Sa mission accomplie, le creuseur de terrier mourut après avoir prononcé sa dernière phrase.

Notre Vlagh bien-aimé hurla de douleur, car ces nouvelles venaient de détruire dans ses entrailles l'impérieux besoin de donner la vie.

Etant *tous* devenus plus faibles et vulnérables, nous nous lamentâmes aussi, conscients d'être désormais beaucoup *moins* nombreux que les grains de sable dans le désert. Ainsi, fûmes-nous obligés d'admettre, le pays du soleil couchant redevenait et resterait à jamais hors de notre portée. Tout comme le chagrin du Vlagh, bien au-delà de notre compréhension, mais assez déchirant pour nous remplir de rage.

Puis les guerriers venimeux aux formes étranges de retour du pays des humains commencèrent à parler entre eux. Très différents des *vrais* serviteurs du Vlagh, parce que leur mission les a transformés, ceux qu'on nomme les chercheurs sont directement placés sous les ordres du maître. Amenés à réfléchir aux informations qu'ils collectent, il leur arrive parfois, revenus au nid, de formuler des propositions nées de leurs étranges méditations. Convenant que le pays du soleil couchant nous était à jamais inaccessible à cause du feu liquide qui se déversait des montagnes pour ravager les terriers, ils utilisèrent les connaissances acquises lors de leur voyage pour présenter au Vlagh un nouveau plan. En ces circonstances, dirent-ils, n'était-il pas préférable de choisir une autre cible ? Comme le pays des longs étés, par exemple ?

Les montagnes qui le dominaient, arguèrent-ils, ne crachaient pas de feu, et ne semblaient pas disposées à le faire dans un avenir immédiat. Quant à la nourriture, elle abondait encore plus, sur ces terres, qu'au pays du soleil couchant. L'abondance de chair fraîche stimulant le désir d'engendrer du Vlagh, ce nouvel objectif ne valait-il pas largement le précédent ?

En cas de victoire – une certitude, cette fois –, le ventre du Vlagh deviendra plus fécond que jamais. Ainsi, en peu de temps, nous serons plus nombreux qu'à l'époque où les creuseurs s'attaquèrent aux entrailles de la terre pour nous fournir des voies d'invasion. Plus puissante que jamais, la conscience collective atteindra des sommets dont elle n'osait pas rêver.

Notre Vlagh communia avec l'esprit qui nous unit. Ayant beaucoup appris lors de l'invasion ratée, il approuva sans réserve la suggestion des chercheurs. En chemin vers le pays du soleil couchant, ils avaient rencontré une multitude de créatures. Et les différentes formes de ces êtres, selon la conscience, se révéleront utiles quand nous devrons affronter les humains – immanquablement plus opiniâtres et difficiles à écarter de notre chemin dès que nous approchons du but.

La conscience avertit cependant le Vlagh que le pire danger pour nous – au pays des longs étés comme dans celui du soleil couchant – ne sera pas les humains, mais les enfants endormis et la pierre que chacun d'eux détient.

A partir de ce jour, détournant notre attention d'un objectif devenu sans valeur, nous nous concentrâmes sur le pays des longs étés, où les humains font jaillir de la nourriture du sol. Un territoire dont l'immensité et la richesse décupleront la fertilité du Vlagh, prélude à une fantastique expansion de la conscience collective. Et cela nous comblera de joie, puisque chacun, dans nos rangs, bénéficiera de cette croissance.

Un jour, c'est inéluctable, tous les pays des humains tomberont entre nos mains. Devenus *mille fois* plus nombreux que les grains de sable dans le désert, nous aiderons la conscience collective à engloutir toutes les connaissances de l'univers.

Alors, le monde nous appartiendra.

Le seul dénouement apte à nous satisfaire…

LE RÊVE D'ASHAD

Au fil de mes nombreux cycles d'éveil, j'ai appris à aimer les montagnes qui se dressent sur mon Domaine. Quel autre paysage prétendrait égaler la beauté de ces pics ? Ma sœur Zelana parlerait sans doute de la mer avec autant d'enthousiasme, mais sans l'ombre d'une chance de me convaincre. Dans les cimes, l'air est clair et pur comme nulle part ailleurs, et les neiges éternelles confèrent encore plus de splendeur à cette touchante virginité.

Millénaire après millénaire, j'ai vérifié qu'un lever de soleil, en montagne, génère la lumière la plus délicieuse que j'aie jamais goûtée. A l'aube, chaque fois que c'est possible, perché sur les épaules du mont Shrak, je sirote les premiers rayons de l'astre du jour. Quoi que me réserve la journée à venir, un petit déjeuner de soleil m'emplit d'une sérénité que rien d'autre ne saurait me procurer.

Vers la fin du printemps, l'année où les monstres des Terres Ravagées furent chassés du Domaine de Zelana par la crue d'Eleria et les volcans jumeaux de Yaltar, je sortis comme d'habitude de ma grotte, nichée dans un flanc du mont Shrak, pour aller saluer l'apparition du soleil.

Arrivé à l'endroit où il me plaît de festoyer, j'aperçus un banc de nuages, à l'est. Comme toujours, ce phénomène sembla ajouter de la beauté à la gloire matinale de mon territoire…

Regardant autour de moi, je m'avisai que l'été arrivait plus lentement que d'habitude dans mon Domaine. Sur les pentes des montagnes, une neige tardive s'accrochait obstinément à la terre. Etait-ce le signe avant-coureur d'un de ces bouleversements climatiques bien plus fréquents que le croient les humains qui nous servent ? En réalité, les températures, sur le beau visage de Notre Père le Sol, ne sont jamais constantes. Soumises aux caprices de Notre Mère l'Eau, elles baissent dès que l'océan frissonne de froid, et les terres se couvrent aussitôt de neige.

Parfois durant des siècles, il convient de le préciser…

Après mûre réflexion, j'écartai cette possibilité. Pendant l'hiver, en attendant l'arrivée des mercenaires du Pays de Maag, Zelana avait intensivement joué avec le climat pour retarder les hordes du Vlagh. En toute logique, il faudrait du temps pour que les choses reviennent à la normale.

Finalement, les événements du printemps avaient de quoi me satisfaire. Avec du recul, mon audacieuse décision – réveiller prématurément nos remplaçants après les avoir fait régresser au stade infantile – semblait en accord avec l'antique prophétie. Car la crue d'Eleria et les volcans de Yaltar interdiront à jamais une incursion des hordes du Vlagh dans le Domaine de Zelana.

Le soleil apparut dans toute sa gloire, colorant de rose les nuages qui dérivaient à l'est. La lumière du début de l'été étant plus nourrissante que les pâles lueurs de l'hiver ou de l'automne, je revins vers ma grotte, après mon festin, d'une démarche qu'on eût quasiment pu qualifier de sautillante.

Mon soleil miniature m'attendait devant l'entrée. Comme de juste, il me posa sa question rituelle.

— Je suis seulement allé voir quel temps nous aurions, mon petit, mentis-je diplomatiquement.

Cette pauvre petite boule de feu se rembrunit dès qu'elle me soupçonne de préférer à la sienne la lumière du véritable soleil. Parfois, les animaux domestiques se comportent bizarrement…

— Ashad a bien dormi ? demandai-je.

Mon brave compagnon sphérique imita à la perfection un hochement de tête.

— Très bien… Ces jours-ci, son sommeil était plutôt agité. A mon avis, les derniers événements, chez Zelana, l'ont effrayé. Tu devrais filtrer un peu ta lumière, histoire de ne pas le réveiller. Le pauvre a besoin de repos.

Mon ami flottant obéit aussitôt.

Au début, l'arrivée d'un intrus dans notre antre ne l'a pas ravi. Avec le temps, ça s'est arrangé. Aujourd'hui, mon soleil est fou du gentil Rêveur blond, même s'il a du mal à comprendre que la lumière ne suffit pas à lui remplir l'estomac. Doutant des bienfaits de la nourriture solide, il lévite souvent au-dessus d'Ashad, acharné à le bombarder de rayons, au cas où il aurait besoin d'un complément alimentaire.

Je suivis le tunnel sinueux qui conduit à ma grotte, au cœur de la montagne, la tête baissée pour ne pas heurter les stalactites. Bien plus épais et longs qu'au début de mon cycle actuel, ces obstacles commencent à me gêner. A cause des eaux riches en calcaire qui s'infiltrent dans les entrailles du mont Shrak, ces fichues excroissances minérales s'allongent régulièrement au fil des siècles. Un de ces jours, dès que j'aurai un peu plus de temps, il faudra que je me décide à leur flanquer quelques bons coups de massue…

Quand j'entrai dans notre fief, Ashad dormait toujours, enveloppé dans son manteau de fourrure. Après le discours que je venais de tenir à mon soleil, j'estimai préférable de ne pas le déranger.

Toujours convaincu d'avoir eu raison de réveiller nos remplaçants un peu avant la fin de notre cycle, je ne me voilais pas la face pour autant. A l'évidence, ils avaient conservé une bonne partie de leurs anciens souvenirs… et ça n'était pas vraiment prévu.

Assis à la table où Ashad dévore joyeusement ce qu'il appelle de la « vraie nourriture », j'entrepris de réfléchir aux nombreux détails qui m'avaient échappé.

Franchement dépité, je dus admettre qu'il aurait été judicieux de mieux examiner nos remplaçants *avant* de les réveiller. Hélas, il était trop tard pour revenir en arrière. A l'origine, j'avais postulé que chaque enfant réagirait aux dangers qui menaceraient le domaine de *son* parent adoptif. On imaginera ma surprise quand Veltan me raconta que les songes de Yaltar, son Rêveur, prédisaient la guerre qui allait faire rage chez Zelana. Selon moi, c'était Eleria qui aurait dû nous avertir de ce péril.

Quand l'attaque eut été lancée, Yaltar passa des prédictions à l'action, et sauva le Domaine de l'Ouest en activant ses volcans jumeaux. Cette intervention suggérait qu'Eleria et lui avaient été très proches au cours de leur cycle précédent. Et s'il faut une preuve supplémentaire, j'en dispose, car chacun des deux Rêveurs, lorsqu'il se réfère à l'autre, utilise son véritable nom – Balacenia pour Eleria, et Vash pour Yaltar.

— On dirait que mon plan génial avait quelques défauts…, marmonnai-je piteusement.

Revenant à une analyse plus globale de la situation, je repensai pour la centième fois au cœur de notre problème. L'épine plantée dans notre flanc, c'était que le Vlagh, depuis des millénaires, modifiait *consciemment* ses serviteurs.

Les différentes formes de vie se métamorphosent sans cesse, en principe pour s'adapter à l'évolution de leur environnement. Certaines de ces mutations réussissent, et d'autres non. Les espèces qui font le bon choix survivent. Celles qui se trompent disparaissent. Pour être franc, la chance joue souvent un rôle décisif dans ce processus.

Avant l'arrivée des prédécesseurs très poilus des humains, une multitude de créatures avaient foulé le sol plus ou moins accueillant du Pays de Dhrall. La plupart, après une option évolutive mal avisée, étaient retournées au néant dans l'indifférence générale.

Hélas, le Vlagh comptait au nombre des survivants.

A l'origine, ce n'était guère plus qu'un insecte bizarre ayant élu domicile près du rivage de la mer intérieure qui, dans un lointain passé, recouvrait ce que nous appelons aujourd'hui les Terres Ravagées. Après un réchauffement climatique, et l'évaporation de l'eau, la nécessité le força à modifier ses serviteurs. Bien que la sécheresse rendît obligatoire de se protéger du soleil brûlant, le Vlagh – selon mes recherches – ne se contenta pas de se mettre en quête d'une solution à l'aveuglette. Au contraire, il recourut à une vaste série d'observations, et je mettrais ma main à couper que la conscience collective apparut à ce moment-là.

L'aptitude à partager les informations donna aux serviteurs du Vlagh un avantage décisif sur leurs concurrents. Ce que l'un d'eux avait vu, tous les autres l'avaient vu aussi ! A l'époque, les espèces liées à cet étrange insecte vivaient à la surface du monde, très probablement dans les arbres. D'autres créatures, cependant, avaient trouvé refuge sous la terre. Les ayant étudiées, les chercheurs – rien de plus que des espions, en réalité – purent fournir à leur maître une description très précise des appendices requis quand on envisage de creuser des terriers. Une fois le « concept » établi par la conscience collective, le Vlagh se chargea de la « duplication », et donna naissance à une fantastique couvée de creuseurs.

Les réseaux de tunnels protégèrent les serviteurs du

Vlagh des ravages du soleil. Mais beaucoup d'autres problèmes les attendaient, et ils durent s'atteler à les résoudre.

Au fil des siècles, le nouveau climat tua peu à peu la végétation – jadis luxuriante – et la nourriture se fit de plus en plus rare. Et si le Vlagh continuait à pondre, comme il le devait, chaque couvée produisait de moins en moins d'individus viables. Très vite, une menace se précisa : la disparition totale des espèces qu'il s'était donné tant de mal à engendrer.

En atteignant les montagnes, les creuseurs avaient dû s'arrêter, car la roche s'était révélée trop dure pour eux. Peu après, hélas, ils découvrirent les grottes nichées dans les flancs de ces monts, et une kyrielle de monstres qui *auraient dû* disparaître parvinrent à survivre.

(De quoi justifier ma position mitigée dès qu'il est question de cavernes : j'adore la mienne, et je déteste les leurs !)

Dans ces grottes, les serviteurs du Vlagh rencontrèrent des créatures nouvelles pour eux. Leur découvrant des caractéristiques potentiellement très utiles, la conscience collective se lança aussitôt dans une nouvelle série de « croisements » tout aussi contre nature que les précédents.

A mon grand regret, je dois concéder que les hommes-serpents, comme les a pittoresquement baptisés Sorgan Bec-Crochu, furent une incontestable réussite. Cela dit, qu'on ne me demande surtout pas comment le Vlagh parvint à produire des reptilo-insecto-mammifères qui ressemblent beaucoup à des humains.

Parce que les impossibilités biologiques me défrisent, qu'on se le dise !

Cela posé, sans le génie instinctif du chamane Celui-Qui-Guérit, il y a fort à parier que les hordes du Vlagh auraient conquis depuis longtemps le Domaine de Zelana…

Ashad gémissant dans son sommeil, je me levai d'un bond, approchai du banc de pierre qui lui sert de lit et me penchai sur lui. Plissant les yeux pour mieux voir dans la pénombre, je m'assurai qu'il allait bien.

Au chaud dans son cocon de fourrure, le Rêveur avait les yeux fermés – la preuve irréfutable qu'il se portait à merveille.

Au début, découvrir que la lumière ne suffisait pas à nourrir nos chers petits fut un rude choc pour nous tous. Comme mon frère et mes deux sœurs, gérer ce type de « contingence » ne m'enthousiasmait pas. Et nous n'avions encore rien vu, car ces casse-pieds en herbe avaient en outre besoin de respirer !

Comme le démontrent les dix mille ans d'exil de Veltan sur la lune, les membres de ma famille se passent très facilement d'oxygène. Par bonheur, observer les humains conçus pour notre divertissement nous avait appris que ce n'était pas le cas de tout le monde. En particulier des pêcheurs, dont un théorème postule – à raison – qu'ils se noient quand on les plonge un trop long moment dans l'eau…

Bien qu'étant des dieux, comme nous, les Rêveurs semblaient avoir besoin d'air et de nourriture. Les en priver assez longtemps pour s'en assurer nous parut une méthode inutilement risquée…

Comme Ashad respirait avec une régularité de métronome, je retournai m'asseoir sur ma chaise. Désœuvré dans l'immédiat, je repensai à son arrivée dans ma grotte et aux quelques heures suivantes.

Si un mauvais plaisant a jamais rêvé de voir un dieu dans tous ses états, il a raté sa chance. Car la panique, on me croira sur parole, n'a jamais fait autant de ravages dans ma famille que ce jour-là.

Dès le premier cri d'Ashad, je me mis à tourner en rond comme un lion en cage. Après dix minutes d'affolement, je me souvins d'une particularité des ours qui peuplent mon domaine en compagnie des daims, des humains et des sangliers.

Les ourses accouchant pendant leur cycle d'hibernation, leur marmaille doit se débrouiller seule pour démarrer dans la vie. Par une heureuse coïncidence, une dame à fourrure nommée Croc-Cassé prenait ses quartiers d'hiver dans une grotte raisonnablement proche de la mienne.

Toujours bouleversé, mon Rêveur hurlant sous le bras, je courus vers le refuge de cette noble plantigrade.

Son rejeton, Longue-Griffe, était déjà de ce monde et il tétait avec délectation quand j'entrai dans la caverne. Par bonheur, je n'eus pas à lui chercher querelle. Très obligeant, il s'écarta un peu et laissa mon petit Ashad s'initier aux délices d'un lait maternel plutôt exotique.

Une mamelle dans la bouche, il cessa aussitôt de brailler.

Bizarrement – ou pas, selon le point de vue qu'on adopte – Ashad et Longue-Griffe décidèrent sur-le-champ qu'ils étaient frères. Après s'être rempli l'estomac, ils commencèrent à jouer comme deux oursons dignes de ce nom.

Je décidai de rester dans la grotte jusqu'au réveil de Croc-Cassé. Après s'être étirée, elle renifla rapidement ses deux petits – sans remarquer que l'un d'eux manquait singulièrement de poils –, puis les blottit contre sa puissante poitrine comme si tout était pour le mieux dans le meilleur des mondes.

Connus pour être plus myopes que des taupes, les plantigrades se fient essentiellement à leur odorat. Et après deux semaines passées à se vautrer dans la poussière avec son petit copain, Ashad – mes narines délicates s'en souviennent encore – sentait beaucoup plus l'ours que l'humain !

Vers midi, Ashad ouvrit l'œil, se leva péniblement, comme s'il était encore épuisé, et approcha de la table en enfilant sa tunique de cuir.

— Bonjour, mon oncle, me salua-t-il en se laissant tomber sur sa chaise.

L'air absent, il tira vers lui un bol plein de baies rouges – sa cueillette de la veille – et commença à picorer.

— Quelque chose ne va pas, Ashad? demandai-je, habitué à le voir dévorer, surtout au saut du lit.

— J'ai fait un cauchemar, cette nuit, répondit-il en jouant distraitement avec une pierre noire brillante environ deux fois plus grosse qu'un œuf d'aigle. On aurait cru que je flottais dans l'air, très haut dans le ciel, juste au-dessus du domaine de Vash. Les Terres du Sud sont différentes des nôtres, n'est-ce pas?

Voilà que ça continuait! Comme Eleria, Ashad connaissait le vrai nom de Yaltar!

— Les humains du Sud sont des fermiers, mon petit. Au lieu de chasser, ils font sortir leur nourriture de la terre. Pour semer, ils doivent couper les arbres, afin d'obtenir ce qu'ils appellent des «champs». Forcément, ça modifie le paysage... Que s'est-il passé d'autre dans ton rêve?

— Des créatures très laides se dirigeaient vers le Domaine de Vash, répondit Ashad en écartant une mèche blonde de ses yeux. Des monstres comme ceux qui ont attaqué les terres de Balacenia, il y a quelque temps.

Un peu requinqué, mon Rêveur posa sa pierre sur la table et s'attaqua sérieusement à ses baies rouges.

«Les terres de Balacenia...» A présent, il n'y avait plus de doute. Peut-être inconsciemment, les Rêveurs sautaient allégrement les barrières que j'avais érigées entre leur passé et eux.

— Heureusement, il y avait des Extérieurs, et ils combattaient les monstres, comme dans le Domaine de

Balacenia. Puis les choses sont vite devenues trop compliquées pour moi… Après un long voyage sur Notre Mère l'Eau, beaucoup d'autres Extérieurs ont débarqué chez Vash. Mais ils se fichaient de la guerre et passaient leur temps à parler aux paysans d'une personne nommée Amar. Ceux qui discouraient portaient des tuniques noires. D'autres, en tunique rouge, forçaient les paysans à venir les écouter. Ça a duré un bon moment… Après, ces Extérieurs-là, soudain très excités, se sont précipités vers le nord, en direction d'une grande cascade. Les Extérieurs qui se battaient pour Vash ont d'abord tenté de les arrêter. Ensuite, ils se sont tous retrouvés au sommet de cette cascade, pour s'étriper les uns les autres. Malgré mes efforts, mon oncle, je n'ai pas vraiment compris ce qui se passait.

— Il paraît que les rêves sont toujours imprécis, Ashad. Mais comme je ne dors jamais, ce sont des informations de seconde main… (J'hésitai un instant.) Où as-tu trouvé ta pierre noire ?

— Au fond de la grotte où maman Croc-Cassé hiberne. Elle a eu trois petits, pendant que tu aidais ta sœur Zelana à sauver son Domaine. Comme je m'ennuyais sans toi, je suis allé les voir. Dans un sens, Longue-Griffe et moi avons de nouveaux frères, non ? Puisque maman Croc-Cassé nous a élevés, et qu'elle s'occupe de ceux-là, ça fait de nous des parents…

— On peut voir les choses comme ça, oui…

— Bon, nous approfondirons ça plus tard…

Dans la grotte, les oursons poussaient des cris bizarres, comme toujours quand ils se nourrissent, et maman Croc-Cassé les cajolait avec autant d'amour que Longue-Griffe et moi, lorsque nous étions petits. (Ashad reprit sa pierre.)

— C'est une agate, n'est-ce pas ?

Je saisis sa trouvaille, manquant la laisser tomber quand je sentis le pouvoir qui en émanait.

— Tu as raison, mon garçon. Mais les agates noires sont très rares…

— Elle est jolie, et je l'ai aimée au premier coup d'œil. Maman Croc-Cassé m'a autorisé à la prendre. J'avais l'habitude de ne pas m'en séparer, jusqu'au jour où je l'ai égarée. Et ce matin, à mon réveil, elle était dans mon lit. Tu ne trouves pas ça bizarre ?

Je ne pus m'empêcher de ricaner.

— Nous vivons l'année de la bizarrerie, Ashad ! Où que je pose les yeux, je découvre des montagnes de choses étranges ! Comment tes amis les ours ont-ils passé l'hiver ?

— A merveille, mon oncle. Et il y a eu beaucoup d'oursons… (Ashad rayonna soudain, sa mélancolie envolée.) Ils font un tas de bêtises qui agacent leurs mères. La semaine dernière, Croc-Cassé pêchait dans un ruisseau – tu sais, le fameux coup de griffe qui expédie les poissons sur la berge – et ses trois petits, croyant qu'elle jouait, s'évertuaient à renvoyer ses prises dans l'eau. Quand elle s'en est aperçue, Croc-Cassé leur a fichu quelques bonnes tapes, puis elle les a forcés à grimper dans un arbre, où ils sont restés toute la journée. Ça m'a fait rire, et elle l'a très mal pris. Apparemment, elle ne trouvait pas ces facéties amusantes…

— Ashad, dis-je, tu pourras rester seul ici quelques jours ? Je dois aller parler à mon frère et à mes sœurs. Des nouvelles à leur transmettre…

— Ne t'inquiète pas pour moi, mon oncle. Il y a quelques jours, je suis allé à Asmie, et Tlingar a promis de m'apprendre à bien manier un lance-javelot.

— Un quoi ? demandai-je, interloqué.

— Un long bâton très flexible qui permet aux humains de propulser leurs javelots très loin. Tlingar est un champion à ce jeu…

— D'après ce qu'on raconte, c'est grâce à lui que les gens de son village ne manquent jamais de nourriture…

Ashad, je ne serai pas absent très longtemps. Quand tu en auras assez de lancer des javelots, va jouer avec les trois nouveaux petits de Croc-Cassé. S'ils sont aussi turbulents que tu le dis, notre vieille amie doit être épuisée. Elle te sera reconnaissante de la soulager un peu. Tu connais le proverbe? «Sois gentil avec tes voisins, et ils te le rendront bien.» Bon, je devrais me mettre en route. Sinon, je n'arriverai pas à coincer Aracia avant que ses prêtres la forcent à présider une de leurs stupides cérémonies.

— Salue Enalla pour moi, mon oncle.

Un accroc de plus dans mon plan génial! Ashad venait d'utiliser le vrai nom de Lillabeth, la Rêveuse d'Aracia. Malgré mes prudentes manipulations, les enfants-dieux avaient accès à leur passé. A l'idée qu'ils découvrent d'autres informations que leur véritable identité, je ne pus m'empêcher de frémir.

Après avoir ordonné à mon soleil miniature de rester dans la grotte, je pris le chemin de la sortie.

Quand j'émergeai à l'air libre, la lumière dorée du soleil estival caressait les flancs du mont Shrak. Enfourchant mon éclair apprivoisé, je lui demandai de me conduire vers le sud-est, en direction du Domaine d'Aracia.

Le territoire de ma sœur aînée ressemble beaucoup à celui de Veltan, notre frère cadet: une interminable succession de champs qui, en été, ressemblent à un tapis vert géant. Même si ça m'est pénible, je dois admettre que l'introduction du blé, et subséquemment du pain, dans les Domaines d'Aracia et de Veltan, fut un facteur de stabilité. Chez eux, avouons-le, l'existence est moins mouvementée que dans mon royaume ou celui de Zelana, ces hauts lieux de la chasse et de la pêche. Cela dit, on est en droit d'attendre davantage de la vie qu'un croûton de pain à mâchouiller. Et même si Aracia et Veltan me prennent pour un barbare, j'ai de plus hautes ambitions, pour mes humains, que les transformer en un troupeau de ruminants abrutis. Les leurs sont dociles comme des bovins, et je parie que le verbe « meugler » est le plus important de leur dialecte.

Les résidents de mon Domaine, comme les humains de Zelana, sont férocement indépendants. Personne, pas même nous, ne peut leur donner des ordres. A mes yeux, les paysans ressemblent aux serviteurs décervelés du Vlagh. Bref, ils n'ont rien de véritables individus.

(Un jugement qu'il n'est pas indispensable de rapporter à Veltan et à Aracia...)

Outre ses aspects dégradants, l'agriculture est directement responsable du développement excessif de la religion dans le Domaine d'Aracia. Après les semailles du printemps, un paysan peut se tourner les pouces jusqu'à la moisson, en automne. Et il n'y a rien de pire, dans l'univers, qu'un humain qui médite pour tromper l'ennui ! Tant qu'ils se soucient de ce qu'ils mangeront le lendemain, ou de ne pas crever de froid en hiver, ces curieux bipèdes gardent le sens de la réalité. Livrés à l'oisiveté, ils se posent des questions idiotes – du genre « qui suis-je, d'où viens-je et où vais-je ? » – et les choses tournent mal.

Lors de mes fréquentes expéditions hors du Pays de Dhrall, histoire d'observer l'évolution des Extérieurs, j'ai remarqué que les plus intelligents passent un temps fou à divaguer au sujet de mystérieuses divinités. Chez nous, c'est parfaitement inutile, puisque les dieux de chaque Domaine sont quasiment les voisins de palier de ceux qui les vénèrent.

Certains humains d'Aracia ont eu l'idée géniale d'exploiter à leur avantage cette promiscuité. Les interventions climatiques de ma sœur améliorant nettement les récoltes, ils prirent l'habitude d'implorer son aide... et de lui manifester leur gratitude avec une servilité grotesque. Si un de mes chasseurs se livrait à ces pitreries, je lui rirais au nez, et on n'en parlerait plus !

Manque de chance, Aracia ronronnc comme une chatte dès qu'on lui passe la brosse à reluire. Au fond, cette fille adore qu'on l'adore ! Premier à me réveiller lors de ce cycle, je suis en quelque sorte le chef de famille. Aracia a ouvert les yeux juste après moi, et elle jalouse secrètement ma position. Comme la vénération absurde de ses humains apaise sa frustration, elle les pousse à la surenchère. Avides de s'attirer ses faveurs, les plus malins ne reculent devant aucune aberration pour lui plaire. Bâtissant à tout va des temples et des autels, ils n'hésitent pas à balayer le sol avec leur front chaque fois qu'elle passe devant eux.

Aracia trouve ça tellement adorable !

Attirés par une vie facile, tous les tire-au-flanc du Domaine de l'Est se sont engagés dans la carrière de flagorneurs professionnels. Au fil des ans, une bourgade a poussé autour du premier temple d'Aracia, des plus primitifs. Avec l'arrivée d'une théorie de marchands et autres profiteurs, la « capitale » de ma sœur est devenue la première – et unique – mégalopole du Pays de Dhrall. Bref, un endroit affreux, avec ses bâtiments de pierre aux toits de tuiles rouges, ses ruelles pavées et son insupportable fourmillement d'humains sans cervelle…

Au centre de ce monument de mauvais goût se dresse le gigantesque temple d'Aracia – une abomination de marbre blanc hérissée de flèches qui prétendent tutoyer les cieux.

Comme on l'aura compris, ce n'est pas mon endroit préféré.

Quand mon éclair apprivoisé m'eut déposé dans la salle du trône de ma sœur – au milieu des inévitables colonnes de marbre –, ceux de ses sycophantes grassouillets qui n'étaient pas tombés dans les pommes détalèrent sans demander leur reste.

Je souris du coin des lèvres. Pour disperser la valetaille, rien de mieux que la visite d'un bon petit éclair !

Aracia se leva de son trône d'or modestement posé sur un piédestal en marbre. Comme toujours, sa superbe robe se détachait avec un goût exquis sur le fond de tenture en velours rouge qu'elle affectionnait tant.

— N'as-tu jamais *envisagé* de me prévenir de ton arrivée, Dahlaine ? demanda-t-elle d'une voix glaciale. Ne serait-ce qu'une fois…

— Deviendrais-tu sourde, chère sœur ? Quand le tonnerre retentit, de qui d'autre annoncerait-il la visite ?

Jetant un regard circulaire dans la salle, je m'avisai qu'une foule de prélats aux yeux écarquillés tentaient de se dissimuler derrière les colonnes. Avec leur bedaine, c'était une mission impossible…

— Nous devons parler en privé, ma sœur. J'ai des choses importantes à te dire, et le temps presse.

— Sais-tu que tu es un mufle, Dahlaine ?

— Une de mes petites faiblesses, très chère. Au fil des ans, j'ai constaté l'extrême efficacité de la politesse, dès qu'il s'agit de perdre du temps. Aujourd'hui, chaque seconde compte. Nous y allons ?

Pour attirer l'attention d'Aracia, un peu de brusquerie ne fait jamais de mal. Dès qu'on lui laisse la bride sur le cou, elle cède à sa passion du « protocole », et on est bon pour une demi-journée de salamalecs.

Rouge d'indignation, ma chère sœur descendit néanmoins de son piédestal et me guida vers la sortie.

— Quelle nouvelle mouche t'a piqué, mon frère ? demanda-t-elle alors que nous remontions un long couloir désert.

— Attendons d'être hors de portée des oreilles indiscrètes, dis-je. Du vilain se prépare. Inutile d'inquiéter tes humains, pour le moment…

Aracia me fit entrer dans une pièce assez sobre, considérant le reste du temple, et referma la porte derrière elle.

— Tu es sûre que personne ne peut nous entendre ?

m'enquis-je dès que nous fûmes assis autour d'une table raisonnablement ornementée.

— Bien entendu, Dahlaine. Cette pièce est un de mes « endroits spéciaux ». On ne peut pas nous y espionner, parce qu'elle n'est pas vraiment dans le palais.

— Comment fais-tu ça ?

— Rien de bien fabuleux… Une légère modification temporelle, voilà tout. Cette salle est de deux jours plus vieille que le reste du temple. Pour mes humains, notre conversation s'est déroulée il y a quarante-huit heures…

— Futé, admis-je.

— Ravie que ça te plaise. Qu'est-ce qui te met dans tous tes états, Dahlaine ?

— La nuit dernière, Ashad a fait un rêve très… particulier. A l'évidence, le Vlagh est revenu bredouille de son raid dans le Domaine de Zelana. Du coup, il a envoyé des espions dans celui de Veltan – ou il en enverra bientôt. Hélas, le songe d'Ashad était beaucoup moins clair que celui de Yaltar, quand il a prévu la première attaque, et je n'ai pas tout compris. Il m'a parlé de deux invasions distinctes – et apparemment sans lien – et d'une guerre très compliquée près des Chutes de Vash. Et il y a un autre problème : mon Rêveur connaît le vrai nom de Yaltar. La première fois qu'il l'a appelé Vash, j'ai cru m'étouffer. Dois-je souligner que ce même Rêveur ne parle jamais d'Eleria, mais de Balacenia ?

— N'ai-je pas dit que réveiller nos remplaçants était une erreur ? Si nos Rêveurs retrouvent la mémoire, le monde risque de s'effondrer, rien de moins.

— On dirait qu'ils parviennent à traverser certaines de mes barrières, admis-je, mais il est trop tard pour intervenir. Le Vlagh veut envahir nos Domaines, et nous n'avons plus le temps d'élever un nouveau groupe de Rêveurs. Lillabeth a-t-elle eu un songe de ce type ?

— Elle ne m'en a rien dit… Mais je n'ai guère eu l'occasion de lui parler, ces dernières semaines.

— Te faire adorer par des crétins t'occupe tant que ça ?

— Non, mais aller dans l'île d'Akala et en revenir n'est pas une mince affaire. J'ai négocié avec Trenicia. L'or ne l'intéressant pas, j'ai dû trouver autre chose pour éveiller son attention.

— Qui est Trenicia ?

— La reine des amazones d'Akala.

— Les femmes peuvent-elles être de bonnes guerrières ?

— Tout dépend de leur taille… Trenicia est presque aussi grande que Sorgan Bec-Crochu, et beaucoup plus douée que lui pour l'escrime.

— Impressionnant, concédai-je. Mais si elle se fiche de l'or, comment la payer ?

— Avec des diamants, des rubis, des émeraudes et des saphirs. Guerrière ou non, une femme reste une femme, et nous adorons toutes les bijoux. Pour un joli collier, une amazone est prête à tuer n'importe qui. Ou n'importe quelle créature…

— Puisque les femmes règnent sur Akala, quel rôle y jouent les hommes ?

— Ils font d'excellents animaux de compagnie. Si j'ai bien compris le discours de Trenicia, ces mâles sont d'authentiques artistes de la paresse. Sur l'île, les femmes se chargent de tout.

— Même de la guerre ? demandai-je, très étonné.

— Surtout de la guerre ! Les Akaliens sont indolents, timides et parfaitement inutiles, sauf pour assurer la reproduction. Et même là, ce ne sont pas des étalons…

Quelque peu mal à l'aise, je m'empressai de changer de sujet.

— Tu sais que je viens d'avoir une idée ? dis-je en me tapotant le front. Nous pourrions faire participer la reine

Trenicia et Ekial, le chef des cavaliers, à la guerre qui va se dérouler chez Veltan. Puisqu'ils devront tôt ou tard affronter les monstres du Vlagh, autant leur donner un avant-goût de ce qui les attend.

— Ce n'est pas idiot, Dahlaine, admit Aracia. Si ma mémoire ne me trompe pas, les Maags et les Trogites n'ont pas crié de joie quand Zelana les a enfin informés des... particularités... de l'ennemi. Nous devrions essayer l'honnêteté, pour changer un peu...

— Quelle proposition choquante! lançai-je, badin. Voilà qui m'étonne beaucoup de toi, Aracia.

— Laisse tomber, tu veux ? Il y a cinq mille ans que ton humour ne m'amuse plus.

Déridés par cet échange de piques, nous éclatâmes de rire.

Mon éclair me fit survoler la lisière des Terres Ravagées. Les yeux plissés, je sondai le sable brûlant et les rochers, au cas où les hordes du Vlagh se seraient déjà mises en marche vers le Domaine de Veltan. Par bonheur, je ne repérai rien de suspect.

Nous partîmes alors pour les terres de Zelana.

Les volcans jumeaux, au-dessus de Lattash, continuaient à cracher de la lave. Au rythme où c'était parti, il risquait d'y en avoir encore pour des années...

Aurais-je dû limiter les pouvoirs des Rêveurs ? Avec du recul, ça paraissait une bonne idée. Parce que les enfants, tout le monde le sait, ont tendance à se laisser emporter par leur enthousiasme. Mais comment aurais-je pu m'y prendre ? Malgré leur immaturité, la puissance de ces gamins sur les forces de la nature est quasiment totale. Bref, aucune barrière au monde n'aurait été assez solide pour contenir leur énergie... débordante.

Mon « plan génial » avait semblé être la solution parfaite à un problème très grave. M'étais-je aussi laissé emporter par mon enthousiasme ? A dire vrai, un peu plus de réflexion n'aurait sans doute pas été du luxe.

Lançant quelques sondes mentales, je détectai la présence de Zelana sur la rive nord de la baie.

Bien entendu, je l'y rejoignis en un… éclair.

Ma sœur conversait avec Barbe-Rouge et Arc-Long. Derrière ce qui me parut être un village en construction, les collines aux pentes douces semblaient beaucoup moins menaçantes que les pics qui dominaient l'ancien fief de la tribu, désormais dirigée par Barbe-Rouge. Au nord, une grande prairie s'étendait au-delà des bois qui, de ce côté-là, l'abritaient du vent.

— Tu ne pourrais pas être plus discret, Dahlaine ? grinça Zelana quand je me fus posé près d'elle. Ce boucan est insupportable.

— Désolé, ma sœur, mais je ne connais pas de moyen plus rapide de voyager. Hélas, on n'a pas encore inventé d'éclair silencieux. (Fidèle à mon habitude, j'entrai dans le vif du sujet.) Ashad a rêvé, cette nuit. Nous avions vu juste : les hordes du Vlagh vont s'en prendre au domaine de Veltan.

— Le songe précise-t-il où nous affronterons les monstres des Terres Ravagées ? demanda Arc-Long.

— Près des Chutes de Vash, répondis-je. (Je jetai un coup d'œil perplexe à Zelana.) Dois-je comprendre que tu as changé d'avis ? Serais-tu prête à défendre nos Domaines avec nous ?

— Le Pays de Dhrall est un et indivisible, mon frère. Si le Vlagh s'empare d'un Domaine, nous serons tous en danger.

— Tu te sens mieux, Zelana ? demandai-je d'une voix un peu hésitante. Quand tu es repartie pour ta grotte, nous nous sommes tous fait un sang d'encre.

— Dahlaine, je ne vais pas bien du tout, mais Eleria m'a forcée à tenir ma place dans votre abominable monde.

— Forcée ? Une fillette ? Comment a-t-elle réussi ça ?

— En me menaçant de prendre les choses en main si je n'aidais pas Veltan. Quand elle tombe le masque, cette *douce* enfant est pire que toi. Elle ne m'a pas laissé le choix, et je soupçonne sa fichue perle d'y être pour quelque chose.

— C'est bien possible… Ces pierres ont un rapport avec les rêves de nos petits. Ashad en a une aussi.

— De quel genre ? demanda Zelana.

— Une agate noire. Elle est très belle, et il y tient beaucoup.

— Une agate noire ? Je n'en ai jamais vu… Où l'a-t-il trouvée ?

— Au fond de la grotte de maman Croc-Cassé.

— Maman qui ?

— L'ourse qui lui a servi de nourrice.

— Le lui confier n'était pas un peu dangereux ?

— Pas vraiment… Les ourses accouchent pendant leur hibernation. Quand elles se réveillent, les oursons sont accrochés à leurs mamelles, ou ils jouent dans la grotte. Le lien parental s'établit automatiquement. Du coup, Ashad ne risquait rien. Le petit de Croc-Cassé était né quand j'ai amené mon Rêveur dans la grotte. Depuis, Ashad et lui se prennent pour des frères. (Je regardai soudain autour de moi.) Où est Eleria ?

— Dans la prairie, avec Yaltar. D'après Barbe-Rouge, en tout cas… Planteuse les surveille.

— Et qui est Planteuse ?

— La femme qui enseigne à ses compagnes les arcanes de l'agriculture, répondit Barbe-Rouge. La chef spirituelle des villageoises, en somme. Elle est du genre direct, mais elle sait ce qu'elle fait.

— Dahlaine, lança soudain Zelana, je sens que tu me caches quelque chose !

— J'y venais, chère sœur. Le rêve d'Ashad est catégorique : les hordes du Vlagh vont envahir le Domaine de

Veltan. Mais il y aura aussi une seconde invasion, venue de la mer.

— C'est ridicule, ricana Zelana. Le Vlagh se serait allié à la reine des poissons ?

— Je me contente de transmettre les informations… Où est Veltan ? Nous devrions l'avertir.

— Il est dans la baie, répondit Barbe-Rouge, sur le vaisseau de Narasan, le chef des Trogites. Arc-Long peut vous y conduire avec sa yole. Je l'aurais fait avec plaisir, mais je suis très occupé…

— Des problèmes ?

— On peut dire ça, oui… Les montagnes de feu ont détruit Lattash. Alors, nous construisons un nouveau village. Il est moins beau que l'ancien, mais beaucoup plus sûr.

Je jetai un coup d'œil aux huttes encore inachevées.

— Elles ne ressemblent pas à vos précédentes habitations, dis-je. Pourtant, elles ont un je ne sais quoi de familier…

— C'est normal, dit Arc-Long. Ce sont des copies des huttes qu'on trouve au nord de ton domaine.

— Tout ça fait partie d'un plan machiavélique, chef frère, expliqua Zelana avec un petit sourire. Les hommes de la tribu jugent l'agriculture indigne d'eux. A les en croire, c'est un travail de femmes. Mais les villageoises avaient besoin d'aide pour défricher les champs. Vieil-Ours, le chef d'Arc-Long, a parlé à Barbe-Rouge de tribus qui vivent dans les plaines, chez toi, et qui construisent leurs huttes en torchis, puisqu'il n'y a pas d'arbres à leur disposition.

« Les chasseurs de Lattash ont bâti leurs habitations selon la méthode traditionnelle, puis ils se sont assis en rond pour se raconter des histoires de guerre. Par une nuit très venteuse, Arc-Long et Barbe-Rouge sont allés démolir les nouvelles constructions à grands coups d'épaule. Au matin, la mine sombre, ils ont annoncé aux chasseurs que les huttes en branchages n'étaient pas assez solides pour ce site. Seul du torchis, prétendirent-ils, résisterait aux intempéries. Depuis, les hommes défrichent et les femmes sèment dans leur sillage. La tribu sera bien logée, elle ne mourra pas de faim en hiver, et personne ne se sentira offensé.

— Très malin, fis-je, sincèrement admiratif. (Soudain, je fronçai les sourcils.) Il est arrivé malheur au chef Nattes-Blanches ?

— La destruction de Lattash l'a abattu, dit tristement Barbe-Rouge. Diminué par le chagrin, il ne s'est pas senti capable de prendre une décision au sujet du nouveau village. En guide responsable, il m'a refilé la patate chaude. Ça ne me disait rien, mais il ne m'a pas laissé le choix.

— Tu seras un très bon chef, Barbe-Rouge, assurai-je. Les hommes qui fuient l'autorité et les responsabilités font en général de meilleurs dirigeants que les obsédés du pouvoir. (Je me tournai vers Zelana.) Allons voir notre jeune frère, à présent. J'ai des informations à lui communiquer, et il ne lui reste pas beaucoup de temps pour agir…

Arc-Long nous conduisit jusqu'à la plage, où sa yole attendait sur le sable.

L'archer de Zelana est un gaillard très impressionnant. Du genre fermé comme une huître, cependant. Sa guerre contre les créatures du Vlagh a commencé alors qu'il sortait à peine de l'enfance, et les massacrer reste son seul but dans la vie. Toujours morose et résolument solitaire, il fait montre à tout instant d'un contrôle de soi inhumain.

A bien réfléchir, il semblait être le genre de compagnon dont nous aurions eu tort de nous séparer. Si rien ne clochait, nous avions une bonne chance de repousser toutes les attaques des monstres. Mais leur maître n'en serait pas éliminé pour autant. Sauf si Arc-Long s'en mêlait. Une seule flèche à la pointe enduite de venin suffirait à tuer le Vlagh, condamnant ainsi ses créatures à une lente extinction.

Comme on l'aura deviné, nous n'avons rien contre cette éventualité…

Arc-Long mit sa yole à l'eau, attendit que nous ayons embarqué, la poussa vers le large et sauta souplement à bord.

— Si j'ai bien compris, dit Zelana, Veltan est à bord du bateau de Narasan.

— Exactement, confirma l'archer.

A grands coups de pagaie, il nous fit traverser la baie et approcha du vaisseau amiral du général Narasan.

Le jeune officier Keselo nous regardait, accoudé au bastingage.

— Un problème ? demanda-t-il alors qu'Arc-Long collait sa yole à la coque du grand navire.

— Pas vraiment, répondit Zelana. Nous venons seulement dire à notre jeune frère que ses vacances sont terminées.

— Eleria a fait un nouveau rêve ?

— Non, répondis-je. C'est mon petit garçon, Ashad, cette fois, et je n'ai pas tout compris. Nous espérons que Veltan éclairera notre lanterne. (J'hésitai un moment.) Au fond, tu risques de nous expliquer ça mieux que lui. Tu veux bien venir avec nous ?

— Avec plaisir… Votre frère est dans la cabine du général, à la poupe.

— Avec Narasan ? demanda Zelana.

— Non, ma dame. Le général est sur le *Cormoran*, où il confère avec le capitaine Bec-Crochu.

— Tant mieux, dis-je. Narasan risque de ne pas apprécier certaines particularités du rêve d'Ashad. Il est très religieux, ton général ?

— Pas plus que de raison… C'est important ?

— Nous allons justement en parler, mon garçon. Mais rejoignons d'abord Veltan.

— Comme vous voudrez…

Keselo attendit que nous soyons à bord, puis il nous guida vers la cabine de son chef. On eût dit une maison, et pas du genre modeste…

— Entrez ! lança Veltan dès que Keselo eut frappé à la porte.

Il ouvrit et s'écarta pour nous laisser passer.

La cabine était plus luxueuse que je ne l'aurais cru. Comme si on était dans la salle d'apparat d'une belle demeure, pas sur un bateau. Cela dit, le plafond, assez bas, servait aussi de pont aux marins, et de grosses poutres le soutenaient, histoire qu'il ne s'écroule pas sur le général et ses invités. Au fond de la pièce, un grand hublot offrait une excellente vue sur l'extérieur.

Ce lieu me parut presque aussi pompeux que le palais d'Aracia, mais je résolus de garder mes critiques pour moi.

Assis à une table, Veltan étudiait une carte.

— De nouveaux ennuis ? demanda-t-il.

— Pas pour tout de suite, mais c'est l'idée générale, répondis-je. Ashad a rêvé, cette nuit. Nous avions raison au moins sur un point : les hordes du Vlagh s'en prendront bientôt à ton Domaine.

— Tu sais quand ça arrivera ?

— Ces songes sont fâchés avec la chronologie, répondis-je. Tu devrais l'avoir compris. Mais entrons dans le vif du sujet : il y aura une seconde invasion, et ces agresseurs-là n'auront aucun lien avec les monstres du Vlagh.

— De qui s'agira-t-il ?

— De Trogites, si je ne me trompe pas. Venus parler de leurs dieux à tes paysans. Que sais-tu au sujet d'un type nommé Amar ?

— Pas grand-chose… Narasan méprise souverainement le clergé du culte amarite.

— Il n'est pas le seul, intervint Keselo. Dans l'Empire, toute personne intelligente, et dotée d'une once de moralité, exècre l'Eglise amarite. Ses prêtres corrompus n'ont pas le moindre sens de l'honneur. Tout le monde sait que le culte est une invention qui aide le clergé à voler jusqu'à la chemise des honnêtes gens.

— Ça ne vous rappelle rien ? lança Zelana. Les prêtres d'Aracia sont du même genre, il me semble…

— Si ça la rend heureuse, que veux-tu y faire ? (Je me tournai vers Veltan.) Où est le gros de l'armée trogite ? Sauf erreur de ma part, le groupe qui a débarqué à Lattash était une avant-garde.

— Les renforts sont toujours dans le port de Castano, sur la côte nord de l'Empire. Pourquoi cette question ?

— Amar étant une invention des Trogites, ils doivent être impliqués dans la seconde invasion.

— Pas mal raisonné, concéda Veltan. Où tout cela nous mène-t-il, Dahlaine ?

— Je présume que la majorité des hommes de Narasan partagent son opinion sur le culte d'Amar, dis-je à Keselo. Mais peut-il y avoir parmi eux des adorateurs secrets de votre dieu ?

— Sûrement pas après ce qui s'est passé au sud de l'Empire l'an dernier… Nous avons perdu douze cohortes à cause d'un complot ourdi, comme nous l'avons découvert plus tard, par un prêtre très haut placé dans l'Eglise d'Amar. Suite à ce drame, le général a jeté son épée aux orties et il s'est reconverti dans la mendicité. Si un soldat disait une phrase positive sur le culte, ses camarades lui en feraient passer l'envie, vous pouvez me croire.

— N'écartons pas totalement cette possibilité, Keselo, fit Veltan, visiblement inquiet. D'après ce que j'ai entendu, les prêtres d'Amar tendent l'oreille dès qu'on parle d'or devant eux. Dans votre camp, à Kaldacin, nous avons beaucoup évoqué ce métal jaune. Par pur intérêt scientifique, supposons qu'un de vos soldats, de passage dans une taverne de Castano, ait lâché ce mot divin lors d'une conversation. Et qu'il y ait eu, parmi la clientèle, un fidèle du culte d'Amar. A ton avis, ça n'expliquerait pas la seconde invasion ?

— Ça ne tient pas debout, fit Keselo. L'Eglise d'Amar *pourrait* vouloir venir au Pays de Dhrall afin de se remplir les poches et de se fournir en esclaves. Mais pour ça, il faut traverser la barrière de glace, et personne n'a de carte, à part Gunda et Padan.

— Une objection valable, concéda Veltan. Cela dit, Narasan a l'ambition de réunir cent mille soldats. Il suffirait d'un traître pour compromettre nos chances de garder le secret. Dahlaine, je crois que nous tenons l'explication de la seconde invasion.

— C'est bien possible, admis-je. Keselo, tu as parlé d'« esclaves ». Désolé, mais je n'ai jamais entendu ce mot…

— Tu devrais t'en réjouir… Au premier temps de l'Empire, l'armée avait coutume de « faire son marché » chez les peuples moins évolués. Elle capturait des malheureux pour les vendre aux propriétaires terriens impériaux. Presque comme on négocie du bétail… Les riches Trogites engageaient des types munis de fouets pour forcer les esclaves à travailler dans les champs. Les militaires ont vite renoncé à cette infamie, mais le culte d'Amar y a vu un moyen commode de remplir ses coffres. Les esclavagistes se font des fortunes, et une bonne moitié sont des prêtres.

Veltan devint blanc comme un linge.

— Si ces monstres s'approchent des côtes de mon Domaine, je les réduirai en bouillie !

— Non, mon frère, dis-je d'un ton très ferme. Tu ne les toucheras pas ! Tuer nous est interdit, tu le sais. Essaie seulement, et tu seras banni à jamais. Et pas sur la lune, cette fois… Jusqu'à la fin des temps, tu croupiras dans un lieu obscur où tu n'entendras rien, à part tes propres cris de désespoir. Nous trouverons une solution à tous ces problèmes, crois-moi. Mais si tu tentes de prendre une seule vie, je ferai avec tes bras et tes jambes un nœud si serré qu'il te faudra quatre cycles pour démêler tes doigts de tes orteils.

— C'est pour ça que vous engagez des armées ! s'écria Keselo. Depuis le début, je me demande pourquoi vous n'écrasez pas vos ennemis d'un revers de la main. A présent, c'est clair ! Vous n'avez pas le droit de tuer !

— Jeune homme, dis-je, j'exige que tu oublies sur-le-champ ce que tu viens d'entendre. Me suis-je bien fait comprendre ?

— Hum… Oui, je crois…

— Parfait. (Je me tournai vers mon frère.) Veltan, tu devrais dire à Narasan que l'heure est venue d'appareiller. Nous en avons terminé dans le Domaine de Zelana, et il se peut que le temps presse. Le rêve d'Ashad, comme toujours, ne précisait pas le calendrier des événements. Les Rêveurs nous fournissent pas mal de détails sur l'avenir, mais rien sur la chronologie…

— Ashad a-t-il indiqué où aurait lieu la bataille décisive ? demanda Veltan.

— Elle se déroulera près des Chutes de Vash. Il ne m'en a pas dit plus, et je n'ai pas voulu lui mettre la pression.

— C'est un terrain très accidenté, grand frère. Les Trogites n'aimeront pas beaucoup s'y battre…

— C'est pire que le canyon de Lattash ? demanda Zelana.

— A côté des Chutes de Vash, ton canyon est une douce prairie, répondit Veltan. Cet endroit n'existait pas à la fin de mon cycle précédent. Quand je me suis réveillé, les humains de mon Domaine étaient tout excités à ce sujet. J'ignore pourquoi Vash a créé ces chutes, mais elles sont impressionnantes. Elles ont pour source un geyser qui gicle à près de trente mètres dans les airs

– un phénomène qui fait penser aux tremblements de terre et aux éruptions volcaniques. Au sud de ce geyser, à environ deux kilomètres, l'eau dévale une falaise de quelque soixante mètres de haut. Avec des chutes pareilles, il est impossible d'escalader la paroi, et il faut s'imposer un grand détour pour atteindre le sommet. (Veltan se tut et claqua soudain des doigts.) Bon sang, j'aurais dû m'en douter ! Au printemps dernier, Omago m'a dit que des étrangers étaient venus interroger les paysans sur les Chutes de Vash. A l'époque, j'étais trop préoccupé pour approfondir la question. A l'évidence, le Vlagh nous envoie des espions depuis pas mal de temps.

— Qui est Omago ? demanda Zelana.

— Un ami sûr et solide qui exploite un grand verger, près de ma maison. Il en sait plus long que quiconque sur l'agriculture, et il n'a pas les oreilles dans sa poche. Quand les autres paysans viennent lui demander conseil, ils lui racontent tout ce qui sort de l'ordinaire. Bref, Omago est ma meilleure source d'informations.

— C'est le chef de tes humains ? demanda Arc-Long.

— Je n'irais pas jusque-là, mon ami. Il donne des conseils, pas des ordres.

— Et ça ne revient pas au même, selon toi ? Un bon chef procède ainsi. Les mauvais passent leur temps à brailler sur leurs hommes. Heureusement, ils ne restent pas longtemps en place.

— Il a raison, Veltan, dis-je. Tu devrais parler de tout ça à Omago. Averti de ce qui se prépare, il préviendra les autres. Tes humains doivent savoir que les hordes du Vlagh fondront bientôt sur eux. Ainsi, ils s'apprêteront à combattre.

— C'est idiot ! explosa Veltan. Mes paysans ignorent jusqu'au sens du mot « guerre ». Sinon, pourquoi aurais-je engagé l'armée de Narasan ? Omago s'assurera que les soldats soient convenablement nourris, et ce sera sa seule contribution au conflit. (Il eut un petit sourire.) Si c'est Ara qui cuisine, nous aurons du mal à convaincre les Extérieurs de rentrer chez eux, après la victoire…

— Ara ? répéta Zelana.

— La femme d'Omago… Une vraie beauté, et le meilleur cordon-bleu du monde. Les fumets qui montent de sa cuisine me mettent parfois l'eau à la bouche. C'est tout dire !

— Au fait, Veltan, coupai-je, Aracia et moi aimerions amener chez toi les commandants de nos armées, en qualité d'observateurs. Puisqu'ils devront affronter les monstres du Vlagh, autant qu'ils sachent à quoi s'attendre.

— Ça ne me dérange pas, grand frère, fit Veltan avec un sourire un peu arrogant. Je vais dire à Narasan et à Sorgan de cingler vers le sud. Ensuite, mon éclair me ramènera chez moi, et je parlerai à Omago. Pour l'instant, nous ne pouvons rien tenter de plus. Comme tout peut arriver, il faudra improviser au jour le jour.

— Tu crois que ça nous changera beaucoup ? demandai-je, soudain morose. Au fond, nous faisons ça depuis le début.

— Tu veux dire « le début de la guerre » ? avança Zelana.

— C'est bien trop restrictif, ma sœur. En réalité, nous improvisons depuis le commencement des temps.

— Ça pimente l'existence ! fit Zelana avec un sourire espiègle. Quand on sait ce qui arrivera, on s'ennuie à mourir ! Pas vrai ?

Je jugeai préférable de ne pas épiloguer…

LE DOMAINE DU SUD

1

Son père étant propriétaire des champs et du verger qui s'étendaient au nord de la demeure du maître du Sud, le jeune Omago en était rapidement venu à tenir Veltan pour un voisin plus que pour un dirigeant – et encore moins un dieu. Comme Veltan ne faisait pas toute une affaire de sa divinité, l'enfant se sentait très à l'aise en sa présence.

Petit, Omago préférait de loin travailler dans le verger, agréablement ombragé, à l'inverse des champs. Au printemps, quand les arbres fruitiers étaient en fleurs, leur beauté lui coupait quasiment le souffle.

Il n'était pas le seul à adorer ce spectacle. A cette période de l'année, Veltan ne quittait pratiquement pas le verger. Au fil de leurs conversations, le jeune garçon et le dieu avaient appris à mieux se connaître. A son insu, ou presque, Omago avait reçu une éducation qui allait bien au-delà des tâches agricoles… vite fastidieuses.

Le Domaine de Veltan, au sud du Pays de Dhrall, était seulement une *partie* d'un vaste continent. Il en existait trois autres, dirigées par le frère et les deux sœurs du dieu.

Veltan était si drôle, dès qu'il parlait de sa famille ! Plié en deux, Omago l'aurait volontiers écouté pendant des heures. En revanche, la description des humains de l'Ouest et du Nord le déconcertait. Comment pouvait-on passer sa vie à chasser ? A l'occasion, Omago s'était essayé à la pêche. Sans grand succès, à vrai dire... Quand on désirait se remplir chaque jour l'estomac, dépendre de ces activités semblait inutilement risqué.

Cependant, lorsque Veltan lui parlait des forêts sauvages, des cerfs aux fabuleux andouillers et des chasseurs vêtus de peaux de bêtes, le jeune homme éprouvait une étrange mélancolie. En matière d'aventures, on ne trouvait pas grand-chose dans les terres du Sud. Ici, chacun cherchait avant tout la stabilité. Un mode de vivre excellent pour l'agriculture, mais pas très excitant.

Au cours de ces conversations, Veltan ne s'était jamais étendu sur ses propres... particularités. Des omissions sans importance, puisque Omago savait déjà tout. Au début, les histoires que se racontaient les fermiers lui avaient paru extravagantes. En fréquentant le maître du Sud, il avait dû, à contrecœur, convenir qu'elles n'avaient rien d'exagéré. Par exemple, il n'avait jamais vu Veltan manger, et pas davantage dormir...

Peu après son neuvième anniversaire, l'enfant osa poser la question qui lui brûlait les lèvres.

Assis dans le verger, les deux amis bavardaient sans se soucier du vent qui faisait tourbillonner autour d'eux les pétales arrachés aux pommiers en fleur.

— Tu n'es pas obligé de répondre, Veltan, mais Enkar, un vieil homme, m'a dit que tu n'as pas toujours été le dieu de ce Domaine. Selon lui, quelqu'un d'autre régnait sur nos terres. C'est vrai, ou il s'est fichu de moi ?

— C'est très proche de la réalité, Omago... On pourrait croire que nous ne dormons pas, mais c'est une illusion. Nous sommes soumis à des cycles de sommeil et de veille. Vers la fin d'une longue période de conscience, nous sommes un peu... confus. La mémoire commence à flancher, et notre comportement devient bizarre. Ce signe ne trompe pas : il est temps d'aller dormir ! A ce moment-là, l'autre branche de la famille se réveille et reprend le flambeau.

— Ça paraît logique… Et tu connais bien tes cousins ?

— Mes quoi ?

— Les enfants des frères et des sœurs de tes parents ! C'est bien ça que tu voulais dire par « autre branche de la famille » ?

— Maintenant que tu le dis, c'est à peu près ça, oui. J'essaierai de ne pas oublier cette notion…

— Tu leur as parlé ?

— Je ne discute pas dans mon sommeil, mon petit. En fait, je ne sais rien de mon cousin, à part son nom. Et encore, à cause de la cascade baptisée en son honneur. Tu connais les Chutes de Vash, j'espère ?

— J'en ai entendu parler, mais je ne les ai jamais vues. C'est lui qui les a créées ?

— Je n'en suis pas sûr, mais c'est probable. Quand je me suis réveillé, au début de ce cycle, les humains ne maîtrisaient pas bien le langage. A part un nom, je n'ai rien pu tirer d'eux. (Veltan se tut et dévisagea longuement Omago.) Pour le moment, je ne t'en dirai pas plus. Assimile ce que je t'ai révélé aujourd'hui. Quand ce sera fait, tu pourras me poser d'autres questions, si ça te chante.

— Ce ne sera pas pour tout de suite… A l'avenir, je tournerai sept fois ma langue dans ma bouche avant de t'interroger. Parce que tes réponses me font peur !

— Tu t'y habitueras… La curiosité n'est pas un défaut, bien au contraire, mais une qualité à utiliser prudemment…

— J'avais remarqué, Veltan…

— J'ai cru remarquer que tu avais remarqué, conclut le maître du Sud avec un petit sourire.

Quand Omago atteignit l'âge de raison, les fermiers prirent soudain conscience qu'il s'entendait très bien avec Veltan. Loin de s'en offusquer, ils s'en réjouirent. Le charger de transmettre des messages au maître du Sud leur sembla plus facile, et moins risqué, qu'aller frapper en personne à sa porte. Veltan n'était pas du genre à jouer les divinités vengeresses, mais tout de même…

Avec le temps, cela devint une tradition. Presque chaque jour, deux ou trois fermiers du coin venaient dire à Omago ce qu'ils jugeaient indispensable de porter à la connaissance du dieu. En début de soirée, le jeune homme gravissait la colline jusqu'à la curieuse maison de Veltan et il lui transmettait les informations.

Les saisons passaient ainsi, agréables et paisibles, les fermes et les champs voisins de la demeure du dieu se laissant vivre au rythme nonchalant de la nature. Plus loin au sud, on trouvait des villages et des villes. Selon Omago, entasser les gens de cette façon était ridicule. Le domaine de son père s'étendait sur plusieurs acres, bien au-delà des collines aux pentes douces, et chaque variété de plante poussait dans une zone bien définie. Le blé à l'ouest et au sud, les légumes au nord, et le verger à l'est de la maison familiale ombragée par une ceinture d'arbres. Certains voisins y voyaient un gaspillage d'énergie et de temps – sauf en plein été, quand le soleil les faisait cuire à petit feu dans leur maison.

Ici, les bâtiments ne se serraient pas les uns contre les autres comme des sardines. Placées au centre de chaque propriété, les fermes au toit de chaume offraient un accès rapide à l'ensemble des champs. Une excellente chose, puisque la journée, d'après Omago, devait être consacrée au travail, pas à d'interminables déplacements.

Autour de son vingt-cinquième anniversaire, devenu le confident de tous les paysans, il commença à agrémenter de commentaires les messages qu'on lui demandait de transmettre.

— A ta place, je ne prendrais pas trop au sérieux les propos de Selga, dit-il un soir au maître du Sud.

— Vraiment ?

— Ce pauvre homme a un gros problème… Comme il est très petit, les gens ont tendance à le toiser de haut. Avide de se faire remarquer, il vient sans arrêt me raconter des sornettes que je suis censé te transmettre. Pour flatter son ego, je fais mine de prendre ses « révélations » au sérieux. Certain que je me précipiterai chez toi pour tout te répéter, il repart avec le cœur en fête. Jusqu'à la prochaine humiliation…

— C'est triste…, soupira le maître du Sud.

— Tout le monde porte un fardeau, Veltan. Il n'y a pas de quoi se lamenter… Les gens naissent, puis ils meurent, c'est comme ça. Et tu es bien placé pour le savoir.

— Parfois, tu peux être très cruel, mon ami…

— Ce n'est pas moi qui édicte les règles. Je les respecte, et ça me suffit amplement.

— Comment va ton père ?

Comme toujours, même quand il s'efforçait de lui cacher quelque chose, Veltan lisait en son ami comme dans un livre ouvert. Un phénomène qui ne manquait pas de déconcerter Omago…

— Pas très fort, hélas… Parfois, il oublie jusqu'à son nom. En revanche, il appelle souvent ma mère, qui est morte depuis des années…

— Je suis navré, souffla Veltan. J'aimerais tant pouvoir l'aider…

— Ce ne serait pas une bonne chose, mon ami. Mon père est épuisé. S'il restait dans ce monde, il deviendrait encore plus triste. Le laisser partir, voilà ce que nous pouvons faire de mieux pour lui…

Au printemps suivant, Omago travaillait dans son verger quand une voix féminine vibrante lança dans son dos :

— Pourquoi faites-vous ça ?

Le jeune homme sursauta et se retourna en un éclair.

— Désolée, je ne voulais pas vous effrayer… Mais pourquoi cueillez-vous ces petites pommes encore vertes ?

Très grande, les yeux émeraude, de longs cheveux auburn, la jeune femme portait une robe de lin bleu fort seyante.

— Au printemps, les pommiers ont tendance à se surcharger. Ils veulent donner le jour à trop de descendants, vous comprenez ? Si je n'élimine pas quelques bébés, ils s'étouffent les uns les autres, et on obtient des pommes à peine plus grosses que des glands. J'ai tenté d'en parler à mes arbres, mais ils n'écoutent pas. Les végétaux adorent faire la sourde oreille, surtout au printemps.

— Vous êtes Omago, n'est-ce pas ?

— C'est bien le nom qu'on me donne…

— Je ne vous aurais pas cru si jeune. Vous êtes vraiment l'homme qui sert d'intermédiaire entre Veltan et nous ?

— En personne ! Vous avez un message à lui transmettre ?

— Pas pour le moment… Je voulais simplement savoir à qui m'adresser, au cas où ça arriverait.

— Rien ne vous empêche d'aller frapper à sa porte, savez-vous ?

— C'est possible, mais on m'a conseillé de passer par vous. Comment êtes-vous devenu si intime avec lui ?

— Il aime se promener dans le verger lorsque les arbres sont en fleurs. Au printemps, c'est le plus beau spectacle qui soit. Quand j'étais petit, Veltan et moi parlions pendant des heures, et nous sommes devenus amis.

Alors, les paysans m'ont nommé « messager officiel ». Vous n'êtes pas du coin, pas vrai ?

— Non, j'habite assez loin d'ici. Mais j'ai été très touchée d'apprendre la mort de votre père.

— Ce n'était pas vraiment une surprise. Depuis des années, sa santé se dégradait…

— Vous avez du travail, dit la jeune femme, et je vous dérange… Ravie de vous avoir rencontré.

— Comment vous appelez-vous ? lança Omago alors que la jeune femme s'éloignait.

— Ara, répondit-elle par-dessus son épaule.

Bizarrement, le jeune homme ne cessa plus de penser à Ara. Hélas, il ne savait pas grand-chose d'elle – à part son nom, qu'il avait dû pratiquement lui arracher.

Plus jeune que lui, elle ne parlait cependant pas comme une adolescente. Non sans ruse, elle lui avait soutiré pas mal d'informations sans rien donner en échange.

Agacé, Omago tenta de la chasser de son esprit. Hélas, le souvenir de leur conversation le hantait.

Pas seulement de leur conversation, dut-il s'avouer… Ara était de loin la plus belle fille qu'il ait jamais croisée. Ses cheveux auburn le faisaient penser à la splendeur de l'automne, et sa voix sonnait encore à ses oreilles comme une douce mélodie.

Au printemps, il avait un travail fou. Pourtant, il ne parvenait pas à se concentrer.

— Je ne pense qu'à elle, avoua-t-il à Veltan après quelques jours de ce régime.

— Elle est toujours dans le coin ?

— C'est ce qu'on m'a dit, oui… Je ne l'ai plus revue, mais d'autres fermiers l'ont croisée. Elle les a bombardés de questions, la plupart à mon sujet. Tu crois qu'elle repartira sans crier gare ? Je ne connais pas le nom de son village. Comment diantre la retrouverais-je ?

— A ta place, je ne m'inquiéterais pas pour ça. Elle n'ira nulle part.

— Comment le sais-tu ?

Veltan eut un grand sourire et ne répondit pas.

— Je crois qu'il est temps d'en finir, Omago, lança la voix vibrante dans le dos du jeune homme.

En laissant tomber sa binette, il se retourna tout aussi vivement que la première fois.

— Où te cachais-tu, Ara ? Je t'ai cherchée partout.

— Je sais… Nous serons perturbés tant que cette affaire restera en souffrance… Je me nomme Ara, j'ai seize ans et je te veux.

— Tout le monde est aussi direct, dans ton village ? demanda Omago, rouge comme une pivoine.

— Sans doute pas, mais je déteste perdre du temps. Ma proposition t'intéresse ?

— Je ne pense à rien d'autre depuis notre rencontre…

— Excellent ! Avant de vivre ensemble, nous devons faire quelque chose de spécial ?

— Je ne sais pas trop… Jusque-là, ça ne m'intéressait pas tellement…

— Tu m'en vois ravie, répondit Ara avec un sourire espiègle. Allons consulter Veltan. S'il faut célébrer une cérémonie, inutile de traîner. J'aurai besoin d'un peu de temps pour te préparer un bon dîner.

Omago et Ara se marièrent sur-le-champ… et la vie du jeune homme ne fut plus jamais la même.

Il n'apprit pas grand-chose de plus sur sa mystérieuse compagne. Au fil des ans, cela lui parut de moins en moins important. Endormant peu à peu sa curiosité, les merveilleux fumets qui montaient de la cuisine d'Ara éveillèrent en revanche… son appétit.

2

Par un printemps venteux, dix ans après l'union d'Omago et d'Ara, Veltan vint frapper à leur porte.

— J'ai besoin d'aide, gémit-il.

Son ami humain ne l'avait jamais vu dans un état aussi proche de la panique.

— Quel est ton problème ?

— Ce truc ! répondit Veltan en tendant au fermier un paquet enveloppé de fourrure. Mon frère aîné m'a remis ce « colis », et je ne sais pas quoi en faire.

Le maître du Sud souleva un pan de fourrure pour dévoiler le visage rose d'un bébé.

— Je suppose qu'il va avoir faim. Que faut-il lui donner ?

Ara s'empara du nourrisson et le serra contre elle.

— Je vais m'en occuper, assura-t-elle au dieu désemparé.

— Il n'a pas de dents, se lamenta Veltan. Comment pourrait-il manger ?

— Je vais m'en occuper, répéta Ara. Plusieurs femmes du voisinage allaitent leurs nouveau-nés. Je réussirai à les convaincre de nourrir le tien.

— Elles « allaitent » ? répéta Veltan. Qu'est-ce que ça veut dire ?

— Ne te tracasse pas pour ça, fit Ara, les yeux levés au ciel. Rentre chez toi, je me charge de tout.

— Les bébés sont toujours si petits ? Je n'en ai jamais vu d'aussi minuscules…

— Rentre à la maison, Veltan. Tout se passera bien.

— Je me sens si bête, avoua le dieu. Mon frère a dit que cet enfant deviendrait un des Rêveurs, puis il m'a planté là sans plus de commentaires. Les bébés ne m'ayant jamais intéressé, je ne sais pas comment m'y prendre. En principe, il devrait avoir bientôt des dents, non ?

— Il se portera à merveille, Veltan. (Ara désigna la porte d'un index impérieux.) A présent, retourne chez toi !

Le mois suivant, Omago ne ferma pas beaucoup l'œil. Les bébés, découvrit-il, étaient une terrible nuisance sonore. De plus, Veltan lui traînait sans cesse dans les jambes, s'inquiétant des progrès de son Rêveur.

Conscient que l'heure était venue d'ajouter une chambre à sa demeure – voire deux ou trois –, le fermier commença à mélanger de l'argile et de la paille pour fabriquer les briques de boue séchée au soleil traditionnelles dans le Domaine de Veltan. Bien entendu, il lui faudrait agrandir le toit, mais ça n'était pas un problème. Avec les champs de blé qui s'étendaient à l'ouest et au sud de son verger, après la moisson, il aurait assez de paille pour fabriquer du chaume.

Au terme d'un long débat, Veltan et Ara décidèrent que Yaltar serait un prénom parfait pour le jeune Rêveur.

Omago n'aurait su dire d'où venait ni ce que signifiait ce nom. Ayant d'autres soucis en tête, il s'abstint de s'asseoir sur une pierre, la tête entre les mains, pour y réfléchir interminablement.

Avant son premier anniversaire, Yaltar commença

à trottiner partout dans la maison. Veltan s'affligeant qu'il ne parle pas, Ara dut se lancer dans une savante explication.

— L'acquisition du langage est un processus relativement long. C'est le plus grand défi qu'un bébé relève durant ses premières années.

— Je croyais qu'on naissait avec, dit Veltan. Tous les petits humains doivent-ils apprendre à s'exprimer ?

— Je n'ai jamais entendu parler d'un nouveau-né capable de tenir un discours, confirma Ara.

— Les oiseaux n'ont pas besoin de leçons pour chanter !

— Le langage humain est plus compliqué que leur gazouillis, Veltan. Avec des pépiements, nous ne serions pas capables de dire grand-chose.

— Mouais… (Décidément, le dieu semblait avoir une foule de problèmes avec son protégé.) Je me demande pourquoi Dahlaine me l'a confié avant qu'il soit fonctionnel.

— Considère ça comme une formation, mon ami. Après avoir élevé Yaltar, tu connaîtras mieux les humains. (La jeune femme eut un sourire rusé.) N'est-ce pas une perspective amusante ?

— Pour le moment, je ne trouve pas ça drôle…

— Ça viendra plus tard, tu verras. Mais à ta place je ne serais pas trop pressé…

Alors que Yaltar approchait de son troisième anniversaire, Veltan commença à le garder quelques heures par jour dans son étrange maison de pierre, au sommet de la colline. Mais il dépendait encore d'Ara pour l'hygiène de l'enfant et son alimentation.

Un soir, il posa à la jeune femme une question qui le tracassait.

— Doit-il vraiment se nourrir si souvent ?

— Tu manges de la lumière, si je ne me trompe ?

— « Manger » n'est pas le bon terme…

— Alors, disons que tu en « absorbes »… Le soleil brille pendant une bonne moitié de la journée. Donc, tu te nourris bien plus souvent que le petit.

— Je n'avais jamais vu les choses comme ça…, avoua Veltan.

— A ce propos, tu devrais penser à faire un régime, mon cher. Si tu continues à te goinfrer sans cesse, tu grossiras, et les humains de ton Domaine détesteront ça. Qui prendrait au sérieux un dieu gras comme un cochon ?

Le front plissé, Veltan passa une main inquiète sur son estomac.

— Je plaisantais, le rassura Ara avec un sourire débordant de tendresse. Si tu prends de la bedaine, il te suffira de rester à l'ombre pendant quelques jours. (Elle tourna la tête vers Yaltar, qui dévorait joyeusement son dîner.) Il rêve déjà ?

— Pas à ma connaissance… (Veltan riva sur la jeune femme un regard interloqué.) Comment es-tu au courant de cette affaire ?

— Les anciennes légendes ne sont pas mortes, et les vieillards adorent les raconter. Le soir, ceux de mon village parlaient des Rêveurs pendant des heures. S'il y avait une once de vérité dans leurs propos, Yaltar devrait bientôt commencer à rêver, et c'est le signe que du vilain se prépare. A mon avis, tu devrais en parler avec ton frère. Mais quand le petit fera ses premiers songes prémonitoires, ne lui montre pas ton inquiétude. Si tu l'alarmes, il aura du mal à dormir, et il cessera de rêver. Tu ne voudrais pas que ça arrive, je suppose ?

— Pour rien au monde, admit Veltan. Tu en sais rudement long sur ce sujet, Ara…

— C'est un don, répondit la jeune femme.

Sur ces mots, pour une raison qui échappa à Omago, elle éclata de rire.

Au fil des saisons, Yaltar passa de plus en plus de temps dans la maison de Veltan. Du coup, Ara prit l'habitude de lui livrer sa nourriture à domicile.

— Le petit te manque, n'est-ce pas ? lui demanda un jour Omago.

— En quelque sorte… Mais il mène la vie qu'il doit avoir, donc, je ne m'en mêle pas. Que veux-tu manger ce soir, mon époux ?

— Tout ce qu'il te plaira de cuisiner, ma chérie. (Omago sourit.) Surprends-moi, si ça t'amuse… Par exemple, en me servant une affreuse tambouille, pour une fois.

— Très drôle, répliqua Ara, vexée.

Peu après le sixième anniversaire de Yaltar, Veltan passa un matin chez le couple. L'air grave, il annonça qu'il devait s'absenter quelques semaines pour une affaire de la première importance.

— Pars en paix, mon ami, lui répondit Omago. En ton absence, nous nous occuperons du petit.

— J'étais sûr de pouvoir compter sur vous, déclara le dieu avant de s'éclipser.

Ara plissa le front et n'émit pas de commentaire.

Grand et barbu, le berger Nanton possédait un grand troupeau qui broutait en général sur le haut plateau des Chutes de Vash. Il s'aventurait rarement près des fermes, où la voracité de ses moutons défrisait les paysans.

— Ces étrangers posent des questions sans rapport avec ce qui *devrait* les intéresser, dit-il un jour à Omago. Ils prétendent être des marchands venus du Domaine d'Aracia, mais je n'ai rien vu, sur eux ou avec eux, qui puisse être vendu.

— Que ficheraient des marchands dans nos collines ? s'étonna Omago.

— Bonne question… Là-haut, il n'y a que des bergers, comme moi, qui se fichent des babioles que les colporteurs de l'Est refilent à ces crétins de fermiers et à leurs femmes. Et il y a autre chose…

— Quoi donc ?

— Ils ne ressemblent pas à de véritables humains. Très petits, ils portent des vêtements gris dont les capuches leur dissimulent presque le visage. De plus, ils marmonnent.

— Plaît-il ?

— Ils ne parlent pas clairement, et ils zozotent.

— Etrange… Quel genre de questions posent-ils ?

— Ils veulent savoir combien de gens vivent dans les environs des Chutes de Vash. Comme ça ne les regarde pas, je leur ai menti.

— Nanton ! s'indigna Omago.

— Quand grandiras-tu enfin ? soupira le berger. Puisque je les trouvais inamicaux, je leur ai donné des raisons de s'inquiéter. A m'entendre, des milliers d'hommes arpentent ces collines, et tous sont armés. Je me serais volontiers fendu d'une petite démonstration avec ma fronde, mais j'ai préféré m'abstenir. Si ce sont des ennemis, autant qu'ils en sachent le moins possible sur nous.

— Tu dois avoir raison… Ils t'ont demandé autre chose ?

— Rien de bien sensé… Pour une raison qui m'échappe, ils pensent que Veltan et Zelana se détestent et que leurs peuples se font sans cesse la guerre. Histoire de brouiller les pistes, je leur ai confié avoir tué des dizaines d'ennemis, ces dernières années. Sans préciser qu'il s'agissait de loups, pas de gens… Je crois qu'ils ont gobé mes fadaises. Veltan sera-t-il absent longtemps ?

— Je n'en sais rien… Quelques semaines, d'après ce qu'il a dit. Où est ton troupeau, Nanton ?

— Dans les collines, comme d'habitude. Mon neveu le surveille.

— Tu ne vas pas conduire tes moutons en montagne tout de suite ?

— Pas avant la fonte des neiges… Et d'abord, je dois les tondre. L'hiver dernier, ils ont produit beaucoup de laine.

— Parfait… D'habitude, ils broutent près des Chutes de Vash.

— C'est mon pâturage préféré. L'herbe est bien grasse et il y a de l'eau à proximité.

— Garde les yeux grands ouverts, mon ami. Si les étrangers reviennent, envoie ton neveu me prévenir. Je me chargerai d'en informer Veltan.

— Tu peux compter sur moi, Omago. (Nanton remonta son ceinturon d'un geste sec.) Je devrais y retourner… Une jeune bergère garde un troupeau, pas loin du mien, et mon neveu me fait une poussée de fièvre hormonale, si tu vois ce que je veux dire. J'ai peur qu'il ne délaisse un peu les moutons…

— C'est une maladie très fréquente, en ce moment, fit Omago sans l'ombre d'un sourire.

— A l'approche du printemps, il en va toujours ainsi. (Le berger haussa les épaules.) Une bonne chose pour le renouvellement du cheptel.

— Tu parles des moutons, ou des gens ?

— Les deux, en fait… Tant qu'il y a de quoi « brouter », ça ne fait de mal à personne. Les bébés sont presque aussi mignons que les agneaux. Et une fois grands, on peut les mettre au travail. Je te souhaite une bonne journée, Omago.

Sur ces mots, Nanton s'en retourna à ses moutons.

— Omago, tu devrais avertir Veltan, dit Selga, le petit fermier, une semaine plus tard. Ils n'ont pas l'air comme nous, et ils parlent bizarrement.

— Comment ça, « bizarrement » ?

— On dirait que leurs dents bloquent leur langue, ou

quelque chose dans le genre. Je crois qu'on appelle ça « zozoter ». En plus, ils sont très petits. Je n'ai rien d'un géant, tu le sais. Pourtant, leur tête m'arrive à peine à l'épaule. Quant à leurs vêtements gris à capuche… Eh bien, ils ne sont ni en lin ni en laine, et c'est plutôt curieux. Ces étrangers m'ont posé des questions bizarres. Bien entendu, je suis resté dans le vague, parce que notre vie ne les regarde pas. Surtout, dis-le bien à Veltan : si ces nabots nous cherchent des noises, il peut être certain que je ne les aiderai pas.

— Je suis sûr qu'il appréciera, cher Selga. As-tu déterminé de quelle direction ils venaient ?

— A première vue, ils sortaient de sous les montagnes, près des Chutes de Vash. Si je les revois, je leur demanderai. Dis à Veltan que je reste vigilant pour en apprendre le plus long possible sur ces types.

— Je suis sûr qu'il appréciera, cher Selga, répéta Omago.

Convaincu que le maître du Sud devait être informé de la venue des étrangers, Omago gravit la colline, avant le dîner, pour parler à Yaltar.

— C'est moi, mon petit ! lança-t-il en frappant à la porte.

L'enfant ouvrit et fit entrer son visiteur.

— Tu sais quand ton oncle compte rentrer ? demanda Omago en jetant un regard désapprobateur à la pièce en désordre et au lit défait.

— Il n'a pas été très précis… Je crois qu'il est parti s'occuper d'une affaire importante.

— Dès son retour, dis-lui que je veux lui parler. Des événements étranges se sont produits, et il doit les connaître.

— Je le préviendrai, promit l'enfant en tapotant l'étrange pierre accrochée à son cou par une lanière de cuir.

— Où as-tu trouvé cette opale ? demanda Omago.

— Devant la porte… Elle est jolie ?

— Magnifique, oui… Mais je m'étonne que tu l'aies découverte. A ma connaissance, il n'y a pas d'opale dans le coin.

— Elle a dû se promener et se perdre. Ou elle s'est soudain sentie seule…

— Les pierres ne « se promènent » jamais, et elles souffrent rarement de la solitude. Ara est devant ses fourneaux. Tu viens dîner avec nous ?

— Une idée géniale, Omago !

Veltan revint une semaine plus tard. Un beau matin, il tira le pauvre fermier de son lit.

— Selon Yaltar, dit le maître du Sud, tu as des choses importantes à me raconter.

— Je crois que c'est intéressant, Veltan, répondit le paysan avant de répéter au dieu ce que Nanton et Selga lui avaient rapporté au sujet des étrangers.

— Il faut que je parle avec mon frère d'une affaire de famille, déclara Veltan quand l'humain eut fini son compte rendu.

A la demande du dieu, Omago promit de garder les oreilles et les yeux ouverts.

Puis les deux amis se séparèrent.

Cette année-là, le dégel printanier manqua provoquer un désastre. Sur les pics, la couche de neige était bien plus épaisse que d'habitude. Pour ne rien arranger, la brise qui la fit fondre, normalement tiède, fut quasiment chaude. Tous les cours d'eau débordèrent de leur lit et les inondations se multiplièrent. Veltan et Yaltar étant absents, le maître du Sud ne put pas intervenir. Impuissants, les paysans se tordirent les mains en regardant l'eau dévaster leurs champs.

Les bergers qui faisaient brouter leurs moutons près

des Chutes de Vash en revinrent avec des nouvelles très inquiétantes au sujet du Domaine de Zelana. Hélas, leurs récits manquaient singulièrement de détails.

Quand les eaux refluèrent, d'autres bergers passèrent dans la région. Leurs histoires lui semblant trop atroces pour être vraies, Omago fit montre d'un profond scepticisme.

Une nuit, alors que les pommiers commençaient à fleurir, un roulement de tonnerre tira le fermier de son sommeil.

— Veltan est de retour, mon époux, lui annonça Ara. Nous devrions aller le voir, pour apprendre ce qui s'est vraiment passé dans le Domaine de sa sœur.

— Tu as raison, dit Omago. Les fadaises qu'ont nous a racontées m'ont tapé sur les nerfs.

— Je t'accompagne, mon cœur, fit Ara sur un ton sans réplique. Tu sais que je suis presque aussi curieuse que toi.

Si cette affirmation surprit le fermier, il le garda pour lui.

Les deux époux se levèrent, s'habillèrent et gravirent la colline par une douce nuit de printemps. Quand ils arrivèrent devant la maison, Veltan les attendait sur le seuil.

— J'espérais que vous viendriez, dit-il. Entrez, mes amis. J'ai beaucoup de choses à vous raconter, et peu de temps devant moi.

— Je suis content que tu sois de retour, dit Omago tandis qu'Ara et lui entraient dans la pièce où Yaltar passait le plus clair de son temps. Les bergers des Chutes de Vash, à la frontière du Domaine de ta sœur, m'ont raconté des histoires horribles, et j'aimerais connaître la vérité.

— Je vais te la dire, fit Veltan, mais je doute que tu l'apprécies beaucoup…

— Où est Yaltar ? demanda Ara en regardant autour d'elle.

— Ma sœur prend soin de lui. Je le trouve trop jeune pour voyager sur mon éclair.

— Une prudence louable, approuva l'épouse d'Omago.

— Mes amis, déclara Veltan, Yaltar est bien un des Rêveurs, et ses songes nous donnent une idée de ce qui nous attend. Les monstres des Terres Ravagées ont envahi le Domaine de Zelana. Grâce aux prémonitions du petit, nous avons eu le temps de nous préparer. Ma sœur est allée à l'ouest, où elle a engagé une armée de pirates maags. Moi, j'ai filé au sud, pour recruter des soldats de métier qui défendront notre région du Pays de Dhrall. Une avant-garde de Trogites a débarqué chez Zelana pour lui prêter main-forte…

— Certains bergers m'en ont parlé, dit Omago. J'ai cru qu'ils affabulaient.

— Et tu te trompais. Les Extérieurs sont plus avancés que nous, et ils utilisent des armes en fer ou en bronze. Toutes celles du Pays de Dhrall sont en pierre ou en os. Le métal est bien plus efficace. (Veltan tira de sa ceinture un couteau qu'il tendit à Omago.) Essaie cette lame. Tu verras qu'elle est beaucoup plus solide que les nôtres.

Omago prit l'étrange couteau, le soupesa et passa prudemment un pouce sur le tranchant.

— Il est très coupant…, souffla-t-il.

— Ça, tu peux le dire ! La crue a fait beaucoup de dégâts chez nous ?

— Pas mal, mais ç'aurait pu être pire. Beaucoup de gens ont perdu leur maison. Il paraît que certains paysans, vers le sud, se sont noyés. Avec la baisse des eaux, j'aurai bientôt des informations précises sur nos pertes…

— La crue était nécessaire, hélas… Les monstres du Vlagh, des sortes d'insectes, envahissaient le Domaine de l'Ouest. En attendant l'arrivée de nos troupes, la Rêveuse de Zelana a provoqué une inondation pour ralentir les monstres. Des milliers se sont noyés et le Vlagh a dû nous envoyer d'autres hordes de créatures hybrides. Elles utilisaient un canyon comme voie de pénétration. Par bonheur, nous avons pu les repousser. Les serviteurs du Vlagh ne sont pas très malins, mais ils finiront par se choisir un autre objectif. S'ils viennent par ici, il faudra les affronter – sûrement quelque part près des Chutes de Vash.

— Tes soldats arriveront-ils à temps pour nous sauver ? demanda Omago.

— Je n'en doute pas un instant. Ils viendront par la mer, dans de grands navires. Je vais également tenter de convaincre Zelana de nous aider. Ses humains, des chasseurs, sont d'excellents archers. Le général de mon armée est un brillant stratège. Une fois ses hommes en position, nos ennemis n'auront plus une chance de passer.

— Je crains que nous ne servions pas à grand-chose, Veltan, dit Omago. Nous assurerons l'approvisionnement des Extérieurs, mais quant à se battre… Pour commencer, il nous faudrait des armes. A part les frondes des bergers, on n'en trouve pas chez nous…

— Nous verrons, Omago… Préviens les autres fermiers et vois comment ils réagissent. Le plus important, pour le moment, est de collecter des vivres. J'ai engagé près de cent mille hommes. Bref, nous aurons beaucoup de bouches à nourrir !

— J'avertirai tout le monde, et on se mettra tout de suite au travail.

— J'étais sûr de pouvoir compter sur toi. Bien, il faut que je reparte. Vous deviez être prévenus, mais la guerre continue chez Zelana. Si elle a besoin de moi, je tiens à répondre présent.

N'ayant aucune expérience de la guerre, Omago eut

vraiment peur pour la première fois de sa vie. Ne pas savoir à quoi s'attendre était pire que tout !

— Ne t'inquiète pas trop, mon époux, lui souffla Ara alors qu'ils s'en retournaient chez eux. Fais de ton mieux pour aider Veltan, et laisse-le se ronger les sangs.

— Pour le moment, lâcha Omago, sinistre, l'aider à s'inquiéter est le mieux que je puisse faire...

3

Le couteau en fer donné par Veltan élargit considérablement l'horizon d'Omago. Surtout en matière d'amélioration des outils agricoles, faut-il préciser. En homme sérieux, il remit ces travaux-là à plus tard et se concentra sur les armes. Malgré son inexpérience, il établit assez vite une sorte de protocole. Une bonne arme avait deux usages : faire du mal à l'ennemi et l'empêcher de vous en faire.

Le couteau pouvait sans doute étriper tout adversaire tenté par un corps à corps. Mais s'il brandissait aussi une arme, l'affaire risquait de se révéler plus délicate.

— Cette lame devrait avoir une poignée plus longue…, marmonna Omago.

Aussitôt, il se sentit idiot. Beaucoup de ses outils – surtout pour le verger – avaient de très longs manches. Pour cueillir les pommes, par exemple, il était plus facile de secouer les branches que de grimper dans les arbres. Avec une fourche fixée au bout, des bâtons remplissaient parfaitement cette fonction.

A titre d'expérience, Omago retira la fourche d'un bâton et la remplaça par le couteau, solidement attaché avec des lanières de cuir. Aussitôt, l'outil cessa d'en être un pour devenir une arme redoutable. Le fermier fit quelques mouvements à blanc et fut ravi par le potentiel guerrier de son invention. Si un monstre le chargeait, un coup dans le ventre ou au visage doucherait son ardeur – s'il ne l'expédiait pas illico six pieds sous terre. Et la longueur du manche dissuaderait sûrement d'autres fâcheux d'approcher.

— Fascinant…, murmura Omago.

L'idée de blesser *volontairement* une personne n'aurait jamais traversé l'esprit des humains de Veltan. Mais d'après ce qu'il avait entendu, l'époux d'Ara doutait qu'on pût qualifier de « personnes » les monstres du Vlagh. Si certains ressemblaient à des gens normaux, il s'agissait d'une tromperie. Les descriptions venues du Domaine de Zelana parlaient d'hommes-insectes. Une dénomination des plus utiles. Si Omago mettait l'accent sur le deuxième mot, ses amis n'éprouveraient aucune culpabilité à l'idée de faire un massacre. Lors des invasions de sauterelles, ils n'avaient jamais hésité à allumer des feux pour les rôtir vivantes…

Tout bien pesé, ce mot magique – « insecte » – se révélerait plus précieux encore que les armes en fer. Car les fermiers voyaient rouge dès qu'ils l'entendaient.

L'esprit rempli de possibilités du plus haut intérêt, Omago s'en retourna chez lui, où l'attendait un merveilleux dîner.

— Pourquoi ce sourire béat, mon époux ? lui demanda Ara quand il prit place à la table familiale.

— Finalement, les fermiers seront moins impuissants que prévu. Transformer les outils en armes est plus simple que je ne le pensais, et j'ai trouvé la solution d'un problème encore plus important.

— Vraiment ?

— Les fermiers feraient n'importe quoi pour défendre leurs champs contre les insectes. Si j'ai bien compris les propos de Veltan sur les envahisseurs, ce sont des insectoïdes. Il me suffira de monter sur une colline et de crier « insectes » à pleins poumons. Dès qu'ils entendront ce mot, tous les paysans viendront m'aider à exterminer la vermine.

— C'est formidable, mon cœur, dit Ara. A présent, mange avant que ça refroidisse...

Omago fit passer le mot à plusieurs de ses amis, qui vinrent dès le lendemain soir assister à une réunion dans son hangar à outils. Quand il leur eut montré sa dernière invention, ils ne dissimulèrent pas leur intérêt.

— Omago, tu crois que Veltan pourra nous fournir d'autres couteaux ? demanda Benkar, un paysan spécialisé dans le blé. Si nous en avons tous, nous nous fabriquerons des armes comme la tienne. Ainsi, quand les hommes-insectes descendront des montagnes, nous combattrons aux côtés des Extérieurs.

— Je ne peux pas te répondre, hélas, avoua Omago. J'ignore s'il est facile de se procurer des couteaux. Et qui sait si les Extérieurs seront contents de nous avoir dans leurs pattes, quand la bagarre commencera ?

— C'est une idée à creuser, insista Nanton. Avec ces armes, les fermiers ralentiront les envahisseurs. Mes bergers et moi en profiterons pour les bombarder de pierres avec nos frondes. Si la manœuvre est bien exécutée, les monstres subiront d'énormes pertes. D'après ce qu'on raconte, les Extérieurs ont d'abord regardé de haut les humains de Zelana. Jusqu'à ce que ses archers commencent à cribler de flèches les monstres du Vlagh...

— Si quelqu'un me regarde de haut, grogna Selga, je lui ferai sauter toutes les dents d'un bon coup de poing !

— A tout hasard, intervint Eknor, un autre fermier, nous devrions nous entraîner...

— Comment nous y prendre, si Omago détient le seul couteau disponible ? demanda Benkar.

— C'est le manche qui fait l'essentiel du boulot, rappela Eknor. Exerçons-nous avec les bâtons. Dès qu'ils seront là, les Extérieurs nous donneront des couteaux, et nous serons fin prêts. En réalité, il suffit de penser à notre manière de moissonner le blé. Nous avancerons en ligne, côte à côte, et faucherons des insectes plutôt que des épis.

Omago réussit à étouffer un sourire. Les événements tournaient mieux qu'il l'avait espéré. Le mot magique avait mobilisé les paysans, désormais pleins d'ardeur combative. Avec un peu de chance, Veltan verrait qu'ils n'étaient pas si inoffensifs que ça !

Nanton et Eknor avaient réagi exactement comme l'époux d'Ara le prévoyait.

A l'évidence, l'horizon s'éclaircissait.

Au fil des jours, le cri d'alarme d'Omago au sujet des insectes incita de plus en plus de fermiers et de bergers à rejoindre les rangs de l'armée improvisée. Eknor se chargea de former les paysans au maniement du bâton, puis il les entraîna à marcher en ligne. S'occupant des bergers, Nanton leur fit multiplier les exercices de tir sur des cibles de plus en plus lointaines.

Les « soldats » s'entraînaient depuis deux semaines quand un roulement de tonnerre, dans un ciel sans nuages, leur annonça le retour de Veltan.

— Que fichez-vous donc, Omago ? demanda le dieu.

— J'ai pensé que mon couteau serait plus efficace avec un long manche. Une fois fixée à un bâton, la lame devient une arme redoutable. Les autres fermiers partagent mon opinion. Et ils espèrent, comme moi, que les Extérieurs nous fourniront des couteaux. (Omago regarda autour de lui pour s'assurer qu'on ne les écoutait pas.) Après ta description, j'ai… hum… baptisé nos ennemis. Désormais, ce sont officiellement des hommes-insectes. Tu sais ce que les fermiers pensent de ces bestioles. Aucun n'a refusé de participer au combat. Nanton et ses bergers seront aussi de la fête, avec leurs frondes. Les Extérieurs découvriront que nous ne sommes pas une bande de moutons prêts à se laisser tondre.

— Félicitations, mon ami. Dès que Lièvre arrivera, je le convaincrai de vous fabriquer des fers de lances plus classiques. C'est mieux que de fixer un couteau au bout d'un manche...

— Lièvre ? répéta Omago, perplexe.

— Un petit forgeron maag... Quand tes gars auront des fers de lances et du venin, nos ennemis auront du mal à les déborder.

— Du venin ?

— Du poison, si tu préfères... Les monstres du Vlagh sont aussi reptiloïdes, et leurs crocs diffusent un venin mortel. Chez Zelana, tous les mercenaires ont trempé les pointes de leurs armes dans ce liquide. Des centaines de serviteurs du Vlagh sont morts foudroyés par leur propre poison. (Veltan se rembrunit.) Ashad, le Rêveur de Dahlaine, a également eu une prémonition. Les serviteurs du Vlagh ont bien décidé de nous attaquer. Cela dit, inutile de s'angoisser. Les Extérieurs arriveront sans doute à temps pour nous aider à les repousser.

— Je l'espère, soupira Omago. Les fermiers et les bergers font de gros progrès, mais pas au point de se battre seuls...

— Compris..., fit Veltan. Je vais voir si les Extérieurs peuvent accélérer le mouvement.

Après les semailles, d'autres paysans affluèrent, attirés par les histoires qui couraient dans le Domaine.

Comme Omago l'avait prévu, tous furent fascinés par le couteau en fer. Mais ils ne cachèrent pas leur déception quand leur chef de guerre s'avoua incapable de dire où ils trouveraient du métal. Certains, peu nombreux, rentrèrent chez eux. Par bonheur, il en resta assez pour gonfler significativement les rangs de l'armée naissante. Entraîner les nouvelles recrues se révéla pénible. Convaincu que l'enjeu en valait la chandelle, Omago s'y consacra avec un acharnement admirable.

Après quelques semaines, un nouveau roulement de tonnerre annonça le retour de Veltan.

Omago s'habilla à la hâte. En compagnie d'Ara, il gravit la colline jusqu'à la fantasque demeure du dieu.

— Tout s'est passé mieux que prévu, les informa Veltan. Nous avons perdu le village de Lattash, mais ça semble un prix acceptable pour la victoire. De plus, les Maags et les Trogites viendront nous aider. Si rien ne cloche, nous gagnerons, comme à l'ouest, et les hordes du Vlagh retourneront à jamais dans les Terres Ravagées.

— Ne te fais pas trop d'illusions, mon cher, dit Ara. Les insectes ne sont pas si futés que ça…

— Quand les Extérieurs arriveront-ils ? demanda Omago.

Depuis peu, l'idée que des étrangers aident les fermiers à combattre pour leurs terres le mettait mal à l'aise.

— Dans quelques jours, répondit Veltan. Comme Zelana leur a donné un coup de pouce, les vents sont très coopératifs. (Il fronça les sourcils.) Ara, tu devrais avertir les femmes… Narasan contrôle les ardeurs de ses soldats, mais Sorgan a plus de mal avec les pirates. Dès qu'ils voient un jupon, ces types ne se sentent plus…

— Je donnerai des consignes, promit Ara.

— Quand aurons-nous nos couteaux en fer ? demanda Omago.

— Nous en parlerons à Lièvre dès son arrivée. Mais n'insiste pas trop sur les « couteaux »… Ce forgeron est très imaginatif. Décris-lui ce que l'arme est censée faire, et il fabriquera la meilleure pièce possible. Les pointes de flèches en fer qu'il a forgées pour Arc-Long et ses archers étaient bien meilleures que leurs anciens modèles en pierre.

— Je garderai ça à l'esprit, promit le fermier.

4

— Veltan, tu veux vraiment que je conduise mes hommes sur la plage ? demanda Omago, franchement dubitatif. Tout ça parce que les Extérieurs arrivent demain ?

— On dirait que ça ne t'enthousiasme pas…

— C'est vrai. Ces étrangers sont des soldats professionnels. Pour être franc, mes gars s'emmêlent encore un peu les pinceaux. Les Extérieurs se moqueront d'eux, et la moitié de mes recrues déserteront. A mon avis, il vaudrait mieux que tu en parles d'abord avec tes mercenaires.

— Je vois ce que tu veux dire. C'est d'accord, nous irons tous les deux.

— Ara voudra nous accompagner. Elle n'a pas vu Yaltar depuis un moment, et il lui manque.

— Excellente idée. De toute façon, je tenais à lui présenter ma sœur.

— Quand devrons-nous partir ?

— Après ton petit déjeuner… Ça suffira amplement. Zelana m'a informé que les Extérieurs débarqueront au milieu de la matinée, et la plage est à moins de trois kilomètres. (Soucieux, Veltan plissa le front.) Maintenant que j'y pense, je doute qu'un débarquement en masse soit une bonne idée. Il faudra emmener avec nous quelques officiers, mais le gros des troupes devrait rester sur les navires jusqu'à ce que nous partions pour les Chutes de Vash. Réduisons au minimum les risques de confrontations déplaisantes !

— C'est toi qui décides..., conclut Omago.

Dans le lointain, des voiles se gonflaient d'un bout à l'autre de l'horizon. Cet incroyable foisonnement fit tourner la tête d'Omago. Debout à ses côtés, Ara ne semblait pas le moins du monde impressionnée. Ces derniers temps, ses réactions étaient des plus déconcertantes...

Alors que la flotte approchait sous la lumière dorée du soleil, Omago remarqua des différences. Certains navires semblaient presque obèses alors que d'autres étaient d'une maigreur quasi squelettique.

— Ils ne se ressemblent pas beaucoup, ces bateaux...

— On ne les a pas conçus pour le même usage, expliqua Veltan. Les plus gros, très lents, ont mission de transporter des gens ou des marchandises. Les autres, petits et rapides, sont faits pour rattraper et détrousser les grands.

— Et ces deux groupes ne sont pas ennemis ? demanda Ara.

— Au début, ils ne se tapaient sûrement pas sur le ventre. Mais affronter les hordes du Vlagh les a réconciliés.

Un bateau nettement plus petit que les autres filait comme le vent vers la côte.

— C'est mon chalutier, dit Veltan, de la tendresse dans la voix. Il fend sacrément bien l'eau, pas vrai ?

— A quoi sert-il ? demanda Ara. Il ne semble pas aller avec les autres...

— C'est un coursier, répondit fièrement le dieu. Je l'utilise pour me déplacer très vite.

— Ce n'est pas plutôt le travail de ton éclair ?

— Mon petit compagnon est rapide, mais très bruyant. Parfois, la discrétion passe avant la vélocité.

Il y avait quatre hommes sur le pont du chalutier. Un type minuscule, un individu de taille normale et deux grandes perches vêtues de cuir.

— Le petit est Lièvre, le Maag dont je t'ai parlé, Omago. Le moyen est un jeune officier trogite nommé Keselo. Les deux autres, Arc-Long et Barbe-Rouge, sont des archers de Zelana.

— Des chasseurs ?

— De vrais champions ! Barbe-Rouge est un peu moins bon qu'Arc-Long, mais c'est normal, parce que personne ne l'égale. A ma connaissance, il n'a jamais raté une cible. Ses flèches vont toujours se planter là où il le leur ordonne.

— Gamin, fit Omago, je rêvais d'être un chasseur. Ce doit être une vie très excitante.

— Je suppose, mon ami, mais Arc-Long n'est pas un chasseur ordinaire. Sa guerre contre les monstres du Vlagh a commencé bien avant la nôtre. Il les abomine et les abat à vue. Officiellement, il travaille pour Zelana. En réalité, il est rétif aux ordres. Ce gaillard n'écoute personne – à part Eleria. Et même avec elle, il arrive que ça chauffe un peu…

— Ta sœur n'est pas furieuse ?

— Zelana s'y est habituée… Elle sait qu'il est loyal et dévoué, mais têtu comme une mule. Arc-Long est un solitaire qui fait les choses à sa façon. (Veltan haussa les épaules.) Au fond, seul le résultat compte. La manière n'est pas si importante…

— Où est Yaltar ? demanda Omago.

— Il voyage avec Zelana et Eleria, sur le *Cormoran*, le vaisseau amiral du capitaine Sorgan Bec-Crochu. Bref, le chef des pirates… Bientôt, le petit viendra avec moi sur mon éclair, mais je le trouve un peu jeune pour ça.

— *Beaucoup* trop jeune, corrigea Ara.

Le chalutier accosta avant le gros de la flotte. Veltan se fit un plaisir de présenter Omago et Ara aux quatre hommes qui débarquèrent sur la plage.

— C'est Lièvre, dit ensuite le dieu à Omago. (Il posa une main sur l'épaule du petit Maag.) Dis-lui ce qu'il te faut, et il le forgera en un éclair.

— Je l'espère bien…, souffla Omago en étudiant le pirate miniature. Veltan est revenu en coup de vent pour me raconter ce qui se passait dans le Domaine de l'Ouest. Il m'a aussi donné un couteau en fer, afin que je connaisse le sens du mot « métal ». Plus tard, j'ai eu l'idée d'accrocher l'arme au bout d'un long bâton. Contre les monstres du Vlagh, ça pourrait être un outil de défense efficace.

— On appelle ça une « lance », Omago, répondit Lièvre. Et ces armes existent depuis des lustres.

— Sans blague ? Je croyais avoir eu l'idée le premier. Cela dit, nous ne sommes pas des guerriers, dans le coin…

— Lièvre, intervint Keselo, notre nouvel ami est très brillant. Il n'avait jamais vu de lance, et il ne lui a pas fallu longtemps pour en inventer une.

— C'est remarquable, concéda le petit pirate, pensif. Omago, si tu as une autre idée de ce genre, n'hésite pas à m'en parler. Je fabriquerai un prototype et nous verrons si ça marche. Comment as-tu inventé ta lance ?

Modeste, le fermier haussa les épaules.

— J'exploite un grand verger… Pour éviter de monter aux arbres, j'utilise un bâton muni d'une fourche. En secouant les branches, la cueillette est plus rapide. Je regardais le couteau, un bâton dans l'autre main, quand l'idée de les combiner a explosé dans ma tête.

— Si tu as encore des *explosions*, préviens-moi sans tarder, dit Lièvre, impressionné.

— Des navires approchent, annonça Arc-Long. Sorgan, Narasan et quelques autres seront bientôt là.

— Parfait, fit Veltan. Nous avons du travail, et le temps presse.

Omago fut stupéfait par la taille des Maags. Ces pirates étaient d'authentiques géants et les armes pendues à leur ceinturon faisaient froid dans le dos. Plus petits et moins expansifs, les Trogites n'étaient pas en reste question armement.

Derrière les hommes, le fermier aperçut Yaltar en compagnie d'une splendide jeune femme – sans doute Zelana – et d'une fillette peut-être encore plus belle qui devait être Eleria.

Ara courut étreindre le petit garçon, qui s'accrocha à elle comme s'il venait de traverser une terrible épreuve.

— Joli pays, Veltan, dit un Trogite aux tempes argentées.

— Merci, Narasan, répondit le dieu. Où est Gunda ?

— Je l'ai envoyé à Castano, pour qu'il ramène le reste de l'armée. J'espère que la brèche, dans la barrière de glace, est encore ouverte.

— Elle l'est, assura Veltan. Avez-vous eu des problèmes en chemin ?

— Non. Les ennuis ont frappé avant que nous levions l'ancre. Les hommes de Barbe-Rouge n'étaient pas ravis quand il leur a annoncé son départ. Sa nomination au poste de chef est récente, et il n'a jamais caché que ça ne l'enchantait pas. Les villageois pensent qu'il a saisi la première occasion de se défiler. Juste avant que nous appareillions, une femme nommée Planteuse lui a tenu un discours très peu amical.

— Ne remue pas le couteau dans la plaie, général, dit l'archer à la barbe rousse.

— Je clarifiais les choses, mon ami, répondit

Narasan. Mon employeur a le droit d'être informé de ces chamailleries.

Ecœuré, Barbe-Rouge se détourna et s'éloigna en marmonnant de vagues imprécations.

— Je vous présente Omago, général, dit Veltan. Je l'ai connu dans un verger, quand il était haut comme trois pommes. Les fermiers et les bergers en ont fait leur confident.

— Cet homme est très doué, général, intervint Keselo. A partir d'un couteau en fer remis par Veltan, il a tout simplement inventé la lance !

— Ces armes existent depuis des siècles, Keselo, dit un officier trogite sec comme une trique.

— Pas dans cette région, Jalkan. Les paysans ne savent rien de la guerre et ils ne possèdent pas d'armes. Omago parle de son invention comme d'un « outil ». Ça dénote un état d'esprit très différent du nôtre.

— Les autres fermiers ont été très impressionnés quand il leur a montré sa lance, précisa Veltan au général. Ils aimeraient tous en avoir une.

— Pourquoi fiche ? ricana Jalkan. Les culs-terreux n'ont pas besoin d'arme !

— Ne dépasse pas les bornes, Jalkan ! lâcha Narasan, furieux.

— C'est une question légitime, général, dit Veltan. J'ai raconté à Omago que nos adversaires sont en partie insectoïdes. Il en avait entendu parler par des bergers, mais il refusait d'y croire. Sachez-le, les paysans ont horreur des insectes. Un essaim de sauterelles peut dévorer la récolte d'une année en moins de vingt-quatre heures. Stimulés par la lance d'Omago, ses collègues se sont portés volontaires pour lutter à vos côtés.

— Si nous leur montrons comment former une phalange, intervint Keselo, ils seront très utiles.

— C'est possible, concéda Narasan. Mais il leur faudra des boucliers.

— Des quoi ? demanda Omago.

— Une plaque de métal que nous fixons à notre bras gauche. Elle protège le torse des coups adverses.

— Voilà Bec-Crochu, messire, annonça Keselo.

— Parfait… (Narasan se tourna vers le dieu.) Où installerons-nous le camp ?

— Je voulais justement t'en parler… Ne te vexe pas, mais il vaudrait mieux consigner tes hommes – et ceux de Sorgan – sur les bateaux. Tes soldats savent se tenir. Quant aux pirates… Eh bien, je crois que tu me comprends…

— C'est clair comme de l'eau de roche, Veltan. En temps de paix, les Maags se montrent sous leur plus mauvais jour.

— Nous partirons bientôt pour les Chutes de Vash, ajouta le maître du Sud. Dresser un camp provisoire serait une perte de temps et d'énergie. Mes humains ont collecté de la nourriture pour les guerriers et ils l'apporteront sur la plage. Quelques officiers, Sorgan et toi viendrez chez moi pour consulter ma carte. J'ai chipé à Lièvre son idée d'une maquette en argile. Vous aurez donc une idée précise du terrain. D'après le Rêveur de mon frère, nous combattrons près d'une cascade appelée les Chutes de Vash.

Un Maag encore plus grand que les autres sauta sur le sable et approcha d'un pas décidé.

— Le paysage est moins accidenté que dans l'Ouest, dit-il, et il n'y a pas beaucoup d'arbres.

— Je n'en ferai pas une dépression nerveuse, Sorgan, assura Narasan. Combattre dans la brousse me tape sur les nerfs. Je te présente Omago. C'est le responsable, ici…

— Tu veux dire le chef ?

— Nous ne sommes pas fous de la hiérarchie, intervint Veltan. Omago ne donne pas d'ordres aux autres fermiers. Il lui arrive d'émettre des suggestions, et ça ne va jamais plus loin.

— Veltan pense que nous devrions laisser nos hommes sur les bateaux, dit Narasan. Nous partirons pour les montagnes dans quelques jours. Inutile de se fatiguer à dresser un camp.

— Je suis d'accord, dit simplement Bec-Crochu.

— Sorgan, Narasan et toi êtes invités chez moi, précisa Veltan. J'ai créé une « carte » qui vous intéressera. Le terrain où nous combattrons sera encore plus accidenté et à pic que le canyon de Lattash. Bien sûr, messires, vous pourrez amener avec vous les officiers de votre choix…

— Bovin et Marteau-Pilon m'accompagneront, dit Sorgan. Au fond, c'est la guerre de Narasan. Moi, je suis venu pour le plaisir de voyager.

— C'est faux, et tu le sais très bien, Sorgan, lâcha Narasan.

— Possible, mais ce coup-ci nous allons faire les choses à ta façon, mon vieux. Donc, je pourrai t'engueuler si ça tourne mal.

— Tu es un type noble et généreux, Sorgan, railla le général.

— C'est maintenant que tu t'en aperçois ? riposta le pirate avec un sourire matois.

Omago comprit que ces deux hommes, radicalement différents, avaient développé une solide amitié pendant la campagne de l'Ouest. Et leur complicité serait des plus utiles quand la bataille ferait rage…

— Comment est organisée l'Eglise au Pays de Dhrall ? demanda à Omago le Trogite nommé Jalkan.

Les deux hommes, un peu à la traîne, gravissaient la colline en direction de la maison de Veltan.

— Je ne suis pas sûr de comprendre, avoua le fermier. Qu'entends-tu par « Eglise » ?

— Les prêtres… Les guides spirituels du peuple qui l'empêchent de violer les règles de la foi.

Jalkan semblait passionné par ce sujet.

— Il n'y a rien de tel dans le Domaine de Veltan, répondit Omago. Il paraît que ça existe chez une de ses sœurs, Aracia, mais le maître du Sud estime que nous n'avons pas besoin de ces pitreries. Quand on veut parler à Veltan, il suffit d'aller frapper à sa porte. Pour une raison inconnue, les gens préfèrent passer par moi…

— Dois-je comprendre que tu converses directement avec ton dieu ? s'exclama le Trogite.

— C'est ça, oui. Et presque chaque jour…

— Mais… mais…, bredouilla Jalkan.

— Les coutumes ne sont pas les mêmes dans tous les pays, j'imagine. Au sud, nous sommes moins collet monté qu'ailleurs…

— Où sont les mines d'or ? demanda Jalkan, pressé de changer de sujet. C'est la clé de tout, non ? Les envahisseurs veulent vous voler vos réserves ?

— Voilà qui m'étonnerait… Les serviteurs du Vlagh se fichent de ce métal jaune tout juste bon à fabriquer des babioles. Leur maître veut conquérir notre territoire et la nourriture qu'il contient.

Soudain soupçonneux, Jalkan pressa le pas.

— Ne réponds pas aux questions de ce type, Omago, conseilla Arc-Long. Les autres Trogites ne le portent pas dans leur cœur. Il est cupide, et il traite mal ses hommes.

— Les Extérieurs sont plutôt bizarres, non ?

— A leurs yeux, c'est nous qui paraissons étranges. Leurs vies sont très compliquées, alors que nous cherchons avant tout la simplicité. J'ignore pourquoi, mais ça les énerve…

— J'ai hâte que ce soit fini, et de les voir repartir.

— Tu n'es pas le seul, mon ami…

— C'est impossible ! s'écria le Trogite Padan en découvrant la demeure de Veltan. Elle est taillée dans un seul bloc de roche !

— Ça protège des intempéries, répondit le dieu. A Kaldacin, j'ai remarqué que les bâtiments étaient ouverts à tous les vents…

— Comment as-tu bâti cette maison ?

— Tu es sûr de vouloir le savoir, Padan ? demanda Veltan avec un petit sourire.

Le Trogite lui jeta un regard perplexe.

— Pas vraiment, avoua-t-il. Si tu me dis tout, j'ai peur de ne pas pouvoir fermer l'œil de la nuit…

— Faites-moi l'honneur d'entrer, mes amis ! lança le maître du Sud. En m'inspirant d'une idée de Lièvre, j'ai établi une carte détaillée de la région où nous combattrons. Vous serez sans doute curieux de l'étudier…

Omago attendit sur le seuil jusqu'à ce qu'Ara l'ait rejoint.

— Comment va Yaltar ? demanda-t-il.

— Pas très bien, mon époux. Si j'ai bien compris, il a dû faire une chose horrible, dans le Domaine de l'Ouest, et ça le hante. Zelana s'efforce de le consoler, mais rien ne l'aide, à part tenir la main d'Eleria.

— Tu restes avec eux ?

— Je crois que c'est mieux, oui. Nous serons dans la cuisine. Je dois préparer le repas des Extérieurs, et les odeurs de cuisson remontent le moral du petit.

— Il n'est pas le seul, mon ange, répondit Omago avec un sourire.

— Tu as remarqué ? Rejoins Veltan, à présent. Il aura besoin de ton aide pour expliquer certaines choses aux Extérieurs.

Omago rattrapa les autres et entra derrière eux dans une grande salle qui lui était inconnue. Cela ne l'étonna pas, car Veltan, sans raison apparente, aimait renouveler sans cesse l'agencement de sa demeure…

— Voilà ma salle de la carte, annonça fièrement le dieu. Général Narasan, j'ai copié votre salle de guerre, à Kaldacin, mais avec quelques variantes.

— Je m'en suis aperçu…, fit le Trogite sans cacher son émerveillement.

Le seuil de la pièce circulaire donnait sur une sorte de balcon suspendu à trois mètres du sol. Il dominait la « carte » de Veltan – une reproduction fidèle de la région montagneuse qui entourait les Chutes de Vash. Si Omago n'avait jamais douté des talents de son dieu, cette maquette était d'une précision à couper le souffle.

— D'où vient toute cette eau ? demanda Sorgan Bec-Crochu. Aucun ruisseau n'alimente les chutes.

— L'eau jaillit des entrailles de la terre, répondit Veltan. En ce moment, le geyser n'est pas très actif. Mais quand ça lui prend, il projette des gerbes à plus de trente mètres de haut.

— C'est ton œuvre, Veltan ? s'enquit Keselo.

— Non. Je crois qu'un tremblement de terre est responsable. Sous les montagnes, le sol n'est pas très stable.

— Ces chutes sont bien plus abruptes que le canyon de Lattash, souligna Sorgan. Ça risque de nous poser des problèmes, le moment venu.

— Sais-tu, même approximativement, à quel moment l'ennemi atteindra cette zone ? demanda Narasan au dieu.

— C'est comme dans l'Ouest…, soupira Veltan. Le Rêveur de mon frère sait *où* ça se passera, mais pas *quand*.

— Si les monstres ont foré des tunnels, avança Padan, ils nous attendent peut-être déjà sur place.

— Je n'y crois pas, objecta Keselo. Il leur a fallu des siècles pour se creuser un chemin du faux escalier jusqu'aux anciens villages, dans le canyon. Ils n'ont pas eu le temps d'atteindre les chutes, j'en suis certain.

— Il a raison, Padan, dit Narasan. Si des tunnels existaient, les monstres auraient attaqué les deux Domaines en même temps. Ici, le danger ne viendra pas de sous la terre. Cette invasion-là semble être un acte désespéré. Les volcans ont à jamais obstrué le canyon, et quelque chose ou quelqu'un contraint nos ennemis à conquérir de nouvelles terres. Apparemment, ils se fichent qu'elles soient au nord, au sud, à l'est ou à l'ouest. Tu es d'accord avec moi, Sorgan ?

— Je n'y ai pas vraiment réfléchi, mais ça se tient. Si tu as raison, nous ne devrions pas traîner ici. Une fois sur place, il faudra bâtir des fortifications. Pas question d'affronter les hommes-serpents sur un terrain découvert, si on peut l'éviter.

— Bien raisonné, Sorgan, dit le général. Le gros de mon armée arrivera bientôt. En attendant, l'avant-garde gagnera au plus vite le sommet des chutes. Je refuse d'avoir des hommes-serpents aux trousses, comme la dernière fois. A mon âge, on n'aime plus tellement les surprises.

5

Une heure après le début de la réunion, Ara fit irruption dans la salle ronde.

— Ces gentilshommes sont servis ! annonça-t-elle. Venez manger avant que ça refroidisse.

— Messires, vous allez vivre un moment inoubliable, déclara Veltan, non sans fierté. Ara est la meilleure cuisinière de l'univers.

— Cette fille gaspille son véritable talent, lança Jalkan avec un rictus obscène. A Kaldacin, une poupée pareille se ferait une fortune.

Un frisson glacé courut le long de l'échine d'Omago.

— Je ne suis pas sûr de te suivre, Jalkan, lâcha-t-il d'une voix dangereusement atone.

— Tu es aveugle, l'ami ? Cette servante me fait bouillir le sang. Je paierais cher pour l'avoir dans mon lit !

D'instinct, Omago flanqua au Trogite un direct du droit qui l'expédia au tapis.

Jalkan se releva péniblement, cracha du sang – et quelques dents –, puis porta la main à son ceinturon, où pendait une dague.

Keselo fut plus rapide. Dégainant son épée, il en

plaqua la pointe sur la pomme d'Adam de son compatriote.

— Lâche cette arme, Jalkan ! ordonna-t-il. Sinon, je t'égorge sur-le-champ.

— Ce bouseux m'a frappé ! Pour cette offense, il mérite la corde. Je suis un officier !

— Tu en étais un, corrigea Narasan, glacial. Je te supporte depuis trop longtemps, mais tu viens de me fournir le prétexte que j'attendais. Ta carrière dans l'armée est terminée, et personne ne s'en plaindra.

— Tu ne peux pas me chasser ! J'ai payé pour mon grade. Une vraie fortune !

— Oui, de l'or que tu avais extorqué à des malheureux, rappela le général. C'est fini pour toi, Jalkan. (Narasan se tourna vers Padan.) Couvre cet escroc de chaînes et ramène-le sur la plage. Quand je serai plus calme, je déciderai de son sort. (Une idée lui traversa l'esprit.) Omago, veux-tu le châtier, ou préfères-tu que je m'en charge ? Les coutumes du Pays de Dhrall ne me sont pas familières, j'en ai peur. Comme il a insulté ta femme, il serait juste que tu choisisses la punition.

— Ne plus l'avoir sous les yeux suffira, général, répondit le fermier, les poings serrés.

— Dans ce cas, je m'occuperai de lui… Padan, conduis cette vermine sur la plage !

— Avec joie, général ! répondit l'officier. Tu veux y aller sur tes jambes, sac d'excréments ? Ou tu préfères que je t'y propulse à grands coups de pied dans le cul ?

— Joliment dit, Padan, souffla Barbe-Rouge, franchement admiratif.

— J'ai toujours été doué pour les discours, répondit le Trogite, modeste.

Le lendemain, quand Omago entra dans la salle de la carte, plusieurs inconnus y conversaient avec Veltan.

— Te voilà enfin, mon ami ! se réjouit le maître du

Sud. J'attendais impatiemment de te présenter nos visiteurs. (Il désigna un grand type barbu vêtu de peaux de bêtes.) Voilà Dahlaine du Nord, mon frère aîné…

— Ravi de te connaître, Omago, fit le barbu avec un bref hochement de tête.

— Tout le plaisir est pour moi, répondit le fermier, dubitatif.

Sans qu'il sache pourquoi, le frère de Veltan le mettait terriblement mal à l'aise.

— Tu connais déjà Zelana, continua Veltan, mais pas ma seconde sœur, Aracia.

Vêtue comme une reine, la maîtresse de l'Est toisa le fermier de haut.

— Ma dame…, la salua poliment Omago.

— Dahlaine et Aracia ont voulu amener chez nous les chefs de leurs armées de mercenaires, annonça le maître du Sud. A titre d'observateurs, en somme. Puisqu'ils devront un jour combattre les hordes du Vlagh, autant qu'ils sachent à quoi s'attendre.

— Laisse-moi m'occuper de ça, Veltan, intervint Dahlaine. (Il se tourna vers Omago.) Il paraît que tu es le chef de l'armée locale ?

— « Armée » est un grand mot, répondit Omago. Nous découvrons à peine la notion de guerre, mais le général Narasan a promis de nous entraîner convenablement.

— Sais-tu ce qu'est un cheval ?

— J'ai peur que non, messire…

— En gros, c'est une vache sans cornes capable de courir très vite, expliqua le maître du Nord. (Il posa une main sur l'épaule d'un type maigrichon au visage couturé de cicatrices.) Je te présente le prince Ekial, chef des cavaliers Malavis. Son peuple a apprivoisé les chevaux, leur apprenant à porter des sacs de grains ou des fagots de bois. Un jour, un gaillard intelligent s'est avisé que ces braves bêtes pouvaient aussi véhiculer des gens – et avaler les distances plus rapidement qu'eux. Les cavaliers prirent l'habitude de se déplacer ainsi. Quand une guerre éclata, ils s'aperçurent que combattre à dos de cheval était très efficace. Puisqu'il n'y a pas d'équidés au Pays de Dhrall, les serviteurs du Vlagh seront déconcertés par mes combattants. Lorsqu'ils se seront frottés à eux, les rares survivants en garderont un mauvais souvenir, je suis prêt à le parier !

— Prince, demanda Omago, pour voyager, vous montez vraiment sur le dos d'un animal ?

— C'est moins fatigant que la marche, et les chevaux adorent galoper. Avec une bonne monture, on va environ cinq fois plus vite qu'à pied…

— Si on passait à la suite ? s'impatienta Aracia. J'ai du pain sur la planche, moi ! (Elle se tourna vers Omago.) Cette fois, essaie de te comporter en gentilhomme, paysan ! (Elle désigna une grande femme, son index insistant sur le très long couteau glissé à son ceinturon.) Je te présente Trenicia, la reine des amazones de l'île d'Akala. Tous les pays n'ont pas les mêmes coutumes, au cas où tu l'ignorerais. Sur Akala, les femmes gouvernent et ce sont elles qui combattent.

— Et que font les hommes ? demanda Ekial.

— Le moins de choses possible, répondit Trenicia. Au fil des ans, ils se sont arrangés pour nous refiler les corvées. L'agriculture, la chasse et même la guerre… Nos mâles, assis en rond, prennent du ventre et palabrent au sujet d'une ânerie qu'ils ont pompeusement baptisée « philosophie ».

— Ton épée n'est pas un peu fine ? demanda le prince. Je doute qu'elle soit assez solide pour transpercer une armure.

— Pourquoi m'épuiserais-je à traverser du métal ? répliqua Trenicia. Le plus important, sur mon arme, c'est la pointe. Elle est très acérée et s'enfonce aisément dans la chair de mes ennemies. On n'imagine pas le nombre d'endroits qu'on peut frapper, sur le ventre ou la tête d'une adversaire. Après quelques coups bien placés, les guerrières que j'affronte perdent tout intérêt pour le conflit en cours.

— Tu te bats contre d'autres femmes ? demanda Zelana sans dissimuler sa surprise.

— Comment faire autrement ? répliqua Trenicia. Nos hommes ne savent pas par quel bout tenir une épée. Il y a quelques années, une polémique a fait rage sur notre île, au sujet de l'identité de la *véritable* reine. Aujourd'hui, c'est terminé. Les survivantes s'accordent à dire que je porte la couronne, et qu'il convient de m'obéir. (L'amazone eut un sourire radieux.) N'est-ce pas merveilleux, chers amis ?

Omago en eut des frissons dans le dos. Sous une apparence avenante, cette femme dissimulait une sauvagerie qui lui glaçait les sangs.

Dahlaine entraîna Veltan à l'écart – mais pas assez pour que le fermier n'entende pas leur conversation.

— As-tu parlé de la seconde invasion à tes mercenaires ? demanda le maître du Nord à voix basse.

— Pas encore… Je ne sais pas comment faire pour informer Narasan sans le vexer à mort. J'espère régler ce problème seul, ou avec l'aide de Zelana. Elle est très douée pour influencer les vents et les marées. Si elle daigne s'en occuper, la flotte d'invasion fera du surplace pendant les quelques siècles à venir.

— Je ne parierai pas là-dessus, souffla Dahlaine. Dans le rêve d'Ashad, la deuxième force débarque bel et bien sur les côtes de ton Domaine.

— Ça ne veut rien dire. Au Pays de Maag, Eleria a rêvé que Sorgan et tous ses hommes périssaient. Mais l'intervention d'Arc-Long a modifié les événements. Ces songes sont parfois des avertissements plus que des prédictions…

— C'est possible, concéda Dahlaine, mais garde quand même les oreilles et les yeux ouverts…

— La base cylindrique du fer de lance s'emboîte parfaitement au bout du bâton, expliqua Lièvre à Omago. (Les deux hommes travaillaient ensemble dans la cour du fermier.) Quelques coups de marteau suffisent à solidariser le tout.

— C'est sûrement plus efficace qu'un couteau attaché par des lanières de cuir, admit Omago. La nuit dernière, j'ai réfléchi, et je voudrais te parler d'une nouvelle idée…

— Encore une de tes *explosions* ?

— En quelque sorte… Si une lance avait plusieurs pointes, ne serait-elle pas plus redoutable ?

— Je crains de n'avoir jamais vu une arme pareille…

Omago entra dans son hangar à outils et en sortit avec un râteau à foin.

— Cet outil sert à collecter la paille, après la moisson du blé, dit-il en tendant le râteau au petit pirate. Si les pointes étaient droites, et pas pliées à quatre-vingt-dix degrés, elles pourraient faire des armes redoutables.

Le front plissé, Lièvre martela distraitement son enclume.

— Tu as encore mis le doigt sur quelque chose, Omago. En principe, une lance n'a qu'un fer, puisqu'on veut tuer un seul ennemi à la fois. Avec le venin que nous utilisions à Lattash, on éliminerait trois ou quatre monstres d'un coup. Faisons un essai, puis allons voir ce qu'en pensent le Cap'tain et le général Narasan. Si tes gars avancent en ligne, comme tu l'as dit, un mur de pointes empoisonnées se dressera devant les monstres.

— Qui a eu l'idée de tremper les flèches dans du venin ?

— Arc-Long, ou son chamane, Celui-Qui-Guérit… A vrai dire, je ne sais pas trop. Arc-Long massacre les monstres depuis son adolescence. Avant de l'avoir vu tirer à l'arc, on n'imagine pas à quel point il est bon...

— T'a-t-il dit pourquoi il déteste tant les serviteurs du Vlagh ?

— Non, mais un membre de sa tribu m'a tout raconté. Un homme-serpent a assassiné la fille qu'Arc-Long allait épouser. Depuis, tuer des monstres est une obsession pour lui... Bien, fabriquons une lance multifers, puis allons consulter nos chefs. Si le résultat est ce que je crois, ils seront enchantés. Mon vieux, tu es une mine à idées.

— C'est à cause de la paresse, avoua Omago. Un jour, j'inventerai un outil qui fera tout le travail à ma place. Comme ça, je resterai au lit jusqu'à midi...

— Depuis mon premier jour de forge, je rêve d'un outil de ce genre, conclut Lièvre avec un grand sourire.

Keselo retourna le bouclier de fer et montra la face arrière à Omago.

— Il faut glisser ton bras gauche dans la sangle de cuir et serrer fermement la barre transversale. Le bouclier devient ainsi une extension de ton bras, et il suffit de le lever pour parer les coups de lance ou d'épée de ton adversaire. Les créatures que nous avons affrontées dans le canyon n'avaient que leurs crocs et leurs dards. Ces boucliers les tiennent à distance, neutralisant leurs attaques. Ce matin, j'ai parlé à Lièvre. Comme moi, il pense que des boucliers en bois suffiront, puisque les serviteurs du Vlagh n'ont pas d'armes en métal. De toute façon, nous n'aurions pas assez de matériel pour équiper tous tes hommes. Le bois est plus facile à porter et à manier que le fer ou le bronze.

— Et sur un bouclier en bois, Lièvre n'aura aucun mal à fixer un fer de lance, juste au milieu.

— Bon sang, je n'avais jamais pensé à ça ! s'exclama Keselo. D'où t'est venue cette inspiration ?

— Un enchaînement d'idées, rien de plus… Imagine qu'un monstre parvienne à passer sous la garde d'un de mes lanciers. Si son bouclier est muni d'un fer de lance trempé dans le venin, il aura encore une chance de sauver sa peau. Et de tuer son adversaire.

— Tu es un génie, mon vieux !

— N'exagérons rien, fit le fermier, embarrassé par l'enthousiasme du jeune Trogite. Si j'ai bien compris, pour savoir former la phalange dont a parlé ton général, il faut beaucoup s'entraîner…

— Ça prend au minimum des semaines, confirma Keselo. La formation en phalange exige d'abord que tous les boucliers des soldats se chevauchent, afin de présenter une muraille de fer à l'adversaire. Chaque homme cale ensuite l'embout de sa lance au creux de son bras droit, et il tient la hampe de la même main. Pour que ce soit efficace, il faut serrer très fort la barre transversale du bouclier et la lance. Au début, les soirs d'entraînement, on a mal aux muscles des deux bras. Avec le temps, les choses s'arrangent. Le vrai secret, mon ami, c'est que les soldats doivent oublier qu'ils sont des individus. Devenus une *unité*, il leur faut faire montre d'une parfaite coordination. Dans une bonne phalange, une fois les lances en place, tous les guerriers avancent au même pas. Ils ne propulsent pas leur arme dans la poitrine de l'ennemi, comprends-tu ? Ils les portent vers la cible, comme une marée qui déferle sur du sable.

— Ce n'est pas un jeu d'enfant, fit Omago, troublé.

— Pour sûr que non ! confirma Keselo. Nous commencerons par apprendre à tes hommes l'art de marcher au pas. Pour ça, il faut poser le pied gauche sur le sol exactement au même instant que les autres. Au bout d'un moment, ça devient une seconde nature, et on le fait quasiment en dormant.

— Etre soldat est sacrément plus compliqué que je ne l'aurais cru, admit Omago.

— C'est toujours moins épuisant qu'un travail honnête, répondit Keselo avec un petit sourire.

— Mes drakkars sont beaucoup plus rapides que tes rafiots poussifs, Narasan, déclara Sorgan Bec-Crochu au beau milieu du dîner. Je pourrais conduire les archers de dame Zelana ici deux fois plus vite que toi !

— Mais tu en amènerais deux fois moins, répondit sèchement le général. Nous pourrions nous disputer toute la nuit sur ce qui serait le mieux : la vitesse, ou le nombre.

— Sacré Trogite ! Tu trouves toujours un moyen tordu de t'en sortir, pas vrai ?

— Personne n'est parfait, lâcha Narasan, ironique.

— Veltan, demanda soudain Arc-Long, où est exactement la frontière entre ton Domaine et celui de Zelana ?

— On ne peut pas vraiment parler de frontière, répondit le maître du Sud. Pourquoi cette question ?

— La plupart de nos archers sont des chasseurs, donc des hommes capables de courir bien plus vite que des fermiers sédentaires. Que ce soit ceux de Sorgan ou de Narasan, les navires devront suivre un très long chemin pour rallier Lattash. Si j'ai bien analysé ta maquette, un trajet en ligne droite du village jusqu'à ta maison représente moins de la moitié de cette distance. Mes chasseurs peuvent venir ici par voie de terre. (Arc-Long se tourna vers Sorgan.) Si ça t'amuse, nous pourrions faire la course, et même parier sur le résultat.

— Je miserai sur Arc-Long, Sorgan, avertit Narasan.

— N'espère pas gagner de l'argent sur mon dos, l'ami ! s'écria Sorgan. Depuis que je connais ce fichu Dhrall, j'ai appris une chose : on n'a jamais raison contre lui !

Le lendemain matin, un Trogite chauve nommé Gunda monta de la plage pour s'entretenir avec le général.

— Un de nos secrétaires a fait une copie de ma

carte pour Andar, annonça-t-il. Il conduira le reste de l'armée ici en empruntant la brèche, dans la barrière de glace. Puis j'ai acheté un chalutier pour revenir au Pays de Dhrall et savoir où vous voulez que les hommes débarquent. Dès que vous me l'aurez dit, j'irai rejoindre Andar pour le guider jusqu'à la zone choisie.

— Combien de temps cela te prendra-t-il ? demanda Narasan.

— Deux bonnes semaines... Les choses ont commencé à chauffer, dans le coin ?

— Pas à notre connaissance... Mais avec les hommes-serpents, on n'est jamais sûr de rien. Pourquoi Padan n'est-il pas venu avec toi ?

— Eh bien... il est un peu nerveux, général. Quand il vous verra, il devra vous raconter deux ou trois trucs qui ne vous rempliront pas de joie.

— Quoi, par exemple ?

— Suis-je obligé de répondre, chef ? Je ne voudrais pas que Padan me prenne pour une balance...

— Considère ça comme un ordre. Que se passe-t-il sur la plage ?

— Hier matin, quand il s'est réveillé, Padan a remarqué que le chalutier de Veltan n'était plus là.

— Pardon ? s'étrangla le général.

— Il a disparu, oui... Mais il y a pire. Padan m'a dit que vous avez chassé Jalkan de l'armée, et qu'il devait être mis aux fers. Mon collègue n'est pas idiot, et il a vite additionné deux et deux. Quand il a vérifié, Jalkan n'était plus à fond de cale, pieds et poings liés ! Lui aussi s'est volatilisé ! On pourrait prendre ces événements pour une coïncidence, mais je ne parierais pas un mois de solde là-dessus.

— Tu es obligé de tout tourner à la farce, Gunda ? demanda Narasan, irrité.

— Je vous ai fait mon rapport, général, comme vous

l'aviez demandé. Un bon soldat obéit toujours à ses supérieurs, non ?

L'officier chauve imita à la perfection l'indignation d'un innocent injustement accusé.

Puis il éclata de rire.

Au terme d'une longue réflexion, Omago arriva à une conclusion qu'il se plut à tenir pour définitive. Si les Extérieurs étaient techniquement plus avancés que les habitants du Pays de Dhrall, leur organisation sociale laissait à désirer. En fait, ils ne valaient guère mieux que de sales gosses – n'étaient les armes qu'ils trimballaient et leur fichue manie de guerroyer sous n'importe quel prétexte.

Leur agressivité, aussi enfantine fût-elle, se révélait précieuse pour le Pays de Dhrall. Le conflit à venir exigeait que les dieux engagent une multitude de tueurs qualifiés. Le choix de Veltan et de Zelana n'aurait pas pu être meilleur, de ce point de vue.

Omago sourit. Les Extérieurs avaient été soufflés par la plupart de ses « inventions ». Prenant les humains de Dhrall pour des « sauvages primitifs », ils n'avaient sûrement pas prévu que l'un d'eux leur donne des leçons d'armurerie.

Réfléchissaient-ils ainsi parce qu'ils ignoraient – ou se fichaient comme d'une guigne – qu'Omago, depuis son enfance, suivait une formation intensive et complète sous l'aile de Veltan ? Parmi les Trogites et les Maags, qui aurait pu se vanter d'avoir eu un dieu pour professeur ? La vivacité d'esprit du fermier était devenue sa seconde nature. Passer en un éclair de la cause à l'effet était pour lui un réflexe. Apparemment, cette logique dépassait les Extérieurs, dont les idées partaient dans toutes les directions, et le plus souvent au hasard.

A l'évidence, ils ne savaient rien de la source de presque toutes les inventions. Au lieu de penser : « Il me faut un objet capable d'accomplir telle ou telle tâche », ils se demandaient : « Que pourrais-je donc faire avec ce truc si je le fabriquais ? » Et bien entendu, ils trouvaient rarement la réponse.

Cela dit, en matière d'âneries, Omago n'avait rien à envier à ses nouveaux compagnons. En l'insultant, Jalkan lui avait donné une occasion idéale de mettre hors d'état de nuire un individu qui risquait de se révéler dangereux.

— J'aurais dû le tuer sur-le-champ, marmonna le fermier, dégoûté. Narasan m'a tendu la perche, et je n'ai pas su la saisir. Tout ça pour ne pas offenser les Trogites ! Imbécile que je suis ! A coup sûr, nous n'avons pas fini d'entendre parler de cette vermine à la langue de vipère !

Soudain, une idée étrange s'imposa à Omago. Ara avait-elle délibérément provoqué le Trogite ? Qu'elle en fût capable n'était pas douteux, il pouvait en témoigner. Après tout, que lui avait-elle fait d'autre, lors de leur première rencontre ? Poser les yeux sur elle avait suffi à l'ensorceler…

Si Ara avait incité Jalkan à la traiter ainsi, sa motivation était des plus évidentes. Et Omago – soit-il mille fois maudit ! – n'avait pas su jouer son rôle convenablement.

Oui, Ara voulait qu'il explose comme un sauvage ! Elle désirait qu'il fracasse le crâne de Jalkan, ou qu'il l'étripe proprement avec son nouveau couteau en fer.

— Si c'était ça, elle aurait dû me dire ce qu'elle avait en tête. (Omago haussa les épaules.) Bah, elle y pensera peut-être la prochaine fois…

LA TRAHISON

1

Jalkan de Kaldacin était le dernier survivant d'une famille jadis très influente dans l'Empire trogite. Beaucoup de ses honorables ancêtres avaient brillamment servi au sein du Palvanum, d'autres ayant été les conseillers respectés de certains empereurs parmi les plus glorieux de l'histoire. Au fil des siècles, la famille s'était enrichie, son prestige et sa puissance augmentant au point que les noms de ses membres les plus illustres ornent le fronton d'une théorie de monuments publics.

Depuis une centaine d'années, la lignée déclinait à une allure vertigineuse. Une série de « bons vivants » ayant dilapidé le patrimoine familial à grand renfort de débauche, de jeu et de beuverie, beaucoup d'ascendants récents de Jalkan, traqués par des créanciers, avaient fini leurs jours dans des geôles humides et puantes.

Au moment où Jalkan, ruiné, dut subvenir à ses besoins, la réputation déplorable de sa famille lui laissa un choix de carrière très limité.

Un temps, il envisagea de rejoindre les rangs d'une des Guildes trogites qui remplissaient copieusement leurs coffres en exploitant outrageusement les indigènes du Pays de Shaan. Car l'idée d'escroquer leur or à des sauvages n'avait rien pour lui déplaire.

L'annonce d'un épouvantable désastre l'encouragea à ne pas insister dans cette voie.

Ivre mort, un crétin s'était vanté de sa bonne fortune au mauvais endroit et devant les mauvaises personnes. Depuis, les indigènes de Shaan, fous de rage, massacraient les Trogites à tour de bras. Histoire de marquer leur désapprobation, ils allaient parfois jusqu'à les faire bouillir pour mieux les dévorer.

Confronté à une éventualité déprimante – trimer honnêtement pour un salaire de misère –, Jalkan se tourna vers l'ultime refuge des escrocs congénitaux. Vêtu avec une sobriété de bon aloi, et feignant une fervente piété, il commença à assister quatre fois par jour aux saints offices de l'Eglise amarite du coin.

Assez vite, un hiérarque mineur remarqua ce nouveau fidèle et le présenta à l'Oran du temple. Après un entretien serré, le digne prélat accepta de prendre Jalkan comme novice. Soucieux de vérifier la profondeur de sa foi, il le délesta au passage d'un tiers de ses maigres possessions.

Jalkan trouva l'addition salée, mais se résigna à en passer par là.

Ses premiers mois au sein du clergé ne furent pas une sinécure, car la hiérarchie amarite mettait un point d'honneur à éliminer de ses rangs les jeunes recrues visiblement dépourvues de qualité. Assez malin pour ne pas trop voler, au début, et pour discréditer en douce ses camarades absurdement honnêtes, Jalkan s'attela également à ruiner la réputation de ceux qui se montraient plus intelligents que lui.

Ses supérieurs prirent bonne note de son astuce et lui firent part de leur satisfaction.

Il passa alors à la phase suivante de son plan : obtenir au plus vite le grade de hiérarque. Dispensés des tâches déplaisantes, ces modestes serviteurs de la foi avaient droit à une chambre individuelle. Appelées des cellules, ces pièces ne valaient guère mieux que leurs équivalents pénitentiaires, mais elles restaient préférables au dortoir puant où les novices s'entassaient comme du bétail.

Grâce à ses dons pour la lecture et l'écriture – aussi limités fussent-ils – on affecta Jalkan à l'administration, où il découvrit que près de la moitié de l'Empire appartenait au culte amarite. Les domaines agricoles produisaient l'essentiel de la nourriture impériale – en échange d'une montagne d'or – et les loyers des bâtiments que l'Eglise détenait à Kaldacin composaient de fascinantes (et très longues) colonnes de chiffres.

Par un sombre après-midi d'hiver, le tout nouveau hiérarque exhuma un ancien rapport sur la fermeture d'un temple situé dans un des quartiers les plus miséreux de la capitale. Abandonné depuis près d'un siècle, le bâtiment, comme en attestait le grand livre comptable du culte, n'avait plus rapporté un sou depuis des lustres. Si ces informations s'avéraient, Jalkan avait de sérieuses chances d'être le seul homme au monde informé de son existence.

Cédant à la curiosité, il enfila son épais manteau avant de mettre le cap vers le quartier en question.

Un mur d'enceinte décrépit entourait l'édifice en ruine à demi avalé par la végétation.

Cruellement déçu, Jalkan comprit du premier coup d'œil pourquoi le vieux temple ne rapportait plus rien. Un seul éternuement malencontreux, et il s'écroulerait comme un château de cartes !

Alors qu'il se détournait, dégoûté, une lueur étrange attira son attention. Filtrant des planches vermoulues qui condamnaient une fenêtre, elle signifiait – si l'édifice n'était pas en flammes – que quelqu'un y avait élu domicile.

Soudain intéressé, Jalkan enjamba le mur d'enceinte – par endroits moins haut qu'une margelle de puits – et approcha de la bâtisse. A l'intérieur, des voix résonnaient sourdement. Dressé sur la pointe des pieds, le hiérarque jeta un coup d'œil par-dessus les planches pourries de la fenêtre.

Dans le temple censément désert, assis à une table bancale où reposait une lampe à huile, un type incroyablement gros brandissait un plateau en métal.

— C'est de l'argent pur, Esag. Il vaut bien plus qu'une seule couronne d'or…

— Je t'en donnerais volontiers une et demie, Rabell… Mais avec les armoiries gravées dessus, comment le mettre en valeur, dans ma boutique ? Si le crétin d'aristocrate à qui tu l'as piqué le voit, j'aurai la justice sur le dos en moins de temps qu'il n'en faut pour le dire.

« C'est un repaire de voleurs ! s'étrangla tout bas Jalkan. Et ils ne nous versent pas de loyer ! »

— Deux couronnes, Esag, c'est mon dernier prix, lâcha l'obèse.

— Tu es un escroc de la pire espèce, Rabell.

— Si tu n'en veux pas, rien ne t'oblige à l'acheter, fit le gros type. Tu sais, j'ai d'autres clients…

Esag sortit deux pièces d'or de sa bourse, les jeta sur la table et sortit avec son acquisition.

Emergeant des ombres, un grand costaud et une petite fille approchèrent de Rabell.

— Tu négocies comme un chef, mon vieux, dit le géant d'une voix rauque.

— Rouler ce crétin dans la farine est un jeu d'enfant pour moi, Grol, ricana Rabell. (Il tendit une pièce à son complice.) Voilà ta part.

— J'avais l'intention de te parler de ce problème… Notre arrangement n'est pas très juste. Bébé-Puce et moi sommes associés, et elle ne reçoit pas son dû.

— Réglez ça entre vous, Grol. Cinquante-cinquante, comme nous étions convenus ! Bébé-Puce et toi fournissez la marchandise, et je me charge de la vendre.

Si Grol marmonna dans sa barbe, il prit quand même la pièce.

— Rabell, j'ai peur que Bébé-Puce ne puisse plus continuer à voler pour nous. Elle grossit de jour en jour, je me demande pourquoi ! Bientôt, elle restera coincée dans un soupirail… A mon avis, je devrai me dénicher un autre gosse d'ici peu.

— C'est ton problème, l'ami. A présent, fichez le camp ! Des collègues à vous attendent de me montrer ce qu'ils ont volé.

Cette nuit-là, Jalkan ne dormit pas très bien. A l'évidence, son devoir aurait été d'informer l'Oran de cette affaire. Mais tel qu'il le connaissait, Paldor s'empresserait de contacter Rabell pour exiger une part des bénéfices. Bien entendu, il négligerait de prévenir *ses* supérieurs. Le hiérarque pourrait compter sur l'éternelle reconnaissance de son chef, mais sûrement pas sur une part du gâteau…

Par bonheur, il y avait une deuxième possibilité. Beaucoup plus séduisante, à vrai dire, que la première…

— Ce temple appartient à l'Eglise d'Amar, annonça Jalkan au gros receleur dès le lendemain soir. Tu ne peux pas t'y installer sans sa permission. Mon vieux, de graves problèmes t'attendent…

— Ne t'énerve pas, l'ami ! soupira Rabell. J'aurai décampé avant le coucher du soleil.

— Allons, je ne te fiche pas dehors… Mais pour utiliser ce splendide bâtiment, il faudra cracher au bassinet. Ou payer un loyer, si tu préfères. Dans ce cas, tu seras ici comme chez toi.

— Arrête de tourner autour du pot, Jalkan. Combien veux-tu ?

— Je ne sais pas trop… Moitié-moitié, peut-être…

— Laisse tomber ! A ce tarif-là, j'irai ouvrir boutique ailleurs.

— Pas de précipitation ! C'est une proposition négociable...

— Pas question de discuter tant que tu me mentiras ! L'Eglise ne verra pas un sou de ce que je te donnerai, pas vrai ? Tu empocheras tout, comme un bon margoulin qui se respecte.

— Eh bien...

— C'est exactement ce que je me disais... Ne cligne pas des yeux, Jalkan, parce que j'aurai disparu avant que tu les rouvres.

— Je peux t'aider à rentabiliser ton investissement, Rabell, insista Jalkan, qui craignait de voir s'envoler la poule aux œufs d'or.

— Sans blague ? grogna le receleur.

— Un hiérarque est souvent amené à rendre visite aux grands prêtres, dans leurs superbes palais. Je t'indiquerai où sont gardés les objets précieux. Ça vaut une rétribution, non ?

— Possible... Surtout si tu m'en dis plus long sur la sécurité, dans ces demeures. Dénicher un gamin capable de jouer les monte-en-l'air n'est pas facile. Alors, si on pouvait limiter les risques qu'il se fasse prendre...

— Comment as-tu eu l'idée d'utiliser des gosses ? demanda Jalkan.

— Dans quel monde es-tu né ? On fait ça depuis des lustres. Enfant, j'étais le meilleur voleur de Kaldacin. Aucune fenêtre ne m'arrêtait, et je me faufilais entre les barreaux les plus serrés. Quand il n'y avait *pas* de fenêtres, un trou à rat me suffisait. (Rabell sourit et se tapota le ventre.) Depuis, j'ai pris un peu de poids...

— J'avais cru remarquer... Alors, ta réponse ? Mes informations valent-elles une part des bénéfices ?

— On peut tenter le coup... Mais tu auras un pourcentage sur les affaires que tu m'apportes, rien de plus.

Rassure-toi, je travaille avec plusieurs équipes qui écument tous les beaux quartiers de la ville.

— Rabell, si tu me permets de poser une question… Pourquoi ne pas te débarrasser des types qui exploitent les enfants ? Tu gagnerais plus, et…

— Tu me vois monter la garde dans la rue pendant que les gosses détroussent un richard ? Mon gars, je me demande si la religion ne t'a pas dérangé le ciboulot…

— Présenté comme ça…, concéda Jalkan.

— Revenons à nos moutons. Avant d'y envoyer un gamin, je veux en savoir *très* long sur tes fameux palais.

— Je connais l'endroit idéal pour un début en fanfare, fit le hiérarque en se frottant les mains.

Les deux hommes se retrouvèrent quelques jours plus tard.

— Comment vont les affaires ? demanda Jalkan.

— Mieux que je l'aurais cru… La maison que tu m'as signalée était une mine d'or. Je l'ai confiée à Grol et à Bébé-Puce. Pour ramener le butin, la gosse a dû faire huit voyages de la cuisine à la fenêtre. Les assiettes et l'argenterie nous ont rapporté une petite fortune.

— J'ai d'autres « mines d'or » dans ma manche, Rabell. Il te suffit de demander. Mais faisons nos comptes avant de passer à la suite…

2

— J'ai dû déplaire à mon Oran, dit tristement Jalkan au chef des serviteurs du palais de l'Adnari Radan. Selon lui, nous devons archiver les dimensions *précises* de toutes les propriétés foncières de l'Eglise à Kaldacin. Mais je crois qu'il ment comme un arracheur de dents. Depuis que j'appartiens au culte d'Amar, c'est la corvée la plus assommante qu'on m'ait collée sur le dos. Je serai un vieillard décrépit avant d'avoir pris la *moitié* de ces mesures.

— Nous vivons pour servir..., souffla pieusement le domestique.

— Ça, on peut le dire ! ricana Jalkan. (Il désigna une porte lourdement ornementée.) C'est le bureau de l'Adnari ? Je ne voudrais pas le déranger...

— Il est au temple, en ce moment...

— Quelques minutes suffiront... Et si vous avez à faire, n'hésitez pas à me laisser. Je ne toucherai à rien, et je refermerai en partant.

— J'ai effectivement du travail, dit le vieil homme. Vous n'aurez pas besoin de moi, c'est sûr ?

— Je fais ça depuis des semaines. Encore un effort, et je mesurerai en dormant !

Le domestique sourit et s'éloigna dans le couloir.

Une fois dans le bureau, Jalkan regarda autour de lui. L'endroit regorgeait d'objets précieux dont il s'empressa de dresser la liste – très sélective, puisqu'il consigna seulement les plus belles pièces. L'Adnari Radan avait des goûts de luxe. Bref, un « client » parfait pour Rabell.

Le hiérarque revint au temple en sifflotant, ravi de sa moisson.

Il s'engagea d'un pas guilleret dans l'escalier qui menait à sa cellule, au deuxième étage… et se pétrifia en découvrant, sur le palier, les trois membres des Régulateurs – la police interne du culte – qui l'attendaient pour le cueillir au vol.

Jalkan tenta de fuir, mais il ne fut pas assez rapide. Les trois hommes le rattrapèrent, le ceinturèrent et le plaquèrent contre un mur.

— Je n'ai rien fait ! s'indigna-t-il.

Avec une nonchalance étudiée, un des Régulateurs lui flanqua dans l'estomac un coup de poing qui lui coupa le souffle. Pendant qu'il haletait, les trois brutes le couvrirent de chaînes.

— Tu es en état d'arrestation, hiérarque Jalkan, dit le chef de la patrouille. Suis-nous docilement, si tu ne veux pas être battu à mort.

— De quoi m'accuse-t-on ?

— On n'en sait rien, et on s'en fiche ! L'Adnari Estarg nous a dit de t'interpeller, et nous obéissons.

Jalkan trembla aussitôt comme une feuille. Réputé pour sa dureté, l'Adnari Estarg était l'homme le plus puissant de l'Eglise d'Amar. Si les lois du culte interdisaient qu'on exécute un prêtre, un hiérarque ou même un novice, tout le monde savait que les châtiments de l'Adnari étaient souvent pires que la mort.

Les Régulateurs traînèrent leur prisonnier, dûment terrifié, jusqu'au somptueux palais qui jouxtait le temple principal de la foi amarite. Lui faisant gravir un escalier de marbre, ils conduisirent Jalkan dans un bureau richement meublé, au deuxième étage de l'édifice. Là, ils le forcèrent à s'agenouiller devant le fauteuil-trône de l'Adnari, un obèse digne de Rabell, mais vêtu des robes pourpres de sa charge.

— Le prisonnier Jalkan, Seigneurie, annonça le chef de la patrouille.

— Excellent, fit le saint homme en se frottant les mains. Ce sera tout, soldats. Je me chargerai de ce mécréant.

— Comme il vous plaira, dit le Régulateur en s'inclinant.

Il fit signe à ses compagnons, qui lui emboîtèrent le pas, et sortirent en saluant.

— Quelle honte, hiérarque Jalkan..., soupira Estarg. Vraiment, c'est lamentable... Que faire d'un saligaud comme toi ?

L'Adnari semblait plus amusé que furieux. Un signe que Jalkan jugea encourageant.

— Tu as conscience, j'espère, d'avoir profané un lieu saint en le transformant en repaire de voleurs ?

— L'endroit est abandonné depuis longtemps, Seigneurie.

— Il n'en est pas moins saint pour autant, Jalkan.

— De plus, ce n'était pas mon idée... Le chef d'une bande de voleurs a investi les lieux sans nous demander la permission.

— Il aurait fallu en parler à ton Oran...

— Eh bien...

Jalkan hésita, à la recherche d'une explication qui n'aggrave pas encore son cas.

— J'attends que tu te justifies, hiérarque.

— J'ai perdu la tête, Seigneurie, avoua Jalkan. Ces voleurs gagnent des fortunes, et...

— ... tu as saisi l'occasion de les détrousser.

— Je prenais un ridicule quart du butin... Au début,

je pensais obtenir plus, mais Rabell n'a rien voulu savoir.

— Rabell ?

— Le gros type qui dirige les voleurs... Il vend le produit de leurs rapines. Mais l'idée de génie, c'est d'utiliser des enfants.

Estarg releva vivement la tête.

— Des enfants ? Quel rôle jouent-ils dans cette affaire ?

— Ils se chargent des vols, Seigneurie. D'après ce que je sais, les truands recourent à cette méthode depuis des lustres. Les riches mettent en général des barreaux à leurs fenêtres. Les gamins de Rabell sont si petits qu'ils se faufilent partout sans difficulté. Enfant, l'obèse était le meilleur voleur de Kaldacin.

— Et quel rôle joues-*tu* dans ce plan grandiose, Jalkan ?

— Seigneurie, je préférerais ne pas en parler...

— A ta guise, hiérarque... Mais je ne doute pas que les Régulateurs trouveront un moyen de te délier la langue.

— Si vous le prenez comme ça... Hum... Je me charge en somme du repérage, dans de somptueuses demeures.

— Et comment t'y introduis-tu ?

— Il s'agit surtout des palais de nos plus riches prélats, Seigneurie. Je prétends que nos érudits exigent de connaître les dimensions exactes de toutes les pièces des bâtiments qui appartiennent à l'Eglise. Ce mensonge m'ayant ouvert bien des portes, j'ai dressé la liste des demeures les plus intéressantes. Rabell s'occupe du reste, et je reçois vingt-cinq pour cent des bénéfices. Ses voleurs sévissent aussi ailleurs, mais là-dessus je n'ai droit à rien.

— Je commence à comprendre... Tu es très malin, hiérarque Jalkan. Mais tu as conscience, j'espère, d'avoir commis un crime ?

Le prisonnier recommença à trembler.

— Ne meurs pas de peur… Je crois avoir trouvé un moyen de te faire expier tes péchés. Car dans la vie, tout a un prix. Tu le sais, n'est-ce pas ?

— Je paierai tout ce que vous voudrez, Seigneurie.

— Tu ne crois pas si bien dire… Mais revenons à nos affaires. Combien d'enfants Rabell contrôle-t-il ?

— Je ne saurais le dire… En fait, je n'ai aucun contact avec leurs superviseurs.

— Leurs superviseurs ?

— Des bandits dont les gamins sont la propriété. Ils choisissent les objectifs et montent la garde pendant le cambriolage.

— Notre petite affaire semble très bien organisée…

— *Notre* affaire, Seigneurie ?

— Informe Rabell qu'il a un nouvel associé – majoritaire, évidemment. Je ferai rédiger un ordre de « mesure universelle de nos propriétés » et j'y apposerai mon sceau. Ce document te donnera accès à des palais dont tu ignorais jusqu'à l'existence. Notre glorieux Naos, Parok VII, est si gâteux qu'il ne distingue plus le jour de la nuit. Du coup, c'est moi, le doyen des Adnaris, qui dirige l'Eglise. Ma parole a force de loi, Jalkan. Pour commencer, tu distribueras des uniformes de Régulateurs à tes « superviseurs ». Ce sera très utile, puisque personne n'ose contrarier ces gentilshommes. Ne manque pas d'avertir Rabell que les choses vont beaucoup changer.

— Seigneurie, comment le contacter, alors que je suis couvert de chaînes ?

— Sans blague, mon bon Jalkan ? fit l'Adnari avec une innocence parfaitement imitée. N'est-il pas étrange que ce détail m'ait échappé ?

— Rabell, du changement s'annonce ! lança Jalkan quand il retourna au temple abandonné.

— Quel changement ? demanda l'obèse, soupçonneux.

— Après ma visite au palais de Radan, je suis retourné chez moi, pour mettre mes notes au propre. Mais trois Régulateurs m'y attendaient…

— Et tu es encore vivant ?

— Les Régulateurs sont un rien moins sauvages qu'on le dit, mon ami. Bien sûr, ils m'ont enchaîné et traîné jusqu'au palais de l'Adnari Estarg.

Rabell blêmit.

— Sa Seigneurie avait entendu des rumeurs au sujet de nos affaires, et elle m'a fait cracher toute la vérité.

— En ne traînant pas, nous aurons quitté Kaldacin avant le coucher du soleil ! cria Rabell.

— Pas de panique, mon vieux ! Après avoir entendu ma confession, l'Adnari a décidé de devenir notre chef.

— Tu te crois drôle, Jalkan ? Si oui, c'est raté…

— Ouvre bien les oreilles, Rabell. Il promulguera un décret sur l'enregistrement universel des propriétés foncières du culte. A cette fin, il faudra mesurer jusqu'aux plus petits placards. En présentant un document frappé du sceau d'Estarg, je me ferai ouvrir toutes les portes. Dans une semaine, nous commencerons à piller des demeures dont nous ne connaissions pas l'existence. Et ce n'est pas tout ! Les gaillards qui s'occupent des enfants porteront des uniformes de Régulateurs. Plus personne n'osera les embêter, mon vieux !

— Nous allons nous remplir les poches ! s'exclama Rabell, soufflé. Le monde sera à nous ! Si tout ça est un rêve, surtout, ne me réveille pas !

— Je n'y penserai même pas, mon cher ami ! jura Jalkan.

Avant d'éclater de rire – comme son compagnon.

Le Régulateur qui avait arrêté Jalkan quelques mois plus tôt frappa poliment à sa porte.

— L'Adnari Estarg souhaite vous voir, hiérarque, dit-il avec une courtoisie émouvante.

— J'arrive, répondit Jalkan en se levant d'un bond.

Ils gagnèrent le palais, où il fut immédiatement conduit dans le bureau de son maître.

— Te voilà enfin, mon ami, dit le gros Adnari. Notre horizon s'illumine de plus en plus…

— Vraiment ?

— Parok VII, notre saint Naos, a de graves problèmes de santé. Ses médecins pensent qu'il ne séjournera plus très longtemps en ce monde.

— Je prierai pour qu'il se rétablisse, Seigneurie.

— Comme nous tous, mais sans tomber dans l'excès, cependant. Amar est très occupé. S'assurer du rythme des saisons, des levers et des couchers de soleil… Tous ces détails prennent un temps fou ! Parok VII a eu une belle vie, et il partira le cœur en paix. Il manquera cruellement à l'Eglise, bien entendu, mais c'est ainsi que vont les choses… Bref, dès qu'un vieux gâteux sanctifié meurt, il faut bien le remplacer…

— Je crois deviner qui montera sur le saint-fauteuil quand notre cher Parok aura quitté ce monde, conclut Jalkan, tout guilleret.

3

Comme on le sait, les plans les mieux conçus des Adnaris et des hiérarques ne se réalisent pas toujours.

Tout individu sensé ne doute pas que Kaldacin, selon la volonté d'Amar, est le centre du monde et l'unique siège du pouvoir séculier. Hélas, les hérétiques dépourvus de sens commun sévissent partout dans l'univers. Ceux de l'Empire, regroupés dans le Sud lointain, refusaient depuis toujours de se plier aux exigences du divin Amar. En son infinie sagesse, Amar, comme tout le monde aurait dû le savoir, avait désigné l'Adnari Estarg pour succéder à Parok VII sur le saint fauteuil du Naos. Sans consulter quiconque, les Méridionaux contestataires choisirent un Oran quasiment inconnu, Udar, et décidèrent qu'il exercerait le pouvoir suprême.

Les prélats de Kaldacin trouvèrent l'affaire amusante. Devant sa colossale absurdité, ils se tordirent de rire des jours entiers.

Jusqu'à ce que douze corps d'armée, venus du Sud, encerclent la capitale.

Jugeant l'initiative inamicale, les citoyens demandèrent de l'aide aux chefs militaires dont les camps se dressaient à l'intérieur de leur cité.

Tous se rangèrent à l'opinion du général Narasan, qui

déclara, catégorique : « Nous ne nous mêlons pas des querelles religieuses. »

— Qu'allons-nous faire ? gémirent les autorités civiles et ecclésiastiques.

— Je suggère une reddition sans condition, répondit Narasan. Mais bien entendu, ça vous regarde…

Sur ces fortes paroles, il se détourna et s'en fut.

Le gouvernement impérial s'écroula peu après. Sans rencontrer de réelle résistance, les armées du Sud franchirent les portes de la ville, investirent le palais de l'Empereur et s'emparèrent du temple principal de l'Eglise amarite.

Les hérétiques délivrèrent plusieurs ultimatums à la hiérarchie « légitime » du culte. Bien que courtoisement tournés, ces textes n'y allaient pas par quatre chemins. Et leur sens ne risquait d'échapper à personne.

« Si vous n'obéissez pas au doigt et à l'œil, nous vous tuerons tous. »

La cérémonie qui éleva un inconnu au rang de Naos dura moins d'une demi-heure. Le discours d'acceptation d'Udar IV fut encore plus bref.

« Amar m'a chargé de purifier son Eglise, et je lui obéirai. Quiconque tentera de m'en empêcher finira six pieds sous terre. »

A cet instant, un frisson glacé courut le long de l'échine de Jalkan.

— Quelqu'un veut-il prendre la défense de cet infâme mécréant ? demanda le juge amarite en toge de cérémonie.

Sur ces mots, il jeta un regard méprisant à Jalkan…

… qui se tourna vers son très cher ami, l'Adnari Estarg.

Le saint homme baissa les yeux, ruinant les derniers espoirs de l'accusé.

— On dirait bien que non, déclara le magistrat.

Hélas, nos lois interdisent l'exécution d'un membre du clergé, même d'un rang inférieur. En conséquence, cette cour ordonne que Jalkan soit conduit sur-le-champ en place publique, où il recevra cinquante coups de fouet. Ensuite, il sera chassé de l'Eglise. Jusqu'à la fin de ses tristes jours, aucun fidèle d'Amar ne devra lui adresser la parole, et encore moins lui offrir le gîte ou le couvert. A présent, qu'on éloigne cette vermine de ma vue !

Les Régulateurs arrachèrent ses vêtements au condamné, l'enchaînèrent à un poteau, au milieu de la place, et le fouettèrent avec enthousiasme au mépris de ses cris de douleur et de ses supplications.

Quand ils le détachèrent, Jalkan récupéra ses habits et s'éloigna sous les quolibets de la foule venue assister à son châtiment.

Couvert de sang, des larmes ruisselant sur les joues, il se réfugia dans une ruelle étroite et se rhabilla en égrenant un chapelet de jurons. Tout marchait si bien, avant l'arrivée de ce foutu usurpateur ! A présent, ses efforts étaient réduits à néant…

L'Adnari Estarg l'avait laissé tomber pour sauver sa propre peau. Un choix que Jalkan pouvait comprendre…

En réalité, il s'en fichait, car il avait d'autres préoccupations en tête. Par exemple, retourner assez vite dans sa cellule, au temple, pour récupérer sa garde-robe et ses biens avant que son bannissement soit de notoriété publique. Il y avait surtout, sous son lit, une bourse qu'il ne pouvait abandonner à la cupidité de ses anciens coreligionnaires. Cet argent lui sauverait la mise. Sans lui, il n'aurait plus d'avenir.

Par bonheur, le novice chargé de monter la garde devant la porte du dortoir était à moitié soûl. Après avoir salué Jalkan, il le laissa entrer sans lui poser de question.

Le hiérarque déchu rendit son bonjour à l'abruti et fila dans sa cellule.

Une fois entré, il soupira de soulagement. Pour le moment, on n'avait touché à rien. Dès que sa disgrâce serait connue, il n'en doutait pas, ses « camarades » s'empresseraient de piller les lieux.

Grimaçant de douleur, Jalkan rampa sous son lit et retrouva à tâtons la chaussure posée près de la cloison. Le poids de la vieille godasse fut le seul rayon de soleil d'une journée jusque-là sinistre…

Jalkan se débarrassa de sa tenue de hiérarque et enfila ses plus beaux vêtements. Puis il sortit la bourse de la chaussure, et la glissa dans sa botte droite.

Avant de partir, il jeta un ultime regard à sa cellule. Tout bien pesé, son séjour au sein de l'Eglise lui avait correctement rempli les poches. Mais il était temps de passer à autre chose.

La récente prise de position de Narasan, au sujet des « querelles religieuses », était porteuse de bien des promesses. Une bourse pleine d'or retiendrait sans nul doute l'attention du général, et une carrière d'officier promettait d'être plus rentable encore que le service d'Amar.

— Ça vaut le coup d'essayer, murmura Jalkan en sortant du temple. De toute façon, j'en avais plein le dos de prier et de me prosterner…

4

S'adapter à la vie militaire ne fut pas un jeu d'enfant. Les membres du clergé dédaignant l'exercice physique, Jalkan était dans une forme déplorable. Cinq kilomètres de course à pied, avant le petit déjeuner, suffirent à régler ce problème en quelques semaines. Mais ce régime était loin de le combler de bonheur…

Quant à l'entraînement à l'escrime, il ne tarda pas à vomir Gunda, l'officier chauve chargé de son instruction.

Avoir payé si cher son grade, selon Jalkan, aurait dû lui valoir le respect de ses pairs. Mais Gunda semblait ignorer jusqu'au sens de ce mot. Chaque fois que son élève commettait une erreur, aussi infime fût-elle, il l'accablait d'injures et le couvrait de ridicule.

Avec le temps, Jalkan devint un peu plus adroit. Pourquoi fiche ? continua-t-il à se demander. Après tout, il était un officier, censé donner des ordres, pas se mêler aux atroces tueries tellement en vogue sur les champs de bataille. Etriper les autres et crever la gorge ouverte était le boulot des soldats, pas des chefs.

Un mois après le recrutement de l'ancien hiérarque, l'armée de Narasan fut grassement payée pour livrer une petite guerre, dans l'est de l'Empire. Selon Padan, un autre gradé, l'affaire serait « modérément déplaisante ».

Eh bien, Padan avait un drôle de sens de l'humour ! Aux yeux de Jalkan, le terme « déplaisant » passa vite pour un sacré euphémisme.

Après un an de service, l'ancien hiérarque, mieux adapté à la vie militaire, commença à l'apprécier. Le général Narasan étant le meilleur stratège de l'Empire, les divers conflits auxquels participaient ses hommes ne duraient pas longtemps, et leur issue ne faisait jamais de doute. A dire vrai, il arrivait souvent que l'ennemi capitule dès qu'il apprenait l'identité du commandant adverse.

Jalkan n'y trouvait rien à redire...

La solde valait le coup et les risques restaient limités. Avec du recul, il lui sembla avoir perdu son temps sous l'habit clérical. En réalité, il était né pour porter l'uniforme.

Alors qu'il finissait sa troisième année de service, le père de Keselo offrit un grade à son cher petit. Au début, Jalkan crut que le jeune aristocrate, assez collet monté, s'entendrait bien avec lui. Mais Keselo garda ses distances. A l'évidence, ses années d'études à l'université de Kaldacin lui avaient fait enfler la tête.

Dans l'Eglise amarite, Jalkan avait rencontré des prétentieux de ce genre. Certains hommes, décidément, ne parvenaient pas à accepter que leur éducation ne les plaçât pas au-dessus des autres...

L'ancien hiérarque se désintéressa de Keselo. Après tout, il n'avait pas vraiment besoin d'amis.

Au printemps de la cinquième année de service de Jalkan, un duc du sud de l'Empire fit une proposition alléchante au général Narasan. D'après ce que comprit Jalkan, un vieux baron était mort sans héritier. Depuis, les maîtres des deux duchés adjacents se disputaient le droit d'annexer la baronnie – officiellement pour en faire un « protectorat ».

Las de la dispute, le duc, qui voulait engager Narasan, avait décidé de passer à des mesures plus radicales. Le paiement étant confortable, le général n'hésita pas longtemps.

Jalkan eut quelques doutes. L'hérésie qui avait coûté le trône de Naos à Estarg était née dans le sud de l'Empire. Depuis, le hiérarque déchu se méfiait de tout individu originaire de cette région.

Les événements prouvèrent que cette prudence était justifiée. Le duc ennemi ayant en secret recruté *trois* armées, le résultat fut un désastre pour Narasan.

Jalkan n'avait jamais vraiment compris la réaction du général. Si douze cohortes avaient été massacrées, on déplorait la perte de très peu d'officiers. Que valaient les vies d'une bande d'hommes du rang parfaitement interchangeables ?

Aussi curieux que ça semble, Narasan avait mal encaissé le coup. Brisant son épée, il avait abandonné l'armée pour embrasser la carrière douteuse de mendiant dans les bas quartiers de Kaldacin.

Jalkan mesura aussitôt le potentiel de cette situation. Beaucoup d'officiers passaient avant lui sur la liste des avancements, mais ce n'était pas un problème. Surtout pour un homme qui connaissait tous les tueurs professionnels régulièrement engagés par les hauts prélats. Quand Gunda, Padan et quelques autres auraient disparu, Jalkan serait le successeur logique de Narasan.

A tout hasard, pour réduire à zéro les risques, il éliminerait aussi Keselo…

Le cœur en fête, l'ancien hiérarque commença à planifier ses futures opérations. Puis il passa aux détails pratiques.

A l'évidence, les soldats de cette armée touchaient

des soldes trop élevées. Une fois au commandement, Jalkan réduirait de moitié – au moins – ces émoluments ridicules. Après l'exécution des contestataires les plus actifs, les autres troufions se plieraient aux nouvelles règles. Si tout marchait bien, le général Jalkan gagnerait bientôt autant d'argent, sinon plus, que l'Adnari Estarg en personne.

Et ce ne serait que justice ! Enfin, son horizon s'illuminait pour de bon…

Quelques mois plus tard, Veltan débarqua à Kaldacin. En moins d'une semaine, le plan de l'ancien hiérarque s'écroula comme un château de cartes. De retour au camp, Narasan lui subtilisa sans coup férir son brillant avenir.

Jalkan fit de son mieux pour cacher sa déception. Une mascarade qui ne l'empêcha pas, dès qu'il était seul, de passer son temps à inventer une foule de nouveaux jurons.

5

Jalkan aurait juré que Veltan avait roulé Narasan dans la farine. Pourtant, quand l'avant-garde atteignit Castano, après une longue marche depuis Kaldacin, l'étranger entra dans le port à bord d'un chalutier qui transportait dix superbes lingots d'or.

Le jour du changement de main de cette fortune, Jalkan réussit à être présent sur le bateau loué par le général pour conduire au point de rendez-vous la majorité des officiers. Afin de savoir où serait conservé le trésor, il s'arrangea pour être dans la cabine de Narasan au moment crucial.

Le général rangea les lingots dans un grand coffre, au pied de son lit, puis il tendit une carte à Jalkan.

— Remets-la à Gunda, dit-il. Elle lui indiquera le chemin à suivre pour traverser la barrière de glace qui défend le Pays de Dhrall.

— A vos ordres, chef ! s'écria Jalkan, au garde-à-vous.

Un strict respect du protocole militaire était toujours une bonne idée dans ce genre de circonstances…

Des perspectives séduisantes s'offraient de nouveau à Jalkan – qui jugea plus prudent, ses expériences passées aidant, de garder secret son intérêt pour les lingots.

Après le départ de Veltan et de Narasan, dans le chalutier, Gunda prit le commandement de l'avant-garde qui se préparait à quitter Castano.

Jalkan se trouva alors devant un cruel dilemme. Informé de la cachette des lingots, il savait de plus que Narasan ne s'était pas donné la peine de verrouiller le coffre. En somme, un vol rapide et simple en perspective…

Cela dit, le Pays de Dhrall, selon Veltan, était hérissé de tas d'or qui attendaient sagement qu'on veuille bien les ramasser. De toute évidence, Jalkan était en mesure de dérober les dix lingots et de filer sans se faire remarquer. Mais comment renoncer à des *montagnes* de métal jaune ?

Comme tétanisé, il remâcha la question des jours durant, incapable de prendre une décision.

Quand la flotte eut appareillé, il s'avisa qu'il n'avait plus le choix.

Un coup de pouce du destin qui le laissa dubitatif lorsque les navires arrivèrent en vue de la barrière de glace. En fait de barrière, il s'agissait plutôt d'une chaîne de montagnes flottantes. Voguant dans un étroit canal, les vaisseaux se faufilèrent entre des parois gelées si hautes qu'on ne voyait plus le ciel.

Alors que la flotte avançait, des questions désagréables tourbillonnèrent dans l'esprit de l'ancien hiérarque.

« Et si le courant changeait de direction ? »

« Et si le vent soufflait d'ailleurs ? »

« Et si… »

Quelle qu'en fût la cause, si les parois se rapprochaient, les navires et les hommes seraient broyés par des mâchoires de glace. D'une puissante armée, il resterait du petit bois et de la bouillie rouge…

A ce point de sa réflexion, Jalkan gagna le pont inférieur et refusa de jeter un nouveau coup d'œil sur les murs de glace qui l'entouraient.

Le temps s'était un peu éclairci quand l'avant-garde entra dans la baie d'un village indigène nommé Lattash. Mais les pics, loin derrière les huttes, étaient encore couverts de neige.

Ayant observé la manœuvre de la plage, le général Narasan accueillit ses officiers dès que les chaloupes les déposèrent à terre.

Jalkan jugea le village si primitif qu'il n'aurait pas été étonné de voir ses habitants se déplacer à quatre pattes, comme des chiens. Et les pirates maags ne lui inspirèrent pas plus d'enthousiasme…

Sans verser une goutte de sueur, des soldats bien entraînés auraient pu détrousser les sauvages en un clin d'œil ! Avec du recul, l'ancien hiérarque se félicita de ne pas avoir choisi la solution de facilité, à Castano. Comparés à ce qui l'attendait, dix lingots n'étaient rien.

Il eut du mal à ne pas éclater de rire quand Narasan conduisit ses officiers dans une grotte où les attendait la sœur de Veltan. En matière de *primitivité*, les cavernes n'étaient-elles pas le nec plus ultra ?

Puis il vit Zelana, et son cœur manqua cesser de battre. De sa vie, jamais il n'avait posé les yeux sur une plus belle femme.

Sorgan, le chef des pirates, l'impressionna pour une tout autre raison. Le bougre était un géant, et ses adjoints, Bovin et Marteau-Pilon, le dépassaient d'une bonne tête.

Sans raison apparente, Narasan semblait juger que Lièvre, un Maag quasiment nain, était particulièrement intéressant…

Après de brefs débats, le général et le « capitaine » décidèrent de laisser leurs hommes à bord pour l'instant. Ce confinement ne dérangea pas Jalkan, ravi d'avoir le moins de contacts possible avec les sauvages et les pirates.

Alors qu'ils attendaient la fonte des neiges, le temps parut passer avec une infinie lenteur. Une fois encore, l'ancien hiérarque n'en fut pas gêné, car rien ne le pressait.

Un jour, un vieillard bizarre, le chamane d'une des tribus locales, leur raconta une histoire ridicule au sujet d'hommes-serpents terriblement dangereux. Haussant les épaules, Jalkan refusa de gober ces fadaises.

Vraiment, rester loin de ces barbares superstitieux était un coup de chance !

Quand la guerre éclata, découvrir la sinistre réalité faillit avoir raison de la santé mentale de Jalkan. Terrorisé, il passa le plus clair de son temps à prier Amar de le protéger. Des monstres, bien sûr, mais surtout de la sorcière nommée Zelana. Connaissant bien les gestes rituels censés tenir le démon à l'écart, il les répéta inlassablement pendant toute la durée du conflit.

Après ce qui lui sembla une éternité, les troupes du général Narasan embarquèrent et mirent les voiles vers le sud du Pays de Dhrall. Car c'était pour livrer cette guerre-là qu'on les avait engagées…

Jalkan espéra que la flotte raterait la côte et continuerait son chemin. Dans ce maudit pays, rien n'était naturel…

Il trouva pourtant le Domaine de Veltan plus plaisant que celui de sa sœur. Les jungles de Zelana l'avaient terrorisé, et les chasseurs primitifs qui les peuplaient se fichaient des grades comme de leur premier pagne. Face à un authentique officier et gentilhomme, ces rustres n'éprouvaient pas une once de révérence. Les paysans de Veltan, au moins, savaient rester à leur place.

En questionnant subtilement un bouseux nommé Omago, Jalkan fut stupéfait de découvrir que les sauvages ignoraient tout de la notion d'« Eglise ». Pire encore, on leur permettait de parler avec leur dieu sans passer par l'entremise d'un clergé.

Jalkan avait dissimulé son indignation et demandé au cul-terreux où étaient situées les mines d'or.

Omago avait feint de ne pas le savoir.

Furieux, l'ancien hiérarque avait planté là son interlocuteur.

Tôt ou tard, il trouverait un paysan plus coopératif.

Le Pays de Dhrall avait un grand potentiel, mais il lui fallait plus d'informations pour en tirer profit.

Après une assez longue marche, ils étaient arrivés devant le château de Veltan. Là, leur hôte les avait conduits dans ce qu'il appelait sa « salle de la carte ».

Jalkan avait écouté d'une oreille distraite une interminable conversation stratégique entre Narasan et Bec-Crochu. La seule chose importante, pour lui, semblait acquise. La région des Chutes de Vash devait regorger d'or, puisqu'elle serait le point focal de la bataille. L'ennemi avait pris les mines pour cibles, une démarche d'une imparable logique.

L'éruption volcanique, chez Zelana, avait enseveli sous des tonnes de lave les pépites du canyon. A présent, les sauvages de Dhrall tentaient de préserver l'or de Veltan.

Maintenant qu'il avait tout compris, Jalkan devait trouver un moyen de tirer profit de son savoir.

Au bout d'un moment, une paysanne très jolie était venue annoncer que le repas attendait ces gentilshommes. Eduqué jusqu'au bout des ongles, Jalkan avait cru bon de lui lancer quelques compliments délicats.

Toutes les bouseuses de l'Empire auraient été flattées par sa déclaration. Et aucun mari, aussi primitif fût-il, ne s'en serait offusqué. Hélas, Omago avait le sang chaud et une audace sans bornes. Frappé en traître, Jalkan s'était retrouvé sur le sol, sonné par un seul coup de poing.

Il s'était relevé, la main sur la garde de sa dague. Mais Keselo, ce jeune coq arrogant, lui avait plaqué la pointe de son épée sur la gorge.

Jalkan s'en était remis à la justice du général. Dans ce genre de cas, la loi n'était pas équivoque. Un paysan qui frappait un noble devait être exécuté sans délai.

Narasan avait refusé d'appliquer le code en vigueur. Indigné, il s'était même permis de reprendre à Jalkan le grade qu'il avait si chèrement payé.

Ignorant les protestations de l'ancien hiérarque, le général – c'était à peine croyable – avait ordonné à Padan de le couvrir de chaînes et de le jeter à fond de cale en attendant le verdict définitif.

Tout ça pour quelques compliments sincères !

6

Devant tant d'injustice, Jalkan se sentait mortellement outragé. Ses droits et ses privilèges d'officier avaient été foulés au pied, et aucun de ses pairs n'avait osé protester !

A présent, tout était limpide. Narasan lui avait vendu un grade afin de mettre la main sur son or. Dans la demeure de Veltan, il avait saisi l'occasion de le chasser de l'armée – un stratagème idéal pour s'approprier tous les lingots.

Rongé par le ressentiment, l'ancien hiérarque n'avait plus qu'une idée en tête : la vengeance.

En réfléchissant, il trouva vite une solution désarmante de simplicité. Très lié à certains membres du haut clergé amarite, il savait que le mot « or » leur ferait aussitôt tendre l'oreille. Mais pour obtenir leur aide, il devrait *montrer* le métal précieux…

Par bonheur, l'obstacle n'avait rien d'infranchissable. En un rien de temps, il mettrait la main sur plus d'or qu'aucun prêtre, aussi puissant fût-il, n'en avait jamais vu en une seule fois.

Pour l'heure, il était toujours à fond de cale, sur le vaisseau amiral de Narasan. Rien d'inéluctable là non plus ! Lors de son noviciat, il avait souvent dû se colleter à des portes verrouillées. Et les serrures de ses fers n'étaient pas si complexes que ça.

Bien que Padan l'eût fouillé, il lui restait pas mal de petites armes. Par exemple, la minuscule dague glissée dans sa botte droite. Pendant des années, au temple, cette lame était venue à bout de maintes portes closes.

La liberté lui tendait les bras !

S'il demeurait au Pays de Dhrall, s'évader ne lui servirait pas à grand-chose. Mais la solution de ce problème-là mouillait non loin de sa prison…

Jalkan sourit. Il existait bien une justice immanente. Face à Narasan, Veltan n'était pas intervenu en sa faveur… Et ce crétin adorait son chalutier !

Quand le moment lui parut propice, l'ancien hiérarque retira sa botte, récupéra la dague et se débarrassa des fers qui l'entravaient. Collant une oreille à la cloison de sa prison, il attendit que le silence de la nuit tombe sur le bateau.

Une fois sorti de la cale, il gagna le pont supérieur, resta un moment tapi dans les ombres, puis se dirigea vers la cabine de Narasan. Une fois de plus, « travailler » la serrure fut un jeu d'enfant.

Le coffre étant toujours ouvert, il lui suffit de soulever le couvercle pour s'emparer d'un des lingots.

Il en récupéra un deuxième, puis s'immobilisa, paralysé par un nouveau dilemme. Pour rejoindre le chalutier, il devrait nager, et l'or pesait lourd. Avec les dix lingots, il coulerait comme une pierre.

Le cœur brisé, il décida de s'en tenir à deux.

Morose, il sortit de la cabine, déroula une échelle de corde et descendit le long de la coque.

L'eau était glaciale… Garder la tête à l'air libre, avec son chargement, lui coûta de gros efforts. Epuisé et mort de froid, il atteignit enfin le chalutier, grimpa à bord et se laissa tomber sur le pont, où il attendit d'avoir repris son souffle.

Ensuite, avec un de ses petits couteaux, il lutta plus d'un quart d'heure pour couper la corde de l'ancre. Quand ce fut fait, il éclata de rire.

Libre, enfin !

Il s'assit sur le banc central, mit les rames en place et se dirigea vers le large.

Peu avant l'aube, s'estimant assez loin de la flotte, il abandonna les rames et hissa la voile du navire.

Avec un vent favorable, barrer en direction du sud – et de la fortune ! – fut d'une facilité réconfortante.

Incrédule, l'Adnari Estarg contemplait les deux lingots que Jalkan venait de lui remettre.

— Pourquoi fondent-ils leur or ainsi ? demanda-t-il. Des pièces ne seraient pas plus pratiques ?

— Ces sauvages ignorent la monnaie, Seigneurie. A mon avis, ils ne savent rien de la valeur du « métal jaune », comme ils l'appellent. Cela dit, ils feraient de très bons esclaves.

— De très bons *convertis*, Jalkan, corrigea Estarg.

— Ça ne revient pas au même ?

— C'est plus joli, et si nous évitons les dérives sémantiques, notre saint Udar IV n'y verra que du feu.

— Il est toujours vivant ? s'étonna Jalkan. Avant le départ de la flotte pour le Pays de Dhrall, j'ai entendu dire que le haut clergé avait décidé de l'éliminer.

— Il est entouré de fanatiques et nos tueurs ne parviennent pas à l'approcher. Ton Pays de Dhrall, mon ami, semble être l'occasion que j'attendais. On y trouve de l'or et des milliers d'esclaves potentiels. Tout ça me plaît, mais j'aime encore plus la notion de « distance ».

— J'ai peur de ne pas vous suivre, Seigneurie...

— Le Naos a fourré ses sales pattes dans la bourse de tous les hommes d'Eglise. Bref, il nous détrousse ! Sa fonction l'autorise à s'approprier une part équitable de nos biens, mais sa conception de l'*équité* dépasse tout ce que j'ai connu. Comme il a des espions partout, impossible de dissimuler le plus petit profit ! D'après ta description, le Pays de Dhrall est assez loin pour qu'il ne nous cherche plus des poux dans les cheveux. Nous verrons ce que nous réserve l'avenir, mais je sens qu'un schisme se profile. Notre nouvelle Eglise adorera encore Amar, mais elle n'enverra plus un sou à Kaldacin. Les marchands trogites seront les bienvenus chez nous, à l'inverse des émissaires d'Udar IV, fauchés par de déplorables accidents dès qu'ils poseront un pied sur nos plages. En dix ans, nous aurons coupé tous nos liens avec l'Empire et son Eglise, et nous volerons de nos propres ailes.

— Le Naos vous excommuniera, je suppose ?

— Il essaiera, mais nous ignorerons ses proclamations et nous tuerons tous les Régulateurs qu'il nous enverra. Au bout du compte, il comprendra le message. Combien de soldats nous faudra-t-il, Jalkan ?

— J'ai réfléchi pendant mon voyage… Cinq corps d'armée seront un minimum. Avec un demi-million d'hommes, nous occuperons la zone sud du Domaine de Veltan. Ce sera un bon point de départ. Veltan s'attend à une attaque venue du nord. Il ne détournera pas beaucoup de troupes de ce front pour nous combattre…

— D'accord pour cinq, dit l'Adnari. S'il nous en faut plus, nous recruterons à tour de bras.

— Je croyais qu'Udar avait la mainmise sur le trésor de l'Eglise.

— Il l'a, mais quand il a usurpé le saint-fauteuil, les coffres n'étaient pas très pleins. Dès que j'ai entendu parler des douze armées qui marchaient sur Kaldacin, je me suis chargé de les vider. Le trésor est en lieu sûr. Personne ne sait où, à part moi. (L'Adnari se tut, pensif.) Nous ne t'avons pas fait un procès équitable, mon pauvre ami… Et je n'ai pas été… hum… très loyal.

— Vous n'aviez pas le choix, Seigneurie. Le nouveau

Naos s'efforçait de purger l'Eglise de tous ses membres nés ailleurs qu'au sud de l'Empire. Si vous ou un de vos pairs aviez pris ma défense, vous auriez fini enchaînés à un poteau, à côté de moi.

— Nous te récompenserons d'avoir découvert le Pays de Dhrall, Jalkan.

— Je n'en doute pas un instant, Seigneurie. Etant le seul en mesure de vous y conduire, j'ai une valeur inestimable.

L'Adnari foudroya son interlocuteur du regard.

— Vous pensiez que c'était gratuit, Seigneurie ? Que diriez-vous de vingt pour cent ?

— Vingt pour cent de quoi ?

— De tout : l'or, les esclaves, le pays…

— C'est de l'extorsion de fonds ! s'indigna Estarg.

— Une offre à prendre ou à laisser ! Si vous ne jouez pas selon mes règles, je risque d'oublier le chemin du Pays de Dhrall. Je ne fais plus partie de l'Eglise et rien ne me force à vous obéir. Donc, c'est moi qui distribue les cartes.

Devant la consternation de l'Adnari, Jalkan eut chaud au cœur pour la première fois depuis un bon moment.

Confortablement installé dans une chaise à porteurs, Jalkan se dirigeait vers Castano. En chemin, il réfléchissait au point capital de toute l'affaire – à savoir sa sécurité. Certain que les hauts prélats recrutés par Estarg le jugeraient surnuméraire dès qu'il les aurait conduits au Pays de Dhrall, il devait trouver un moyen de rester indispensable au succès de l'opération.

La solution était simple, comme toujours. Seul membre de l'expédition à avoir vu la carte de Veltan, il connaissait la localisation des Chutes de Vash, le site des mines d'or. Donc, on ne se débarrasserait pas de lui dès que les côtes du Domaine de Veltan seraient en vue.

Les mines conquises, le problème se reposerait. Et là, trouver une riposte adéquate n'était pas si simple.

Celle qui s'imposait – engager une horde de gardes du corps – ne le satisfaisait pas. Payer ces mercenaires lui coûterait une fortune. Et s'il tentait de les escroquer, ils l'abandonneraient ou se retourneraient contre lui…

Se protéger et défendre ses biens risquait d'être ruineux.

Jalkan soupira de frustration. Etre riche n'avait pas que des avantages.

— Bah, murmura-t-il, résigné, le prix de la gloire et de la puissance est élevé… Quoi de plus normal ? Ça reste plus agréable que d'être pauvre et malade.

INTERLUDE
DANS LE PAYS DES RÊVES

Eleria n'avait pas très bien dormi, la nuit précédente. Si sa Vénérée semblait aller mieux, quelques indices laissaient penser que les tourments qui l'avaient poussée à fuir, après l'éruption volcanique provoquée par Yaltar, la torturaient encore.

Le cycle de la Vénérée était proche de son terme. Comme toujours, le besoin de dormir lui obscurcissait l'esprit.

Dans des circonstances normales, ça n'aurait pas été gênant. Hélas, rien n'était normal au Pays de Dhrall, ces derniers temps, et l'heure d'agir avait sonné.

A regret, Eleria comprit que la « récréation » était terminée. Il allait falloir passer aux choses sérieuses.

Les barrières mises en place par Dahlaine – juste avant le réveil des Rêveurs – n'étant pas très solides, Balacenia les abattit sans mal, et la réalité déferla dans sa conscience. Le sentiment de dualité – être deux individus bien distincts – fut d'abord perturbant.

Mais Balacenia, qui n'avait jamais eu d'enfance, se régala des souvenirs d'Eleria, et son amour pour Zelana lui fit monter des larmes aux yeux.

Un temps, elle flotta dans d'agréables limbes. Puis elle s'en arracha et contacta ses frères et sa sœur.

Vash fut le premier à répondre. Rien d'étonnant à cela, puisque Balacenia et lui étaient très liés depuis la création du monde.

— Tu m'as appelé, Eleria ? demanda-t-il d'une voix endormie.

— N'entre pas dans les jeux stupides de Dahlaine ! Contourne ses minables barrières, et la mémoire te reviendra. Alors, tu connaîtras ta véritable identité. Nous devons parler d'un sujet important, et ça n'est possible qu'en rêve. Tu ne voudrais pas que nos « aînés » nous entendent ?

Balacenia entendit Vash crier quand la réalité fit irruption dans son esprit.

— Tu as fait vite, constata-t-elle.

— C'était irréel ! s'exclama son frère.

— Ne te sépare pas de Yaltar, lui conseilla Balacenia. Ses souvenirs t'appartiennent, et c'est tout ce que tu auras jamais en guise d'enfance. A présent, va dans le lieu imaginaire où nous aimions nous rencontrer, et attends-moi. J'y conduirai Dakas et Enalla dès que je leur aurai « ouvert les yeux ».

— Je serai là, chère sœur, promit Vash.

Balacenia contacta Dakas et fut stupéfaite de constater qu'il avait déjà rappelé à lui la réalité. Plus proche de Dahlaine que les trois autres Rêveurs, il avait très vite mesuré à quel point l'aîné de leurs prédécesseurs était manipulateur.

— Où aura lieu la rencontre ? demanda-t-il.

— Ce n'est pas un lieu, mais un pur produit de l'imagination. Vash et moi l'avons créé pour nous voir tranquillement. Cet « endroit » est bien plus beau que le monde réel. Connecte-toi à Vash, et il te guidera.

— Compte sur moi, grande sœur.

Enalla posa plus de problèmes, car elle s'accrocha obstinément aux souvenirs d'enfance de Lillabeth.

Aracia ayant outrageusement gâté sa Rêveuse, Enalla détestait l'idée de grandir et d'accepter sa véritable identité.

Il fallut du temps, mais Balacenia, grâce à son statut

d'aînée des quatre dieux, put exercer la pression requise. Pourtant, sa jeune sœur faisait franchement la tête quand elles rejoignirent leurs frères.

L'endroit où Balacenia et Vash se retrouvaient souvent, durant leur cycle précédent, existait dans leur seule imagination. Et il était *rudement* plus beau que le reste de l'univers.

Alors qu'une aurore boréale se levait dans un ciel constellé d'étoiles, au-dessus d'une sombre forêt, les quatre Rêveurs qui flottaient dans les airs se gorgèrent de cette splendeur.

— Comment avez-vous fait ça ? demanda Dakas sans cacher sa surprise.

— En combinant nos imaginations, mon frère, expliqua Balacenia. C'était long, mais je crois que ça valait la peine. (Elle regarda autour d'elle et soupira.) Passons aux choses sérieuses… Nous pensons tous que le plan génial de Dahlaine est très dangereux, mais nous ne pouvons rien y faire.

— Tu as raison, ma sœur, dit Vash, son beau visage illuminé par les scintillements de l'aurore. Puisque tu seras l'aînée pendant notre prochain cycle, j'estime que c'est à toi de déterminer la marche à suivre. Dakas, Enalla, vous avez des objections ?

— Je serai ravi de laisser ce fardeau sur les épaules de notre divine sœur. Au cours de notre dernier cycle, il a failli me briser l'échine.

— Je n'ai rien à redire…, fit Enalla en contemplant le merveilleux ciel nocturne. Vous savez, c'est ce que j'ai vu de plus beau dans ma vie…

— Attends de contempler un lever de soleil, dit fièrement Vash.

— J'accepte de prendre les choses en main, déclara Balacenia. Tant que nos prédécesseurs resteront réveillés, il ne faudra pas bouleverser l'équilibre du monde. Bien entendu, en rêve, nous pouvons influencer les forces naturelles sans faire exploser la planète. Mais il serait dangereux d'essayer en état de veille.

— Je continue à penser que Dahlaine a pris des risques insensés, dit Enalla. Le poids supplémentaire aurait pu faire tomber le monde vers le soleil...

— L'autre possibilité n'était pas plus séduisante, ma sœur, rappela Dakas. Le Vlagh, ou la force inconnue qui guide les créatures des Terres Ravagées, viole l'ordre naturel des choses depuis longtemps. Il fallait bien réagir...

— Nous bavardons, intervint Balacenia, et il nous reste peu de temps avant que l'un de nous se réveille. Si nous influençons ouvertement les événements, j'ai peur que le résultat ne soit désastreux. Quand nous rêvons, presque tout nous est possible, mais ça cesse dès notre réveil. A ce moment-là, quoi qu'il arrive, nous devons subir la tempête jusqu'à ce que l'un d'entre nous se rendorme.

— La solution est simple, grande sœur, fit Vash avec un sourire éblouissant. Il faut que l'un de nous dorme, quel que soit le moment de la journée. Les Extérieurs appellent ça « s'assoupir pendant la garde », et on croirait que c'est un péché mortel. Inversons le processus. Nous baptiserons ça : « monter la garde pendant qu'on dort ». Si chacun de nous sommeille six heures sur vingt-quatre, nous serons protégés en permanence.

— C'est une bonne idée, Balacenia, dit Enalla. De temps en temps, Vash est un vrai génie. Pas souvent, mais bon...

— Si tu étais un peu gentille, ma sœur ? suggéra Balacenia.

— Je le suis toujours, même si c'est terriblement ennuyeux. La gentillesse n'est pas très amusante...

— A ta place, je ne dirais pas ça devant Aracia, conseilla Dakas. Une horde de gros prêtres assommants comme la pluie lui tournent en permanence autour. Si tu l'orientes vers la « méchanceté », son culte risque de partir en quenouille.

— Il lui arrivera pire que ça dès qu'Aracia s'endormira, déclara Enalla. Ces prêtres obèses et paresseux me donnent la nausée. Dès le début de mon cycle, j'écrabouillerai ces absurdes temples. Puis je dirai à ces crétins de disparaître à jamais de ma vue. Voilà qui les obligera à se chercher un travail honnête, pour changer un peu…

— Je crois que Vash a trouvé la solution à nos problèmes, dit Balacenia. Celui des quatre qui dormira pourra riposter instantanément aux attaques du Vlagh. A l'évidence, notre ennemi a attendu la fin du cycle de nos prédécesseurs pour passer à l'offensive. Des adversaires un peu gâteux, quoi de plus agréable ? Par moments, je dois secouer Zelana pour obtenir une réaction – souvent insatisfaisante. Avez-vous remarqué des comportements similaires chez vos « tuteurs » ?

— Dahlaine est parfois bizarre, ces derniers temps, confirma Dakas. Il lui arrive d'oublier que Longue-Griffe et moi sommes en quelque sorte des frères, et il confond le nom de certains chefs, dans les villages.

— Veltan semble en pleine forme, fit Vash, un rien dubitatif. Cela dit, il a tendance à radoter. Je ne supporte plus de l'entendre raconter son séjour sur la lune. Mais Ara m'a conseillé de prendre mon mal en patience…

— Tu aimes beaucoup Ara, n'est-ce pas ? demanda Enalla.

— Tout le monde l'adore. Omago est l'homme le plus heureux du monde, c'est sûr…

— Elle cuisine merveilleusement bien, approuva Dakas. Nos tuteurs sont ignares en gastronomie…

— Comme nous l'étions jusque-là, rappela Enalla. Dire que nous avons méconnu un des plus grands plaisirs de la vie !

— Aracia n'a pas de troubles du comportement ? demanda Balacenia à sa sœur.

— Elle est plus irritable que d'habitude, répondit Enalla. Pour l'amadouer, les prêtres multiplient les cérémonies pompeuses.

— Apparemment, ils déclinent tous un peu, conclut Balacenia. En temps normal, ce ne serait pas grave. Mais une guerre fait rage. Il va falloir nous en mêler – subtilement, bien sûr – et couvrir leurs arrières. En quelques occasions, j'ai dû m'adresser directement à Arc-Long pour que les choses soient faites.

— Le convaincre d'agir doit être encore plus difficile que de ramener Zelana à la raison, dit Vash.

— C'est une affaire plutôt délicate, admit Balacenia. (Elle plissa le front.) Nous allons devoir rester en contact davantage que d'habitude, je crois... Le Vlagh aime les surprises, et il faudra répliquer immédiatement. Dahlaine nous a fait un rapport sur ton rêve, Dakas... Tu penses qu'il avait tout compris ?

— A peu près... Cela dit, je ne saisissais pas tout moi-même, quand je me suis réveillé. Cette affaire de seconde invasion me dépasse... (Il regarda Vash.) Je croyais que les Trogites travaillaient pour Veltan.

— Et c'est le cas. Du moins pour l'armée de Narasan. Veltan ne m'a pas raconté en détail comment il a réussi à recruter des mercenaires dans l'Empire trogite. J'ignore de quelle façon les choses se passent là-bas.

Se tournant vers l'est, Balacenia vit une faible lueur apparaître à l'horizon.

— Ce sera bientôt le matin, annonça-t-elle, et la plupart d'entre nous se réveilleront. Moi, je resterai ici au moins jusqu'à midi. Il faut que je réfléchisse. Je doute qu'il y ait si vite une urgence, mais vous saurez où me trouver, en cas de besoin.

— Quand tu voudras qu'on te relaie, appelle-moi, proposa Dakas. Je peux m'endormir à n'importe quel moment de la journée. Un des avantages d'avoir grandi avec des ours…

— A ton réveil, préviens-moi, dit Enalla. Je dormirai quelques heures, puis je passerai le flambeau à Vash. Ensuite, ce sera de nouveau le tour de notre sœur.

— Encore une chose, avant de nous séparer, fit Balacenia. Quand vous parlez avec nos « aînés », soyez très prudents. Vash et moi avons gaffé en nous appelant par nos vrais noms. Si ces incidents se multiplient, nos « oncles » et nos « tantes » auront des soupçons. Laissons-les s'assoupir paisiblement. Aucun de nous ne veut qu'ils sachent que nous sommes réveillés.

Tous acquiescèrent. Puis ils disparurent du monde imaginaire.

Alors que l'horizon, à l'est, continuait à s'éclairer, Balacenia se laissa dériver dans la superbe aurore boréale. Quand le soleil apparut enfin, colorant le ciel de pourpre, elle sentit son cœur se serrer. La Vénérée allait très mal, et sa détresse pesait lourdement sur la partie « Eleria » de sa conscience…

Alors, un événement qui aurait dû être impossible se produisit. Une silhouette de femme se découpa dans la lueur de plus en plus vive de l'aube et avança lentement vers Balacenia.

Dans un lieu qui n'existait pas, sinon au sein de son imagination et de celle de Vash !

— Tu as pris une excellente initiative, ma chérie, dit-elle d'une voix mélodieuse.

Balacenia reconnut sans peine sa visiteuse. Etrangement, elle ne fut pas surprise qu'Ara ait ainsi jailli de nulle part.

Inclinant la tête, elle salua poliment la superbe épouse d'Omago.

— Je veux te demander quelque chose depuis longtemps et le moment me semble parfait. L'endroit aussi, d'ailleurs… J'ai toujours eu le sentiment de t'avoir déjà rencontrée. C'est la vérité, n'est-ce pas ?

— Oui, répondit Ara avec un doux sourire. Mais c'était il y a très longtemps, même pour toi.

Elle tendit les bras, et Balacenia, comme par réflexe, vint s'y blottir.

— Tu fais ce qu'il faut, mon enfant, dit Ara en l'étreignant tendrement. Je n'étais pas persuadée que l'idée de Dahlaine marcherait. Mais tu gères si bien la transition que rien n'a trahi ce qui se passait, au moment où tu as soudain eu conscience de ta véritable identité.

— Je me suis dit que le plan de Dahlaine n'allait pas assez loin… Cette idée est d'abord née dans l'esprit de la Rêveuse. En fait, mes actes m'ont été soufflés par ma composante « Eleria ». Elle savait que les quatre Rêveurs auraient besoin d'aide, alors elle m'a appelée. Jusque-là, personne ne m'avait jamais réveillée, et ses souvenirs d'enfance m'ont émue jusqu'aux larmes.

— Reste sur tes gardes quand Eleria te fait du charme, conseilla Ara. Sur bien des points, elle est toi, si tu vois ce que je veux dire, mais elle a ses… idiosyncrasies. Peut-être à force de vivre et de jouer avec des dauphins. Tu t'y feras, mais il faudra du temps. En attendant, veille sur Zelana. Elle ne va pas bien, en ce moment…

— Mais elle se rétablira, j'espère ?

— Pas dans ce cycle, chère Balacenia. Le moment où elle s'endormira approche bien plus vite que Dahlaine ne l'avait prévu. Heureusement, je peux me charger de ce problème. Cajole ta Vénérée et garde-la en sécurité. Le reste est de mon ressort. A présent, retourne dans tes limbes, ma chérie. Demain est un autre jour.

Balacenia s'éveilla et se retrouva dans le lit d'Eleria.

UN HOMME D'HONNEUR

1

Né dans le camp militaire que dirigeait son père, Narasan n'avait jamais rien connu d'autre que l'armée. Du coup, l'idée de devenir marchand ou membre du gouvernement ne lui avait jamais traversé l'esprit.

D'abord situé à la lisière de Kaldacin, la capitale impériale, le camp s'étendait sur des centaines d'acres. Avec l'extension continuelle de la cité, il avait fini par être totalement avalé. Bien entendu, les politiciens et les notables s'étaient vite avisés de la rentabilité potentielle d'un si grand terrain. Au fil des décennies, les offres d'achat s'étaient multipliées, régulièrement rejetées par tous les ascendants de Narasan.

Le complexe était en fait une ville dans la ville. On y trouvait des bâtiments administratifs, le quartier des officiers, les baraquements de la troupe et une théorie d'entrepôts, le tout judicieusement disposé entre les terrains d'exercice, la cour d'honneur et plusieurs zones de manœuvre où on avait reconstitué tous les types de champs de bataille susceptibles d'exister dans l'Empire.

Un mur d'enceinte – très haut et très solide – et un portail bien gardé séparaient le fief de Narasan du reste de Kaldacin. Dans le camp, tous les bâtiments aux murs blancs et aux toits de tuiles rouges étaient de la même taille. Ici, la symétrie et l'ordre passaient avant tout, donnant une sensation de permanence que la cité, en perpétuel changement, n'avait aucune chance de communiquer.

Enfant, Narasan avait parfois jeté un coup d'œil à la capitale, sans avoir la moindre envie de s'y aventurer. Tout ce qu'il désirait, ou dont il avait besoin, était disponible dans le camp. Alors, au nom de quoi en serait-il sorti ?

Dans les immeubles où logeaient les familles des officiers, les enfants ne manquaient pas de salles de jeu – très bien surveillées, évidemment.

Dès qu'ils atteignaient un certain âge, les garçons n'avaient plus le droit de jouer dans les mêmes pièces que les filles. Assez bizarrement, les épouses des gradés avaient une opinion très arrêtée sur ce sujet.

Etait-ce pour une raison similaire que les terrains de jeu extérieurs se trouvaient aussi loin que possible des zones d'exercice ? Jugeant trop grossier le langage des soldats, les mères entendaient-elles préserver les oreilles de leurs rejetons ?

Dès qu'ils surent marcher, Narasan et ses amis passèrent le plus clair de leur temps à jouer à la guerre. Armés d'épées et de boucliers en bois, ils faisaient mine de s'entre-tuer sous les regards attentifs de vétérans estropiés qui les conseillaient en matière d'escrime et leur apprenaient à manœuvrer. Par la même occasion, ils les empêchaient de se faire mal avec leurs armes factices.

Toute son enfance, Narasan avait été très proche de Gunda et de Padan, des fils d'officiers. Bien qu'un peu enrobé, Gunda avait très tôt fait montre de grandes aptitudes à l'épée. Plus mince, Padan s'amusait de tout, y compris de ce que le futur général ne trouvait absolument pas drôle.

Très vite, Narasan avait décidé de ne pas mettre en

avant le grade de son père quand il s'amusait avec ses amis. Leur jeter sa filiation au visage, pensait-il, aurait été malavisé, voire quelque peu déshonorant.

En grandissant, le futur général s'aperçut que leur terrain de jeu, à l'ombre des quartiers des officiers, ressemblait étrangement aux champs d'entraînement des soldats. En somme, comprit-il, les enfants de l'armée jouaient à la guerre jusqu'à ce qu'ils soient assez vieux pour la faire vraiment.

Et il trouvait ça très bien.

— Mon père ne m'a pas dit grand-chose, Narasan, avoua Gunda par un matin frisquet, alors qu'ils s'ébattaient sur leur terrain de jeu. Tout ce que je sais, c'est que le père de Padan a été tué lors de la dernière bataille, dans le Sud. C'est sans doute pour ça que nous n'avons pas vu notre ami depuis quelques jours…

Narasan en fut bouleversé. Il avait conscience, bien entendu, que les militaires tombaient parfois au champ d'honneur. Mais ça n'était jamais arrivé au père d'un de ses amis.

— Que devrons-nous dire quand Padan reviendra ? demanda-t-il.

— Comment le saurais-je ?

— Le mieux serait peut-être de ne *rien* dire…

— Tu crois qu'on s'en sortira en lui parlant du temps ?

— Je n'en sais rien… On devrait demander conseil à un des sergents. Les gens meurent pendant les guerres, c'est même pour ça qu'elles sont faites. Un vieux sous-officier saura comment il faut s'y prendre avec un orphelin.

— Bien raisonné… Les sergents sont des puits de science, dans leur domaine. (Gunda plissa le front.) Quand on sera grands, il faudra trouver un prétexte pour combattre l'armée qui a tué le père de Padan. Si on écrabouille ces adversaires-là, ça le consolera un peu…

— Bonne idée, Gunda ! Je découvrirai de quelle armée il s'agit. Dès que nous serons aux commandes, nous lui rendrons la monnaie de sa pièce. (Narasan regarda autour de lui.) On ferait mieux de ne pas en parler. Ici, on n'apprécie guère les gens rancuniers. Comme si c'était déshonorant…

— Ce n'est pas ton avis, pas vrai ? Moi, je pense qu'il faut être honorable – autant que possible. Mais quand quelqu'un blesse un de mes amis, j'oublie l'honneur et je passe à la vengeance.

— Je suis d'accord… Pourtant, je maintiens qu'il ne faut pas le crier sur tous les toits.

— C'est toi le futur général, conclut Gunda. Ordonne, et nous t'obéirons…

— C'était il y a cinquante ou soixante ans, commença le sergent Wilmer, un vieux type au visage parcheminé.

Par un après-midi trop pluvieux pour pouvoir jouer dehors, il tenait une conférence improvisée devant Gunda, Padan, Narasan et leurs amis.

— A cette époque, continua-t-il, lassées des discours des comtes et des barons, les armées décidèrent de ne plus servir l'Empereur et le Palvanum. D'après ce qu'on m'a dit, tout a commencé quand les Palvanis, ces gros lards, ont décrété que les soldats se remplissaient trop les poches. Bien sûr, on était en temps de paix, et les combattants n'avaient pas grand-chose à fiche, à part polir leurs armes et jouer aux dés. Les Palvanis trouvèrent ça choquant et divisèrent par deux les soldes des hommes du rang. Peu après, ces mêmes Palvanis, lors d'une réunion secrète, jugèrent que leurs émoluments, ridicules en regard de la qualité de leur discours, devaient être doublés…

— Ils pouvaient faire ça ? s'écria Padan. Plonger leurs sales pattes dans le Trésor et se servir à leur guise ?

— Ils le croyaient, en tout cas… Mais les généraux en eurent vite vent. Se réunissant aussi, ils conclurent que servir les gros lards n'avait plus d'intérêt, et démissionnèrent en bloc. Sans quitter leurs camps, bien sûr. Pendant un temps, la situation fut assez tendue, à Kaldacin…

« Jusqu'au moment où des ducs et des barons de l'Est annoncèrent qu'ils se retiraient de l'Empire. Cessant de payer leurs impôts, ils fermèrent leurs frontières et entreprirent de pendre haut et court tous les fonctionnaires impériaux qui venaient leur demander des comptes.

— Ce n'est pas illégal, ça ? lança Gunda.

— Les gros lards n'avaient plus d'armée, mon garçon, lui rappela Wilmer. Qui auraient-ils envoyé dans l'Est, pour rappeler aux nobles dissidents l'existence de la loi ? Comme vous vous en doutez, ils ont tenu de grands discours et rédigé des décrets ordonnant aux armées d'aller rétablir l'ordre dans les provinces. Sans se dégonfler, les généraux leur ont répondu d'aller se faire voir, et les armées n'ont pas levé le petit doigt.

Narasan et ses amis éclatèrent de rire.

— Les Palvanis ne furent pas longs à comprendre que le vent avait tourné, continua le sergent. Faisant l'inspection des camps, ils informèrent les hommes que leur solde serait ramenée à son niveau antérieur. Une nouvelle fois, les troupes ne bronchèrent pas. Pour obtenir qu'elles interviennent, dirent les généraux, il faudrait au minimum doubler la paie, et encore… Croyez-moi, les enfants, on a rarement entendu des Palvanis beugler comme des cochons qu'on égorge. Là, c'était un vrai concert ! Fous furieux, ils ont proféré les menaces les plus farfelues, sans l'ombre d'un résultat. A la fin, les militaires ne leur ouvraient même plus leurs portes…

— Une victoire éclatante pour notre camp, dirait-on, souffla Gunda.

— Le meilleur reste à venir, les gars ! annonça Wilmer avant de boire une longue gorgée de bière. Les Palvanis sont d'abord retournés faire de grands discours entre eux, histoire de se consoler. Mais ils ont ouvert les yeux quand deux nouvelles provinces orientales ont opté pour l'indépendance. A ce rythme-là, en moins d'un mois, l'Empire risquait de devenir un mouchoir de poche. Du coup, ils ont recontacté les militaires, et accepté toutes leurs conditions. Mais ça n'était pas fini ! « Pas question de combattre tant que nous n'aurons pas notre argent », répondirent les généraux. Après quelques protestations indignées, les gros lards ouvrirent les cordons de leur bourse, et chaque homme reçut son dû, rappels de solde compris.

— Comment se passa la guerre, sergent ? demanda Narasan.

— Le mieux du monde ! Quand les rebelles de l'Est virent dix armées fondre sur eux, ils se débandèrent et filèrent se cacher. (Le sergent but une nouvelle gorgée de bière, puis il regarda son jeune auditoire, l'air pensif. Dehors, la pluie se déchaînait et le vent faisait battre les volets de la salle de jeu.) Lorsque vous commencerez votre formation officielle, les professeurs risquent de vous raconter une histoire très différente. Ne les croyez surtout pas ! Je tiens ce récit de mon sergent, quand j'avais à peu près votre âge. Il a participé à ces événements, vous savez... Les enseignants aiment tripatouiller le passé, histoire qu'il ait l'air propret. En général, la vérité est beaucoup moins ragoûtante. Le monde n'est pas joli-joli, les gars. Alors, ne croyez jamais rien avant d'avoir fait votre petite enquête...

A toutes fins utiles, Narasan prit mentalement note de cette recommandation. Puis il mit son manteau, sortit sous la pluie et retourna chez lui.

Mince mais très musclé, son père venait d'entrer dans sa quarantième année. Ecrasé par le poids du commandement, il grisonnait déjà sur les tempes. Malgré ses occupations, et une meute de responsabilités, il prenait toujours le temps de répondre aux questions de son fils.

Narasan alla directement dans son bureau aux étagères lestées de livres. Le récit de Wilmer, très perturbant, jetait un nouvel éclairage sur sa future carrière…

— Je ne te dérange pas, père ?

— Quelque chose ne va pas ? demanda le général en levant les yeux du document qu'il étudiait.

— Avec cette pluie, nous n'avons pas pu jouer dehors. Le sergent Wilmer était dans la salle de jeu, et il nous a raconté une drôle d'histoire…

Le père de Narasan eut un grand sourire.

— Je parie qu'il vous a décrit en détail les origines de notre armée !

— Comment as-tu deviné ?

— Des générations d'enfants y ont eu droit. Tôt ou tard, tous les fils d'officiers entendent sa version des faits.

— Et bien entendu, elle n'est pas exacte ?

— Détrompe-toi, Narasan… Le compte rendu de Wilmer est très fidèle. En ce temps-là, les armées dépendaient du gouvernement impérial, et elles firent bien sécession après une dispute au sujet de la solde des hommes du rang. Pour que nos fils sachent la vérité, nous chargeons Wilmer d'éclairer la lanterne de chaque génération… (Les lueurs de la chandelle dansant dans ses cheveux poivre et sel, le père de Narasan s'adossa à son fauteuil.) Chaque membre du Palvanum a son idée sur les priorités budgétaires du gouvernement. Mais payer les soldats figure à la dernière place de toutes les listes…

— Ce n'est pas juste !

— La justice est le dernier souci du Palvanum. En

temps de guerre, les Palvanis multiplient les discours élogieux sur les braves soldats trogites. Dès que les choses se calment, ils les oublient. C'est pour ça que nous nous sommes mis à notre compte. Wilmer a parfaitement raison.

Cédant à une impulsion, Narasan osa aborder le sujet qui le tracassait depuis des mois.

— J'avais décidé de ne pas en parler, mais j'ai changé d'idée. Cet hiver, le père de Padan a été tué. Gunda et moi projetons d'écrabouiller un jour l'armée responsable de sa mort. Mais je me pose des questions. Est-il honorable de venger un ami ? Au fond, le destin d'un soldat est de périr à la guerre. Alors, est-il inconvenant de s'accrocher à sa rancune ?

— Non, mon fils. La loyauté d'un soldat doit d'abord aller à ses frères d'armes. C'est le premier pas sur la voie de l'honneur. En ce moment, je réfléchis moi-même à un moyen d'écraser l'armée qui a tué le père de ton ami…

— Tu veux que ces soldats se débandent ?

— Je vois que tu as écouté attentivement le discours de Wilmer… Oui, j'entends frapper assez fort pour que leurs petits-enfants, quand ils entendront mon nom, filent se cacher au bout du monde. Certains membres du Palvanum n'apprécieront pas, parce qu'ils aiment beaucoup cette armée, mais tant pis pour eux !

— Trouve-t-on des hommes honnêtes au gouvernement, père ?

— Les mots « honnête » et « gouvernement » ne devraient pas être utilisés dans la même phrase. Ils se contrarient, comme le feu et l'eau…

— Alors, je suis soulagé qu'une carrière militaire m'attende, conclut Narasan. D'après ce que j'ai entendu, ces derniers temps, nous sommes les seules personnes décentes de l'Empire.

— On pourrait résumer les choses comme ça, oui…

Environ un an plus tard, Narasan, Gunda et Padan commencèrent leur formation. Leurs professeurs, bien entendu, étaient tous des soldats de métier. « On ne bouge pas avant d'avoir vu la couleur de l'argent », semblait être leur devise.

Avec son sens de l'humour tordu, Padan suggéra qu'on inscrive cette phrase sur tous les drapeaux de l'armée. A la grande surprise de Narasan, les instructeurs, loin de ricaner, réfléchirent sérieusement à cette possibilité.

Les études théoriques étant d'un ennui mortel, les camarades de classe de Narasan préféraient de loin les entraînements pratiques. Avec les épées en acier, plus lourdes que leurs anciens jouets, il leur fallut un moment pour développer les muscles nécessaires. A cette époque, la phalange était la formation centrale de l'armée trogite. Des heures durant, les gamins apprirent à marcher ensemble, lance calée sous le bras, leurs boucliers se chevauchant. La « coordination » étant le secret d'une bonne phalange, leur instructeur ne cessait de leur brailler ce mot dans les oreilles. Narasan finit par le prendre en horreur. Mais il comprit qu'un seul pouce d'écart, dans la position de son bouclier, déclenchait *à juste titre* les beuglements du vieux sergent.

Peu après le huitième anniversaire du futur général, l'armée partit écraser une révolte d'esclaves dans l'ouest de l'Empire. Bien qu'il ne se fût jamais étendu sur le sujet, Narasan aurait juré que son père désapprouvait l'esclavage.

L'enfant n'avait jamais vu d'esclave, mais on murmurait que beaucoup de soldats, dans l'armée de son père, avaient commencé leur vie sous les chaînes. Ici, quand un jeune gaillard arrivait, se déclarant avide d'embrasser une carrière militaire, on ne lui posait jamais de questions…

On racontait aussi que pas mal d'hommes avaient un

passé de criminels. Eux non plus n'étaient pas soumis à un interrogatoire serré.

Quand l'armée revint de sa campagne, Kalan, l'oncle de Narasan, marchait devant le porte-étendard.

A cette vue, l'enfant frissonna d'angoisse.

— Des choses aussi stupides ne devraient jamais arriver, dit tristement Kalan à Narasan et à sa mère, le soir même. Un esclave en fuite avait réussi à se procurer une lance cassée en deux. En nous engageant sur cette colline, nous ignorions qu'il était caché dans les buissons. Dès qu'il nous a vus, il est sorti à découvert pour projeter son arme sur le général. Puis il a détalé comme un lapin. Je suis sûr qu'il n'avait jamais tenu une lance. Pourtant, celle-là a traversé la gorge de mon frère, qui est mort sur le coup. Ce crétin d'esclave ne réussirait pas deux fois cet exploit, même s'il essayait pendant cent ans.

— Vous l'avez capturé ? demanda la mère de Narasan.

— Oui, et il lui a fallu très longtemps pour mourir...

— C'est une consolation...

— Bien mince, je sais, s'excusa Kalan. Hélas, je ne peux rien te donner de plus... Après, nous avons promptement écrasé cette révolte. Très mécontents du sort de leur général, nos hommes ont fait un exemple avec tous les esclaves en fuite qui leur sont tombés sous la main. Ces prochaines années, les gros propriétaires terriens du coin devront labourer eux-mêmes, parce qu'il ne restait plus beaucoup d'esclaves vivants, quand nous en avons terminé.

— J'espère que ces exploiteurs se tueront au travail, dit simplement la mère de Narasan.

Sur ces mots, elle sortit et alla se réfugier dans sa chambre, où elle pleura toute la nuit.

Les jours et les semaines suivantes, l'esprit de la mère de Narasan battit la campagne. Sans trop de succès, l'enfant essaya de surmonter seul son propre chagrin. Quand il accepta l'aide de son oncle, les choses allèrent un peu mieux.

Sa confusion se dissipant, Narasan dut se rendre à l'évidence : sa mère avait perdu la tête.

A ce moment-là, il décida qu'il ne se marierait jamais. Si un soldat mourait en quelques secondes, le chagrin de sa veuve risquait d'être éternel. De toute façon, un vrai militaire avait déjà l'armée pour épouse.

Successeur de son frère au poste de général, Kalan garda un œil attentif sur son neveu.

Après son douzième anniversaire, en accord avec la tradition martiale, Narasan reçut le titre de cadet. Ces jeunes garçons, issus de l'armée, étaient entraînés intensivement pour devenir des officiers. Comme on pouvait s'y attendre, Narasan se distingua. A quinze ans, son oncle lui offrit son premier poste dans l'active.

Le jeune homme participa à plusieurs guerres avant de fêter ses vingt ans, et tout le monde s'accorda à dire qu'un grand avenir l'attendait. A condition, bien entendu, qu'il vive assez longtemps pour réaliser son potentiel.

A vingt-cinq ans, il était déjà colonel. Et ses amis d'enfance, Gunda et Padan, marchaient brillamment sur ses traces. Tous les trois étaient de remarquables officiers, et le général Kalan se frottait les mains.

Conscient que son oncle suivait attentivement sa carrière, Narasan ne fut pas surpris, le jour de son quarantième anniversaire, de recevoir un cadeau très particulier. Au moment des libations, Kalan se leva et annonça qu'il prenait sa retraite, laissant le commandement de l'armée à son neveu.

— Je ne suis pas sûr d'être prêt, oncle Kalan, dit Narasan.

— Dans ce cas, dépêche-toi de te former, parce que tu seras à ma place demain matin, que ça te plaise ou non !

— Que ferez-vous pendant votre retraite, général ? demanda Gunda.

— D'abord, je rattraperai mon sommeil en retard. Dans la vie civile, on n'est pas obligé de se lever dès le chant du coq, comme je le fais depuis quarante ans. Midi me semble une heure beaucoup plus raisonnable. Après le déjeuner, je me recoucherai jusqu'au dîner...

— Vous n'avez pas de cœur, général, dit Padan. Nous continuerons à nous lever à l'aube pendant que vous ronflerez comme un sonneur.

— Vous savoir debout à cinq heures m'aidera à dormir comme un bébé, mon ami, répondit simplement Kalan.

Programmé depuis sa plus tendre enfance pour commander, Narasan n'eut aucun mal à s'adapter à sa nouvelle vie, même si la promotion lui semblait toujours prématurée.

Après quelques conflits mineurs, sa réputation de fin stratège fut établie. Très vite, les chefs adverses exigèrent un double paiement si on leur demandait de l'affronter.

Par souci d'économie, les employeurs de ces généraux tentèrent de leur dissimuler l'identité de l'officier qu'ils devraient combattre. Après quelques déconvenues, tous les haut gradés prirent l'habitude d'envoyer des éclaireurs sur les champs de bataille. S'ils apercevaient Narasan, la reddition de leur camp suivait immédiatement.

Des victoires faciles sur lesquelles le général ne cracha pas.

Comme tous les chefs responsables, il dut bientôt se pencher sur une affaire délicate : choisir l'homme qui le remplacerait s'il tombait au combat.

Narasan n'eut aucun mal à repérer le candidat idéal. Même s'il n'était pas encore gradé, son jeune neveu, Astal, se révélait deux fois plus doué que lui à son âge. Aussi déplaisant que ce fût pour son orgueil, le général s'était rapidement rendu à l'évidence : Astal avait du génie !

S'il survivait à ses premières campagnes, ce garçon avait assez d'envergure pour réunifier un jour l'armée de l'Empire et bouleverser le cours de l'histoire.

Le gouvernement actuel était si corrompu que Narasan avait parfois honte d'être un Trogite. Un chef militaire déterminé pouvait enfoncer un peu d'éthique dans le crâne obtus des Palvanis, et rompre les liens douteux que l'Eglise d'Amar avait tissés avec les hommes politiques.

« Quelques livres d'histoire se souviendront peut-être de l'homme qui a mis sur orbite le sauveur de l'Empire, se disait souvent Narasan. Et les dieux savent qu'il a besoin d'être sauvé ! »

2

— Je suis disposé à vous verser dix mille couronnes d'or, général Narasan, déclara le duc de Bergalta. Votre réputation devrait suffire à régler le conflit.

— Une offre très généreuse, seigneur, répondit Narasan sans cesser de regarder le terrain de manœuvre, au centre du camp. Cette baronnie vaut-elle qu'on se donne tant de peine ?

— Pas vraiment... Mais c'est une occasion de secouer un peu les puces du duc de Tashan. Cet imbécile se croit tout permis. Quand Forlen est mort sans héritier, il a prétendu annexer la baronnie, pour en faire un « protectorat ». Croyez-le ou non, ça m'a tapé sur les nerfs. De plus, ce territoire est une sorte de tampon entre mon duché et celui de Tashan. Si je le laisse faire, il prendra pied sur ma frontière orientale.

Sans grand enthousiasme, Narasan pensa que la réputation croissante de son armée l'entraînait de plus en plus souvent dans ce genre d'escarmouches ridicules. Fataliste, il haussa les épaules. Cette histoire se solderait sûrement par une longue marche vers la région concernée, suivie d'une démonstration de force qui convaincrait le duc de Tashan de s'asseoir à la table de négociations. Une bonne paie et une mission quasiment sans risques… Que demander de plus ?

Le général accepta la proposition du duc de Bergalta.

Il avait également une raison personnelle. Son génie de neveu, Astal, venait de recevoir sa première affectation d'officier dans la neuvième cohorte. Une campagne facile serait la meilleure façon de lui mettre le pied à l'étrier.

Astal n'étant pas le seul officier récemment promu, cette affaire permettrait de former une fournée de futurs cadres de l'armée. Parmi eux, Narasan avait remarqué un certain Keselo, le meilleur ami de son neveu. Issu d'une grande famille, le garçon avait un potentiel au bas mot égal à celui d'Astal.

Un de ses officiers, bien plus âgé que les autres, inquiétait le général. Nommé Jalkan, c'était un ancien prêtre de l'Eglise amarite. Ce passé aurait dû le disqualifier, car le culte, dans un Empire déjà pourri, pratiquait la corruption à une échelle jusque-là inédite. Dès qu'il avait, à contrecœur, vendu un brevet à Jalkan, Narasan s'en était voulu de cette décision. Paresseux, stupide et arrogant, l'ancien religieux était inutilement cruel avec les hommes placés sous ses ordres.

Après que Jalkan eut commis plusieurs bourdes, le général avait entrepris de dresser la liste exhaustive de ses manquements. Dans un avenir proche, il l'aurait parié, ce document promettait de lui être très utile. Parce qu'il avait payé son grade, le bougre se croyait à l'abri de tout. Il verrait bientôt que ce n'était pas le cas.

Après une courte réunion en salle de guerre, l'armée partit pour le duché de Bergalta. Elle prit son temps, multipliant les étapes, car le temps, en cette fin d'été, était des plus agréables. Et traverser des champs où s'affairaient des multitudes d'esclaves avait quelque chose de quasiment bucolique…

Alors que la colonne approchait de la frontière nord

du duché, Gunda revint vers midi d'une petite mission de repérage.

— Il y a une chaîne de montagnes, devant nous, à une demi-journée de marche. Il faudra emprunter un défilé très étroit, et il serait judicieux de s'arrêter pour la nuit avant de le traverser. Nous n'avons pas vu l'ombre d'un ennemi, mais pourquoi prendre des risques ? La route monte abruptement et nos hommes souffriront moins s'ils sont reposés.

— Nous suivrons tes conseils, Gunda, dit Narasan. Voudrais-tu aller dire un mot de ma part à Morgas, le chef de la neuvième cohorte ? J'aimerais que ses hommes passent en premier et qu'Astal conduise la marche. Ça ne ferait pas de mal à son ego. Parfois, ce garçon est trop réservé. Mettons-le en avant, et il se sentira important.

— Voilà qui me rappelle quelque chose, souffla Gunda en souriant. Ton oncle te faisait le même coup chaque fois qu'on se déplaçait.

— Ça a très bien marché, mon ami. Et on ne change pas une tactique qui gagne...

Comme toujours, l'armée de Narasan se réveilla au son des cornes, dès les premières lueurs de l'aube. Après un petit déjeuner rapide, les hommes démontèrent le camp et la colonne se mit en route vers le défilé.

En fait de chaînes de montagnes, il s'agissait plutôt d'une muraille de collines marquant la limite des plaines qui s'étendaient au sud de l'Empire. Le sol étant rocailleux, la noblesse locale avait renoncé à le cultiver, laissant une végétation sauvage se développer à sa guise.

En tête de la neuvième colonne, Astal la dirigeait vers le défilé, qui s'ouvrait au bout d'une pente assez raide. Comme de coutume, le porte-étendard marchait juste derrière lui. La réputation de ses troupes tendant à rendre tout ennemi nerveux, Narasan se faisait un point d'honneur d'annoncer la couleur, histoire d'éviter les malentendus.

Gunda avançait près du général pour le faire profiter de sa connaissance du terrain.

— Quelle est la largeur exacte du défilé, mon ami ?

— Il est très étroit, Narasan. Au maximum, on fera passer quinze hommes de front. Si cette affaire était sérieuse, je recommanderais un détour. Mais là… Astal devra rompre la formation pour faire passer ses gars. Je déteste les endroits exigus. Pour traverser tous, nous en aurons jusqu'à minuit !

— Au sortir du défilé, la route s'élargit ?

— Très peu… Félicitons-nous que le duc de Tashan ait une armée minable. Face à des troupes expérimentées, ce défilé serait un piège mortel.

Narasan mit une main en visière et sonda le passage. Sous le ciel sans nuages, les buissons qui couvraient les pentes ressemblaient à un somptueux tapis vert. Une journée magnifique, parfaite pour un peu de marche…

Astal fit signe à sa cohorte de s'immobiliser devant le défilé. D'une voix ferme, il ordonna qu'on modifie la formation. Quand ses hommes se furent réorganisés par rangs de dix, il se plaça en tête et avança.

Narasan eut une bouffée de fierté familiale. Astal s'en tirait à merveille, et ses hommes marchaient en bon ordre derrière l'étendard pourpre et or de l'armée.

— Il nous faudra toute la journée et une bonne moitié de la nuit, annonça Gunda, révisant ses estimations à la hausse. Le terrain n'est pas très difficile, mais ce goulot d'étranglement nous ralentira.

— Personne ne nous attend, lui rappela Padan. Rien ne presse.

— Je sais, mais je n'aime pas que la colonne s'allonge autant. Si quelqu'un attaquait, nous serions dans une situation délicate. De plus, je hais les montagnes !

— Va leur ordonner de s'aplatir, si elles t'énervent tant que ça. Je doute qu'elles obéissent, mais ça t'occupera, et nous ne t'entendrons plus râler dès qu'une fourmilière se dresse sur notre chemin.

— Très drôle, Padan. Je suis mort de rire !

— Tu devrais t'entraîner un peu, mon vieux. Ton hilarité n'a rien de communicatif…

Alors que le soleil montait dans le ciel, l'ennuyeuse traversée continua. Vers dix heures, la douzième cohorte arriva à son tour devant le défilé.

Soudain, un vacarme infernal monta de l'autre côté du passage. Alarmé, Narasan se leva d'un bond.

— Va voir ce qui se passe ! cria-t-il à Gunda.

— Je file ! répliqua l'officier à la calvitie naissante.

A mi-chemin, il rencontra un messager couvert de sueur à force d'avoir couru. L'homme lui parla quelques instants, l'air affolé. Jurant comme un charretier, Gunda fit demi-tour et rejoignit le général.

— Ça tourne mal ! cria-t-il. Une armée nous attendait de l'autre côté du défilé, et elle attaque nos gars.

— En avant ! lança Narasan à ses hommes. Oubliez la route, et dépêchez-vous !

Les soldats entreprirent de gravir les collines. Mais une horde de guerriers très bien armés se matérialisa sur la crête, des deux côtés du défilé.

— Nous faisons face à trois armées, au minimum, annonça Padan. Je doute que nous puissions passer.

— Nous avons douze cohortes de l'autre côté de ce défilé !

— Nous *avions* douze cohortes, mon ami… Je n'entends plus de bruit, donc tous nos gars sont morts. (Il plissa les yeux et sonda la crête.) Ces étendards me semblent familiers… Le vert est celui de l'armée de Galdan, et le bleu doit appartenir à celle de Forgak. Je n'identifie pas le troisième…

— Tenkla, lâcha Narasan.

— Intéressant, non ? L'année dernière, nous avons flanqué des raclées à toutes ces armées. On dirait bien qu'elles entendent se venger. Les généraux ont sûrement accepté un paiement minable, pour le plaisir de nous tomber dessus. On continue la charge ?

Narasan serra furieusement les poings.

— Non..., répondit-il d'une voix tremblante. Ça ne sert plus à rien. Douze cohortes ont péri. C'est déjà trop pour une guerre idiote. Fais sonner la retraite, Padan. Sauvons nos hommes tant que c'est possible.

Narasan étouffa son chagrin pendant qu'il dirigeait la manœuvre de repli. A l'évidence, ses hommes n'approuvaient pas sa décision. Tous avaient des camarades dans les douze cohortes massacrées, et ils bouillaient d'envie de se venger, pas de retourner à Kaldacin.

Narasan avait déjà perdu des amis et des parents lors de conflits précédents. Avec le temps, il le savait, on finissait par oublier et la vie reprenait ses droits. Mais cette fois, c'était différent. Astal avait péri par sa faute. S'il ne l'avait pas exposé, il s'en serait sans doute sorti. En temps normal, la neuvième cohorte ne serait jamais passée la première.

Comme il avait été égoïste, au fond ! Astal était comme un fils pour lui, et il lui avait fait prendre des risques insensés pour que sa gloire rejaillisse sur lui.

Le remords devint comme un couteau enfoncé entre ses omoplates...

— Pas question ! dit Narasan à un Gunda blanc comme un linge. Choisis une boîte convenable et enterre cette... chose... dans notre cimetière. Je ne veux pas la voir !

— Je me doutais que tu réagirais comme ça, lâcha Gunda, les dents serrées. Mais je devais te le demander. Sais-tu que la vérité commence à sortir du puits ? Par exemple, nous avons appris que le duc de Bergalta est un parent de l'Adnari Estarg…

— Je l'ignorais… Comment avez-vous découvert ça ?

— Keselo a mené sa petite enquête. L'Adnari Estarg et le duc sont cousins, et c'est un serviteur de Bergalta qui a apporté la tête d'Astal au camp. Si je me souviens bien, Estarg t'en a beaucoup voulu d'avoir refusé de combattre les armées venues installer Udar sur le trône du Naos. Je pense que l'Eglise est impliquée dans notre défaite. Je ne serais pas étonné que son argent ait servi à payer tous ces traîtres. Bref, nous sommes tombés dans un piège.

— Rectification, mon ami : je m'y suis précipité tête baissée.

— Ne te frappe pas la poitrine de contrition, conseilla Gunda. Nos ennemis doivent se congratuler, mais ils déchanteront bientôt.

— Nous n'avons pas les moyens de nous venger, Gunda. Ces chiens ont tué beaucoup trop de nos hommes…

— Ça ne te plaira peut-être pas, mais Padan et moi avons récemment contacté des quidams dont tu as sûrement entendu parler. Lors des funérailles, ces excellents professionnels se chargent de fournir les invités d'honneur. Dans très peu de temps, trois armées auront perdu leurs généraux, et deux trônes ducaux seront vacants.

— Ce n'est pas très honorable, Gunda…

— Tu m'en vois navré, général. Leur plan n'avait rien de digne, et s'ils veulent jouer à ce jeu-là, nous saurons leur répondre. (Gunda eut un rictus mauvais.) Mais si tu y tiens, nous enverrons des fleurs pour l'enterrement de ces salauds. Sur la côte, près de Castano, je connais une variété qui pue l'enfer. Ça donnera à nos « amis » une idée assez exacte de ce que nous pensons d'eux.

— Tu es un sale type, Gunda.

— Je sais. Mais à chacun ses défauts…

Le plan subtil de ses amis ne suffit pas à tirer Narasan de sa mélancolie. Vengeance ou non, la guerre dans le Sud avait été un désastre. Et le général avait accepté de s'en mêler parce qu'il y avait vu une occasion de faire briller son neveu.

Afin qu'il ait plus confiance en lui ? C'était là que le bât blessait... En réalité, cette décision absurde visait à flatter l'orgueil de Narasan. Pour satisfaire sa vanité, il avait mis Astal en danger...

Le chagrin du général redoubla. Et pour la première fois de sa vie, il se sentit honteux. Par bêtise, il avait provoqué la mort d'Astal et de douze cohortes de braves guerriers. Toutes les contorsions possibles ne l'empêcheraient pas de contempler en face cette terrible réalité. A l'évidence, il n'était plus apte au commandement.

Par une journée d'hiver grisâtre, il brisa sa fidèle épée sur son genou, enfila ses vêtements les plus élimés et se reconvertit dans la mendicité.

Tendre la main n'ayant rien de compliqué, il eut beaucoup de temps pour réfléchir. Son comportement idiot, dans le Sud, reflétait la déliquescence générale de la société trogite. La vanité et la cupidité régnaient partout, et l'honneur n'existait plus.

Narasan y vit un signe évident de la décadence du monde, qui approchait à coup sûr de sa destruction.

Cette idée le réconforta. Si la fin des temps était imminente, sa douleur et sa honte ne dureraient plus beaucoup.

Avec quelle joie il accueillerait le repos éternel !

3

Le jeune étranger, un très bel homme, était passé plusieurs fois devant le coin de trottoir de Narasan, que son air frustré avait intrigué. Finalement, il céda à la curiosité et posa une question à l'inconnu.

— Vous semblez troublé, noble étranger. Qu'est-ce qui vous tracasse ?

— Je croyais que la capitale de l'Empire était un centre de pouvoir. Mais je n'ai trouvé personne qui ait une once d'autorité. Quand on cherche à louer une armée, à qui faut-il s'adresser ? Pas un notable n'a accepté d'en discuter…

— Avez-vous contacté les soldats ?

— Ce n'est pas interdit ? Ne doit-on pas passer par la voie hiérarchique ? C'est le gouvernement, je crois, qui donne ses ordres aux militaires.

Narasan avait éclaté de rire. Le jeune homme était un indécrottable naïf, mais il semblait sincère. Après lui avoir expliqué quelques « réalités impériales », l'ancien général lui demanda pourquoi il avait besoin d'une armée.

— Des menaces pèsent sur mon pays… C'est trop long à expliquer, mais nous aurons besoin de soldats de métier pour nous en sortir.

A cet instant, Keselo s'était approché d'eux, avec un nouveau stratagème pour tenter de convaincre son ancien supérieur de reprendre le collier. Narasan avait refusé, renvoyant sèchement le jeune officier dans son campement.

— C'est un garçon de qualité, avait-il confié ensuite à son interlocuteur. S'il survit, il ira loin.

Se souvenant qu'il avait souvent dit la même chose de son neveu, Narasan s'était rembruni.

Très sensible, l'étranger, qui se nommait Veltan, avait tout de suite senti qu'un poids pesait sur les épaules de son interlocuteur. Sans trop savoir pourquoi, Narasan lui avait raconté dans quelles circonstances il s'était éloigné de l'armée.

— De toute façon, avait-il conclu, le temps passe vite, et ce que je fais ou non n'aura bientôt plus d'importance.

— Tu n'es pas si vieux que ça, mon ami.

— Je ne parlais pas de moi, mais du monde. Il approche de sa fin. Un jour pas très lointain, il aura disparu…

— Tu es plus perspicace que la plupart des gens, avait dit Veltan, mais ta réflexion s'est arrêtée trop tôt. Le monde approche de la fin d'un cycle, pas de sa destruction. Une ère sera révolue, mais le temps continuera de s'écouler, comme toujours. Ne désespère pas, Narasan. Le temps n'a pas de fin – et pas de commencement non plus, s'il faut tout te dire…

Le général s'était senti très intrigué. Cet étranger au visage plaisant n'était pas du tout ce qu'il semblait être, et la profondeur de son analyse stimulait son imagination.

Oubliant pour une fois ses idiosyncrasies, Veltan n'y était pas allé par quatre chemins.

— Général Narasan, il me faut ton armée, et je la couvrirai d'or si elle combat pour moi. La guerre sera dure, mais nous gagnerons, à condition d'être prêts à temps. Sur un champ de bataille comme aux dés, la victoire est tout ce qui importe !

— Voilà un pragmatisme que j'apprécie ! (La honte et le chagrin soudain repoussés dans les limbes de sa conscience, Narasan s'était levé.) On dirait que mes vacances sont terminées. Rester assis à ne rien faire n'est pas déplaisant, mais je ne me plaindrai pas de devoir reprendre du service.

Si l'idée de livrer une guerre hors des frontières de l'Empire perturba plusieurs de ses officiers, Narasan n'y vit aucun inconvénient. Poursuivi par de très mauvais souvenirs, il rêvait d'un long séjour à l'étranger.

L'armée devant appareiller vers le nord, le port de Castano s'imposa comme le point de départ idéal. Après que Veltan eut quitté Kaldacin, Narasan décida d'envoyer en éclaireur Gunda, dont la famille était originaire de la région. Il se chargerait d'engager la flotte nécessaire pour transporter les troupes jusqu'au Pays de Dhrall.

Quelques jours après l'arrivée de l'armée à Castano, Veltan était entré dans le port à bord d'un chalutier en piteux état. A la grande surprise du général, il lui avait fièrement montré dix lingots d'or pur.

Narasan n'avait jamais vu de métal jaune présenté sous cette forme. Il dut convenir que c'était seyant…

Très impatient, Veltan avait décidé que le général et lui partiraient dans le chalutier, histoire d'atteindre au plus vite le Pays de Dhrall. Ainsi, Narasan pourrait parler de stratégie avec Sorgan Bec-Crochu, un capitaine de pirates maags engagé pour combattre dans le Domaine d'une certaine Zelana.

Le général douta que ce fût une bonne idée. S'il n'en avait jamais rencontré, on lui avait souvent parlé des Maags, unanimement décrits comme des « barbares braillards ».

Et ces deux mots – « barbare » et « stratégie » – lui semblaient un rien antinomiques.

Une flotte de drakkars mouillait déjà dans la baie de Lattash. Au premier coup d'œil, le général comprit pourquoi les gros navires trogites ne parvenaient jamais à leur échapper. Les bateaux maags étaient conçus pour la vitesse, pas pour transporter d'énormes cargaisons…

Veltan guida le général jusqu'à la colline en forme de dôme qui se dressait au sud du village. Après être passés devant plusieurs forgerons maags qui s'échinaient à marteler des barres de fer chauffées au rouge, ils avaient rejoint un petit groupe d'indigènes devant l'entrée d'une grotte.

Au bout d'un long tunnel sinueux, ils avaient débouché dans une vaste salle chichement éclairée par le petit feu qui brûlait dans un brasero.

Veltan avait présenté sa sœur à Narasan. De sa vie, le général n'avait jamais posé les yeux sur une plus belle femme.

Il fut aussi touché par la beauté d'une adorable enfant qu'il supposa être la fille de Zelana.

Sans s'intéresser aux autres personnes présentes dans la caverne, le général demanda à voir Sorgan Bec-Crochu.

Zelana l'assura qu'il ne tarderait pas à arriver.

Un petit maag nommé Lièvre entra bientôt dans la salle, suivi par un géant au nez effectivement crochu. Dès qu'on le voyait, l'origine de son surnom devenait limpide.

Quand Veltan eut fait les présentations, Bec-Crochu admit candidement qu'il avait toujours gagné sa vie en s'adonnant à la piraterie. Cette franchise lui valut de monter d'un cran dans l'estime de Narasan. Aussi étrange que ce fût, cet individu avait un certain sens de l'honneur. Tout compte fait, la collaboration se révélerait peut-être fructueuse.

— Décidément, j'aurai tout vu dans ma chienne de vie, avait marmonné le général.

Narasan et Sorgan passèrent un temps infini à étudier la carte dessinée par Veltan. Ils s'intéressèrent particulièrement au canyon qui descendait des montagnes jusqu'au village.

Quand ils montrèrent la carte à Barbe-Rouge, un natif du coin, il annonça qu'elle ne servirait à rien, faute de détails. Lièvre, le petit Maag, proposa alors qu'on fabrique une maquette en relief. Frappé par le génie du pirate, le général eut un pincement au cœur. S'il avait disposé d'un tel outil stratégique, pendant sa maudite campagne dans le Sud, son neveu aurait peut-être eu la vie sauve.

Quand leur relation se dégela, Narasan et Bec-Crochu délaissèrent la stratégie, pourtant le sujet imposé de leurs rencontres quotidiennes dans la grotte, et commencèrent à évoquer leurs souvenirs de vétérans. Des années passées dans l'armée, le général avait appris que les histoires de guerre rapprochaient les hommes. Dans leur situation, ces dialogues détendus seraient peut-être plus efficaces que de longues conversations sur la tactique.

Aussi inattendu que ce fût, Narasan se surprit à apprécier de plus en plus le pirate…

Le temps se leva le jour où les vaisseaux qui transportaient l'avant-garde de Narasan entrèrent dans la baie de Lattash. Désireux de parler avec ses hommes, Narasan descendit les accueillir sur la plage.

Quand il leur présenta les Maags, les officiers trogites manifestèrent une méfiance que les pirates leur rendirent bien. Très sagement, Sorgan proposa que les deux groupes soient séparés par la rivière lorsqu'ils remonteraient le canyon.

Par une journée nuageuse et sans vent, dame Zelana les convoqua dans sa grotte, où elle daigna leur donner de plus amples informations sur les adversaires qu'ils devraient affronter. Arc-Long leur présenta un vieux chamane, Celui-Qui-Guérit, qui les accabla d'absurdités superstitieuses. A l'en croire, leurs ennemis étaient des hybrides d'insectes, de reptiles et d'humains...

Narasan parvint d'extrême justesse à garder son sérieux. Néanmoins, il trahit sa surprise quand Veltan confirma les âneries du vieux sauvage.

Ensuite, Arc-Long raconta qu'il avait appris à extraire le venin des monstres qu'il tuait. Y trempant ses flèches, il le retournait contre les créatures encore vivantes – et qui ne le restaient pas longtemps.

Pour une raison connue de lui seul, Sorgan trouva la chose amusante. De l'humour maag, sans nul doute...

Comme les indigènes l'avaient prédit, un vent très chaud souffla de l'ouest et fit fondre la neige. Peu après, un véritable mur d'eau se déversa du canyon, noyant une bonne partie des monstres qui marchaient vers le village.

En attendant la décrue, les troupes trogites et maags restèrent sur les bateaux. Curieux, Narasan alla jeter un coup d'œil aux cadavres que charriaient les eaux.

Campé sur la digue qui séparait le village de la rivière, Celui-Qui-Guérit en profita pour lui donner un cours d'anatomie très particulier. Guère plus hauts qu'un enfant de dix ans, les monstres étaient enveloppés dans une sorte de manteau à capuche gris – qui faisait en réalité partie de leur corps. Quand le chamane, armé d'un bâton, ouvrit la gueule d'une créature, il fut évident que ses crocs n'avaient rien à voir avec les dents d'un humain. Les piques disposées sur ses avant-bras n'avaient pas grand-chose de naturel non plus…

Les doutes de Narasan fondirent aussi vite que la neige des montagnes.

— Si j'avais su ça, marmonna-t-il, j'aurais demandé le double d'or…

4

Après la décrue, le temps se réchauffa. Malgré l'humidité omniprésente, Narasan jugea les conditions assez favorables, quand ses hommes et lui s'engagèrent sur la corniche sud du canyon.

A mesure qu'ils approchaient de la source de la rivière, les arbres devinrent plus petits et la végétation se fit plus rare. Ici, l'environnement semblait beaucoup moins hostile, et un gentil ruisseau, au fond du canyon, serpentait au milieu d'une jolie vallée entourée de sapins.

Arc-Long guida Narasan, Gunda, Padan et Jalkan jusqu'à la brèche d'où ils purent contempler les Terres Ravagées qui s'étendaient de l'autre côté des montagnes. Puis il leur montra une crête rocheuse, à environ un kilomètre de leur position.

— Ils arrivent, dit simplement l'archer.

Les yeux ronds, le général regarda apparaître une incroyable meute de monstres.

Sorgan et ses pirates arrivèrent peu après. Le capitaine maag fut également troublé par la taille de l'armée ennemie.

Puis Keselo fit une découverte qui changea tout. La pente couverte de sable qui conduisait au désert était en réalité un escalier composé de blocs de pierre. Avec ce matériau de construction, les défenseurs purent bâtir, dans la brèche, un fortin quasiment inexpugnable.

Peu après l'aube, le lendemain, un rugissement inhumain retentit dans le désert, et des milliers de monstres se ruèrent à l'assaut.

Les archers d'Arc-Long se placèrent en première ligne dans le fortin et firent un massacre, leurs volées de flèches assez denses pour oblitérer la lumière du soleil, tel un rideau de fer et de bois.

Comme s'ils ne craignaient pas la mort, les monstres du Vlagh continuèrent à charger aveuglément. Les voyant tomber par dizaines, Narasan jugea que cette étrange guerre se déroulait du mieux possible…

L'après-midi, Veltan leur rendit visite pour s'entretenir avec Arc-Long d'un point qui le tracassait. Pendant qu'ils avançaient dans le canyon, les Trogites n'avaient pas vu l'ombre d'un monstre. On eût dit que l'ennemi avait voulu les laisser atteindre la brèche.

Narasan sentit aussitôt un frisson glacé courir le long de sa colonne vertébrale. Une fois encore, il s'était laissé piéger comme un débutant !

Utilisant des tunnels pour passer derrière eux, les créatures du Vlagh les avaient bel et bien coupés de leur base. Un détachement de Maags commandé par Bovin, pris dans une embuscade, avait subi de lourdes pertes en quelques minutes.

Narasan estima urgent d'avoir un entretien tactique avec Sorgan. Jusque-là, l'ennemi avait toujours eu un ou deux coups d'avance sur eux, et il était temps que ça change.

Les deux hommes conclurent que la tactique « souterraine » des monstres rendait obsolète leur plan original. Face à une situation imprévue, ils allaient devoir improviser.

Ils s'attelaient à trouver des solutions quand un grondement sourd préluda à un tremblement de terre si violent qu'ils eurent du mal à tenir sur leurs jambes.

Dans un roulement de tonnerre assourdissant, Veltan réapparut et leur cria de filer au plus vite s'ils voulaient sauver leur peau et leurs hommes.

A ce moment, Barbe-Rouge, qui surveillait l'extrémité du canyon, lança un avertissement qui contribua à leur donner des ailes.

— Une montagne de feu ! Sauve qui peut !

Depuis leur rencontre, c'était la première fois que Narasan voyait Barbe-Rouge perdre tout sens de l'humour. Avec deux volcans jumeaux occupés à cracher de la lave et des rochers chauffés au rouge, cette réaction, concéda le général, semblait pour le moins excusable. D'ailleurs, nota-t-il, ses soldats non plus ne riaient pas beaucoup en fuyant à toutes jambes vers Lattash et la baie où les attendaient leurs bateaux.

Quand ils atteignirent les fortifications intermédiaires de Skell, Narasan s'arrêta de courir. L'ouvrage bâti avec d'énormes rochers courait d'une berge du canyon à l'autre. L'étroite ouverture qu'on avait prévue au centre, pour que la rivière continue à couler, ne laisserait pas passer beaucoup de lave. Construites pour arrêter des monstres, ces défenses seraient au moins aussi efficaces contre un adversaire liquide.

Quand les premières coulées de lave déferlèrent sur la muraille de roche, un nuage de vapeur bloqua la vue du général. Jurant entre ses dents, il avança sur la corniche jusqu'à un endroit où il put de nouveau apercevoir la face extérieure du mur défensif.

S'il y avait toujours de la vapeur, il ne vit pas de lave traverser l'obstacle. Au contact de l'eau, elle se retransformait en pierre, renforçant les fortifications de Skell – devenues à présent un barrage.

A cet instant, le général eut de sérieux doutes sur le caractère naturel de l'éruption volcanique et des événements subséquents.

Considérant la température de la lave, l'eau retenue au pied du barrage de Skell aurait dû disparaître *entièrement*. Mais il n'en était rien, comme si quelqu'un – ou quelque chose – la remplaçait à mesure qu'elle s'évaporait.

Le général soupira de soulagement. Grâce au barrage, et à la mystérieuse rematérialisation de l'eau, ses hommes et lui gagneraient la lave de vitesse.

Une fois sur la plage, ils rameraient jusqu'aux navires et échapperaient à cet enfer.

L'armée survivrait, même face à une catastrophe jaillie des entrailles de la terre pour tout dévaster sur son passage.

En soi, c'était déjà une sacrée satisfaction…

5

Quand les deux flottes sortirent de la baie par un étroit bras de mer, Narasan constata que les vagues, au large, étaient bien plus hautes et violentes que lors du voyage dans le chalutier. Et cela l'enchanta. Les marins jouissaient d'une sorte de liberté inconnue de ceux qui passaient toute leur vie sur la terre ferme. Il en conçut une meilleure compréhension de la personnalité de Sorgan Bec-Crochu.

Et le *Cormoran* allait comme un gant à son maître. Tel l'oiseau à qui il devait son nom, ce drakkar était rapide, gracieux… et incroyablement vorace.

Les Maags se montrèrent assez polis pour ne pas semer les gros vaisseaux trogites. Comble de délicatesse, Sorgan resta à portée de communication du navire amiral durant tout le cabotage vers le sud. Selon la demande de Veltan, son chalutier fut remorqué par un des navires trogites. Le maître du Sud était très attaché à son rafiot, et Sorgan avait soutenu sa requête.

— Nous allons naviguer dans des mers étranges, avait-il expliqué au général. Cette baignoire flottante se chargera du sondage dès que nous approcherons d'une côte.

— Le sondage ?

— Ça consiste à évaluer la profondeur des eaux, et à repérer les récifs. Une coque trouée ne tarde pas à couler, et je n'ai pas encore appris à marcher sur les flots.

Les grands arbres qui poussaient sur la côte du Domaine de Zelana stupéfièrent Narasan. Au fond du canyon, les buissons étouffaient toute autre végétation. Ici, les troncs géants avaient écrasé la concurrence. Dressés dans une splendide solitude, ils évoquaient les colonnes de quelque gigantesque temple vert. Sur le rivage, l'air était humide, et les rayons du soleil estival se plantaient entre les arbres comme de longues lances d'or.

Quand la forêt céda la place aux champs et aux fermes du Domaine de Veltan, Narasan eut un étrange pincement au cœur.

Deux ou trois jours après leur départ, la corne de brume du *Cormoran* émit un appel lancinant.

— Narasan ! cria Sorgan.

— Nous avons un problème ?

— Pas que je sache... Dame Zelana m'a demandé de t'avertir que nous bifurquerons bientôt vers l'est. Sans doute demain... Nous contournerons la pointe sud du Domaine de Veltan, puis nous ferons voile vers le nord. La demeure de notre ami est sur la côte est. Si j'ai bien compris, il nous reste une dizaine de jours de voyage.

Au milieu de la matinée, le lendemain, ils contournèrent effectivement une grande péninsule.

Gunda et son cousin, le capitaine Pantal, vinrent rejoindre Narasan à la proue.

— Narasan, dit l'officier chauve, si tu regardes à droite, tu verras l'île d'Arash. Je devrais passer sur un autre navire et emprunter le « canal » pour rallier Castano et dire à Andar de conduire le gros de la troupe au sud du Pays de Dhrall. Comme ça, nous serons prêts si la guerre commence plus tôt que prévu.

— Bonne idée, Gunda. Je vais avertir Sorgan, pour qu'il sache que tu ne fiches pas le camp.

Gunda foudroya son chef du regard. Mais il ne fit pas de commentaire.

En réponse à une sonnerie de trompette, le *Cormoran* approcha du bâtiment du général. Incidemment, celui-ci s'avisa qu'il préférait le son des cornes à celui des trompettes, qui lui avait toujours tapé sur les nerfs.

— Des ennuis, Narasan ? demanda Bec-Crochu, accoudé au bastingage.

— Pas à ma connaissance… Mais il est encore tôt et une cataracte de catastrophes peut nous tomber dessus.

— Pourquoi ce perpétuel pessimisme, mon ami ?

— C'est mon péché mignon… Nous sommes près de la brèche, dans la barrière de glace. Gunda propose d'aller rameuter le gros de mon armée.

— Et il a bien raison ! J'aimerais être au complet quand les hommes-serpents nous sauteront sur le râble.

— Et tu m'accuses de voir les choses en noir ?

— C'est une saine précaution, mon vieux… Comme ça, quand les événements tournent bien, on est agréablement surpris.

Ils dépassèrent deux nouvelles péninsules, puis suivirent le *Cormoran* vers le nord. Guidé par Zelana, Sorgan accosterait non loin de la maison de Veltan.

Sur la côte est, le terrain était beaucoup plus plat qu'à l'ouest et des champs cultivés s'y étendaient à perte de vue.

Même si Veltan avait été avare de détails au sujet de son Domaine, Narasan aurait parié que les différences de classes omniprésentes dans l'Empire étaient inconnues ici.

Evidemment, Jalkan estimait qu'une pareille organisation sociale était impossible. Ses sarcasmes perpétuels finirent par lasser Narasan, qui commença à chercher le premier prétexte venu pour dégrader ce vaurien et le chasser de l'armée.

Tandis qu'ils cabotaient, Bec-Crochu envoya le chalutier de Veltan sonder les fonds marins. La prudence du Maag fit sourire le général. Sorgan adorait son drakkar et il l'aurait défendu au péril de sa vie. Un peu comme on protège à tout prix une épouse aimée…

Les deux jours suivants, ils remontèrent lentement vers l'est. Au matin du troisième, vers dix heures, le chalutier vira sur la gauche et les guida vers une plage. Une main en visière, Narasan vit que quelques personnes – dont Veltan – les y attendaient.

Le capitaine Pantal fit jeter l'ancre à une courte distance du rivage. Jalkan, Padan et Narasan parcoururent le reste du chemin dans une chaloupe. Sorgan les imita en compagnie de Bovin, de Marteau-Pilon, de Zelana et de deux enfants. Le capitaine prit garde à ne pas arriver le premier – sans doute par courtoisie.

Alors qu'il débarquait, le général s'en étonna un peu : la courtoisie, chez les Maags, n'avait rien d'une vertu cardinale.

Près de Veltan, Keselo conversait avec un indigène à l'air grave qui tenait une sorte de lance.

Le jeune officier semblait impressionné par l'inventivité du Dhrall. Si Lièvre pouvait fournir des fers de lances et des boucliers aux indigènes, avança-t-il, il serait possible de leur apprendre à manœuvrer en phalange. Au début, ils n'auraient rien de soldats d'élite, mais les monstres des Terres Ravagées n'étaient pas non plus des tacticiens de génie. Même à demi formés, les Dhralls joueraient un rôle non négligeable lors du conflit à venir.

— Tu penses pouvoir en faire des soldats, Keselo ? demanda le général.

— En tout cas, je suis prêt à essayer, messire.

— Alors, fais-le, et tiens-moi informé de tes progrès.

— A vos ordres !

Quand Sorgan et ses passagers eurent accosté, Veltan guida tout ce petit monde vers sa maison.

Dès qu'il vit la demeure du maître du Sud, taillée d'un bloc dans un rocher géant, Narasan eut la confirmation de ce qu'il soupçonnait depuis sa rencontre avec le jeune étranger. Veltan, ses sœurs et son frère paraissaient humains, mais ils étaient beaucoup plus que cela, au point que le mot « surhumain » ne suffisait plus à les décrire. Un temps, les manières discrètes de Veltan avaient fait douter Narasan. La vue de sa résidence chassa définitivement ses incertitudes…

Mais pourquoi un être si puissant avait-il engagé une armée de Trogites pour affronter des créatures *sous*-humaines ? D'une seule pensée, Veltan ou Zelana auraient pu réduire en bouillie les hordes du Vlagh.

— Tout ça n'est pas clair…, marmonna le général.

Quand Veltan les eut introduits dans ce qu'il appelait sa « salle de la carte », Narasan vit qu'il s'agissait d'un astucieux mélange entre sa salle de guerre, au pays, et la maquette en argile fabriquée par Barbe-Rouge dans la grotte de Lattash. L'ajout du balcon qui faisait le tour du futur champ de bataille – en miniature – était une idée de génie. De sa vie, le général n'avait jamais vu une carte d'état-major aussi précise et pratique.

Autour des chutes, le terrain promettait d'être difficile. Mais s'ils parvenaient à occuper la zone du geyser qui les alimentait, ils repousseraient presque indéfiniment toutes les attaques, même si les paysans locaux ne les aidaient pas beaucoup. L'essentiel, bien entendu, serait d'arriver les premiers.

Au milieu de la conversation, la superbe femme d'Omago vint annoncer que le repas était prêt. Très fier, Veltan précisa que son amie était sans doute la meilleure cuisinière du monde.

Cet abruti de Jalkan ne manqua pas l'occasion de lancer une remarque obscène qui fit voir rouge à Narasan.

Par bonheur, Omago intervint avant que Veltan, excédé, ne pulvérise l'armée trogite en levant simplement une main.

Hélas, le mari outragé fit montre d'une retenue regrettable. Un coup de poing valait mieux que rien, mais avec la lance qu'il tenait dans l'autre main le Dhrall aurait pu débarrasser l'armée trogite d'un poids mort.

Jalkan s'était relevé, la bouche en sang, puis il avait voulu dégainer sa dague. Toujours plein d'à propos, Keselo l'en avait dissuadé en menaçant de l'égorger sur-le-champ.

Narasan pria pour que Jalkan fasse une bêtise de trop. Mais ce sombre imbécile s'en abstint.

Un peu calmé, le général s'avisa que cet incident était le prétexte qu'il guettait depuis si longtemps.

Alors que l'ancien religieux couinait des âneries à propos de son statut d'officier, Narasan le dégrada sans tambour ni trompette – et devant des civils, qui plus est. Il ordonna à Padan d'enchaîner l'odieux crétin, puis de le mettre aux fers.

Soucieux de se montrer diplomate, il proposa à Omago de châtier Jalkan comme il l'entendait – y compris avec sa lance, si ça le tentait.

Le fermier parut intéressé. Pourtant, il déclina cette offre généreuse.

Narasan fut très déçu. Mais il se jura de trouver une punition imaginative et sévère, histoire de convaincre Veltan qu'il avait engagé la bonne armée.

Les jours suivants, le général et le capitaine maag passèrent beaucoup de temps à étudier la maquette. Le cours d'eau qui coulait au pied des chutes et allait se jeter dans la mer étant assez loin au nord de la maison de Veltan, ils convinrent qu'un peu de navigation jusqu'à sa source serait la meilleure solution. Comme chez

Zelana, l'ennemi disposait d'une seule voie d'invasion. Un avantage évident pour les défenseurs.

— Nous devons investir le coin au plus vite, affirma Sorgan. Les premiers arrivés auront une position en or.

— Je suis d'accord, vieux frère.

— *Vieux ?* répéta le pirate.

— Désolé, c'était juste une façon de parler… Nous devrions avoir un entretien avec l'ami de Veltan. Tu sais, le gaillard qui casse les dents des salopards trop bavards ?

— Tu aurais dû faire exécuter ce chien sur-le-champ, Narasan.

— Et souiller la maquette de sang ? Ne dis pas de bêtise, Sorgan. Je réglerai le compte de Jalkan en temps voulu. Pour le moment, j'ai d'autres priorités. Au fait, j'ai cru remarquer que Lièvre et Keselo s'entendent très bien avec Omago.

— Ces trois-là sont faits du même bois, confirma Sorgan. Ils fourmillent d'idées nouvelles ! Tu sais que Keselo s'est mis en tête d'entraîner les paysans ?

— Il leur apprend à manœuvrer en phalange, oui… S'il a assez de temps, les Dhralls nous seront très utiles.

— Je ne crache sur aucune aide…

— Et tu n'es pas le seul ! Pour le moment, il nous faut un guide, pour que notre avant-garde traverse les chutes sans se faire rejeter à la mer. Nos hommes doivent passer leur temps à bâtir des fortifications, pas à batifoler dans l'eau.

Les deux nouveaux venus que Veltan invita dans la salle de la carte, le lendemain matin, sortaient de l'ordinaire. Très grand, le visage couturé de cicatrices, le prince Ekial n'avait sûrement pas un passé de doux poète. La reine Trenicia, armée jusqu'aux dents, était le genre de femme que seuls les fous suicidaires s'aventuraient à offenser. Un peu plus petite que Sorgan, elle culminait encore à une hauteur impressionnante.

Dans les régions les plus reculées de l'Empire, des mythes couraient toujours au sujet des amazones. Jusque-là, Narasan n'y avait pas ajouté foi, mais Trenicia l'amena à réviser instantanément sa position.

Veltan les informa que le prince et la reine auraient jusqu'à nouvel ordre le statut d'observateurs. Tôt ou tard, ajouta-t-il, ils devraient affronter les monstres du Vlagh dans d'autres régions du Pays de Dhrall.

Ce soir-là, alors qu'ils se régalaient de la cuisine d'Ara, Sorgan évoqua la possibilité de transporter par voie de mer les archers d'Arc-Long.

Le Dhrall rejeta cette solution. Ayant évalué les distances, sur la maquette, il annonça que ses hommes mettraient deux fois moins de temps en marchant.

Le lendemain matin, Narasan et Sorgan retournèrent étudier la carte en relief.

— Je ne vois aucun moyen de monter, avoua le Maag. La paroi est à pic, et des tonnes d'eau la dévalent.

— Je suis aussi perplexe que toi, Sorgan. Tout autour des chutes, la falaise semble infranchissable. Nous pourrions construire une rampe, mais ça nous prendrait tout l'été.

A cet instant, Omago entra et approcha d'eux.

— Tu es l'interlocuteur qu'il nous fallait, mon ami, dit Sorgan. Tu connais la région des chutes ?

— Pas très bien, mais j'ai fait porter un message à Nanton, un berger qui saura vous renseigner. Il attendra vos navires, puis il vous guidera jusqu'à ses pâturages, au-dessus des chutes.

— Tu as encore deux coups d'avance sur nous, Omago, admit Narasan. Nous avions décidé d'envoyer là-haut une avant-garde qui construira des fortifications en attendant l'arrivée du gros de l'armée. Mais sur la maquette on ne distingue pas de route praticable.

— La carte est précise… Cela dit, quand des moutons cherchent à brouter, ils trouvent toujours un chemin, et Nanton les accompagne partout. La piste sera raide et étroite. Mais si des moutons y arrivent, vos hommes devraient s'en sortir aussi.

— Skell, je crois…, souffla Sorgan.

— Tu me redis ça lentement, mon ami ? fit Narasan. J'ai peur de n'avoir pas compris.

— Je pense que nous devrions envoyer Skell avec le berger d'Omago. Il saura quoi chercher et localisera le meilleur site pour ériger des fortifications. Nous y gagnerons beaucoup de temps. Et s'il tombe sur des hommes-serpents, Skell est assez malin pour leur échapper et courir nous avertir.

— Si l'ennemi était déjà là-haut, Veltan nous aurait prévenus, dit Narasan. Tu t'inquiètes trop. Padan accompagnera Skell. Il laissera des repères pour indiquer le chemin à mes hommes.

— Quel genre de repères ?

Narasan hésita un instant.

— Des rubans jaunes noués aux buissons… C'est un code à nous. Secret, en principe… Vieux frère, cette guerre promet d'être plus facile que prévu !

— J'ai toujours aimé vaincre sans péril, cher ami. Les victoires acquises facilement sont les meilleures, si j'en crois mon expérience…

6

Le matin suivant, deux drakkars levèrent l'ancre, emportant deux cents Maags vers le nord. Narasan jugea que c'était une force insuffisante, mais Skell sembla s'en satisfaire.

— Narasan, expliqua Sorgan, mon cousin joue simplement les éclaireurs. Sa mission est de nous montrer le chemin et de repérer le terrain. Pour ça, il n'a pas besoin d'un régiment. Comme nous le suivrons de près, il ne restera pas longtemps seul là-haut...

— J'admets que c'est bien raisonné...

— Tu es maladivement anxieux, mon vieux !

— Déformation professionnelle, cher ami... Au fil des ans, j'ai retenu une leçon : quand une situation peut mal tourner, elle ne s'en abstient jamais !

— Skell a deux atouts dans sa manche, si ça venait à chauffer.

— Vraiment ?

— Arc-Long et Barbe-Rouge sont du voyage. Aucun de nous ne voudrait se frotter à eux, pas vrai ? Ce fichu archer me donne la chair de poule. Quoi que je fasse, il a dix longueurs d'avance sur moi.

— Quelqu'un a-t-il pensé à prévenir Zelana que ses deux gardes du corps partaient avec Skell ?

— Pourquoi ne pas laisser Veltan s'en charger ? proposa Sorgan.

— Une idée géniale ! approuva Narasan.

— Je voudrais ton avis, général... Amènerons-nous les paysans ? Ils ne sont pas très bons, tu sais...

— On devrait quand même les accepter. Veltan veut qu'ils s'impliquent, et c'est lui qui nous paie. Keselo entraîne les fermiers. Selon lui, ils s'améliorent. Au début, ils n'auraient pas embroché une vache coincée dans un couloir, mais ça va mieux. De plus, il s'agit de leur pays, et ils ne nous gêneront pas trop.

— Je déteste me battre avec des amateurs, gémit Sorgan. On ne sait jamais à quel moment ils détaleront comme des lapins.

— Nous les tiendrons à l'écart tant qu'ils ne nous sembleront pas fiables. Ensuite, on leur organisera un petit baptême du feu. Personne n'est génial lors de son premier combat, mais les progrès viennent avec l'expérience...

— Tu dois avoir raison... Il n'existe pas de guerrier-né, à part peut-être Arc-Long. Ce gaillard a dû se faire les dents sur des pointes de flèches, quand il était bébé.

— Où en sont nos réserves de venin ? Chez Zelana, ça nous a donné un sacré avantage.

— Il en reste assez pour tuer d'autres hommes-serpents et renouveler notre stock.

— Il faut un moment pour s'habituer à cette idée : un ennemi qui vous fournit l'arme idéale pour le vaincre ! Voilà qui ne court pas les rues...

— Pas quand l'adversaire est intelligent, souligna Sorgan. Par bonheur, les monstres du Vlagh ne connaissent même pas le sens de ce mot...

Globalement, Narasan était satisfait de leur ébauche de plan. La guerre dans le Domaine de l'Ouest lui avait appris qu'il valait mieux ne rien graver dans le marbre quand on affrontait les monstres des Terres Ravagées. Individuellement, ces créatures étaient stupides au-delà du possible, mais leur véritable ennemi, au Pays de Dhrall, n'était pas un unique chef de guerre. Si le concept de conscience collective lui paraissait étranger – voire absurde –, le général avait découvert, très récemment, que ça n'était pas une raison suffisante pour le rejeter – et encore moins pour le négliger.

Par bonheur, ils avaient de l'aide. Mais qui la leur fournissait ? La crue qui avait noyé tant de monstres, dans le canyon, semblait naturelle. Si elle avait été aussi violente chaque année, les Dhralls auraient-ils construit un village sur sa trajectoire ? Considérant leur intelligence, le général en doutait.

Veltan et sa famille, à l'évidence, avaient des pouvoirs fabuleux. Pourtant, au moment de l'éruption volcanique, le maître du Sud avait été surpris, comme tout le monde. Sinon, il ne serait pas venu les avertir en catastrophe qu'il était temps de filer.

On les aidait, c'était certain. Même sous la torture, Narasan n'aurait su dire qui – ou quoi – les assistait.

Toute sa reconnaissance était acquise à cet allié inconnu. Cela dit, connaître son identité lui aurait permis de mieux respirer…

SKELL, FILS DE JODAN DE KORMO

1

Skell et son frère cadet, Torl, avaient vu le jour dans la cité portuaire de Kormo, sur la côte ouest du Pays de Maag. Leur père, le célèbre capitaine Jodan, commandait un drakkar baptisé le *Requin* – un nom qui faisait frissonner de terreur les marins trogites susceptibles de croiser sa route.

Le destin des deux garçons étant tout tracé – devenir des pirates –, ils vécurent leur enfance avec une impatience mal contenue. Quand ils abordèrent l'adolescence, tous les capitaines, dans le port de Kormo, prirent l'habitude de faire fouiller de fond en comble leur vaisseau avant d'appareiller. Au cas où un des fils Jodan s'y serait introduit en douce.

A cette époque, Skell et Torl devinrent d'excellents nageurs. Une évolution normale quand on finissait à l'eau deux ou trois fois par semaine…

Les plaintes incessantes de ses collègues l'agaçant, Jodan décida qu'il était temps pour ses rejetons de prendre la mer. Les deux garnements, qui avaient milité pour ce dénouement, crurent qu'ils embarqueraient sur le *Requin*. Hélas, Jodan voyait les choses d'un autre œil. Dans sa jeunesse, il avait souvent eu pour camarades des fils de capitaines engagés sur le vaisseau paternel.

Paresseux et incompétents, ces garçons étaient unanimement méprisés par l'équipage. Du coup, Jodan s'était juré que ses fils commenceraient au bas de l'échelle, sans protection, et gagneraient leurs promotions à la force du poignet.

Au début de sa carrière, Jodan avait servi avec Dalto Grand-Nez – longtemps avant qu'il devienne célèbre. Au fil de leurs aventures, les deux hommes avaient forgé une amitié indéfectible. Très naturellement, Jodan décida de lui confier ses héritiers, aussitôt engagés comme mousses à bord du fameux *Espadon*.

Quand Grand-Nez leur botta les fesses, Skell et Torl, campés à la proue du drakkar, s'émerveillaient de quitter enfin le port par une magnifique journée de printemps.

Ils retinrent vite, mais douloureusement, la première règle de la vie en mer : « Toujours avoir l'air de travailler lorsque le capitaine est dans le coin. »

Ils passèrent les trois jours suivants à genoux, très occupés à briquer le pont. Et ce fut seulement le début de leur calvaire…

Dès qu'une corvée se présentait, Dalto la leur collait sur le dos. Dégoûtés, les jeunes gens décidèrent de déserter à la première occasion. Hélas, ayant embarqué une énorme quantité de vivres et d'eau, l'*Espadon* resta des mois en mer – une croisière qui leur donna l'occasion de connaître intimement chaque planche du pont.

Lors de leurs moments de détente – rares et très espacés –, ils apprirent à aimer la mer. En perpétuel changement, elle était si splendide que les deux garçons restaient souvent bouche bée devant les jeux d'ombre et de lumière qui balayaient majestueusement ses vagues. En général, Grand-Nez choisissait ces instants-là pour se rappeler, sans douceur, à leur bon souvenir.

Plus tard – *beaucoup* plus tard, pour être honnête –, Skell repensa à ce premier voyage, et comprit la logique qui présidait au comportement du capitaine. Dès le début, Dalto s'était attaché à leur montrer que le nom de leur père ne serait pas un passe-droit. Ils avaient commencé en bas de l'échelle parce que c'était le destin de *tous* les marins. Et il leur revenait de se montrer dignes de tâches plus exaltantes que nettoyer le pont ou écoper l'eau croupie qui s'accumulait dans la cale.

Quand l'*Espadon* revint à Kormo, Skell et Torl, promus rameurs, commençaient à se prendre pour de vrais marins.

Avant que le drakkar reparte, un parent des deux garçons, Sorgan, fut engagé au poste de vigie. Plus vieux que ses cousins, il avait déjà pas mal bourlingué et manifesta une désagréable tendance à les regarder de haut.

Agacé, Skell décida de lui rappeler quelques réalités familiales de base. Fils du célèbre Jodan, Torl et lui étaient les incontestables supérieurs de Sorgan, un banal rejeton de la sœur du capitaine.

Vexé à mort, Sorgan flanqua à l'insolent une correction qui fit le délice des autres membres de l'équipage. Entre deux coups, Skell réussit à placer un unique direct – assez efficace pour valoir à Sorgan son surnom de Bec-Crochu.

L'*Espadon* continua à délester de leur cargaison les gros navires trogites qui osaient s'approcher des côtes du Pays de Maag. Quand le gibier se faisait rare, le drakkar s'offrait une excursion jusqu'aux rivages du Pays de Shaan. L'équipage de Dalto attaquait alors les campements impériaux, où transitaient de grandes quantités d'or. Ainsi, Skell, Torl et Sorgan apprirent les rudiments du combat terrestre.

L'appât du gain était bien entendu la principale motivation des pirates. Pourtant, avec les années, Skell s'aperçut qu'il était tombé amoureux de la mer. L'or avait ses qualités, personne ne le niait, mais rien n'égalait la beauté de l'onde sous un fier lever de soleil, ou ses mélancoliques reflets lorsque la lune la caressait de sa pâle lumière.

La mer changeait sans cesse. Comme tous les Maags devenus marins, Skell finit par la chérir comme une épouse bien-aimée. Ravi quand l'*Espadon* faisait escale – une superbe occasion de s'amuser –, il gardait toujours à l'esprit que l'océan était son véritable foyer.

Alors qu'il naviguait depuis une dizaine d'années, l'*Espadon* mouilla dans le port de Weros. Avertis que le drakkar repartirait dans trois jours, sans attendre les retardataires, les marins se précipitèrent à terre, en quête de distractions.

Les deux frères revinrent à l'heure dite. Sorgan, lui, manqua à l'appel. Réconcilié avec son cousin, Skell souffrit beaucoup de son absence.

Peu après son vingt-septième anniversaire, l'*Espadon* fit escale dans le port de Kormo, où mouillait déjà le drakkar paternel.

Le capitaine Jodan monta à bord de l'*Espadon*, eut un bref entretien avec Grand-Nez, puis vint sur le pont annoncer à ses fils qu'ils allaient être transférés sur le *Requin* avec les grades d'officier en second et de quartier-maître. Quelques semaines plus tôt, à Gaiso, leurs prédécesseurs avaient péri dans une rixe de taverne…

Jodan n'était pas très heureux de sa décision, mais nécessité faisait loi. Alors que la chaloupe approchait du *Requin*, il cessa de ramer et gratifia ses fils d'un sermon sur le « comportement adéquat » qu'ils devraient adopter. Devenus des officiers, il ne serait plus question qu'ils fraternisent avec les marins du rang. Et ils devraient garder leur sérieux en toutes circonstances. Interdits de rire, voire de sourire, il leur faudrait aussi respecter une règle capitale :

— Ne vous avisez jamais de m'appeler « papa » !

Je suis votre capitaine, et il vaudrait mieux ne pas l'oublier…

Comme l'*Espadon* et la majorité des autres drakkars, le *Requin* s'était spécialisé dans l'abordage des bateaux poussifs de l'Empire. Bizarrement, Jodan n'utilisait jamais le nom « Trogite ». Quand il se référait à ses proies favorites, il les qualifiait de « Trogs ». A chaque fois, Skell devait se mettre une main devant la bouche, car ce nom, pour une raison inconnue, déclenchait son hilarité.

Quelques années après que Jodan eut enrôlé ses fils, le *Requin* fit escale à Weros pour renouveler ses réserves de haricots.

Car l'équipage, las des soupes au goût de pourri, commençait à rouspéter sérieusement…

Futé, Skell chargea Torl de se procurer des haricots frais. Puis il alla faire un tour sur le front de mer miteux, à la recherche d'une taverne où engloutir quelques chopes de bière.

En déambulant le long des quais, il eut la surprise d'apercevoir Sorgan, affairé à retaper un drakkar délabré.

— Cousin, appela-t-il, tu n'as pas peur de te cogner sur les doigts ?

— Très drôle, Skell, fit Bec-Crochu en lâchant son marteau. Ce navire, le *Cormoran*, sera bientôt la terreur des mers. Du moins, si Bovin, Marteau-Pilon et moi parvenons à boucher tous les trous de la coque… Je sais, il ne paie pas de mine, mais on en reparlera lorsque nous l'aurons remis à neuf.

— Tu t'es ruiné pour acheter ton propre drakkar ? lança Skell, étonné d'entendre de la fierté dans la voix de son cousin.

— Un placement en or, mon cher ! Très bientôt, quand nous détrousserons un navire trogite, j'empocherai la plus grosse part du butin.

Skell étudia le drakkar vermoulu.

— Tu as encore du pain sur la planche, Sorgan. Réparer cette épave te coûtera les yeux de la tête.

— A Weros, s'autofinancer n'est pas difficile, répondit Sorgan. Après six mois de mer, les marins ont la gorge très sèche. Vers minuit, ils l'ont si bien humectée qu'ils ne verraient plus un éclair dans le ciel, même si leur vie en dépendait. Quand l'argent manque, Bovin et Marteau-Pilon délestent quelques ivrognes de leur bourse.

— Tu es un voleur, Sorgan, lâcha Skell.

— Comme tous les Maags, mon vieux ! Tu crois que les Trogites nous donnent leur or par bonté d'âme ? Pour qu'ils s'en défassent, nous devons les menacer... Dis bonjour à Torl et à ton père de ma part, tu veux ?

— Je n'y manquerai pas, cousin, répondit Skell en saluant Sorgan.

En réponse, le futur capitaine se tapota le nez, et tous les deux éclatèrent de rire.

Les quelques années suivantes, les affaires du *Requin* furent florissantes. Intrigué, Skell remarqua que son père mettait désormais de côté un pourcentage important de sa part du butin.

Peu après le trente et unième anniversaire de Skell, Jodan convoqua ses fils dans sa cabine.

— J'en ai assez, annonça-t-il. Après des décennies en mer, je ne supporte plus l'eau. Je me retire sur le plancher des vaches, et le *Requin* te revient, Skell.

Le nouveau capitaine résista de justesse à l'envie de sauter sur la vieille table de son père pour y danser la gigue.

— Mais il y a une condition, précisa Jodan. Je veux un cinquième du butin, et n'essaie pas de m'arnaquer. Si tu t'y risques, je vendrai le *Requin*, et tu redeviendras un marin ordinaire.

La jubilation de Skell en prit un sacré coup sur le crâne.

Après le départ de Jodan, la discipline de l'équipage se relâcha nettement. Skell ne tarda pas à comprendre qu'il lui faudrait mettre des points sur pas mal de « i ».

Malgré sa jeunesse, il était le capitaine, et les hommes devaient lui obéir. Or, les marins ne le prenaient pas au sérieux, et ça l'agaçait beaucoup.

Un soir, Torl vint rendre visite au nouveau capitaine, qui broyait du noir dans sa cabine en désordre.

— Tu ne t'y prends pas bien, grand frère, dit-il en s'asseyant sur la table crasseuse. En fait, tu es trop détendu. Les gars ne te respecteront pas tant que tu afficheras ce sourire béat. Pour asseoir ton autorité, essaie de ressembler à papa. Bref, prends l'air sinistre, même quand tu es tout guilleret.

— Si je fais ça, je mourrai d'ennui !

— Ce n'est pas si pénible, voyons... Dis-toi que tu dissimules tes véritables sentiments à l'équipage. Ensuite, retourne dans ta cabine, et tiens-toi les côtes de rire, si ça te chante. (Torl regarda autour de lui.) Entraîne-toi pendant que tu nettoieras ce fouillis. Si papa voyait ce que tu as fait de sa cabine, il t'écorcherait vif.

— J'ai été pas mal occupé, ces derniers temps...

— A chercher une chemise propre, peut-être ? Bon, passons à autre chose. Ne serait-il pas temps que tu *me* fournisses un bateau ?

— Pour quoi faire ?

— Reformulons la question : tu veux vraiment que je reste à bord du *Requin* ? Regarde la réalité en face, grand frère. Je suis au moins aussi ambitieux et cupide que toi. Si tu me gardes, je risque d'avoir des idées qui ne te plairont pas. Tu vois ce que je veux dire ?

— C'est de la mutinerie, Torl !

— Les gens emploient parfois ce mot, oui...

— Comment veux-tu que je t'achète un drakkar ? Papa nous prend un cinquième des bénéfices.

— Dans ce cas, nous me *volerons* un bateau. Papa

ne s'intéresse qu'à l'or. Même si nous trouvions une scie assez grosse, il se ficherait d'avoir un cinquième de drakkar.

Skell se gratta le menton et jeta un coup d'œil dehors par un hublot.

— Gaiso…, murmura-t-il.

— Plaît-il ?

— Les équipages des navires qui mouillent à Gaiso se ruent dans les tavernes. Sans doute parce que les aubergistes ne coupent pas le rhum, comme dans d'autres ports. Les malheureux qui restent à bord pour monter la garde se font livrer des tonnelets de ce rhum, histoire d'être aussi ivres que leurs copains. Vers minuit, à Gaiso, tu choisiras le drakkar qui te plaît, et le voler sera un jeu d'enfant. Pour passer inaperçu, il suffira de repeindre la coque et de changer les voiles.

— Une idée de génie !

— Comme d'habitude, fit Skell sans fausse modestie. Je te donnerai quelques hommes, mais tu devras en engager pour compléter ton équipage. Cela dit, ne dépense pas sans compter, parce que tu devras me remettre un cinquième de ton butin.

— Tant que ça ? s'indigna Torl.

— Pour m'aider à entretenir papa… Tu ne voudrais pas le voir dans la misère ?

— Ce n'est pas juste, Skell !

— La justice n'a rien à voir dans cette affaire. Si tu refuses, tu n'auras pas de drakkar. Et ne me menace plus de mutinerie, tant que tu n'auras pas renoncé au rhum et à la bière. Si tu ne m'aides pas à nourrir papa, la prochaine fois que tu seras soûl, j'appareillerai sans toi. Et que feras-tu, seul à terre ?

— Tu es un homme dur et cruel, Skell.

— Evidemment ! Le capitaine du *Requin* se doit d'être sans cœur. Alors, marché conclu ?

— Ai-je le choix, grand frère ?

— Bien sûr que non ! Je ne laisse jamais d'option aux autres…

Une semaine plus tard, par une nuit sans lune, le *Requin* se faufila dans le port de Gaiso. Quand Torl eut sélectionné un drakkar, il y monta avec quelques hommes et fit jeter par-dessus bord les marins de quart.

Une fois qu'ils eurent remorqué le navire dans une crique isolée, les deux frères chargèrent l'équipage de le maquiller.

A la grande surprise de son frère, Torl baptisa son drakkar le «*Sequin*». Même sous la torture, Skell n'aurait su dire pourquoi. En général, les vaisseaux maags portaient des noms terrifiants. Celui-là n'aurait fait frissonner personne, mais Torl avait parfois l'esprit un peu tordu.

Après une pénible réflexion, Skell décida que Grock, un vieux marin bourru, ferait un officier en second idéal. Non content de ne jamais sourire, il servait sur le *Requin* depuis plus de dix ans et le connaissait comme sa poche.

Se révélant un excellent juge en matière d'hommes, il proposa Baldar Pied-de-Bois pour le poste de quartier-maître.

— C'est un bon marin, Cap'tain, déclara Grock. Avec son pied factice, il a tendance à claudiquer, mais sa lucidité ne vacille jamais. Les jeunes marins sont souvent idiots. Il saura leur secouer les puces, en cas de besoin.

— L'affaire est réglée, conclut Skell. A présent, mettons le cap sur Kormo. Mon frère doit engager un équipage. Avant de partir à la chasse aux Trogs, je veux avoir récupéré mes gars. Pour le moment, les deux drakkars manquent de bras, et même les foutus chalands que les Trogs osent appeler des navires nous sèmeraient…

— A vos ordres, Cap'tain !

Dès que les deux équipages furent au complet, Skell et Torl se remirent au travail, au grand dam des navires trogs qu'ils croisaient. Tout ça pour faire plaisir à leur père, bien entendu…

Au fil des saisons, Jodan agrandit sa résidence, qui ressembla vite à un superbe château.

Les affaires continuèrent à prospérer jusqu'à ce qu'un Trog absurdement intelligent ait l'idée de l'« éperon », un gros poteau revêtu de fer qui équipa bientôt la proue de tous les navires impériaux susceptibles d'approcher du Pays de Maag. Après une rencontre avec un vaisseau muni de ce dispositif, le pauvre Skell réussit de justesse à ramener le *Requin* à Kormo, où il fallut boucher l'énorme trou qui béait dans la coque.

Suite à cette déconvenue, il n'eut plus besoin, quelques mois durant, de feindre la morosité.

Alors que son drakkar était en cale sèche, le capitaine entendit de très intéressantes rumeurs dans les tavernes de la ville. Dès qu'il put repartir, il descendit le long de la côte avec l'idée de rejoindre le *Cormoran*. S'il y avait une part de vérité dans les racontars, Sorgan avait mis la main sur une montagne d'or. L'aider à compter sa fortune semblait la moindre des politesses.

L'armada mouillait à Kweta et Sorgan fut ravi de voir arriver son cousin. Après avoir vu les lingots d'or stockés dans le *Cormoran*, Skell ne cacha plus son enthousiasme.

Pourtant, tout n'était pas rose. Devoir travailler sous les ordres d'une femme perturbait Skell, et rencontrer dame Zelana ne fit rien pour dissiper son trouble. Belle à se damner, la maîtresse de l'Ouest, sous sa superbe enveloppe, était plus dure que la pierre…

Il y avait aussi l'indigène nommé Arc-Long – à l'évidence son garde du corps. Froid comme la mort, c'était le genre de type qu'on évitait de bousculer, même au prix d'un grand détour. Rien qu'à le voir, Skell en avait des frissons dans le dos.

Un autre indigène, Barbe-Rouge, menaçait de lézarder la façade que le capitaine avait mis si longtemps à se construire. Dès qu'il ouvrait la bouche, Skell devait s'accrocher aux branches pour ne pas éclater de rire.

Après un débat serré, les deux cousins décidèrent que Skell conduirait une avant-garde jusqu'à un village appelé Lattash, à l'ouest du Pays de Dhrall. Ces guerriers défendraient le Domaine de Zelana jusqu'à l'arrivée du gros de la flotte, commandé par Sorgan. Torl, lui, resterait au Pays de Maag pour recruter d'autres drakkars.

L'idée de se battre sur la terre ferme n'enthousiasma pas Skell. Mais la paie, très bonne, valait quelques sacrifices.

Le voyage jusqu'au Pays de Dhrall prit plus de temps que le capitaine ne l'aurait cru. A l'évidence, la mer qui baignait la côte est du Pays de Maag était beaucoup plus large qu'il ne le pensait.

Barbe-Rouge lui assura que le Pays de Dhrall « était là où il était » et qu'il « y resterait jusqu'à ce que les dieux s'en lassent et décident de le faire disparaître ». Pour une raison inconnue, le sauvage semblait trouver cette remarque très drôle. Après deux semaines en mer, Skell n'était pas d'humeur à rire, et il ne le cacha pas.

Dès qu'il eut accosté, il fut accablé de problèmes. Avant le départ, tous les capitaines avaient solennellement promis à Sorgan qu'ils se comporteraient en gentilshommes une fois à destination. En dignes pirates maags, ils avaient éhontément menti…

Hélas, les sauvages de Lattash se révélèrent moins faibles que prévu. Loin d'être des proies faciles pour les pirates, ils entreprirent de cribler de flèches ceux qui tentèrent de leur subtiliser leur or… ou leurs femmes. Craignant un désastre, Skell fut obligé de frapper durement les marins qui se croyaient tout permis. Quelques séances de flagellation soulignèrent son point de vue. Mais elles ne suffirent pas à régler la question.

— Cap'tain, dit un jour Grock, je me fiche du prétexte que nous trouverons, mais il faut éloigner ces trublions du village. Sinon, les sauvages finiront par nous tuer tous…

— Nous sommes bien là pour livrer une guerre ? demanda soudain Baldar Pied-de-Bois.

— C'est ce que m'a dit Sorgan…

— Sur terre, les soldats passent une grande partie de leur temps à construire des fortifications, continua le vieux quartier-maître. Puisque l'ennemi viendra de l'est, par le canyon, il suffit de dire que Sorgan nous a ordonné de construire une sorte de fortin au milieu de la rivière.

— Mon cousin n'a rien spécifié de tel, Baldar.

— Vous ne savez plus mentir, Cap'tain ? Au fond, nous cherchons seulement à sauver la peau de ces idiots.

— En gros, oui…

— Le mensonge est un gros péché, mais quand c'est pour la bonne cause…

— Dites aux autres capitaines qu'ils ne seront pas payés si les fortifications ne valent rien, intervint Grock, et vous pouvez être sûr qu'ils mettront du cœur à l'ouvrage !

— Ça vaut le coup d'essayer, concéda Skell, à moitié convaincu.

Lorsque Sorgan arriva enfin, dame Zelana décida d'en finir avec les cachotteries. Pour commencer, un des chefs tribaux parla de la crue printanière qui transformait la rivière en torrent. Skell en eut des frissons, car la plupart de ses hommes travaillaient dans le canyon, où ils risquaient d'être piégés puis noyés.

Ensuite, on passa au venin. Informé de l'existence

des serpents venimeux, Skell n'en avait jamais vu, et il n'était pas pressé de combler cette lacune.

Arc-Long le rassura en révélant qu'il prélevait le poison des monstres morts pour tuer leurs congénères. En somme, une certaine justice présidait à l'opération.

Skell ne voyait aucune honte à avouer qu'il n'avait jamais rencontré l'ombre d'un homme-serpent pendant le conflit. Chargé de construire une barricade pour empêcher toute invasion, il avait aperçu quelques monstres, mais de trop loin pour se sentir menacé.

Son véritable souci, pendant la guerre de l'Ouest, avait été l'alliance des Maags et des Trogs. Indéniablement, les hommes du général Narasan, des soldats d'élite, avaient largement contribué à la victoire. Mais combattre à leurs côtés semblait si… contre nature.

Averti par les Dhralls que la crue était un phénomène annuel, Skell avait consenti à la tenir pour une catastrophe naturelle. L'intervention des volcans jumeaux, au moment où ils en avaient cruellement besoin, le laissa franchement sceptique.

Malgré les explications des Dhralls – très invraisemblables, pour être franc –, le Maag restait persuadé que Zelana n'était pas étrangère au miracle qui leur avait sauvé la mise. Mais si elle pouvait commander aux volcans, pourquoi diantre avait-elle engagé une armée ?

Au fil du conflit, Sorgan et le général trog avaient développé une étrange amitié. A présent, les Maags allaient partir vers le sud, où ils donneraient un coup de main aux Trogs.

Au début, Skell avait désapprouvé la proposition inutilement chevaleresque de son cousin. Apprenant que Zelana et Veltan leur donneraient plus d'or que prévu, il avait changé d'avis.

Et de bon cœur, par surcroît !

2

Au début de l'été, la flotte de Maags et de Trogites quitta le Domaine de Zelana pour rallier celui de Veltan. Skell s'inquiéta moins que d'habitude, puisque les tempêtes étaient plutôt rares en cette période de l'année.

Après qu'ils eurent franchi une frontière immatérielle, le Maag remarqua que le Domaine du Sud était essentiellement agricole. Des montagnes se dressaient au nord du territoire, mais très loin de la côte…

L'armada mit le cap sur l'est quand elle atteignit la côte sud du Pays de Dhrall. Puis elle bifurqua vers le nord et longea un rivage déchiqueté.

Le chalutier de Veltan faisait office de poisson-pilote. Son équipage – Arc-Long, Barbe-Rouge, Lièvre et Keselo – cherchait à l'évidence des points de repère. Dès qu'il les eut trouvés, le petit bateau vira de bord et accosta sans crier gare. Lâchant un chapelet de jurons, Skell souffrit dans sa chair quand le pauvre *Requin*, en grinçant de toutes ses planches, changea abruptement de cap sous la main experte de Grock.

Au-delà d'une plage de sable blanc étonnamment propre, des champs cultivés d'un vert éclatant montaient en pente douce vers les terres. Un paysage splendide, il fallait en convenir, même si rien, aux yeux de Skell, n'égalait la splendeur de la mer.

Prudent, il ordonna à ses marins de jeter l'ancre à bonne distance de la plage. Le tirant d'eau du *Requin* était supérieur à celui du chalutier, et son capitaine n'avait aucune envie de prendre des risques.

Le général Narasan et ses officiers gagnèrent la rive à bord d'une chaloupe. Sorgan fit de même, attentif à rester quelques longueurs en arrière. Intrigué, Skell comprit que son cousin s'efforçait de se montrer poli.

— Quelle mouche le pique ? marmonna-t-il.

A force de fréquenter les Trogs, leurs stupides coutumes avaient dû déteindre sur Bec-Crochu...

Skell confia le commandement à Grock. Puis il fit mettre un canot à l'eau, histoire de savoir ce qui se passait. Arrivé sur la plage, il se tint un peu à l'écart et tendit l'oreille.

Sorgan et les Trogs semblaient surpris qu'Omago, un fermier, ait levé une armée de paysans pour participer à la défense du Domaine. Skell n'apprécia pas vraiment cette initiative. Si les Dhralls pouvaient se défendre seuls, pourquoi Zelana et sa fratrie avaient-ils recruté des mercenaires dans d'autres pays ?

Veltan proposa de montrer sa « salle de la carte en relief » aux nouveaux venus. Skell se souvint que les Trogs avaient jugé très utile la maquette en argile fabriquée par Barbe-Rouge, à Lattash.

Sorgan laissa partir les autres et fit signe à son cousin.

— Tu devrais rester ici, dit-il. Empêche nos gars de se balader partout, tu veux bien ? Inutile d'avoir les mêmes ennuis qu'à Lattash...

— Je m'en passerais volontiers, soupira Skell. Je dirai aux autres capitaines d'interdire à leurs hommes de débarquer. Rien ne prouve que nous nous battrons dans le coin, de toute façon. S'il faut aller plus loin, éviter de rembarquer tout le monde nous fera gagner du temps.

— A l'évidence, convint Bec-Crochu.

De retour sur le *Requin*, Skell chargea Grock et Baldar de transmettre les ordres de Sorgan aux autres capitaines.

Approchant du *Sequin*, il monta à bord et prévint son frère qu'ils se mettraient en mouvement d'ici peu.

— Sorgan semble un peu moins stupide, dit Torl alors qu'ils admiraient un splendide coucher de soleil, campés à la proue du drakkar. Ce coup-ci, il sera peut-être inutile de fouetter la moitié de nos capitaines.

— Avec cette affaire, je me suis fait pas mal d'ennemis, concéda Skell. Mais si je n'avais pas sévi, les archers nous auraient tous massacrés.

— Que se passe-t-il sur la plage ? demanda soudain Torl en désignant le Trog vêtu de cuir noir qui traînait vers l'eau un de ses compatriotes couvert de chaînes.

Skell plissa les yeux.

— On dirait que c'est Padan…

— Pourquoi a-t-il un prisonnier avec lui ?

— Comment le saurais-je ? Un des Trogs a dû contrevenir au règlement.

— Tu as sans doute raison… Les Trogs ont des lois pour tout. Dans leur armée, c'est le chef qui décide du rythme cardiaque, du nombre de battements de cils et du cycle respiratoire des soldats. De vrais maniaques !

— Disons qu'ils sont pointilleux à l'extrême, modéra Skell. C'est sûrement une broutille, mais nous devrions peut-être aller interroger Padan…

Le Trogite sortait de la cale quand la chaloupe de Skell se colla contre la coque du navire amiral.

— Padan, tu as du nouveau pour nous ?

— Oui. Nous venons d'avoir un sacré coup de chance !

— Vous avez trouvé de l'or ? demanda Torl.

— Quasiment, mon ami… Avez-vous rencontré Jalkan, l'ancien prêtre, pendant la guerre de Lattash ?

— Assez souvent pour nous efforcer de l'éviter, oui, répondit Torl.

— Une réaction très répandue, à vrai dire… Le meilleur ami de Veltan, Omago, est marié à une beauté qui cuisine divinement bien. Alors que nous regardions la carte en relief, elle est venue annoncer que le repas était prêt. Jalkan l'a reluquée, puis il a lancé un « compliment » qui a manqué faire défaillir le général Narasan. Furieux, Omago a cassé quelques dents au malotru…

— Je regrette d'avoir raté ça, soupira Torl.

— Attends la suite ! Jalkan a braillé qu'on devait punir sur-le-champ le paysan, coupable d'avoir outragé un officier – bref, une sorte de demi-dieu. Le général lui a fauché la divinité sous les pieds en le dégradant sans tambour ni trompette. Puis il m'a ordonné d'enchaîner le salopard et de le propulser jusqu'à la plage à grands coups de botte dans les fesses.

— Si tu as du mal à lever la jambe, proposa Torl, je veux bien prendre le relais. A nous trois, nous lui ferions parcourir le chemin plusieurs fois avant la tombée de la nuit.

— Et si on pariait sur le nombre d'allers-retours ? proposa Skell, tout sourires.

— Je ne crache jamais sur un pari, répondit Padan. Mais il faudra définir des règles. Un enjeu spécial pour le coup de pied le plus long, et un bonus pour celui qui le fera décoller le plus haut.

— Ça sera plus amusant que de regarder la marée monter et descendre, admit Torl. Cela dit, ce truc risque de nous lasser vite. Quand il ne sera plus drôle, offrons des funérailles dignes de lui à ce chien, et laissons-le pourrir dans un trou puant.

— Il n'est pas encore mort, mon vieux, rappela Padan.

— Sans blague ?

Sorgan convoqua Skell dans la salle de la carte, où il l'informa que Nanton, un berger, lui montrerait un chemin qui contournait les Chutes de Vash.

— Narasan et moi t'avons choisi pour diriger la mission, cousin.

— Et une nouvelle corvée pour le brave Skell !

— N'en fais pas une affaire, veux-tu ? Tu devras étudier le terrain et repérer la voie d'invasion probable. Ensuite, tu détermineras le meilleur endroit où construire des fortifications…

— Tu veux aussi m'apprendre à enfiler ma chemise, cousin ? grogna Skell, excédé.

— Ferme-la un peu ! explosa Sorgan.

— Il fait ça souvent ? demanda Narasan, amusé.

— Tout le temps. Cet idiot se croit drôle, mais je ne me tiens plus les côtes depuis longtemps.

— Selon toi, quand Gunda arrivera-t-il avec le reste de l'armée ?

— C'est difficile à dire… Le gros de la troupe est sous les ordres d'Andar, un colonel très compétent. Il saura comment agir quand Gunda lui transmettra l'ordre du départ. Le problème, c'est de trouver assez de bateaux pour transporter quatre-vingt mille hommes. Les prévisions restent vagues, mais Gunda trouvera un moyen de nous avertir, dès qu'il en saura plus…

— En attendant, je suis sûr qu'on ne s'ennuiera pas. Le bébé-carte de Veltan ne m'inspire pas confiance. Je me sentirai mieux quand Skell aura exploré le *vrai* terrain.

— Le bébé-carte ? répéta Narasan.

— J'ai dû passer trop de temps avec Eleria, à Lattash, soupira Sorgan.

— Bien, lança Skell, inutile d'attendre Gunda pour

se mettre en route ! Torl et moi allons jouer les éclaireurs. Laissez-nous quelques jours, et nous saurons où construire les fortifications. Alors, vos gars pourront nous rejoindre et commencer le boulot. Quand Gunda arrivera, les fondations seront terminées, et ses soldats achèveront l'ouvrage.

— Que penses-tu de ce programme, Narasan ?

— Il me convient…

— Skell, tu amèneras au moins cinq équipages, je suppose ?

— Arrête de délirer, Sorgan ! Les hommes de Torl et les miens suffiront amplement. Je ne vais pas envahir un empire, cousin. Pour du repérage, une force réduite est plus rapide et plus discrète. Je sais ce que j'ai à faire. Ne traîne pas dans mes pattes et laisse-moi travailler.

Skell et Torl levèrent l'ancre le lendemain à l'aube, essentiellement pour empêcher Sorgan de leur adjoindre de force quatre ou cinq drakkars supplémentaires. Etrangement, sa devise semblait être : « Plus on est de fous, plus on rit. » Dans leur jeunesse, ils s'étaient souvent disputés à ce sujet.

Les deux frères estimaient qu'il leur faudrait deux jours pour atteindre l'embouchure de la rivière Vash.

Pendant le voyage, Skell tenta de faire plus ample connaissance avec Arc-Long. Les événements de Lattash démontraient que l'archer en savait plus long que quiconque sur leurs ennemis, et cela le rendait extrêmement précieux.

Vers la fin d'après-midi, le premier jour, Skell rejoignit le Dhrall à la proue du *Requin*.

— A Lattash, je me suis surtout occupé des fortifications, dit-il. Du coup, j'ignore presque tout de nos adversaires. Il paraît que tu es un expert reconnu des monstres du Vlagh. Tu veux bien me renseigner un peu ?

— Avant tout, n'oublie jamais que ces créatures ne connaissent pas la peur.

— Tu veux dire qu'elles sont courageuses ?

— Cet adjectif ne convient pas, mon ami. « Stupides » semble plus proche de la réalité, mais un peu lapidaire. Individuellement, ces monstres sont dépourvus d'intelligence. Ils exécutent les ordres du Vlagh, même s'ils sont irréalisables.

— « Stupides » paraît très bien, dans ce cas…

— Leurs esprits ne fonctionnent pas comme les nôtres. Sans doute parce qu'ils n'en ont pas, en un certain sens… Le groupe sait tout ce que chacun de ses membres sait, et les décisions sont prises par la conscience collective. Ce-Qu'On-Nomme-Le-Vlagh est le centre de ce cerveau commun. Il donne des consignes et ses serviteurs tentent de les appliquer, quitte à crever jusqu'au dernier.

— C'est de l'imbécillité pure, non ?

— De notre point de vue, mais pas du leur… Bien sûr, ils n'ont pas conscience de leur mortalité. Ils se croient éternels et indestructibles.

— Comment as-tu appris tout ça ?

— Un chasseur cherche toujours à se mettre à la place de sa proie, Skell. S'il n'y parvient pas, il ne mange pas souvent. (Le Dhrall contempla un moment les eaux que la proue du *Requin* ourlait d'écume.) Tu as passé presque toute ta vie sur le beau visage de Notre Mère l'Eau, je crois ?

— C'est assez courant, pour un marin…

— Tu pêches souvent ?

— Ça m'arrive, oui…

— Au bout de ton hameçon, tu accroches un appât qui plaît au poisson, pas vrai ?

— C'est préférable, si on veut que ça morde.

— Donc, un bon pêcheur sait réfléchir comme un poisson…

— Je n'avais jamais considéré ça sous cet angle, mais

c'est bien vu… Quelle sorte d'appât marche avec les hommes-serpents ?

— J'ai toujours eu de bons résultats avec les gens…

— Les gens ? s'indigna Skell.

— Ne t'emballe pas, l'ami ! Quand on met des humains en face des monstres, ils chargent à l'aveuglette, et on peut tranquillement les cribler de flèches. Les serviteurs du Vlagh ne savent pas ce qu'est un arc. Du coup, ils ne comprennent pas pourquoi leurs camarades tombent comme des mouches. Il y a d'autres tactiques, mais les gens restent le meilleur appât. Les crues et les volcans marchent bien aussi. Hélas, on n'en a pas toujours sous la main. De toute façon, rien ne vaut la simplicité !

Ils atteignirent leur destination en fin d'après-midi, le lendemain. Nanton, l'ami barbu d'Omago, les attendait sur la rive, au nord de l'embouchure de la rivière.

Skell et Omago gagnèrent la terre ferme dans une chaloupe.

— Tous vos hommes nous accompagneront ? demanda le berger quand le mari d'Ara eut fait les présentations.

— Pendant le voyage, répondit Skell, j'ai réfléchi à tout ça… Une dizaine de gars suffiront pour aller jeter un premier coup d'œil. L'essentiel sera de bien baliser la piste, pour le gros de nos forces. Tu as aperçu des monstres, Nanton ?

— Pas cet été… Au printemps, certains sont venus fouiner dans le coin et poser des questions. Mais on ne les a plus revus.

— Ils savent parler ? s'étonna Skell.

— Ceux que j'ai rencontrés, en tout cas… Ils prétendaient être des colporteurs, mais je n'ai pas gobé leurs fadaises.

Skell sonda la rivière.

— Les Chutes de Vash sont loin d'ici ?

— Deux fois la distance que vous avez déjà parcourue… Mais la rivière deviendra impraticable avant, et il faudra continuer à pied.

— Compris… Nous ramerons tant que ce sera possible. Ensuite, je te suivrai avec une dizaine d'hommes. Dès que nous aurons repéré le terrain, j'enverrai quelqu'un chercher le reste des gars et les guider jusqu'au haut plateau.

— C'est un bon plan, admit Nanton.

— Tes moutons sont là-haut ? demanda Omago au berger.

— Pour le moment, oui… Mais s'il doit y avoir une guerre, je les conduirai en sécurité.

— On dirait que tu connais bien ces montagnes, l'ami, dit Skell.

— L'été, j'y passe tout mon temps. En automne, je fais redescendre le troupeau…

— Pourquoi te donner tout ce mal ? Il y a de l'herbe dans les plaines.

— Sans doute, mais elle est meilleure en altitude. Et ça m'évite de chasser mes pauvres moutons des champs cultivés. Les paysans voient rouge quand des ovins affamés fondent sur leurs cultures.

— Je me demande bien pourquoi, fit Skell sans l'ombre d'un sourire.

3

Il leur fallut deux jours de plus pour remonter la rivière jusqu'à l'endroit où elle devenait un ruisseau jaillissant de la montagne. Skell fit jeter l'ancre un peu en aval des chutes, puis il prit un canot pour aller rejoindre son frère sur le *Sequin*.

— L'ami d'Omago n'a pas l'air de vouloir guider un régiment jusqu'au sommet des chutes. Alors, nous commencerons par un petit groupe. Nanton est l'expert reconnu de ces montagnes. Il serait maladroit de le contrarier.

— Je connais la chanson: « Surtout, ne pas se faire mal voir des indigènes ! »

— Tenons-nous-en à cette stratégie tant que c'est possible… Torl, tu devrais rester là et ordonner à tes hommes de construire des quais. Bientôt, des dizaines de drakkars accosteront pour y débarquer des milliers de combattants. Si nous leur facilitons la tâche, ça évitera que des bouchons se forment tout au long de la rivière…

— Qui amèneras-tu avec toi ?

— Nanton, bien sûr, et Omago… Plus Arc-Long et Barbe-Rouge. Et Padan, que Narasan a chargé du balisage de la piste.

— C'est tout ? Tu ne vois pas un peu juste, grand frère ?

— Il s'agit d'une mission de repérage, Torl. Je prendrai aussi Grock, au cas où il faudrait vous envoyer d'urgence un messager. Lièvre et Keselo viendront aussi, parce qu'ils s'entendent très bien avec Arc-Long. Pour aller vite, et rester discret, ce sera le nombre idéal.

— Ça me semble un peu juste, insista Torl.

— Pas pour le travail qui nous attend, trancha Skell. Inutile de ficher la pagaille quand on peut l'éviter !

A l'aube, le lendemain, Skell et son groupe s'engagèrent dans des gorges très étroites. Dès le début, il fut évident que ce ne serait pas une promenade de santé. Une épaisse végétation couvrait les parois du passage, et les branches entrelacées des grands arbres à feuilles persistantes bloquaient les rayons du soleil. Dans cette pénombre perpétuelle, chaque faux pas risquait d'être le dernier.

Toujours malin, Grock avait pensé à emporter une longueur de corde. Ses compagnons lui en furent reconnaissants, car l'excursion se transforma vite en exercice d'alpinisme. Tous les cinquante mètres, une muraille abrupte se dressait devant eux, apparemment infranchissable.

Agile comme un singe, Lièvre se jouait de ces difficultés. Dès qu'il atteignait le sommet de l'obstacle, il attachait la corde à un tronc d'arbre et la jetait à ses compagnons.

Vers midi, Skell eut le sentiment d'avoir plus escaladé que marché.

— Comment font tes moutons pour passer ? demanda-t-il au berger.

— Quand ils veulent vraiment quelque chose – brouter ou rejoindre une femelle en mal de compagnie –, ces animaux grimpent partout. Bien entendu, avoir quatre pattes et des sabots très pointus les aide bien…

— Tu aimes tes bêtes, on dirait…

— S'en occuper est plus facile que labourer ou planter. Et j'ai toujours été partisan du moindre effort. Tu n'es pas d'accord ?

— Oh que si ! Cela dit, escalader des rochers n'est pas ma définition du « moindre effort ».

— C'est toujours mieux qu'un travail honnête, non ?

Quand le soleil sombra à l'horizon, Skell ordonna que le petit groupe en reste là pour aujourd'hui.

— Pas question de crapahuter dans les buissons en pleine nuit, dit-il. Il n'y a peut-être pas de monstres dans le coin, mais ça n'est pas garanti…

— Excellent raisonnement, approuva Lièvre.

Les éclaireurs se levèrent aux premières lueurs de l'aube, avalèrent un rapide petit déjeuner et continuèrent péniblement leur route. De temps en temps, Padan nouait des morceaux de ruban jaune aux branches des arbres pour baliser le chemin.

— Capitaine Skell, dit Keselo après deux ou trois heures de marche, puis-je me permettre une suggestion ? Les hommes du général avanceront plus vite si nous laissons des cordes accrochées aux endroits vraiment raides. L'idée de Grock nous a bien aidés…

— Mon second est un malin, confirma le Maag. (Il regarda autour de lui.) Où est-il passé ?

— Il est allé voir s'il n'y a pas un chemin plus dégagé. Je crois qu'il déteste les buissons.

— Pas autant que moi, je parie…

— A part fournir des cachettes à l'ennemi, concéda Keselo, ils ne servent pas à grand-chose.

— Par où est parti Grock ?

— Il a enjambé le cours d'eau pour explorer l'autre côté de la gorge. Je doute qu'il trouve une meilleure piste, avec tous les rochers éboulés qu'il y a au pied de cette falaise-là…

— Espérons qu'il ait un coup de chance, dit Skell. A force de monter à la corde, j'ai les mains en sang.

— Je le vois revenir ! s'exclama soudain Keselo. Il court trop vite ! Bon sang, s'il trébuche, il roulera jusqu'au fond de la gorge !

Skell leva les yeux pour sonder la pente abrupte.

— Quel crétin ! Grock, ralentis, espèce d'abruti ! Tu vas te casser le cou !

— Capitaine, j'ai trouvé de l'or ! La montagne en est truffée, de ce côté !

— Ne bouge plus, j'arrive ! (Skell se tourna vers Keselo.) Allons voir ça, mon gars !

— A vos ordres, Cap'tain, répondit le Trogite, imitant à la perfection le ton d'un pirate maag lambda.

Ils se frayèrent un chemin dans la végétation, sautèrent le ruisseau et rejoignirent Grock.

Tremblant comme une feuille, le marin donnait de grands coups de langue à une pierre noire.

— Laisse-moi regarder, dit Skell.

— Oui, Cap'tain, répondit Grock en tendant sa trouvaille au cousin de Sorgan. Il est là, chef ! (Il désigna un point jaune brillant, sur le caillou.) D'abord je n'ai pas vu la pierre, mais un souffle de vent a écarté les branches des arbres, et un rayon de soleil lui est tombé dessus. Vous l'auriez vu briller, chef ! Un miracle… Après avoir reculé un peu, j'ai étudié la falaise. Elle est farcie de points brillants ! Il faudra du temps pour les extraire, mais ça vaudra le coup.

Skell relâcha bruyamment l'air qu'il n'avait pas conscience d'avoir retenu dans ses poumons.

— Capitaine, dit Keselo, Lièvre devrait venir jeter un coup d'œil. Avec sa connaissance des métaux, il nous dira si c'est vraiment de l'or.

— Ce serait quoi d'autre ? demanda Grock. C'est jaune et ça brille…

— Lièvre ! cria Skell. Viens par ici !

Le petit forgeron accourut.

— Un problème, Cap'tain ?

— Peut-être que oui… et peut-être que non… (Il tendit la pierre à Lièvre.) Etudie-la, et donne-nous ton avis. C'est de l'or, ou autre chose ?

— Vérifier est un jeu d'enfant, chef… (Le petit Maag sortit son couteau, passa la lame sur le point jaune, et fit la grimace en voyant le caillou s'effriter.) Désolé, Cap'tain, ça n'est pas de l'or. Le métal précieux ne se désagrège pas quand on le gratte avec un couteau. J'ai entendu parler de ce minerai, mais c'est la première fois que j'en vois…

— Tu es sûr de ce que tu dis ? demanda Grock, cruellement déçu.

— C'est facile à démontrer… Quelqu'un a une pièce d'or ?

Keselo confia une couronne au forgeron…

… qui la gratta avec son couteau.

— Pas d'éclats, Cap'tain Skell ! lança-t-il. D'après ce que je sais, le minerai qu'a trouvé Grock est du fer contaminé par un autre élément qui lui donne sa couleur jaune. A Weros, on raconte l'histoire d'un type qui a découvert un gisement de ce truc. Le pauvre a passé dix ans à l'extraire de la roche, certain de s'enrichir à chaque seconde. Quand il a appris la vérité, il est retourné dans la baie et il s'est flanqué à l'eau…

— Tu savais que ce n'était pas de l'or, pas vrai ? demanda Skell à Keselo – en le foudroyant du regard.

— Je l'aurais parié, avoua le jeune Trogite. Mais Lièvre est plus qualifié que moi. Je crois qu'on appelle ce minerai du « fer sulfuré ». A la base, c'est du fer normal, mais contaminé par du soufre. Certains peuples l'utilisent comme du silex, pour allumer des feux.

— Bref, ce truc ne vaut rien…, grogna Skell.

— Pas tout à fait, corrigea Keselo. Le fer a un prix, et en plus, on peut faire de jolies flammes…

— Laisse tomber, soupira le capitaine. Les gars, revenons à nos moutons, si j'ose dire. Navré, Grock, mais nous ne deviendrons pas riches aujourd'hui.

Alors qu'ils rebroussaient chemin, Skell sentit sa nuque picoter bizarrement. Se retournant vivement, il aurait juré que quelqu'un les épiait. Mais il ne vit rien et n'insista pas…

— Les moutons ne sont pas bien malins, dit Nanton à Arc-Long alors que les deux hommes s'engageaient dans les gorges, Skell sur leurs talons. Mais ils sont affectueux, et leur laine se vend à prix d'or.

— Passer tes journées à les regarder brouter ne t'ennuie pas ?

— L'ennui est la partie agréable de la vie d'un berger, mon ami. Quand il cesse, il m'arrive de regretter mon choix de carrière. Affronter une meute de loups affamés n'est pas très amusant…

— Viser avec une fronde doit être difficile.

— Pas si on s'entraîne tous les jours. Avec le temps, la fronde devient une extension de ta main.

— Intéressant… Tu ne manques jamais ta cible, je parie ?

— Eh bien, je n'ai pas souvenir d'avoir raté mon coup… Comment as-tu deviné ?

— J'ai la même relation avec mon arc. C'est un phénomène difficile à expliquer aux profanes…

— Je n'essaie plus depuis des années… Cela dit, je n'en ai pas souvent l'occasion. Les bergers sont des solitaires et je ne combats pas les loups devant un public…

— Tu les tues, je suppose…

— Rarement, mon ami ! En général, je vise l'arrière-train du chef de meute. Il détale en couinant de douleur, et ça dissuade ses compagnons d'insister. Il y a cinq ou six meutes dans le coin. Peu à peu, elles ont appris à rester loin de mes moutons. Les loups sont intelligents et ils reconnaissent vite le danger.

— Il y a d'autres animaux dans ces montagnes ?

— La faune habituelle… Des daims, des oiseaux, des lapins et des écureuils. Plus les chauves-souris qui sortent la nuit pour se goinfrer d'insectes.

— Tu me donnes une idée, Nanton. Nos ennemis étant en partie insectes, on pourrait prévenir les chauves-souris qu'un festin va arriver des Terres Ravagées.

— Je n'ai jamais vu une chauve-souris assez grande pour ça… En plus, je ne maîtrise pas leur langue.

— On devrait en parler à Veltan. S'il vole quelque temps avec les chauves-souris, il apprendra à communiquer avec elles, et nous conclurons une alliance.

— Une piste à suivre, concéda le berger. Toute aide sera la bienvenue.

Suite à ce dialogue, Skell révisa sa position initiale. Arc-Long, tout compte fait, n'était pas froid comme la mort. Sa conversation avec le berger, qu'il avait entendue, le montrait sous un jour plus agréable.

Le Maag savait que l'archer et Barbe-Rouge étaient amis. Lièvre et Keselo avaient également fraternisé avec Arc-Long. A présent, le Dhrall ouvrait la porte à Nanton, l'invitant à rejoindre ce petit cercle de frères d'armes.

Pour une raison qui lui échappait, Arc-Long jugeait que le berger aurait un grand rôle à jouer dans la guerre.

Un sujet de méditation à ne pas négliger…

4

Vers midi, le deuxième jour, ils atteignirent le haut plateau. Skell ne cacha pas sa surprise quand il découvrit la splendide vallée qui s'étendait quasiment à l'infini. Si Nanton lui avait parlé d'une « prairie », il n'en avait jamais vu d'aussi grande. De sa pointe sud aux falaises qui le délimitaient, au nord, le « pâturage » faisait une bonne quinzaine de kilomètres. L'herbe y était luxuriante, et quelques bosquets se dressaient çà et là.

N'ayant pas vraiment compris que le « geyser » décrit par Veltan était la source des chutes et de la rivière, le capitaine fut surpris par les énormes gerbes d'eau qui s'élevaient à quelque trente mètres du sol. A l'évidence, des choses pas banales se passaient dans les entrailles de la terre…

Sur trois côtés, la cuvette était entourée de hautes falaises. Au sud, une trouée permettait à l'eau de se déverser dans les Chutes de Vash.

Au nord, une brèche beaucoup plus large béait dans la paroi rocheuse. Skell devina aussitôt qu'elle jouerait un rôle capital dans la guerre. Les Terres Ravagées s'étendant au nord de la vallée, repérer la voie d'invasion la plus probable n'était pas difficile.

— Joli paysage…, souffla Padan.

— Impressionnant, oui… (Skell désigna la brèche.) Nous devrions commencer nos explorations par là. Nos ennemis viendront du nord, et cette brèche fait un bon kilomètre et demi de large. Même si Sorgan et ton général nous rejoindront bientôt, nous ne serons pas assez nombreux pour la bloquer. Pour construire des fortifications dignes de ce nom, il faudra attendre l'arrivée de Gunda et des renforts. Si l'ennemi attaque dans un mois, nous serons prêts. Dans une semaine, les monstres nous submergeront…

La brèche devait être récente, puisque les parois rocheuses, sur ses flancs, semblaient n'avoir pas souffert du passage des intempéries. Derrière, la pente qui descendait vers le désert était semée de gros rochers déchiquetés – la preuve qu'une catastrophe naturelle avait démoli la falaise.

— Les tremblements de terre sont fréquents dans la région ? demanda Arc-Long à Nanton alors qu'ils sondaient les Terres Ravagées, à leurs pieds.

— Il y en a de temps en temps… En principe, ils ne sont pas assez forts pour endommager les falaises…

— Dommage que ces rochers soient tombés du mauvais côté, dit Skell. Ils auraient pu nous servir.

— Ne fais pas trop vite une croix dessus, conseilla Padan. Quand les hommes du général et de ton cousin arriveront, ils construiront une série de barricades qui ralentiront l'ennemi. Ça nous laissera le temps de fortifier la brèche. Alors, nous aurons une bonne chance de repousser les monstres quand Gunda nous aura rejoints.

— Bon sang, j'ai failli oublier ! s'exclama Skell. Grock !

— Oui, Cap'tain ?

— Redescends et dis à mon frère de mettre ses hommes en mouvement. Qu'ils emportent beaucoup de cordes, et qu'ils les laissent en place aux endroits les plus raides. Dis-lui aussi de préparer plusieurs pistes parallèles. Si les soldats de Narasan montent en file indienne, comme nous, il leur faudra tout l'été…

— Nous exécuterons vos ordres, chef, assura Grock avant de tourner les talons.

— Il y a un autre point important, capitaine, intervint Lièvre. Les archers d'Arc-Long nous rejoindront bientôt, puisqu'ils sont déjà en train de traverser les montagnes. Dès leur arrivée les monstres ne pourront plus harceler les gars qui travaillent sur les fortifications. Vous savez pourquoi ? Parce que ces horreurs seront trop occupées à crever !

— Il a raison, Skell, dit Padan. Avec des lances et des épées, nous parviendrons seulement à tenir à distance les créatures du Vlagh. Les archers, eux, les feront refluer. (Il se tourna vers Arc-Long.) Tu sais quand tes amis seront là ?

— Dans une semaine ou deux… A travers les montagnes, on progresse lentement…

— Si Narasan et Sorgan sont partis à l'heure dite, rappela Skell, ils doivent être au pied des chutes. Dès que Grock les aura rejoints, ils se mettront en route. Dans deux jours, ils s'attaqueront aux fortifications. Sans mauvaise surprise, dans une semaine, notre position sera plus acceptable que prévu.

L'astre du jour disparaissait derrière les montagnes, à l'ouest, lorsqu'ils revinrent vers le geyser. Aussi beau que fût un crépuscule en montagne, Skell ne changea pas d'avis : rien ne valait un coucher de soleil sur la mer !

Ils allumèrent un feu, à bonne distance des gerbes d'eau, et Lièvre leur mitonna un plat de haricots.

Quand Omago se leva pour ajouter du bois dans les flammes, il dut baisser la tête pour éviter la chauve-souris qui le survola.

— Pourquoi font-elles ça ? rugit-il.

— C'est le feu, Omago. Sa lueur attire les insectes, et les chauves-souris sont affamées.

Sans crier gare, Arc-Long tendit la main vers son arme.

— Que se passe-t-il ? demanda Lièvre en se levant d'un bond.

— Je ne sais pas, mais quelque chose cloche... (L'air fermé, l'archer regarda autour de lui.) Je crois qu'il est temps de nous intéresser de près à nos voisines...

Sur ces mots, le Dhrall sortit une flèche de son carquois, l'encocha, arma son arc et tira.

Le projectile traversa de part en part une chauve-souris qui s'écrasa sur le sol, assez loin du feu.

Arc-Long se leva et alla ramasser le cadavre, le tenant par le bout des ailes.

— Tu ferais bien de venir voir, Barbe-Rouge, dit-il, sinistre.

— Des ennuis en perspective ? demanda le Dhrall roux en approchant.

— Constate par toi-même, fit son ami en lui tendant la chauve-souris.

Barbe-Rouge recula d'instinct.

— Je crois que je devrais aller chercher nos archers..., souffla-t-il.

— Que se passe-t-il ? lança Skell.

— Ça, lâcha simplement Arc-Long en se tournant pour montrer la bête morte au Maag.

Skell aussi fit un pas en arrière. La créature avait les ailes, le corps et les pattes griffues d'une chauve-souris normale. Quant à sa tête...

... C'était celle d'une abeille – ou peut-être d'une fourmi – avec les mandibules et les yeux protubérants de rigueur. Comble d'incongruité, d'étranges antennes jaillissaient du sommet de son crâne.

— Ne la touche pas, ami Skell, conseilla Barbe-Rouge. Je capte une vague odeur de venin…

— Encore des crocs et des dards ? Comme les hommes-serpents ?

— Je n'en suis pas sûr, avoua Barbe-Rouge. Mais à ta place, je n'essaierai pas de m'en assurer à mains nues. (Il se tourna vers Arc-Long.) Une fois encore, nos ennemis sont arrivés les premiers sur le champ de bataille. Pourtant, j'aurais juré que nous les battrions sur le fil. Comment as-tu compris, pour les chauves-souris ?

— Elles volent trop mal, mon ami, et j'en ai vu une ou deux passer sans s'arrêter près d'un petit essaim d'insectes. Une vraie chauve-souris ne ferait jamais ça.

— Comment combattre un ennemi volant ? demanda Padan.

— Arc-Long les foudroiera dans les airs, assura Lièvre. Je l'ai vu descendre un vol entier d'oies, un jour…

— Il n'y a plus de temps à perdre, Barbe-Rouge, dit l'archer dhrall. Le Vlagh continue ses atroces expériences… Nous avons besoin de nos hommes le plus vite possible. (Il se tut un moment, le front plissé.) Tout bien réfléchi, la situation est peut-être moins grave qu'il n'y paraît. Nous n'avons pas vu de monstres volants dans le Domaine de Zelana. Si ces « chauves-abeilles » sont les dernières créations du Vlagh, elles doivent en être au stade de se demander qui elles sont, et à quoi elles servent.

— Tu veux dire qu'elles ignorent comment livrer une guerre ? demanda Lièvre.

— En tout cas, corrigea Arc-Long, elles ne savent pas comment *nous* combattons. Si elles viennent de naître, il faudra au minimum vingt couvées avant qu'elles soient « au point ». Leur durée de vie n'est pas assez longue pour qu'elles y parviennent en une génération. Pour le moment, elles se contenteront de voler autour de nous et de nous surveiller.

— Des espions ? avança Skell.

— Exactement. Et elles ne vivront pas assez longtemps pour en faire plus. Il y a très longtemps, Celui-Qui-Guérit m'a révélé certaines choses sur les créatures du Vlagh. Une fois adulte, elles ont à peine six semaines devant elles – bref, pas de quoi apprendre grand-chose. Comme les connaissances se transmettent de génération en génération, la prochaine couvée sera déjà plus maligne que celle-là…

— Dans ce cas, nous devrions dissimuler cette charogne, dit Lièvre.

— Je ne te suis pas vraiment, mon ami, fit Keselo.

— Si elles ne se méfient pas des flèches, ces créatures commettront beaucoup d'erreurs… Empêchons-les de reconnaître un arc, et elles ne broncheront pas quand deux cents archers les viseront. Si on les laisse dans l'ignorance, il devrait pleuvoir des chauves-abeilles mortes pendant un bon moment…

— Bien vu ! approuva Skell. Recouvrons le cadavre de broussailles et comportons-nous comme si rien de spécial ne s'était produit…

— Je ne suis pas sûr que ça suffira, Cap'tain, dit Lièvre, mais j'ai une autre idée. Des filets de pêche interdiront à ces fichues créatures de nous mordre. Au matin, nous frapperons avec nos lances empoisonnées celles qui se seront coincées dans les mailles. Ça devrait éclaircir leurs rangs…

— Excellente idée, dit Padan, mais où trouver des filets ?

— Ce sera facile, répondit Skell. Tous nos drakkars en ont à bord. Quand la pêche est bonne, inutile de retourner au port acheter des haricots ! J'en parlerai à Sorgan. Mais dès qu'il verra votre chauve-abeille, l'idée de Lièvre lui sourira. Les ennemis volants ne lui plairont sûrement pas plus qu'à moi…

Torl arriva le lendemain matin.

— On ne voit pas ça tous les jours ! lança-t-il en désignant le geyser. Voilà des décennies que je n'avais pas contemplé des gerbes d'eau sur la terre ferme !

— A pays étrange, phénomènes bizarres, mon vieux, répondit Skell. Tes hommes ont laissé leurs cordes en place, comme je te l'avais fait dire ?

— Oui. Ils seront là dans une heure. Sorgan et les Trogs les suivent de près.

— Tant mieux. Il ne faudra pas traîner pour ériger les fortifications…

— Vous avez repéré des ennemis ?

— Hélas, oui… Au début, on ne les a pas reconnus, mais ils étaient bien là.

— Encore des terriers ?

— Pas à notre connaissance. C'est toujours possible, mais pour le moment nous avons eu droit à des monstres volants.

— Tu plaisantes ?

— J'ai peur que non, petit frère. Le Vlagh a recommencé ses expériences. A présent, des chauves-souris nous espionnent.

— Quoi ? s'étrangla Torl.

— Ça ne me ravit pas non plus, tu sais ? On devra sans doute se planquer jusqu'à l'arrivée des archers. La nuit, en tout cas… Le jour, ces horreurs ne se montrent pas.

— Elles sont venimeuses, comme les hommes-serpents ?

— Arc-Long en a tué une et Barbe-Rouge croit avoir reniflé l'odeur du venin.

— Comment nous mettrons-nous à l'abri ? demanda Torl, affolé.

— Calme-toi, frérot… Le petit forgeron du *Cormoran* a déjà trouvé la solution. Il suffira d'utiliser des filets de pêche, et il y en a des centaines de mètres sur nos drakkars. Les chauves-abeilles se prendront les pattes dans les mailles, et nous les massacrerons.

— L'intelligence de Lièvre me fiche parfois la nausée, avoua Torl.

— Console-toi en te disant qu'il est dans notre camp, lui conseilla Skell.

5

Sorgan et Narasan arrivèrent autour de midi, ce même jour.

— Skell, lança Bec-Crochu, tu as vu des hommes-serpents dans le coin ?

— Pas un seul, cousin.

— Donc, nous sommes arrivés les premiers.

— Ne te réjouis pas trop vite ! D'ici peu, j'ai peur que nous regrettions nos bons vieux hommes-serpents.

— Plaît-il ?

— Nous avons de nouveaux ennemis… Ailés, s'il faut tout te dire.

— Tu n'es pas drôle, Skell…

— J'ai l'air de plaisanter ?

— Arrête de me faire marcher…

— Je n'oserais pas ! Regarde ce tas de branches, près du geyser. Dessous, tu y trouveras un monstre au corps de chauve-souris et à la tête d'insecte. Des dizaines de créatures volaient autour de nous, hier soir, et Arc-Long en a descendu une. Ce faisant, il nous a sauvé la vie ! Dans la pénombre, on dirait des chauves-souris ordinaires. En y regardant de plus près, on a des surprises, et on sent comme une odeur de venin. Le cadavre est toujours là, si tu ne me crois pas…

Skell conduisit Sorgan et Narasan jusqu'à la « tombe » et exhuma la créature. Les narines agressées par une odeur de décomposition, il détourna la tête.

— Comme vous le voyez, on pense avoir affaire à une souris ailée, mais ça se gâte quand on étudie la tête.

— Tu es sûr que ce monstre est venimeux ? demanda Narasan.

— Barbe-Rouge le pense, et je le crois sur parole. Ne compte pas sur moi pour vérifier à mains nues.

— Vous avez perdu des hommes ? s'enquit le général.

— Pas encore... Selon Arc-Long, ces monstres se contentent d'espionner. Une mission idéale pour des chauves-souris, non ? J'espère qu'elles en resteront là, parce que nous ne ferions pas les fiers, face à une armée volante. Cette seule idée me glace les sangs. Heureusement, Lièvre s'est montré à la hauteur de sa réputation. Il propose que nous utilisions nos filets de pêche en guise de tentes, dès la tombée de la nuit.

— Une tactique intéressante, fit Narasan, un rien dubitatif. A combien sommes-nous de la voie d'invasion probable ?

— Quelques kilomètres, en direction du nord. L'ennui, c'est que la brèche, dans la falaise, est vraiment très large. Apparemment, c'est le résultat d'un tremblement de terre. Pour bâtir des fortifications, il faudra un moment. Bref, ce sera plus compliqué que dans le canyon...

Narasan releva les yeux après avoir attentivement étudié la pente qui descendait vers le désert.

— S'il nous reste assez de temps, dit-il, nous utiliserons les rochers pour construire une série de barricades. Ralentir l'ennemi serait une bonne chose...

— S'il vient à pied, fit Sorgan. Face à des créatures volantes, ça ne servirait à rien... (Il regarda autour de lui.) Où est Arc-Long ?

— Il est allé jeter un coup d'œil à la falaise ouest, Cap'tain, répondit Lièvre. Pour s'assurer que l'ennemi ne nous prendra pas à revers, comme dans le canyon…

— Barbe-Rouge t'a donné une idée du moment où arriveront ses archers ? demanda Sorgan.

— Il est parti cette nuit, chef, et il leur fera accélérer le pas.

— J'espère, parce que nous aurons besoin d'eux. Cette fois, les lances et les épées ne suffiront pas…

— Les Trogs sont beaucoup plus doués que nous pour construire des fortifications, dit Skell au prince Ekial. D'après ce que je sais, il y a des murs partout, chez eux…

— J'ai toujours entendu parler de « Trogites », observa le prince. Pourquoi cet étrange diminutif ?

— Mon frère et moi le tenons de notre père… Il pense que « Trogite » est un nom trop ronflant. Jodan n'a jamais apprécié les Trogs, et encore moins les baignoires flottantes qu'ils appellent des navires. Pourtant, ces rafiots poussifs nous facilitent la vie… Aucun n'échappe à nos drakkars, et c'est une bonne chose.

— Pourquoi les poursuivez-vous ?

— Pour les délester de l'or qu'ils volent à un peuple primitif de l'Ouest.

— Je m'étonne que vous combattiez dans le même camp, ici…

— Dame Zelana a engagé mon cousin Sorgan comme mercenaire. Le reste a suivi…

— Zelana est la sœur de Dahlaine, je crois ?

— C'est ce qu'on dit, oui…

Le prince se tut un moment, puis changea de sujet.

— Passer sa vie en mer n'est pas trop pénible ?

— Il n'y a rien de plus excitant, mon ami ! Avec un bon drakkar, et un vent favorable, c'est aussi fabuleux que voler. L'air est pur et les vagues étincellent comme des diamants.

— Tu es un vrai poète, Skell, dit Ekial avec un petit sourire.

— Tous les marins ont l'âme lyrique...

— Si tu aimes tant l'océan, pourquoi avoir accepté de te battre sur la terre ferme ?

— L'appât du gain, prince. Dame Zelana a trop d'or pour pouvoir le compter. Sorgan nous a montré une centaine de lingots quand il nous a recrutés.

— Je vois... Dahlaine a fait la même chose chez moi, à Malavi.

— On raconte que vous êtes des cavaliers, fit Skell. J'avoue n'avoir jamais vu de chevaux. Ce sont vraiment des vaches sans cornes ?

— Il y a quelques autres différences... Les chevaux aiment galoper, et ils tiennent le coup toute une journée, quand c'est nécessaire. Au Pays de Malavi, il n'y a pas beaucoup d'arbres, et les prairies s'étendent sur des centaines de kilomètres dans toutes les directions. En un sens, nous les aimons à la manière dont vous adorez la mer...

— A un détail près : quand vous tombez de cheval, vous ne vous mouillez pas.

— C'est exact...

Une lueur aveuglante et un roulement de tonnerre annoncèrent l'arrivée impromptue de Veltan.

— Où est Narasan ? demanda-t-il en sautant de son éclair.

— La dernière fois que je l'ai vu, Sorgan et lui étudiaient la pente. (Skell se tourna vers les hommes qui s'attaquaient déjà à la construction des barricades.) Toi, va voir Narasan, et dis-lui que Veltan veut lui parler.

— A vos ordres, Cap'tain, répondit un des marins.

— Des ennuis ? demanda le prince Ekial.

— On peut dire ça... Une flotte de Trogites a débarqué dans mon Domaine, et ça n'a pas l'air d'une visite de courtoisie.

Pendant que Veltan faisait les cent pas en jurant dans sa barbe, Skell envoya des soldats chercher Bec-Crochu, Omago et les autres.

— Que se passe-t-il ? demanda Sorgan dès qu'il fut sur les lieux.

— Les choses se compliquent, cousin.

— Rien de bien nouveau, en somme…

— Pas d'humour oiseux, Sorgan ! lâcha Skell. C'est grave. Nous avons *deux* invasions sur les bras.

— Plus on est de fous… (Bec-Crochu s'interrompit, troublé par le regard noir de son cousin.) Bon, si tu me donnais plus de détails ?

— Veltan veut nous parler à tous. Je lui laisse les explications, puisqu'il est mieux informé que moi. Faisons les choses correctement, pour une fois…

Quand tous furent là, Veltan s'était heureusement un peu calmé.

— Messires, dit-il, après votre départ, j'ai reçu des nouvelles inquiétantes de la côte sud de mon Domaine. Avec mon éclair, j'ai fait un saut sur place, pour en savoir plus long. Certaines personnes, dans l'Empire trogite, s'intéressent au Pays de Dhrall, et elles ont décidé d'y débarquer. Une flotte énorme mouille dans la baie, entre les deux péninsules. Des soldats ont déjà envahi quelques villages et capturé tous leurs habitants. Parmi ces guerriers, vêtus d'uniformes rouges, j'ai remarqué des individus habillés de noir et sans armes…

— Des prêtres, coupa Narasan, sinistre. Les soldats en rouge appartiennent à l'armée du culte.

— Voilà qui éclaire ma lanterne…, souffla Veltan. Ces soldats ont érigé des camps entourés de murs où sont parqués mes humains. Les prêtres viennent régulièrement leur tenir des discours…

— Je vois de quoi il s'agit, dit Padan. Ces chiens racontent à tes humains des fadaises au sujet d'Amar. Ils louent sa splendeur, et menacent ceux qui ne le vénèrent pas d'être privés de paradis après leur mort. C'est ça, non ?

— En gros, et à t'entendre, ça semble s'être déjà produit.

— Quelques fois, oui…

— Veltan, dit Narasan, je t'ai parlé de la corruption de l'Eglise dès notre rencontre, si je me souviens bien… Les prêtres sont les maîtres incontestés de la cupidité. A l'idée qu'un sou leur échappe, ils font une dépression nerveuse !

— Général, si je puis me permettre…, intervint Keselo. N'est-il pas curieux que la flotte cléricale ait trouvé le passage, dans la barrière de glace, quelques jours après l'évasion de Jalkan – un ancien prêtre ?

— Ça n'a rien d'une coïncidence, mon jeune ami…

— Tu aurais dû faire exécuter ce salaud sur-le-champ, Narasan, dit Skell. Avec Padan et Torl, pour plaisanter, nous avons inventé un jeu très spécial : la propulsion *podofessière* du Jalkan. Et nous étions convenus, quand ça nous ennuierait, d'offrir une sépulture à ce salopard, qu'il soit mort ou non.

— Une idée intéressante, admit Narasan. Sur ce coup-là, j'ai commis une grosse erreur. (Il se tourna vers Veltan.) Les vaisseaux d'esclaves sont déjà arrivés ?

— Dahlaine m'a parlé de l'esclavage, répondit le maître du Sud. Au début, j'ai cru qu'il plaisantait.

— Hélas, tu te trompais… (Narasan soupira.) C'est la méthode classique. Les soldats capturent les indigènes, les prêtres les menacent des foudres d'Amar, puis les esclavagistes les embarquent et les vendent à des Impériaux trop paresseux pour lever le petit doigt. Il en a été ainsi pendant des siècles…

— Mais ce sera différent cette fois, grogna Sorgan. Une flotte de drakkars mouille un peu plus bas sur la côte. Je vais la rejoindre, et nous nous occuperons de ces Trogites. Ils sont venus sur des navires, mais je vous garantis qu'ils rentreront à pied !

— Comment t'y prendras-tu ? demanda Narasan.

— Le feu…, répondit Bec-Crochu avec un rictus mauvais. J'incendierai tous les gros rafiots trogites, puis j'irai couler par le fond ceux des esclavagistes. (Il jeta un regard soupçonneux à Veltan.) Tu savais depuis le début que ça arriverait, n'est-ce pas ? Avoir l'homme qu'il faut, à l'endroit et au moment idoines, n'est pas un hasard, je parie ?

— Eh bien…, commença Veltan, gêné.

— J'en étais sûr, coupa Sorgan. Désolé, Narasan, mais tu devras te débrouiller sans moi. J'ai une guerre à faire sur l'océan, et je la ferai. Ne t'inquiète pas : personne ne te tombera sur le dos pendant que tu repousses les monstres. Foi de Sorgan !

— Je m'en sortirai, fit Narasan. Mais sans toi, ce sera beaucoup moins drôle.

Sur ces mots, les deux amis éclatèrent de rire.

L'un dans l'autre, Skell ne fut pas trop déçu d'être privé de l'honneur d'affronter les créatures des Terres Ravagées…

Retourner au pied des chutes puis faire voile vers la côte sud du Domaine semblait un programme convenable. S'il savait guerroyer sur terre, en cas de besoin, rien ne valait une bonne bataille maritime. Et la perspective d'incendier une flotte trogite lui réchauffait le cœur.

Quand sa nuque picota de nouveau, il fut certain, cette fois, qu'un espion invisible ne le quittait pas des yeux.

Cette idée lui gâcha franchement la journée…

LA CÔTE SUD

1

Torl, fils de Jodan de Kormo, fut soulagé que son cousin Sorgan se porte volontaire pour combattre en mer. S'il trouvait les montagnes très jolies, la perspective d'y livrer bataille lui déplaisait. Aux terrains semés d'arbres et de rochers – des cachettes idéales pour l'ennemi – il préférait les espaces ouverts où on voyait les ennuis arriver de loin. De plus, il aurait parié que le *Sequin* se serait amèrement plaint de faire tapisserie pendant une guerre.

Certains bateaux sont tellement susceptibles…

Après le dîner, les filets de pêche tendus au-dessus de leurs têtes comme des tentes, Skell souleva un point important que Sorgan avait sans doute négligé.

— Tu as oublié un détail gênant, cousin, dit-il.

— Vraiment ? Lequel, selon toi ?

— Le chemin jusqu'au haut plateau est très étroit. En ce moment, les soldats de Narasan l'empruntent. Bref, ils montent, et nous voulons descendre. Pour passer, on pourrait bousculer un peu les Trogs, mais ça déplairait à ton ami le général.

— C'est assez bien vu, Skell, concéda Sorgan.

— Je vais parler à Nanton, proposa Torl. S'il y a un autre chemin pour retourner à la rivière, il le connaîtra.

— Mon frère a raison, Sorgan, renchérit Skell. Ce berger arpente les montagnes depuis toujours…

— Va le voir, Torl, approuva Sorgan. Une mission nous attend en mer, et je n'ai pas envie de rester ici à me tourner les pouces.

— Cousin, dit le cadet des Jodan, si tu savais depuis combien de temps je ne me suis plus tourné les pouces !

— File, petit frère ! ordonna Skell.

Nanton avait conduit son troupeau à l'extrémité sud du pâturage, sans doute pour éviter que les soldats, cantonnés au nord, ne prennent des initiatives déplaisantes à l'heure des repas. Quand Torl le rejoignit, il contemplait le ciel, assis près d'un petit feu.

— Tu ne te sens pas trop seul ? demanda-t-il. Moi, je détesterais n'avoir personne à qui parler.

— Tu oublies mes moutons ! Ils ne répondent pas souvent, mais pour écouter il n'y a pas mieux. Tu as un problème, Torl ?

Le pirate s'assit près du berger.

— Ta piste était parfaite. Hélas, en ce moment, elle est pleine de Trogs. L'ennui, c'est que les Maags doivent redescendre au plus vite.

— Jetez-vous dans les chutes, vous serez en bas en un clin d'œil, répondit Nanton, sérieux comme un hiérarque. Hélas, l'atterrissage risquerait d'être rude. (Il plissa le front.) A un kilomètre de celui que nous avons emprunté, on trouve un autre lit de torrent asséché. Aucun individu sensé ne voudrait monter par là mais, avec assez de cordes, descendre ne sera pas trop compliqué. Tes gars et toi savez faire ce genre de choses, Torl ?

— Les marins passent la moitié de leur vie à grimper le long de cordages. Et l'autre à s'en laisser glisser… Combien de temps faudra-t-il pour arriver en bas ?

— Environ une demi-journée. On va toujours plus vite dans ce sens-là…

— Quelle puissante analyse, Nanton. Sans toi, je ne m'en serais jamais douté !

Alors qu'on aurait pu le croire imperméable à l'humour, le berger se fendit d'un sourire qui réchauffa le cœur de Torl. Amuser les autres lui faisait toujours cet effet…

A mi-chemin du camp maag, il s'avisa que redescendre jusqu'à la rivière n'était pas le seul problème qu'ils auraient à résoudre.

Il se mit donc en quête du général Narasan.

Le camp trog était beaucoup plus ordonné que celui des pirates. Obsédé par la ligne droite, les Impériaux y recouraient dès que possible. Après avoir interrogé quelques sentinelles, Torl trouva facilement la tente de l'ami de son cousin.

— Nous avons un gros problème, général, dit-il en entrant.

— Qu'est-ce qui te tracasse, capitaine Torl ?

— Ne te vexe pas, mais tes baignoires flottantes encombrent la rivière, et les drakkars ne pourront pas approcher et nous embarquer. Pour repousser la seconde invasion, les Maags doivent rallier le Sud au plus vite. Peux-tu ordonner à tes… bateaux… de s'écarter pour nous laisser passer ?

— Pas en personne, Torl, mais je vois un moyen de t'en donner l'autorité.

— En me nommant colonel dans l'armée trog ? demanda le Maag. Ce serait flatteur, mais tes capitaines de vaisseau risqueraient de le prendre mal.

— Tu es drôle à mourir, jeune homme… Plus simplement, je vais rédiger un ordre, le signer et te le confier. Montre-le à qui de droit, et les navires te laisseront le passage.

— Une idée de génie ! Franchement, je n'y aurais jamais pensé !

— Es-tu obligé de rire de tout, Torl ? Parfois, tu réussis à être aussi agaçant que Barbe-Rouge.

— Rire est excellent pour la santé, général. Et je me soucie de celle de mes amis.

— Pourquoi ne pas aller dérider Sorgan, dans ce cas ? Ou ton frère ? J'ai l'impression qu'il ne sait même pas *sourire*...

— Détrompe-toi ! Il peut se tordre de rire, mais il se l'interdit. Notre père lui a ordonné de faire grise mine en toutes circonstances, et c'est un fils obéissant. Dans les cas d'urgence, j'arrive à déclencher son hilarité – à condition de lui enlever ses bottes.

— J'ai peur de ne pas te suivre...

— Tu as déjà essayé de chatouiller la plante des pieds d'un type qui porte des chaussures ?

Quand Torl le rejoignit, Bec-Crochu conversait avec Veltan.

— J'irai dans ta salle de la carte dès que nous serons en bas. Jusque-là, nous n'avions accordé aucune attention à la côte sud de ton Domaine. Logique, puisque le danger devait venir du nord... La porte de ta maison est fermée à clé ?

— Au Pays de Dhrall, les serrures sont inconnues, mon ami.

— Comment évitez-vous qu'on vide vos demeures ?

Veltan sourit et ne répondit pas.

— Je vois, fit Sorgan, un peu gêné. Chez vous, il n'y a pas de voleurs...

— Exactement, capitaine. Ici, on ne fouille pas dans les poches des autres. Nous laissons ça au Vlagh et à ses sbires. La salle de la carte t'est ouverte. Consulte-la aussi longtemps que tu voudras...

Ayant trouvé les échelles de corde très utiles, à Lattash, les pirates de Sorgan en avaient emporté des centaines dans les Chutes de Vash.

Comme c'était prévisible, la description de Nanton

se révéla précise, et les échelles facilitèrent la tâche aux Maags. En moins d'une demi-journée, les premiers arrivèrent au pied de la falaise.

Sorgan, Skell et Torl se mirent en quête du colonel Danal, un ami de Padan.

— C'est hors de question ! répondit l'officier quand Bec-Crochu lui ordonna froidement d'écarter ses bateaux du chemin des drakkars.

— Cousin, intervint le cadet des Jodan, si tu me laissais faire…

— Pourquoi t'écouterait-il plus que moi ?

— Parce que je peux lui chanter une autre chanson, répondit Torl en tendant l'ordre de Narasan au Trog récalcitrant.

Danal lut deux fois le document, puis il capitula.

— La manœuvre prendra une heure, dit-il. Quand tous nos vaisseaux seront d'un côté de la rivière, vos drakkars auront la voie libre. Ça vous ira ?

— Parfaitement. La plupart de nos hommes n'ont pas encore terminé la descente. L'essentiel est que nos navires arrivent à temps pour les embarquer. Nous serons sûrement partis demain en milieu de matinée…

— Ce serait parfait, capitaine, dit Danal. (Il hésita un instant.) Le général est sûr que des Trogites sont responsables de la deuxième invasion ?

— Nos informations viennent d'une source très fiable, colonel. L'Eglise d'Amar s'intéresse de près au Pays de Dhrall…

— L'Eglise ?

— Oui, l'Eglise…

— Vous aurez besoin d'aide ?

— On s'en sortira tout seuls, mon ami, répondit Torl avec un sourire. Je devine que tu n'es pas fou des ecclésiastiques.

— Je les adore, au contraire ! Surtout rôtis à la broche…

— Eh bien, nous allons leur flanquer une bonne fessée et les envoyer au lit sans manger.

— J'aurais penché pour une punition plus sévère.

— Ne t'inquiète pas, c'était une façon de parler… Ces chiens méritent pire qu'une fessée.

— Bien parlé ! Je file faire manœuvrer mes bateaux.

Danal se détourna et partit au pas de course.

— Tout ça grâce à un morceau de papier, Torl ? s'étonna Sorgan.

— C'était un ordre du général, cousin. Aurais-je oublié de te parler de l'atout caché dans ma manche ? Navré d'être si distrait. Il faudrait que je me concentre un peu plus sur les détails, dirait-on…

2

— Il faudra bander les arcs au maximum, Poing-d'Acier, dit Torl à son officier en second. On sera à une bonne centaine de mètres des vaisseaux trogs. Pas question que nos flèches enflammées tombent dans l'eau au lieu de les toucher.

— Qu'est-ce qui vous a donné cette idée, Cap'tain ? demanda Poing-d'Acier.

— Tu as déjà vu Arc-Long foudroyer un homme-serpent ?

— Quand vous étiez dans le canyon, chef, j'ai eu la chance d'être coincé sur le *Sequin*.

— Une jambe cassée n'est pas vraiment un coup de chance, mon ami.

— Ça m'a empêché de débarquer… Vu la suite, je ne m'en plains pas. Arc-Long est aussi bon qu'on le dit ?

— Le meilleur tireur à l'arc du monde, ni plus ni moins ! Je suis sûr que Sorgan et Skell s'entêteront à jeter des torches sur les Trogs. Moi, je maintiens que des flèches iront cinq ou six fois plus loin qu'un projectile lancé à la main. Si je réunis une dizaine d'archers, les navires ennemis flamberont en un clin d'œil. Du coup, il sera inutile de ralentir pour s'en approcher… Une volée de flèches, et une belle flambée de plus !

— Ça risque de gâcher la journée aux Trogs qui verront ça de la plage, fit Poing-d'Acier, ravi.

— C'est l'idée générale... Ravager le moral des Trogs est presque aussi excitant que lancer un double six aux dés.

Poing-d'Acier tourna la tête vers le drakkar qui voguait près d'eux.

— Sorgan veut descendre à terre quand nous aurons regagné la plage, près de la maison de Veltan ?

— C'est ce qu'il m'a dit... Pourquoi cette question ?

— Quand nous y serons, j'aimerais aller voir si les gars des autres bateaux ont envie de parier. Une histoire de chiffres, si vous voyez ce que je veux dire...

— Je vois, oui... Du genre : « Qui mettra le feu au plus grand nombre de Trogs ? »

— Exactement...

— Où en sont tes finances, Poing-d'Acier ?

— Si je tombais à l'eau, le poids de ma bourse ne m'entraînerait pas au fond !

— Eh bien, puisque tu as besoin d'aide, je suis prêt à m'associer à ta petite entreprise.

— Cinquante-cinquante ?

— Ça paraît équitable...

— Je vais dire à nos tireurs de s'entraîner avant l'action, chef. Quand ça commencera, il faut qu'ils soient au point, surtout s'il y a de l'argent en jeu.

— Bien raisonné... Je me demande si Sorgan et Skell ne seraient pas disposés à parier avec moi...

— Si ça leur coûte de l'argent, ils tireront une sacrée tête en nous voyant incendier les Trogs à tour de bras.

— Leur tristesse me brisera le cœur, lâcha hypocritement Torl.

Vers midi, le lendemain, la plage fut enfin en vue. Sorgan, Skell et Torl descendirent à terre pour aller consulter la carte de Veltan.

Les diverses péninsules de la côte formaient une série de baies propices à des embuscades.

— C'est bien ce que je pensais…, souffla Sorgan. La meilleure tactique sera d'obstruer la sortie de ces baies, puis de se lancer à l'attaque des Trogites. En passant de crique en crique, pas une baignoire flottante ne nous échappera. C'est essentiel, mettez-le-vous dans le crâne ! Si un seul ennemi s'enfuit, il retournera dans l'Empire et ramènera de nouveaux casse-pieds. Tous ces vaisseaux doivent brûler. Pour rentrer chez eux, les Impériaux seront obligés de marcher, et je leur souhaite bien du plaisir.

Penché à la rambarde du balcon, Skell étudiait attentivement la réplique miniature de la côte sud.

— Je ne vois pas de ville dans le coin, dit-il. En revanche, il y a une multitude de villages. Si les Trogs veulent capturer tous les indigènes, il y aura au maximum trois ou quatre navires dans chaque petit port. Ça devrait nous faciliter la tâche. Affronter une flotte compacte aurait été plus délicat. Là, il suffira de longer la côte et d'incendier tous les bateaux qu'on croisera en chemin.

— Ce programme me plaît, dit Sorgan. Après, nous irons croiser au large pour barrer la route à des renforts éventuels. Piégés sur le rivage, sans espoir de recevoir de l'aide, les Trogs ne s'aventureront pas dans les montagnes. En cas d'ennuis, ils n'auraient pas de voie de repli, et il faut être idiot pour prendre ce genre de risques. D'abord on incendie, et ensuite on établit un blocus ! La seconde invasion s'arrêtera là, vous pouvez me croire.

— Brillante analyse, cousin, dit Skell.

Comme d'habitude, Torl avait des doutes. Mais il les garda pour lui.

— Du goudron serait parfait, Cap'tain, dit Dents-de-Lapin, le quartier-maître du *Sequin*. Il se collera au bois et répandra mieux le feu que des chiffons trempés dans du pétrole.

— Je crois qu'il a raison, Cap'tain, fit Poing-d'Acier. On placera sur le pont un grand chaudron plein de goudron enflammé où les archers viendront tremper leurs flèches. Ça leur simplifiera le travail…

— Continuez à réfléchir…, dit Torl. Il y a beaucoup d'argent en jeu, les gars. Autant mettre toutes les chances de notre côté !

— Nous avons le temps de nous préparer, Cap'tain. Tôt ou tard, nous trouverons la méthode optimale.

— Vous avez une idée pour empêcher les autres équipages de nous espionner ? S'ils adoptent notre méthode, nous risquons de perdre une fortune…

— Les archers s'entraîneront dans la cale, Cap'tain, répondit Poing-d'Acier. Il y fait un peu sombre, mais en plaçant une lanterne au-dessus de la cible, ça ira. La distance de tir réelle sera un peu plus grande, mais pas beaucoup. Et seul un aveugle raterait un vaisseau trogite !

— Les premières fois, on devrait peut-être approcher plus que prévu. Si nos flèches finissent dans l'eau, les autres se moqueront encore de nous dans cent ans !

— Et nous y perdrons nos chemises, ajouta Dents-de-Lapin.

— Tu adores jouer les oiseaux de mauvais augure, pas vrai ? Bon sang, j'ai peur de ne pas fermer l'œil tant que notre plan ne sera pas parfait.

— Ne vous inquiétez pas, Cap'tain, dit Poing-d'Acier. On ne peut pas s'offrir le luxe d'échouer. Tous les marins ont vidé leur bourse pour participer au pari. Si on les ruine, ils nous jetteront en pâture aux requins.

— Très encourageant, lâcha Torl, sinistre.

Alors que la flotte de Sorgan approchait de la pointe sud de la péninsule la plus orientale, une armada de navires trogites apparut à l'horizon. Après un long moment de tension, une chaloupe approcha du *Cormoran*. Ces Trogs, par bonheur, n'appartenaient pas à l'armée cléricale. Au contraire, ils venaient renforcer les troupes de Narasan.

Gunda s'entretint un moment avec Sorgan. Puis il retourna vers ses navires et les guida jusqu'à la côte.

Bec-Crochu envoya plusieurs canots avertir les capitaines de laisser passer les Trogites. Quand ce fut fait, il ordonna à ses marins de lever la voile et de filer le long du rivage.

Lorsque les drakkars atteignirent l'extrémité sud de la première péninsule, il leur fit signe de s'arrêter.

Dans le canyon, au plus fort du combat, Sorgan avait été impressionné par les communications à longue distance des Trogites. Pragmatique, il avait mis au point une version simplifiée de ces jeux de drapeaux. Son code se limitait à quatre phrases : « On s'arrête », « On se dépêche », « On fiche le camp » et « On doit parler ».

Pour l'heure, c'était amplement suffisant.

Torl fit mettre une chaloupe à l'eau et gagna le *Cormoran* pour voir si le plan était modifié.

— Sommes-nous tous prêts ? demanda Bec-Crochu quand ses deux cousins l'eurent rejoint dans sa cabine.

— Nous savons ce que nous devons faire, répondit Skell. Finissons-en !

— Pas de précipitation… Nous resterons ici, hors de vue, jusqu'à l'aube. Les rameurs doivent se reposer. Quand ça commencera, il faudra filer plus vite que le vent.

— La vitesse ne sera pas essentielle, dit Skell. Pour incendier les vaisseaux, nous serons obligés de ralentir en passant à côté. Et puisque nous lancerons des torches, il vaudra mieux attendre un peu, pour être sûrs que le feu a pris. Si quelques Trogs sont moins abrutis que les autres, il leur suffira de ramasser les torches et de les jeter à l'eau…

— C'est un vrai problème, admit Torl. D'autant plus qu'il est important, pour éviter les ennuis, d'en avoir fini en un jour avec la flotte ennemie…

— C'est impossible ! objecta Skell. On n'embrase pas un vaisseau en claquant des doigts, tu sais…

Conscient que ses espoirs de s'enrichir s'évanouissaient, Torl marmonna quelques jurons dans sa barbe.

— Très bien… Sorgan, si tu avertis tous les capitaines que le pari est annulé, je te dirai comment brûler les Trogs en vingt-quatre heures.

— Je me demandais quel atout tu cachais dans ta manche, fit Bec-Crochu. Nous t'écoutons, Torl.

— Jure d'abord que le pari ne tient plus, cousin. Si mes hommes se font plumer, ils me jetteront par-dessus bord dès qu'ils en auront l'occasion.

— Très bien, tu as ma parole ! A présent, accouche !

— Des arcs, des flèches et du goudron…

— Du goudron ? répéta Skell. Comment comptes-tu l'enflammer ?

— En jetant une torche dedans, grand frère. Plante une trentaine de flèches enflammées dans la coque d'un Trog, et il brûlera, même s'il pleut !

— J'ai peur de ne pas avoir autant d'archers à bord du *Requin*, souffla Skell.

— Alors, contente-toi des torches, si ça te chante. A présent, messires, si vous voulez bien m'excuser, j'ai des navires trogs à brûler. Pour la gloire, puisque je viens de ruiner mes chances de gagner une fortune…

3

Torl prit beaucoup de plaisir à incendier les rafiots trogs ancrés dans les ports des villages côtiers. Depuis toujours, l'arrogance des Impériaux lui tapait sur les nerfs…

Après un entraînement intensif, les marins du *Sequin*, bien qu'ils fussent loin d'égaler Arc-Long, réussirent à ficher presque toutes leurs flèches dans la coque de leurs cibles. Le résultat étonna jusqu'à leur capitaine. Une fois criblés de projectiles enflammés, les navires brûlaient comme du petit bois. Voir leurs équipages se jeter à l'eau fut divertissant, même si Torl ne put s'empêcher de pleurer sur le joli tas d'or qui aurait dû lui revenir.

— Poing-d'Acier ? appela-t-il.

— Oui, capitaine ?

— Je crois que nous pouvons accélérer… Peu de flèches finissent dans l'eau, donc nous nous en sortons très bien. Même sans enjeu, j'aimerais montrer à Sorgan que nous sommes les meilleurs pyromanes flottants du monde.

— On va leur damer le pion, Cap'tain ! assura Poing-d'Acier.

Le *Sequin* prit de la vitesse et dépassa rapidement les autres drakkars. Leurs archers étant moins doués que les siens, beaucoup de leurs projectiles plongeaient dans l'eau, et l'avance de Torl augmenta régulièrement. Ravi, le fils cadet de Jodan imagina la tête que tirait Bec-Crochu en le voyant se jouer ainsi des difficultés.

Quand ils atteignirent la sortie de la première baie, Torl ordonna à ses rameurs de se reposer, puis il fit jeter l'ancre.

Le *Cormoran* le rejoignit quelques minutes plus tard.

— Quelle mouche te pique ? s'écria Sorgan. Il y a d'autres baies et une multitude de vaisseaux trogs à carboniser. Pourquoi t'es-tu arrêté ?

— J'ai mérité un peu de repos, cousin. Et je ne voudrais surtout pas vous priver de la fête… Maintenant que je vous ai montré la voie, vous vous en sortirez très bien sans moi.

— Très drôle, grogna Sorgan. Et que feras-tu de ton temps libre ?

— Je me demande si ça mord, dans le coin… (Torl se détourna et se dirigea vers sa cabine.) Bonne journée, Sorgan. Quand tu auras fini, reviens me voir et je te dirai quel genre d'appâts utiliser dans ces eaux…

Pendant que le *Cormoran* repartait, Sorgan se creusa la tête pour inventer de nouveaux jurons.

Avec un certain succès, faut-il préciser…

Certain que quelque chose clochait, Torl ne parvenait pas à mettre le doigt sur le problème.

Sondant la plage, il arpentait nerveusement le pont du *Sequin*.

— Nous avons fichu une sacrée frousse aux Trogs, Cap'tain, dit Poing-d'Acier. Je n'en ai pas vu plus de trois ou quatre sur la plage. Il ne devrait pas y en avoir toute une armée ?

Torl sursauta. C'était ça, le problème ! La plage aurait dû grouiller de Trogs horrifiés par le spectacle qui se déroulait sous leurs yeux.

— Je vais débarquer et aller voir ce qui se passe…

— Pas seul, chef, déclara l'officier en second. Les gars et moi refusons de vous perdre. Vous n'êtes pas une tête de pioche, comme la plupart des capitaines, et tous ceux que j'ai connus se sont révélés cinq fois moins malins que vous. Un bon chef ne se trouve pas sous les sabots d'une vache.

— Je suis très ému, Poing-d'Acier, avoua Torl.

— Pas de guimauve, Cap'tain, par pitié !

— Marché conclu, alors… Si je débarque avec une dizaine d'hommes, tu te sentiras mieux ?

— Si c'est moi qui les choisis, chef !

La plage était déserte quand Torl et son équipe débarquèrent. Sur la route du village le plus proche, ils ne rencontrèrent pas l'ombre d'un Trog. Mais les indigènes semblèrent ravis de les voir.

— Vous désirez quelque chose ? demanda un sauvage au visage rond comme la lune.

— Quelques réponses, c'est tout, répondit Torl. Que sont devenus les Trogs ? On nous a raconté qu'il y en avait des milliers dans le coin. Et nous n'en avons presque pas vu…

— Ils sont partis il y a un moment, annonça le villageois. A vrai dire, ils ne nous manqueront pas beaucoup. Ces gens ne sont pas très amicaux. Ils sont arrivés en brandissant des armes, puis ils nous ont parqués dans un enclos où je ne mettrais pas des cochons. Soudain, ils se sont excités au sujet de je ne sais quoi, et ils ont filé vers le nord.

— Etrange…, souffla Torl.

— S'ils reviennent, ils ne vous taperont pas amicalement sur l'épaule… Pourquoi avez-vous incendié leurs bateaux ?

— Veltan ne voulait pas qu'ils vous réduisent en

esclavage. Alors, nous sommes venus saborder leur flotte. Ont-ils dit pourquoi ils partaient ?

— Peut-être, mais ça n'avait pas de sens pour moi, répondit le Dhrall. Ces derniers temps, beaucoup de choses m'échappent. Tout ce que j'ai compris, c'est qu'ils s'intéressaient au Nord…

— Il n'y a que des fermes par là, dit Torl. Et les montagnes, beaucoup plus loin… (Il plissa le front.) Dis-moi, ont-ils prononcé le mot « or » ?

Le villageois perdit toute expression. Puis il parla sur un ton bizarre, comme s'il récitait un discours appris des décennies plus tôt.

— Il y a très longtemps, un homme de notre village se fatigua de cultiver son champ. Avide d'aventure, il partit dans les montagnes pour trouver de nouveaux territoires. Parvenu au pied d'immenses chutes d'eau, il découvrit un sentier étroit qui lui permit de gravir la falaise. Peu après, il contempla la plus belle chose qu'il ait jamais vue. Derrière les montagnes s'étendait une plaine où ne poussait aucune végétation. Elle était couverte d'un sable très différent de celui des plages où Notre Mère l'Eau vient caresser Notre Père le Sol. Au lieu d'être blanc, il était jaune et brillait de tous ses feux dans le désert des Terres Ravagées. Depuis, tous les habitants du Pays de Dhrall savent que les grains de ce sable sont en or.

« Le fermier revint chez lui et n'en repartit jamais plus, car sa curiosité était satisfaite… (Le Dhrall s'interrompit, l'air perplexe.) Je ne comprends pas le sens de ta question, étranger ?

— Ça n'a aucune importance, mentit Torl. Merci de ces informations. La raison du départ des Trogs ne compte pas tant que ça. L'essentiel, c'est qu'ils ne soient plus là.

— Je suis tout à fait d'accord, approuva le Dhrall.

Un événement très étrange venait de se produire. Sans

s'en apercevoir, le villageois avait débité un discours qu'il tenait d'une tierce personne. Mais quel stimulus avait déclenché son réflexe conditionné ?

— Sans doute quelque chose que j'ai dit... (Torl sursauta.) Quel crétin je suis ! Le mot « or » est la cause de tout.

Avisant un autre villageois, Torl l'aborda.

— Bonjour, mon brave ! Si nous parlions un peu d'or ?

Le Dhrall se figea, les yeux vides.

— Il y a très longtemps, un homme de notre village se fatigua de cultiver son champ..., commença-t-il.

Torl s'éloigna, le laissant continuer seul.

— Or ! lança-t-il à un homme qui sortait d'une hutte.

— Il y a très longtemps, un homme de notre village..., récita le type.

Torl repartit pour la plage en gloussant d'aise. Par le plus grand des hasards, il avait découvert la raison du départ précipité des Trogs. Un coup de maître !

— Je me demande si..., marmonna-t-il. (Sondant la plage, il aperçut un autre village, à un bon kilomètre.) Allons vérifier ma théorie...

Le soleil se couchait quand Torl et ses hommes remontèrent à bord du *Sequin*.

— Alors, demanda Poing-d'Acier, vous savez ce qui est arrivé aux Trogs ?

— Ils sont partis vers le nord, et j'ai découvert pourquoi. Nous pourrions enquêter dans d'autres villages, mais ce serait du temps perdu. Quelqu'un dont j'ignore l'identité a fait un truc étrange aux habitants des cinq communautés que j'ai visitées aujourd'hui. Dès que j'ai prononcé le mot « or », tous les Dhralls m'ont débité la même histoire, au mot près. A force de l'avoir entendue, je pourrais la réciter aussi...

— C'est vraiment bizarre, Cap'tain...

— L'adjectif est faible, mon vieux ! Je donnerais cher

pour savoir qui tire les ficelles… A mon avis, ce marionnettiste est dans notre camp. J'espère ne pas me tromper, considérant ses pouvoirs. Le genre de personnage qu'il vaut mieux ne pas agacer ! (Torl sourit.) Sorgan détestera ça, et Veltan n'en sera pas ravi. Les choses commencent à devenir intéressantes, mon ami…

— Encore tes affabulations, Torl ! grogna Sorgan, le lendemain, quand le *Cormoran* fut de retour dans la baie.

— Si tu ne me crois pas, il te suffit d'aller dans un village et de dire « or » à tous les indigènes que tu rencontres. Ils te débiteront une histoire qu'ils auront oubliée cinq minutes après.

— Ridicule !

— Essaie, pour voir !

— Je n'ai jamais entendu des idioties pareilles !

— On parie ?

— Tu délires, Torl !

— Vérifie, te dis-je !

— Très bien ! Et après m'être assuré que tu te fiches de moi, je te flanquerai une raclée.

— Tu n'en auras pas besoin, cousin. J'ai répété l'expérience des dizaines de fois, et je suis sûr de mon fait.

Sorgan ricana, sortit de la cabine et claqua la porte derrière lui.

Il revint quelques heures plus tard, l'air hagard.

— On n'en croit pas ses oreilles…, lâcha-t-il.

— Ne te l'avais-je pas dit ?

— Ne te réjouis pas trop vite, cousin ! Les Trogs marchent vers le nord, et ils se fichent que nous brûlions leurs bateaux. Bref, nous avons échoué ! Selon le plan, incendier leur flotte devait les paralyser de terreur. Tu parles d'une paralysie ! Ces chiens sont partis, et ils ont pris trop d'avance pour que nous les rattrapions.

— J'y ai pensé aussi… Que devons-nous faire ?

— Que dois-*tu* faire ? corrigea Sorgan. Il faut que quelqu'un remonte là-haut et informe Narasan – et Veltan – de notre échec. Tu t'en chargeras, et tu diras à Veltan qu'on a joué avec l'esprit de ses humains. Il s'en est peut-être chargé lui-même, mais je ne vois pas très bien pourquoi…

— Moi non plus, avoua Torl.

— Lève la voile et fais suer tes rameurs, cousin ! Puis monte le plus vite possible en haut des chutes. Que ça nous plaise ou non, deux invasions sont en cours, et je ne peux pas arrêter les Trogs qui attaqueront bientôt Narasan dans le dos.

— Je le préviendrai aussi vite que possible.

— *Plus vite* que possible serait encore mieux…

4

Comme si la chance était du côté de Torl, un vent favorable poussa le *Sequin* le long de la côte est du Pays de Dhrall.

Le fils cadet de Jodan aurait parié que la bonne fortune n'était pour rien dans l'affaire. Ces derniers temps, *quelqu'un* avait beaucoup joué avec le climat de cette partie du monde. Une série d'événements, dans le Domaine de Zelana, prouvait que ce type d'intervention n'avait rien d'exceptionnel – en tout cas *ici* ! Mais qui tirait les ficelles de ce théâtre de marionnettes ? Un allié aurait tenté d'enrayer la seconde invasion. Là, le manipulateur invisible l'avait encouragée !

Rien de ce qui s'était produit sur la côte méridionale n'avait de sens…

Au cas où le maître du Sud serait chez lui, Torl fit mouiller le *Sequin* devant la petite plage désormais familière.

Quand il atteignit la résidence de Veltan, la femme d'Omago l'attendait, comme si elle avait été prévenue de son arrivée.

Pourquoi une beauté pareille s'était-elle unie à un rustre mal dégrossi tel qu'Omago ? A n'en pas douter, de bien meilleurs partis avaient dû se présenter à elle.

— Je suppose, ma dame, que Veltan n'est pas là ?

— Hélas, vous supposez bien..., répondit Ara de sa voix mélodieuse. Vous vouliez le voir ?

— J'ai des informations urgentes à lui communiquer. Contre toute logique, je l'avoue, j'espérais le trouver ici. Mais la chance, après m'avoir beaucoup souri, semble me tourner le dos. Enfin, ça valait le coup d'essayer. Vous avez des nouvelles de là-haut ?

— Rien de spécial... Les serviteurs du Vlagh ne doivent pas avoir lancé leur attaque.

— C'est déjà ça ! Les hommes de Narasan auront besoin de temps pour construire des fortifications d'un kilomètre et demi de long.

— Que vouliez-vous dire à Veltan ? S'il refait un saut ici, je lui transmettrai le message. Vos nouvelles ont un rapport avec la seconde invasion ?

— Un rapport direct, oui ! Bec-Crochu pensait régler la question, mais notre plan a échoué.

— Vraiment ?

— Tous les rafiots trogs sont partis en fumée, ma dame. Ça aurait dû arrêter l'invasion, en principe...

— Que s'est-il passé ?

— Un intervenant inconnu a ruiné nos efforts. Je sais que Veltan et sa famille ont des pouvoirs très spéciaux, mais ils semblent avoir de la concurrence. Mon « inconnu » a fait quelque chose qui dépasse peut-être les compétences du maître du Sud...

— Vous croyez ?

— Ce mauvais plaisant a implanté une histoire ridicule dans le crâne des indigènes. Dès qu'ils entendent le mot « or », ils débitent des sornettes sur un ton monocorde – et à la virgule près.

— Comment avez-vous découvert ça ? demanda Ara d'une voix inhabituellement dure.

— Je parlais à un villageois – un certain Bolan, je crois – et le mot « or » est venu par hasard dans la conversation. Dès cet instant, les yeux voilés, Bolan m'a récité sa fable. J'ai cru qu'il était cinglé, mais son discours terminé, il est redevenu normal, comme si de rien n'était.

— Etrange..., souffla Ara.

— Et je n'ai pas fini ! Au début, je n'ai pas compris, puis j'ai eu une illumination... Dans tous les villages que j'ai traversés, ma dame, les indigènes débitent la même histoire dès qu'ils entendent le mot « or ». Sur cette côte, quelqu'un ou quelque chose joue un jeu rudement subtil. Excités par les âneries des villageois, les Trogs sont partis vers le nord comme s'ils avaient le feu aux fesses...

— Que c'est joliment tourné ! fit Ara avec un sourire espiègle.

La majorité des vaisseaux de Narasan mouillant dans la baie, à l'embouchure de la rivière Vash, le cours d'eau n'était pas aussi encombré que lors du voyage de retour des pirates de Sorgan. Torl confia le *Sequin* à Poing-d'Acier, puis emprunta la piste de Nanton pour gagner le haut plateau.

Vers midi, le lendemain, il arriva à destination et constata que les Trogites n'avaient pas chômé, puisque leurs fortifications étaient déjà en cours de construction.

Le fils cadet de Jodan eut quelque difficulté à trouver Narasan et Gunda, occupés à explorer la pente qui conduisait aux Terres Ravagées.

— Déjà de retour, Torl ? lança le général. La mission a dû marcher encore mieux que prévu.

— Eh bien, pas vraiment, pour tout dire... Nous avons brûlé les bateaux, mais les soldats, les prêtres et les esclavagistes sont partis vers le nord...

— Dois-je comprendre qu'ils marchent sur nous ?

— « Marcher » n'est pas le bon verbe, général. « Foncer » est hélas plus précis.

— J'ai peur de ne pas te suivre, jeune homme…

— Nous devrions aller voir Veltan. Il se passe des choses étranges sur la côte sud, et notre employeur est un expert en bizarreries. Pour résumer, les envahisseurs se précipitent vers ces montagnes comme si leur vie en dépendait. Quelqu'un a joué un jeu pervers, là-bas. Du genre que seuls Veltan et sa famille peuvent comprendre…

— Il doit être près du geyser, dit Narasan, l'air sombre. Allons le rejoindre.

— Chaque fois que je disais le mot « or », raconta Torl à Zelana et à Veltan, j'obtenais la même histoire stupide, au mot près. Au début, j'écoutais poliment, puis j'ai laissé les villageois déblatérer tout seuls.

— La fable a-t-elle éveillé en toi des sentiments bizarres ? demanda Veltan.

— De l'ennui, au bout d'un moment… Après cinq ou six fois, les meilleurs récits perdent de leur intérêt.

— Nous avons affaire à une infection sélective, petit frère, déclara Zelana. La fable excite les Trogites, mais elle laisse de marbre les Maags.

— C'est peut-être encore plus compliqué que ça, ma sœur. (Veltan dévisagea Torl.) Tu te souviens assez bien du texte pour nous le répéter ?

— En commençant par la fin, si ça vous amuse !

— Alors, déclame, mon ami !

— En prenant l'air hagard ?

— Inutile. Contente-toi des mots…

Torl s'éclaircit la gorge et commença :

— Il y a très longtemps, un homme de notre village se fatigua de cultiver son champ. Avide d'aventure, il partit dans les montagnes pour trouver de nouveaux territoires.

En parlant, le capitaine remarqua que Veltan ne quittait pas Narasan des yeux.

— … Le fermier revint chez lui et n'en repartit jamais plus, car sa curiosité était satisfaite, conclut Torl.

— Cette histoire t'a fait un effet particulier ? demanda Veltan au général.

— Elle est amusante, mais je ne passerais pas mes soirées à l'écouter.

— Sans doute parce que tu n'es pas un prêtre, dit Torl. Si j'ai bien saisi, le clergé amarite ne supporte pas qu'un gramme d'or lui échappe.

— Cet humain comprend vite, pas vrai, Veltan ? lança Zelana. Cette « infection » est plus sélective encore que je ne le croyais. Elle agit exclusivement sur les hommes de robe trogites et sur leurs séides.

— Pourquoi les avoir dirigés vers le nord, dans ce cas ? demanda Veltan. Il aurait été plus simple de les pousser à se jeter tête la première dans les bras de Notre Mère l'Eau.

— Possible, répondit Zelana, mais celui qui a eu cette idée de génie avait un autre plan…

Veltan, Zelana et Narasan se lancèrent dans des spéculations ésotériques qui glacèrent vite les sangs du pauvre Torl. A ses yeux, ces élucubrations ne les feraient pas avancer d'un pouce.

Conclusion, il ne s'était pas adressé aux bons interlocuteurs ! Il avait besoin d'un esprit plus pragmatique et savait où le trouver. Mais Veltan et Zelana, s'il les plantait là, lui battraient sans doute froid jusqu'à la fin de ses jours.

Au crépuscule, les « experts » eurent épuisé toutes les hypothèses – y compris les plus folles – et durent s'avouer vaincus.

Torl les remercia de leurs efforts, puis il s'éloigna en sifflotant, comme s'il n'avait rien de spécial en tête.

Dès qu'il fut hors de vue, il fila vers le camp d'Arc-Long, installé dans la forêt, au-delà du geyser.

Irrité par les incessants bavardages des Trogites – et même des Maags – l'archer s'en éloignait dès qu'il le pouvait. Ce soir, pourtant, il était en compagnie de Keselo et de Lièvre…

— Nous avons un problème, annonça abruptement Torl.

— Nous le savons, capitaine, dit Keselo. Je pensais que Sorgan s'en était occupé.

— Son plan n'a pas vraiment marché… Tous les rafiots des Trogs ont brûlé, mais je ne suis même pas sûr qu'ils s'en soient aperçus. Quelqu'un joue à un jeu subtil, sur la côte sud…

— Un jeu ? répéta Lièvre.

— Une « manipulation », si tu préfères. Quand les Trogs ont débarqué, ils ont parqué tous les villageois dans des enclos. Ensuite, des types en uniforme noir sont venus les menacer de mille horreurs s'ils ne leur disaient pas où trouver les montagnes d'or du Pays de Dhrall.

— Des Régulateurs, dit Keselo. Des maîtres dans l'art raffiné de la torture.

— Cette fois, ils n'ont pas eu besoin d'y recourir. Chaque fois qu'on prononce le mot « or » devant les indigènes, ils tombent en transe et racontent l'histoire d'un fermier qui a découvert, au-delà des montagnes, un désert dont les grains de sable sont des pépites. Du coup, tous les Trogs ont détalé vers le nord comme des lièvres… (Torl s'interrompit et regarda le petit forgeron.) Je ne voulais pas t'offenser, mon ami…

— Ça ne me dérange plus, Cap'tain, répondit Lièvre. J'ai dû entendre ça un millier de fois…

— Au bout d'un moment, continua Torl, les prêtres d'Amar se sont avisés qu'ils n'avaient plus d'armée, parce que les soldats censés les protéger étaient tous partis. En l'absence de gardes, les indigènes ont abattu les murs d'enceinte de leurs camps et ils ont filé dans la nature.

Keselo ne put s'empêcher d'éclater de rire.

— Attends le clou de l'histoire ! lui conseilla Torl. Juste avant notre arrivée, les esclavagistes ont débarqué pour acheter les futurs esclaves aux prêtres. Mais il n'y avait plus personne à vendre ! Sur ce, nous avons incendié leurs bateaux ! Les Trogs ont tiré une drôle de tête, conscients que les indigènes devaient être en train d'affûter leurs couteaux et leurs lances, histoire de manifester leur mécontentement. A ce stade, les prêtres et les esclavagistes n'avaient plus le choix. Comme les soldats, ils ont filé vers le nord, espérant survivre un peu plus longtemps s'ils rattrapaient leurs « protecteurs ».

— Ses histoires sont encore plus drôles que celles de Barbe-Rouge, dit Keselo.

— Quand tu auras fini de te tenir les côtes, nous passerons aux détails déprimants, lâcha Torl. D'après le nombre de bateaux que nous avons incendiés, un demi-million de Trogs à moitié cinglés se précipitent sur nous. Si nous ne les arrêtons pas, nous serons pris en tenaille entre des dingues et des hommes-serpents.

Sombre, le capitaine maag regarda crépiter les flammes du petit feu de camp.

— Au début, j'ai cru que celui qui tirait les ficelles était dans notre camp. A présent, j'en doute… Les soldats trogs ne réfléchissent plus logiquement, depuis qu'ils ont la fièvre de l'or. Je parie que personne n'est en mesure de les contrôler.

— Tu as raison, confirma Keselo. La discipline a fichu le camp, c'est certain…

— Cette histoire pue, lâcha Arc-Long. En ce moment, ces Trogites-là sont aussi décérébrés que les serviteurs du Vlagh. Bref, ça promet ! (L'archer réfléchit un instant.) Je suis sûr que le Vlagh est très mécontent du sort qu'ont connu ses créatures, dans le canyon. La conscience collective doit également broyer du noir, parce que la perte de milliers de membres limite son aptitude à résoudre des problèmes. Pour le moment, protéger les survivants lui semble sûrement plus important que conquérir un nouveau territoire.

— C'est assez probable, approuva Lièvre. Où veux-tu en venir, Arc-Long ?

— Je ne sais pas trop… (L'archer claqua soudain des doigts.) Les moutons ! J'avais la réponse devant les yeux, et je regardais ailleurs !

— Tu pourrais être plus explicite ? souffla Lièvre.

— Il fut un temps où les moutons étaient sauvages, comme les cerfs et les daims. Puis l'homme les a apprivoisés…

— Je nage toujours…

— Les humains ne sont pas les seuls à domestiquer différentes créatures. Les fourmis exploitent les coccinelles, et d'autres insectes font ce genre de choses. Le Vlagh a besoin de soldats qui combattent et meurent pour protéger la conscience collective. Si nous tuons trop de ses rejetons, elle s'écroulera. Grâce à la fièvre de l'or, notre ennemi a réduit les Trogites cléricaux en esclavage.

— Cette bestiole est si futée que ça ? demanda Torl, dubitatif.

— Ce n'est pas une simple « bestiole », mon ami. Ce qu'un monstre voit, tous les autres le voient, et la conscience collective sait utiliser ces informations. Je déteste le dire, mais ça semble fonctionner très bien.

— C'est terrible ! s'exclama Torl. Dans ces conditions, comment pouvons-nous gagner ?

— Ne me bouscule pas, répondit Arc-Long, imitant à la perfection le ton bourru de Sorgan. J'y réfléchis…

LA DAME D'ATOUT

1

L'odeur de l'agneau qui rôtissait dans un des fours en brique attira l'attention d'Ara. Un rien d'ail en plus, pensa-t-elle, s'imposerait pour parfaire la préparation.

Les épices étant le nerf de la cuisine, Ara se fiait à son nez depuis ses débuts de cordon-bleu – bien plus lointains que ses proches ne pouvaient l'imaginer.

Elle retira le plat du four – strictement réservé à la cuisson des viandes –, ajouta un peu d'ail émincé et remit le gigot à cuire.

Cet après-midi, le murmure mental perpétuel de l'entourage d'Ara semblait moins tumultueux que d'habitude. Elle entendait les pensées d'Omago, bien sûr, mais cela n'avait rien d'étonnant. A un demi-monde de distance, elle aurait continué à les capter. Les méditations de son époux étaient toujours empreintes de la beauté quasi poétique qui l'avait poussée vers lui, des années plus tôt…

Le songe du Rêveur de Dahlaine l'inquiétait beaucoup.

Au début, la prémonition d'Ashad était allée dans le sens qui convenait à Ara. Puis le jeune Rêveur avait dérivé *librement*, et voilà qu'ils se retrouvaient avec une seconde invasion sur les bras – venue du sud, celle-là !

Les motivations du Vlagh n'étaient pas difficiles à imaginer. Mais pourquoi les nouveaux Extérieurs s'étaient-ils piqués d'envahir le Pays de Dhrall ?

Le plan de Dahlaine n'était pas si mauvais que ça. Mais pas parfait…

Contourner le mur érigé entre les deux générations de dieux – celui-là même qui interdisait de prendre *n'importe quelle* vie – pouvait avoir des avantages. Mais le maître du Nord avait commis une énorme erreur : lâcher les Rêveurs sur le monde sans aucun contrôle des forces que leurs songes pouvaient déchaîner.

Ara frissonna en pensant aux désastres qui auraient pu s'ensuivre. Face à ce danger, elle avait dû agir. La forçant à sortir de son rôle d'éternelle observatrice, la décision idiote de Dahlaine l'avait conduite à prendre les choses en main. Pour résumer, si Dahlaine avait fourni les Rêveurs, c'était Ara qui les alimentait en rêves.

Parfois, les quatre enfants échappaient à sa surveillance, et cela l'irritait beaucoup.

Soudain, elle se souvint d'un événement, au Pays de Maag. Dans le port de Kweta, le songe d'Eleria avait été un avertissement plus qu'une prophétie. Grâce à lui, l'archer de Zelana avait déjoué les machinations du pirate nommé Kajak.

Le rêve d'Ashad au sujet de la seconde invasion était-il aussi un cri d'alarme ? Dans ce cas, la catastrophe pouvait ne jamais se produire…

Pour le moment, Ara avait besoin de plus de renseignements sur les Trogites. Si elle les comprenait mieux, elle aurait une chance d'étouffer dans l'œuf la seconde invasion.

Au début de l'été, par une superbe matinée, Veltan informa Omago et Ara que les mercenaires arriveraient le jour même. Il ajouta que Yaltar était toujours perturbé par les terribles conséquences de son rêve sur les « montagnes de feu ».

Certaine qu'elle saurait apaiser la conscience du petit garçon, Ara avait accompagné son mari et le dieu sur la plage.

Avant même que les navires n'accostent, les pensées de milliers d'hommes qu'ils transportaient explosèrent dans le crâne d'Ara. La curiosité dominait. Les Extérieurs ayant très récemment appris l'existence du Pays de Dhrall, cela n'avait rien d'étonnant.

Ara capta aussi de l'angoisse. Les monstres du Vlagh, tellement altérés qu'ils ne ressemblaient à rien de connu, inquiétaient les Extérieurs.

Le nom d'Arc-Long, l'archer de Zelana, était gravé en lettres de feu dans presque toutes les consciences. A quelques exceptions près, les mercenaires admiraient ce guerrier taciturne. Sondant discrètement l'esprit du Dhrall, Ara découvrit que les Extérieurs se trompaient : Arc-Long n'était *pas* inhumain. Froidement pragmatique quand la situation l'exigeait, il éprouvait des émotions normales le reste du temps.

Soudain, Ara effleura une conscience si répugnante qu'elle se retira en frémissant d'horreur et de dégoût. Un des Trogites était plus corrompu que le mal en personne. Pour lui, le combat contre les hordes du Vlagh n'avait aucune importance. Son seul souci était de s'approprier jusqu'à la dernière pépite d'or présente sur ou dans le sol du Pays de Dhrall.

Alors, les pièces du puzzle se mirent en place. Ara venait de découvrir la *source* de la seconde invasion !

— Fascinant, murmura-t-elle.

— De quoi parles-tu ? lui demanda Omago.

— Rien de spécial, mon chéri. Je réfléchissais tout haut…

Ara mobilisa tout son courage et sonda de nouveau l'esprit nauséabond de l'Extérieur nommé Jalkan. Comme elle s'en doutait, elle n'y trouva rien qui méritât d'être sauvé. Cet homme était arrogant, envieux, cruel, lâche et invraisemblablement cupide.

— Je tiens peut-être la solution, souffla-t-elle. Si ce porc disparaît, la seconde invasion n'aura jamais lieu.

Une multitude de possibilités séduisantes vinrent à l'esprit d'Ara. Elle en retint finalement une, brillante de simplicité.

Si elle stimulait assez la libido glauque de Jalkan, Omago serait prompt à lui faire ravaler ses obscénités. Cette tactique, bien sûr, exigerait de recourir à des méthodes *vraiment* primaires, et cette perspective heurtait la délicatesse d'Ara. Mais la fin, cette fois, justifierait les moyens.

Après une brève conversation, sur la plage, Veltan conduisit quelques Extérieurs – plus les deux chasseurs de Zelana – jusqu'à sa maison, où il entendait leur montrer sa « salle de la carte ».

Sous les yeux émerveillés de Zelana, d'Eleria et de Yaltar, Ara entreprit de préparer un fabuleux repas. Pour une fois, cependant, elle eut du mal à se concentrer sur ses fourneaux.

Surmontant sa répulsion, elle se plongea dans l'état où elle éveillerait chez n'importe quel mâle un désir irrépressible de s'accoupler. Comme pour toutes les créatures à sang chaud, cela passait par la diffusion d'une odeur très spéciale.

Cette senteur déchaînerait les bas instincts de Jalkan – et plongerait Omago dans une rage meurtrière qui réglerait l'affaire de la seconde invasion.

Quand elle entra dans la salle de la carte pour annoncer que le repas était prêt, Ara exsudait littéralement cet effluve primal. Comme prévu, Jalkan lança quelques remarques obscènes, indiquant clairement qu'il entendait tenter sa chance. Omago réagit comme il le fallait, mais avec une retenue regrettable. Au dernier moment, sa dignité innée prit le dessus.

Refusant de céder à l'instinct, il n'égorgea pas leur futur ennemi.

A ce stade, Ara dut se retenir de crier – et elle y parvint de justesse. Les instincts, découvrit-elle, étaient quasiment impossibles à contrôler. Quand ils restaient insatisfaits, hurler devenait un réflexe…

Outré par la muflerie de Jalkan, le général Narasan aurait pu pallier la défaillance d'Omago. Hélas, il ne dégaina pas son épée.

Quelle mouche piquait ces hommes ? Au prix d'efforts très désagréables, Ara leur avait fourni tous les prétextes possibles pour étriper cette vermine de Jalkan. Et voilà qu'ils faisaient la fine bouche. Pourquoi ne réagissaient-ils pas comme prévu ?

Les méfaits de la civilisation, sans doute…

Narasan ordonna à un certain Padan d'enchaîner Jalkan puis de le mettre aux fers dans le vaisseau amiral.

C'était déjà pas mal… Mais personne, dans la salle, ne semblait voir qu'une solution beaucoup plus simple s'imposait.

Ara eut besoin de toute la soirée, et d'une bonne partie de la nuit, pour se débarrasser de ses phéromones. Le jour suivant, elle se sentit toute chamboulée.

Si les instincts marchaient bien, faute d'une meilleure méthode, ils avaient tendance à épuiser, surtout quand on manquait son coup.

Une semaine plus tard, Ara ne fut pas étonnée d'apprendre que Jalkan s'était évadé. Partout où elle se tournait, le stupide rêve d'Ashad obstruait son horizon. Quoi qu'elle fasse pour empêcher la seconde évasion, le songe déjouait ses manœuvres. Pour une raison qui lui échappait, la deuxième attaque semblait *nécessaire*.

— J'abandonne, soupira-t-elle, les bras levés au ciel.

Omago ayant à l'évidence son rôle à jouer dans la guerre à venir, Ara ne perdit pas une miette des conversations qui se tenaient dans la salle de la carte.

Evidemment, son mari se porta volontaire pour accompagner l'équipe d'éclaireurs formée par les cousins de Sorgan, Skell et Torl.

Comme cela lui arrivait parfois, Ara eut la prémonition que quelque chose de capital se produirait pendant que son époux et un petit groupe d'hommes exploreraient la piste de Nanton. Ayant appris depuis des lustres que ses intuitions étaient fiables, elle décida d'accompagner les éclaireurs – sans se faire remarquer, bien sûr.

Alors que les deux drakkars voguaient vers l'embouchure de la rivière, ses pensées les suivirent avec une sincère curiosité. Quand Skell et quelques-uns de ses amis accostèrent puis s'engagèrent sur la piste du berger, la prémonition devint plus forte de mètre en mètre...

Vers dix heures, le deuxième jour, un Maag appelé Grock fit une fantastique découverte.

— Capitaine, cria-t-il, j'ai trouvé de l'or ! La montagne en est truffée, de ce côté !

Keselo, un jeune officier trogite, proposa que le petit forgeron du *Cormoran* examine la pépite.

Ara sentit la déception de Skell – et de tous les autres – quand Lièvre leur annonça que ce n'était pas de l'or.

A l'évidence, Keselo s'en doutait depuis le début. Sondant l'esprit du jeune homme, Ara apprit qu'il s'agissait d'un mélange de fer et de soufre.

La prémonition devint soudain claire comme de l'eau de roche. Si la cupidité de Jalkan provoquait la seconde invasion, l'or factice se révélerait très utile.

Ara cessa de suivre par l'esprit l'équipe de Skell. Se

retirant dans sa cuisine, elle se plongea dans une profonde méditation.

Puis elle passa à l'action.

Après quelques tâtonnements, pour reconstituer les proportions, Ara parvint à produire une importante quantité de fer sulfuré.

Le cœur en fête, elle contempla longuement le fruit de ses expériences. Puis elle vit le sable répandu partout dans sa cuisine et alla chercher son balai en grommelant.

2

Les éclaireurs partis avec Nanton furent très occupés à explorer le haut plateau qui s'étendait au-dessus des Chutes de Vash. Le terrain étant beaucoup plus découvert que le canyon de Lattash, les pirates s'inquiétaient beaucoup.

Devinant le nombre de monstres qui déferleraient bientôt sur eux, Ara ne pouvait pas les en blâmer.

Quand la nuit fut tombée sur le petit camp dressé près du geyser, des chauves-souris sortirent de leur antre, et Ara capta dans l'esprit d'Arc-Long une idée qui lui glaça les sangs. Une seule flèche lui démontra que l'archer ne s'était pas trompé. Ces chauves-souris n'avaient rien de naturel !

Ara eut une envie folle de ramener son bien-aimé à la maison.

Par bonheur, Lièvre sauva une nouvelle fois la situation. Son idée – utiliser des filets de pêche comme protection – détendit nettement l'atmosphère.

Arc-Long eut un court entretien avec son ami Barbe-Rouge. Les flèches étant le meilleur moyen d'abattre des ennemis volants, le Dhrall roux partit vers l'ouest pour ordonner aux chasseurs de Zelana d'accélérer le mouvement.

Enfin, Skell chargea Grock, le chercheur d'or malheureux, de faire monter des renforts et des filets sur le plateau.

L'efficacité sereine de ces hommes aida Ara à se contrôler. Un peu rassurée, elle décida d'attendre avant de ramener Omago de force dans son foyer.

Le capitaine Torl déboula sur le plateau le lendemain. Narasan et Sorgan le suivirent de près.

Skell les conduisit au nord, leur montrant la voie d'invasion que les hordes du Vlagh emprunteraient probablement.

Après une arrivée en fanfare, comme d'habitude, Veltan informa ses amis que la seconde invasion, prévue par le rêve d'Ashad, venait de commencer. Quand il se lança dans de grandes explications, Ara rappela son esprit dans la cuisine, puis le propulsa vers le sud pour se faire une idée *« de visu »*.

Sur cette côte du Domaine de Veltan, des péninsules délimitaient de grandes baies bien protégées. Quelques villages côtiers se dressaient sur leurs rives, devant les champs cultivés qui s'étendaient à perte de vue.

Ara s'intéressa assez peu à ces merveilles agricoles, car quelque chose d'autre attira son attention. Une multitude de vaisseaux trogites aux voiles rouges mouillaient dans la baie, et des soldats en débarquaient pour investir un à un les villages. Traitant leurs habitants comme du bétail, ils les poussaient à la pointe de la lance vers des enclos de fortune.

Ara faillit exploser de colère. Ça ne s'arrangea pas quand des Trogites en robes noires – désarmés, ceux-là – vinrent tenir aux villageois terrifiés des harangues au sujet du « seul véritable dieu de l'univers ».

Dans un des camps, près du plus grand village de la côte, un Dhrall informa poliment un gros prêtre trogite que le dieu de sa région s'appelait Veltan. Fous furieux, deux Extérieurs en uniforme rouge l'assommèrent à coups de gourdin. Ils l'auraient peut-être tué sans l'intervention d'Ara, qui dévia l'arme d'un des sadiques pour l'envoyer s'abattre sur le crâne de son complice.

Ce chien galeux de Jalkan étant de toute évidence la cause de ces horreurs, Ara le chercha par la pensée et n'eut aucun mal à le trouver. Sur la rive de la baie centrale, dans un village vidé de ses habitants, l'ancien soldat de Narasan plastronnait dans la plus belle hutte en compagnie d'un obèse affublé de robes jaunes outrageusement ornementées.

— Personne n'a jamais été précis sur la localisation des mines, Adnari Estarg. Mais je suppose qu'elles sont dans les montagnes…

— Supposer ne suffit pas, dit le gros type. Il est possible qu'il y ait de l'or dans cette contrée perdue. Mais si nous n'en savons pas plus que ça, il pourrait tout aussi bien être sur la face cachée de la lune !

— Les Régulateurs sont là pour ça, Adnari. Ils ont l'art de faire parler les gens. Nous *savons* qu'il y a de l'or ici. Souvenez-vous des lingots que je vous ai montrés, à Kaldacin. Pour découvrir d'où ils viennent, laissons agir nos amis en uniforme noir. Quand les bouseux auront vu quelques-uns des leurs crever pendant un interrogatoire, ils se montreront coopératifs, croyez-moi. Dans combien de temps arriveront les esclavagistes ?

— Une semaine, au minimum… Ils achètent des esclaves, mais ne se salissent jamais les mains à les capturer.

— Tout devrait fonctionner à merveille, dans ce cas. D'ici là, les Régulateurs auront fait parler les prisonniers, et nous les céderons aux esclavagistes, histoire de ne plus les avoir dans les jambes. Vendre ces sauvages pourrait nous apporter autant d'or que les mines…

— Je ne crache jamais sur des bénéfices, Jalkan. D'où qu'ils viennent.

Ara abandonna les deux sales types. Leur conversation lui avait glacé les sangs. Ces gens étaient de pires monstres que les serviteurs du Vlagh !

Leur intention de torturer les humains de Veltan posait un sérieux problème. Se fichant de l'or, les paysans ignoraient probablement jusqu'au sens de ce mot.

Soudain, une idée jaillit dans la conscience d'Ara. Si les Trogites voulaient entendre parler du métal jaune, elle s'arrangerait pour qu'ils soient servis au point d'en perdre la raison.

Orientant ses pensées vers les camps où croupissaient les villageois, elle improvisa un « ancien mythe » qu'elle leur implanta dans l'esprit. A partir de maintenant, dès qu'ils entendraient le mot « or », ces braves gens débiteraient comme des automates l'histoire absurde d'Ara.

Souriante, l'épouse d'Omago s'assit dans sa cuisine et attendit le début des réjouissances.

Les Régulateurs, désormais chargés de surveiller les prisonniers, se distinguaient par leur brutalité et leur cruauté. Leur chef, l'homme de confiance de Jalkan et d'Estarg, se nommait Konag, et Ara le détestait. Elle jugea donc amusant qu'il soit le dindon de sa farce, et rapporte en personne un paquet de fadaises à ses supérieurs.

Au milieu de la matinée, Konag entra dans le plus gros camp et fondit à grandes enjambées sur un paysan terrorisé.

— Il nous faut des informations sur les montagnes qui se dressent au nord d'ici. Si tu me les fournis, tu mangeras mieux et je te trouverai un endroit confortable où dormir.

— Je serais ravi de vous obliger, étranger, répondit le villageois, mais j'ignore tout de ces pics. A vrai dire, je suis du genre casanier. Que voulez-vous savoir ?

— Où est l'or ? lâcha abruptement Konag.

— Vous auriez dû me le demander plus tôt ! jubila le paysan. Tout le monde sait ça !

— Vraiment ?

— Il y a très longtemps, un homme de notre village se fatigua de cultiver son champ. Avide d'aventure, il partit dans les montagnes pour trouver de nouveaux territoires. Parvenu au pied d'immenses chutes d'eau, il découvrit un sentier étroit qui lui permit de gravir la falaise. Un peu plus tard, il contempla la plus belle chose qu'il ait jamais vue. Derrière les montagnes s'étendait une plaine où ne poussait aucune végétation. Elle était couverte d'un sable très différent de celui des plages où Notre Mère l'Eau vient caresser Notre Père le Sol. Au lieu d'être blanc, il était jaune et brillait de tous ses feux dans le désert des Terres Ravagées. Depuis, tous les habitants du Pays de Dhrall savent que les grains de ce sable sont en or. Le fermier revint chez lui et n'en repartit jamais plus, car sa curiosité était satisfaite…

Tout bien pesé, Ara était très contente de son « ancien mythe ». Plein d'aventure et de mystère, il se terminait sur la promesse d'un formidable trésor. Un tissu de mensonges, évidemment, mais joliment troussés.

Stupéfait par le récit du paysan, Konag tourna les talons et partit à la recherche de Jalkan.

Le villageois resta planté là, l'air interloqué.

Rien de plus normal, puisqu'il n'avait aucun souvenir de sa tirade.

— C'est impossible, Régulateur ! s'écria Estarg quand Konag lui eut fait son rapport. Il n'y a pas autant d'or dans le monde entier !

— Je n'en suis pas si sûr, Adnari, intervint Jalkan. Dans le port de Castano, Veltan a remis à Narasan dix lingots qui semblaient ne rien représenter pour lui.

Ara stimula la cupidité des Trogites en implantant dans leurs cerveaux dérangés l'image d'une mer d'or.

— Je vais y aller et jeter un coup d'œil, Adnari, proposa Konag.

— Comment trouveras-tu l'endroit dont t'a parlé ce paysan ? demanda Jalkan.

— J'emmènerai quelques Régulateurs. Ils sauront faire parler les sauvages.

— Quand tu seras sur place, ne touche pas à mon or, Konag, grogna Estarg.

— *Notre* or, corrigea Jalkan. Une bonne partie de cette fortune est à moi.

L'obèse le foudroya du regard.

— Avant de nous disputer, assurons-nous que l'or existe, lâcha Konag. Il pourrait s'agir d'une légende…

— Si ce villageois a menti, souffla Jalkan, je l'étriperai avec un couteau mal aiguisé.

— Il a dit que tout le monde savait, pour l'or, rappela Estarg. Konag, avant de partir à l'aventure, interroge donc d'autres futurs esclaves. S'ils ne confirment pas l'histoire du premier, nous nous y mettrons à trois pour l'étriper !

Evidemment, tous les villageois récitèrent le « mythe » d'Ara…

Un beau matin, Konag choisit une dizaine de ses hommes et les guida vers les montagnes. La route les éloignant des régions habitées du Domaine, ils rencontrèrent très peu de véritables Dhralls. Obligeante, Ara leur fournit un grand nombre de simulacres qui répétèrent docilement son histoire.

L'épouse d'Omago s'était avisée que Konag et ses sbires n'avaient aucun besoin de grimper dans la montagne pour admirer un désert couvert de fer sulfuré. L'essentiel était qu'ils croient l'avoir vu.

Cela lui apporta la solution d'un problème qui la tracassait depuis la conception de son plan. Beaucoup de Maags et de Trogites avaient pris position sur le haut plateau des Chutes de Vash, et les cléricaux ne devaient surtout pas être informés de leur présence.

Konag et ses hommes rêvèrent qu'ils étaient à bout de souffle en atteignant le sommet du col – parfaitement imaginaire – qui débouchait sur le haut plateau des Chutes de Vash. Toujours en songe, ils se ruèrent vers la grande brèche, dans la falaise du nord.

Ils s'arrêtèrent, émerveillés par le spectacle qui s'offrit à eux. Une mer d'or scintillait à l'infini… Plusieurs Régulateurs, pourtant endurcis, en eurent les larmes aux yeux.

Ara maintint l'illusion pendant une heure, puis elle les poussa à « repartir » vers le sud.

Certains d'être épuisés quand ils se retrouvèrent au pied des Chutes de Vash, ils décidèrent de se reposer dans leur camp intermédiaire – qu'ils n'avaient en fait jamais quitté.

Ce subtil mélange de fantasme et de réalité les convainquit qu'ils avaient vraiment vu la mer d'or.

Ara se réjouit de la bonne marche de son plan. Puis elle implanta un sentiment d'urgence dans l'esprit de ses victimes. Dès l'aube, le lendemain, Konag et son groupe repartirent en hâte vers le sud.

Jalkan et Estarg auraient de loin préféré garder le secret. Là encore, Ara leur faucha l'herbe sous les pieds. Stimulés par ses soins, les Régulateurs racontèrent à qui voulait l'entendre qu'ils avaient découvert une fortune. Avant que Konag se présente devant ses supérieurs, une bonne moitié de l'armée cléricale était déjà au courant de la nouvelle.

— Alors, demanda Jalkan quand le chef des Régulateurs entra dans la hutte qu'il partageait avec l'Adnari, cet idiot de paysan disait vrai ?

— Non, répondit Konag, les mâchoires serrées.

— Je savais que c'était trop beau pour être vrai, soupira Estarg.

— Ce n'est pas tout à fait ça, Seigneurie. En réalité, l'histoire du sauvage ne permet pas d'imaginer combien d'or il y a là-haut. Le désert couvert de pépites s'étend à l'infini ! Du haut plateau, nous avions une visibilité d'au moins soixante kilomètres, et je ne peux pas jurer que ça s'arrête au-delà…

— As-tu rapporté un échantillon ? demanda Jalkan.

— L'Adnari nous a ordonné de ne pas toucher à son or. Nous devions vérifier l'histoire du sauvage et revenir au plus vite.

— J'aurais aimé voir la couleur de cet or…, souffla Jalkan, cruellement déçu.

— Les montagnes ne sont pas si loin que ça, dit Konag. Si tu y tiens, va y faire un tour !

3

Ara explora mentalement la côte sud pour savoir combien de Trogites s'y trouvaient. Tous les villages étaient occupés, et un enclos les jouxtait systématiquement.

Au fil des jours, la nouvelle de la « découverte » de Konag se répandit dans ces avant-postes. Bizarrement, beaucoup de soldats décidèrent soudain que la vie militaire ne leur convenait plus.

Au début, les désertions eurent surtout lieu la nuit. Histoire de leur donner un coup de pouce, Ara implanta dans le cerveau des hommes de troupe une angoisse sans équivoque.

« Si vous attendez trop longtemps, les autres prendront tout l'or, et il ne restera rien pour vous. »

A partir de là, les défections se produisirent à toutes les heures de la journée. Très vite, les prêtres chargés de diriger les villages firent porter à l'Adnari Estarg des messages implorant de leur envoyer des renforts.

Que le pauvre homme aurait été bien en peine de trouver, puisque l'armée rétrécissait comme une peau de chagrin.

Quelques jours plus tard, les messagers cessèrent d'arriver, et les prêtres se présentèrent eux-mêmes à leur chef.

L'Adnari leur ordonna de retourner à leur poste. Quelques-uns obéirent machinalement. Mais ils ne tardèrent pas à rejoindre leurs collègues, partis précipitamment pour le Nord.

Ara laissa ses pensées s'attarder dans le village où Jalkan et son complice se décomposaient minute après minute. Leur détresse mêlée de panique ne manqua pas de lui faire chaud au cœur…

Ara aimait bien Bolan, le paysan qui avait récité à Konag son amusant « mythe aurifère ». Désireuse de l'aider, elle le contacta mentalement pour l'inciter à s'évader du camp avec ses compagnons, maintenant que plus personne ne les gardait.

Bolan capta cinq sur cinq le message. La nuit même, alors que les rares prêtres encore présents ronflaient déjà, ses amis et lui démolirent une partie du mur d'enceinte et s'évaporèrent dans la nature.

Le lendemain, des vaisseaux trogites aux voiles noires entrèrent dans la baie. Ara n'eut aucun mal à deviner de qui il s'agissait. Et si elle ne se trompait pas, Bolan et les autres avaient fichu le camp au bon moment.

Des hommes au visage fermé prirent pied sur la plage, accueillis par un des rares prêtres qui n'avaient pas encore plié bagage.

— Je vais prévenir l'Adnari de votre arrivée, capitaine Brulda, dit le jeune religieux au chef des esclavagistes.

Le ruffian eut un rictus mauvais.

— A ta place, je ne ferais pas ça, mon garçon. Si tu tires Estarg du lit avant midi, il te le fera payer cher. Où sont les enclos à esclaves ? Nous voulons jeter un coup d'œil à la marchandise avant d'entendre le baratin de l'Adnari.

— Sa Seigneurie ne vous mentirait pas, capitaine, assura le jeune prêtre.

— Sans blague ? Et le soleil se lèvera à l'ouest, demain matin ? Estarg ne reconnaîtrait pas la vérité si elle lui sautait au visage. Nous voulons voir les esclaves, mon garçon. Montre-nous le chemin.

— Tu es sûr qu'ils sont en bonne santé ? demanda un autre esclavagiste alors qu'ils approchaient du camp. L'année dernière, nous avons acheté de quoi remplir cinq bateaux, sur la côte de Tanshall. Après six jours de mer, la moitié de ces chiens étaient morts de maladie…

— Ceux-là sont sains, croyez-moi. Comme il s'agit de fermiers, leurs propriétaires, dans l'Empire, ne perdront pas de temps à les former.

— Voilà qui nous permettra de les vendre plus cher, jubila le marchand de chair humaine.

Découvrir le camp vide déçut tant les esclavagistes qu'ils coururent jusqu'au village pour demander des comptes à Estarg.

— Abruti ! rugit Brulda. Crétin fini ! Pourquoi n'as-tu pas posté des gardes autour de cet enclos ?

— De quoi parles-tu, capitaine ? s'étonna l'Adnari, encore mal réveillé.

— Tes esclaves se sont enfuis, imbécile ! Il n'y a plus rien à achet !

— C'est impossible !

— Va voir par toi-même, triple buse !

Jalkan partit au pas de course et revint quelques minutes plus tard, couvert de sueur.

— Les prisonniers sont partis, Adnari. Ils ont démoli une partie du mur pendant la nuit, et ils ont filé.

— Poursuis-les ! rugit Estarg.

— Tout seul ? Ne soyez pas ridicule !

— Mon argent part en fumée, gémit l'Adnari. Aide-le, Brulda.

— Pas question, Estarg ! Je suis venu acheter des esclaves, pas en capturer.

La dispute dura un long moment, pour le plus grand plaisir d'Ara.

Puis elle vit quelque chose qui améliora encore son humeur.

Des dizaines de drakkars, conduits par le *Cormoran*, venaient d'entrer dans la baie.

— Tous nos vaisseaux brûlent ! cria le jeune prêtre en entrant en trombe dans la hutte.

— Que racontes-tu ? grogna Brulda.

— Des drakkars ont mis le feu à nos navires !

Ara se délecta de la réaction atterrée des bandits. Quand six hommes tentèrent de franchir en même temps une porte étroite, ils ne tardèrent pas à en venir aux mains. Plus radical, Brulda réussit à se frayer un chemin avec le gourdin qu'il décrocha de sa ceinture.

— Mes bateaux ! cria-t-il, fou d'angoisse. Ils brûlent ! Que quelqu'un les sauve !

Mais personne n'y pouvait rien. Impuissants, les Trogites debout sur la plage durent regarder les hommes d'équipage se jeter à l'eau pour sauver leur peau.

Les Maags avaient parfaitement calculé leur coup. A part des pluies torrentielles, plus rien n'éteindrait les incendies. Et aucun nuage ne se profilait à l'horizon…

Venus en conquérants, les Trogites étaient piégés dans le Pays de Dhrall, sans moyens de retourner chez eux.

— Les pauvres, murmura cyniquement Ara. Les voir comme ça me brise le cœur.

Sur ces mots, elle éclata de rire.

Devait-elle utiliser un de ses nombreux « trucs » pour que les Impériaux l'entendent se moquer d'eux ? Après mûre réflexion, elle décida de s'en abstenir. Il lui restait pas mal de tours pendables à jouer aux Trogites, et ce serait plus drôle s'ils ne se doutaient de rien.

— Tu dramatises, Jalkan, dit l'Adnari Estarg. Ces indigènes sont doux comme des agneaux. Ils n'ourdiraient pas des plans aussi violents.

— Je ne parierais pas ma vie là-dessus, répliqua l'ancien hiérarque. Depuis notre arrivée, nous ne les avons pas très bien traités. S'ils ont une once de courage, ils doivent se préparer à revenir en force pour nous massacrer.

— Amar ne le permettrait pas ! s'écria le jeune prêtre.

— Arrête de rêver, mon garçon, lâcha Brulda. Amar est un mythe et nous vivons dans la réalité. (Il se tourna vers Jalkan.) Ces indigènes ont des armes ?

— Pendant la guerre, dans l'Ouest, j'ai vu un archer faire mouche à quatre cents mètres de distance. Les Dhralls savent tuer leurs ennemis, et pour l'heure, nous jouons ce rôle. Si les soldats n'avaient pas déserté pour aller chercher de l'or, nous ne risquerions rien. Sans protection, en restant ici, nous ne survivrons pas une semaine.

— Un brillant résumé, dit Brulda. Bien, nous n'avons pas le choix. Pour continuer à vivre, nous devons filer vers le nord et tenter de rattraper les déserteurs.

Ara sourit. Elle n'avait pas laissé beaucoup d'options à ces ignobles individus. Et Brulda avait choisi la « bonne » du premier coup.

— J'ai besoin d'une vingtaine de tes hommes, Brulda ! lança soudain Estarg.

— Pour quoi faire ?

— Me construire une chaise à porteurs… C'est indispensable si tu veux rattraper les déserteurs.

L'esclavagiste éclata de rire.

— Qu'est-ce qui t'amuse tant ? demanda l'Adnari.

— Tu crois vraiment que mes gars te porteront, Estarg ?

— Je suis un Adnari de l'Eglise d'Amar, déclara l'obèse. Notre religion impose à tes hommes de me servir en toutes circonstances. Marcher serait indigne de mon rang.

— Dans ce cas, reste ici, si tu préfères. Moi, je pars pour le Nord, et à la course, encore !

— Je te l'interdis ! cria Estarg.

— Braille autant que tu voudras, gros lard ! riposta Brulda. Depuis que mes vaisseaux ont brûlé, je n'ai plus d'ordres à recevoir de toi. « Chacun pour soi ! », voilà la nouvelle règle ! Si tu veux nous accompagner, tu marcheras, un point c'est tout !

— C'est un outrage ! s'étrangla Estarg.

— Tu sais encore mettre un pied devant l'autre, je suppose ?

— Mais..., gémit l'Adnari, les deux mains glissées sous son gros ventre.

— C'est marcher ou crever, Estarg. A toi de choisir !

Bien qu'elle méprisât l'esclavagiste, Ara dut reconnaître qu'il avait le sens de la formule qui tue.

Avec un peu de recul, l'épouse d'Omago se félicita de son initiative. A présent, deux armées menaçaient le Domaine de Veltan. Mais on aurait pu rêver mieux en matière de forces d'invasion...

Poussés par le besoin de manger et de conquérir de nouveaux territoires, les serviteurs du Vlagh se rueraient vers le sud sans se soucier des obstacles qui se dresseraient sur leur chemin. Abrutis par la fièvre de l'or, ceux de Jalkan – ou plutôt d'Estarg – fonçaient vers le nord, prêts à massacrer quiconque leur barrerait le chemin.

Dans un lointain passé, Ara avait entendu parler d'une « guerre d'extinction réciproque ». Si l'appellation était un peu pompeuse, elle décrivait très bien ce qui se produirait bientôt.

LA GRANDE MURAILLE

1

Le colonel Gunda avait fait voile vers le sud à bord de l'*Ascendant*, le vaisseau d'un lointain cousin à lui. Quand ils arrivèrent à Castano, le bras droit de Narasan découvrit, dépité, que son foyer ancestral n'était pas aussi séduisant que dans ses souvenirs. Des déchets flottaient dans les eaux déjà glauques du port et un limon verdâtre couvrait les piliers de pierre de la jetée. Comble de disgrâce, les bâtiments, jadis magnifiques, étaient devenus uniformément gris à cause de la fumée que crachaient les cheminées de la ville.

Gunda retira ses confortables vêtements de voyage. Il remit son uniforme de cuir noir, son plastron et son casque, et prit son épée. Pour une rencontre en quelque sorte officielle, un militaire devait soigner son apparence.

Le front de mer de Castano était semé de jetées et il y flottait l'odeur de poisson pourri caractéristique de tous les ports de l'univers. Dans les rues étroites et sales, presque tous les passants qu'il croisa le gratifièrent de l'expression hautaine que les Trogites semblaient adopter dès leur naissance. Si le Pays de Dhrall était primitif, il se révélait plus propre que l'Empire, le prétendu centre de la civilisation.

Gunda se hâta de gagner la porte sud de la cité.

A la belle saison, il était sûr que les collines moutonnantes, au sud de Castano, le réconcilieraient avec la terre de ses ancêtres. Une nouvelle fois, la réalité révisa ses souvenirs à la baisse. Comparé à l'ouest du Pays de Dhrall, avec ses superbes montagnes qui descendaient jusqu'à la mer et ses arbres géants tutoyant le ciel, ce paysage lui sembla comme frappé de rachitisme.

Le camp provisoire des renforts de Narasan se dressait au sud de la ville. Composé de tentes, il restituait l'impeccable alignement de la caserne de Kaldacin. En y entrant, Gunda eut l'impression de rentrer chez lui…

Il rendit rapidement leur salut aux gardes et se dirigea vers le seul édifice en dur du camp. Si les tentes étaient des dortoirs idéaux, la pierre restait préférable pour le quartier général.

Tous les secrétaires et les employés administratifs se levèrent quand le colonel entra dans la pièce principale du centre nerveux de l'armée en campagne.

— Repos, messires, dit-il. (Sans trop savoir pourquoi, il détestait depuis toujours le formalisme militaire.) Où est le bureau d'Andar ?

— Au bout de ce couloir, colonel, répondit un jeune officier en désignant le fond de la salle.

Gunda le salua de la tête et gagna le bureau.

Le colonel Andar était nettement plus grand que la majorité des Trogites. Comme presque tous les officiers supérieurs de Narasan, il avait les tempes argentées. Le sachant solide et fiable, le général lui avait confié le gros de l'armée, encore cantonné dans l'Empire.

Quand Gunda entra, Andar était occupé à souffler dans les bronches d'un jeune officier. Doté d'une voix profonde et puissante, il en jouait en expert chaque fois que ça s'imposait.

Dès qu'il aperçut Gunda, il fit signe à sa victime de disposer.

— Ce garçon a commis une grave erreur ?

— Pas vraiment… Ces derniers temps, ses chevilles ont tendance à enfler, et j'ai décidé de le calmer un peu. Comment vont les choses, au nord ? Nous n'avons plus de nouvelles depuis le départ de l'avant-garde.

— Nos forces ont gagné la guerre dans le Domaine de l'Ouest. Enfin, si on veut… (Gunda enleva son casque et passa une main sur son crâne lisse.) A vrai dire, beaucoup d'événements ont dépassé ma compréhension. (Il regarda autour de lui.) Les murs sont épais ? Ce que je vais dire n'est pas pour toutes les oreilles.

— Tu peux y aller sans crainte, aussi longtemps que tu ne cries pas.

— Parfait, fit Gunda en se laissant tomber sur un fauteuil.

— Vous avez eu quelques problèmes, je parie ?

— Une *montagne* de problèmes ! Tu ne me croiras pas, mais notre cher général s'est lié d'amitié avec un pirate maag nommé Sorgan Bec-Crochu. Une étrange affaire, non ?

— Tu plaisantes ?

— Hélas, non… Le plus incroyable, c'est que ça se passe bien. Les Maags ignorent la discipline, mais ils se battent comme des lions.

— Ce sont des monstres, Gunda !

— Beaucoup moins terribles que nos adversaires communs…

— Des barbares ?

— Si ça n'était que ça… Je doute que ces créatures méritent d'être qualifiées d'« animaux ».

— Tu voudrais être plus précis ? J'aime savoir ce qui m'attend.

— Ça ne te plaira pas beaucoup, mon vieux… Narasan aurait dû demander plus d'or.

— C'est si grave que ça ?

— Encore pire ! Si j'ai bien compris ce qu'on m'a dit,

nos ennemis sont partiellement humains. Le reste est un mélange d'insecte et de serpent.

— Je crois que tu perds la boule, mon ami !

— Dans ce foutu pays, tout le monde devient cinglé ! Nous avons pataugé dans un cauchemar éveillé, Andar. Une seule égratignure de ces monstres, et on tombe raide mort !

— Ce n'est pas drôle, Gunda !

— Tu me vois plié en deux de rire ? Je ne te mène pas en bateau… Et tu devrais me prendre au sérieux, parce que ta vie peut en dépendre.

— Les indigènes sont aussi mollassons que l'affirmait notre employeur ?

— Ceux du Domaine de Veltan, peut-être… Mais dans celui de Zelana, j'ai rencontré un archer qui ne manque jamais sa cible. C'est lui qui nous a appris à utiliser le venin des monstres morts pour tuer leurs congénères.

— Et tu trouves ça éthique ?

— Nous combattons des insectes-serpents, mon vieux, pas des gens. Quand l'ennemi n'est pas humain, la morale n'a plus cours. (Gunda marqua une courte pause.) Avec tous ces hommes à transporter, il va te falloir du temps pour louer assez de vaisseaux…

— Un sacré moment, j'en ai peur. Les capitaines adorent marchander, et il faut parfois une demi-journée pour signer un contrat. As-tu prévu une tournée des tavernes pour célébrer ton retour au pays ?

— Non, répondit Gunda. Je crois savoir où le général et l'avant-garde combattront, mais j'ignore si c'est vraiment là que les renforts s'engageront. Tout à l'heure, je me promènerai sur les quais pour dénicher un chalutier comme celui de Veltan. Tu sais, le bateau où il a embarqué Narasan, avant le départ de l'avant-garde… Un secrétaire copiera ma carte, pour que tu traverses sans mal la barrière de glace qui défend le Pays de Dhrall. En partant avant vous, je pourrai demander à Narasan où il veut que les renforts accostent. Nous nous retrouverons quelque part dans le « canal » et je te guiderai.

— Voilà qui nous fera gagner du temps ! (Andar plissa le front.) Nous avons perdu beaucoup d'hommes, là-bas ?

— Plusieurs milliers...

— Je suppose que Jalkan n'est pas tombé au champ d'honneur ?

— Tu supposes bien... Le général l'a enguirlandé deux ou trois fois, mais ça n'est pas allé plus loin.

— Quel dommage...

— Ne perds pas espoir, mon ami ! Tôt ou tard, quelqu'un tuera ce salopard, et nous marquerons le jour de sa mort d'une pierre blanche.

— Pour quoi fiche ?

— En faire un jour de fête impériale, mon cher !

— Eh bien, je serais ravi de le célébrer, celui-là...

Alors qu'Andar continuait à marchander avec des capitaines peu coopératifs, Gunda se mit en quête d'un bateau proposé à un prix raisonnable. Même si son ami avait l'autorité de puiser dans les finances de l'armée, une embarcation de luxe le ferait voir rouge, car il était un peu radin.

Le colonel repéra enfin un chalutier qui semblait convenir. Conscient de ses lacunes, il chargea Andar de négocier la transaction. Alors que son ami marchandait avec un vieux pêcheur décati, il sortit de la taverne miteuse et gagna les quais pour demander à son cousin, le capitaine de l'*Ascendant*, un cours de navigation accéléré.

Le lendemain, un soleil radieux se leva dans un ciel sans nuages. Encouragé par ce climat, Gunda alla s'amuser un peu avec son nouveau jouet.

Au début, multipliant les bévues, il se fit copieusement injurier par les autres bateaux qu'il croisait dans le port.

Après quelques jours, devenu moins maladroit, il s'estima prêt à fendre les flots – à condition que le gros temps l'épargne.

Avant de lever l'ancre, il retourna au camp pour voir comment Andar s'en sortait.

— Je suis loin d'avoir fini, avoua le colonel. Trouver assez de navires ne sera pas facile.

— Il t'en faut encore combien ?

— Une centaine... On ne déplace pas quatre-vingt mille hommes dans trois coquilles de noix.

— Je vais partir en éclaireur avec l'*Albatros*.

— L'*Albatros* ?

— Un joli nom, pas vrai ? En somme, c'est un cousin du cormoran...

— A ta place, je choisirais un autre nom. Les marins n'aiment pas beaucoup ces oiseaux-là. Selon eux, ils portent malheur.

— Une superstition ridicule !

Andar hésita un instant, mal à l'aise.

— Le général a enfin remonté la pente ? demanda-t-il. Après la mort de son neveu, il était au trente-sixième dessous...

— Il va beaucoup mieux, oui... Combattre ailleurs que dans l'Empire l'a aidé à oublier le triste sort d'Astal. Padan garde un œil sur lui, et il nous tiendra informés de l'état de notre glorieux chef. Bien, je vais aller jusqu'au Pays de Dhrall et demander à Narasan où il veut que nous accostions. Après, comme convenu, je te rejoindrai en chemin.

— En supposant que je trouve assez de navires, grommela Andar. Sinon, je devrai faire deux voyages. Je ne sais pas pourquoi, mais les bateaux deviennent de plus en plus rares dans le port de Castano.

— Agis au mieux, mon ami. Nous nous reverrons dans deux ou trois semaines.

— Inutile de te presser pour moi, Gunda. Ma solde tombera quoi que je fasse…

Le lendemain, Gunda partit dès les premières lueurs de l'aube. Quand l'*Albatros* eut quitté les eaux clapoteuses du port pour foncer vers le large, son « capitaine » découvrit un monde nouveau qui l'émerveilla. Une fois sa voilure correctement orientée, le chalutier filait comme une flèche. Accompagnant les craquements mélodieux du cordage, la proue effilée sifflait gaiement en fendant l'écume. Après quelques heures, Gunda eut l'impression de sentir les réactions de son bateau alors qu'il chevauchait les vagues.

Le soir venu, le colonel décida de jeter l'ancre de haute mer afin que l'*Albatros* ne change pas de position pendant la nuit. Ensuite, il écopa presque toute l'eau qui s'était accumulée à fond de cale pendant la journée. Aussi joli et rapide fût-il, le chalutier semblait avoir des fuites qu'il valait mieux ne pas négliger.

Gunda repartit dès l'aube. En fin d'après-midi, il aperçut la lisière sud de la barrière de glace. A l'évidence, l'*Albatros* avançait beaucoup plus vite que les navires marchands trogites engagés par l'avant-garde pour rallier le Pays de Dhrall.

— C'est un bon petit bateau, ça…, dit tendrement Gunda en tapotant le bastingage.

Au crépuscule, le colonel s'engagea dans le canal qui traversait la barrière. Prudent, il amarra le chalutier à un énorme bloc de glace. Prendre des risques, à ce stade du voyage, eût été irresponsable.

Bercé comme un nourrisson par le doux balancement de son navire, Gunda dormit à poings fermés. Réveillé dès l'aube, il remonta lentement le canal où flottaient une multitude d'icebergs.

Vers midi, le lendemain, l'*Albatros* sortit de la barrière de glace. Gunda ne fut pas fâché d'en avoir fini.

Traverser ce canal n'était pas vraiment dangereux, mais les icebergs lui avaient plus d'une fois flanqué une sacrée frousse.

Une belle brise se levant, le chalutier recommença à fendre les flots avec enthousiasme.

Un peu gêné, bien qu'il fût seul, Gunda tenta de refréner ses envolées poétiques face à des choses que les marins expérimentés ne devaient même plus remarquer. Mais il y renonça très vite.

— Tant qu'on s'amuse, qu'y a-t-il de mal à ça ? se demanda-t-il à voix haute.

Il lui fallut deux jours de plus pour atteindre la côte sud du Domaine de Veltan, et un troisième pour gagner la péninsule la plus orientale.

Sous un ciel piqueté de nuages blancs, il approcha du rivage, admirant les jolis villages et les champs cultivés qui s'étendaient à perte de vue.

Pendant qu'il cabotait, Gunda comprit pourquoi il avait été autant déçu par Castano. Comparé au Pays de Dhrall, le royaume des grands espaces, le glorieux Empire trogite était petit, sale et plus puant qu'un égout.

Le lendemain, au milieu de l'après-midi, le colonel arriva en vue de la plage de sable blanc devant laquelle mouillaient des navires trogites et des drakkars maags. En se collant au *Victoire*, le navire de son cousin Pantal, il vit que Padan le regardait, accoudé au bastingage.

— Salut, mon ami ! cria-t-il.

— C'est bien toi, Gunda ? demanda l'officier trogite, très surpris. Où est le reste de l'armée ?

— Toujours à Castano, je suppose... Andar a du mal à trouver des bateaux. Ce n'est pas encore sûr, mais il risque de devoir faire deux voyages. (Gunda amarra l'*Albatros* à la chaîne de l'ancre du *Victoire.)* Je dois parler à Narasan. S'il sait où aura lieu la guerre, je guiderai les renforts vers le meilleur endroit où accoster.

— Bonne idée, fit Padan. Monte à bord. J'ai plusieurs choses à te dire.

Gunda gravit l'échelle de corde, sauta sur le pont et serra la main à son ami d'enfance.

— Tu nous as manqué, dit Padan. Cela dit, ta présence sur ce chalutier m'a étonné. Un instant, j'ai cru que c'était celui de Veltan. Et je ne m'attendais vraiment pas à le revoir.

— Notre employeur est parti à tout jamais ?

— Ce n'est pas lui qui a filé dans le chalutier, mon ami. Cette vermine de Jalkan a enfin commis l'erreur que nous guettions tous. Narasan l'a dégradé sur-le-champ, et je l'ai ramené jusqu'à la plage, couvert de chaînes…

— La meilleure nouvelle que j'entends depuis des années ! Qu'a-t-il fait pour s'attirer le courroux de notre chef ?

— Ce minable a insulté la femme d'un des meilleurs amis de Veltan.

— Il n'a pas dû y aller avec le dos de la cuiller !

— Narasan a frisé la crise d'apoplexie… Tu imagines, pour qu'il chasse Jalkan de l'armée, il a fallu que ça le remue !

— Au moins, cette guerre aura servi à quelque chose… Mais quel rapport avec le chalutier de Veltan ?

— J'y venais… Une fois aux fers sur le *Victoire*, Jalkan devait en principe avoir fini sa lamentable carrière. J'aurais juré qu'il ne pourrait pas s'évader. Tu sais quoi ? Je me trompais ! Un matin, quand je me suis réveillé, il n'y avait plus ni prisonnier ni chalutier. Envolée, la vermine que nous aurions dû écraser sous nos bottes !

— Mon vieux, Narasan te passera un sacré savon !

— Je sais, souffla Padan, accablé. Ce ne sera pas le premier, mais j'ai peur que celui-là reste dans les annales. J'ai commis une grave erreur, mon ami, et le général me la fera payer cher.

— Mon pauvre vieux..., railla Gunda. Où puis-je trouver notre glorieux chef ?

— Chez Veltan, sûrement dans la salle de la carte. Inutile de te demander de garder le silence sur cette affaire, je suppose ?

— Ce ne serait pas honnête, Padan, et tu sais à quel point je suis scrupuleux.

Narasan fit grise mine quand Gunda lui raconta l'évasion de Jalkan.

— Padan aurait dû lui affecter des gardes, grogna-t-il. Pourquoi n'y a-t-il pas pensé ?

— Ça, tu le lui demanderas... Pour le moment, je veux savoir où devront accoster les renforts. Andar a dû quitter Castano, et j'ai prévu de le retrouver quelque part dans la barrière de glace.

— Allons dans la salle de la carte, proposa Narasan. Je vais te montrer la source d'une grande rivière, à quelques jours de voile vers le nord. Il faut que nos hommes débarquent près de la falaise qui permet d'accéder aux chutes. (Il plissa le front.) Comment as-tu fait pour prendre autant d'avance sur l'armada ?

— J'ai acheté un chalutier à Castano. Mon *Albatros* est deux fois plus rapide que nos gros navires.

— Et combien t'a coûté cette merveille ?

— Je n'en sais rien, répondit Gunda, sur la défensive. C'est Andar qui tient les cordons de la bourse. Je l'ai laissé marchander pendant que je persuadais l'*Albatros* de fendre les flots, pas d'essayer de voler.

— Je suis mort de rire, Gunda !

— Tu m'en vois ravi, vieux frère...

— Tu as un gros problème, annonça Pantal à Gunda, le lendemain matin.

Le colonel était venu rendre visite à son cousin, sur le *Victoire*.

— Vraiment ?

— J'espère que tu ne prévoyais pas de partir aujourd'hui ?

— J'y comptais bien, en fait...

— Pour le moment, tout ce qui empêche l'*Albatros* de reposer par le fond, c'est la corde que tu as nouée à la chaîne de mon bateau.

— De quoi parles-tu ?

— Viens voir par toi-même, fit Pantal.

Il guida son cousin jusqu'à l'autre flanc du *Victoire*, où était amarré le chalutier.

Se penchant au bastingage, Gunda n'en crut pas ses yeux. La corde d'amarrage tendue au maximum, il distingua vaguement les contours de son destrier des mers – *sous* l'eau !

— Qu'est-il arrivé ?

— Dans un cas pareil, la plupart des gens utilisent le verbe « couler »...

— Un salopard est venu percer un trou dans la coque de mon *Albatros* ?

— Négatif, mon vieux. Cette nuit, les hommes de quart n'ont vu personne approcher du *Victoire*. Qui t'a vendu ce rafiot ?

— Un vieux marin...

— Laisse-moi deviner... Il était à moitié infirme et ivre mort ?

— Tu le connais ?

— Pas personnellement, mais il y a beaucoup d'escrocs de son genre à Castano. Accablé par l'âge, il t'a fait le coup du pêcheur que les misères de la vieillesse empêchent de prendre la mer. As-tu jamais entendu le verbe « calfater », cousin ?

— Pas à ma connaissance... Et il signifie ?

— Un travail très désagréable... Tu as remarqué que les coques de tous les bateaux sont composées de planches de bois ?

— Ne me prends pas pour un demeuré !

— Même si le constructeur joint très bien les planches, avec le temps, l'eau réussit à s'infiltrer. Pour résoudre ce problème, les marins utilisent un marteau, un ciseau à froid et une grande quantité d'étoupe. On bourre les joints d'étoupe, puis on l'enfonce jusqu'à ce qu'elle tienne en place. L'eau continuera à s'infiltrer, mais ça n'est plus gênant, bien au contraire. L'étoupe mouillée gonfle, et c'est ça qui assurera l'étanchéité de la coque. Après un bon calfatage, ton *Albatros* flottera comme une jarre hermétiquement scellée.

— Et il faut faire ça souvent ?

— Tous les ans, en principe. Si tu essuies une série de tempêtes, il vaudra mieux passer à deux interventions annuelles. A présent, tu comprends pourquoi le vieux type tenait à te vendre son chalutier ? L'idée de le calfater lui donnait des cauchemars.

— Cousin, je serais incapable de me charger d'un boulot pareil, même si ma vie en dépendait.

— Je m'en doutais un peu... Mes hommes s'en occuperont. Pas gratuitement, bien entendu !

— Je sentais que ça allait venir..., grogna Gunda.

— Tout travail mérite salaire ! Si nous allions discuter du prix dans ma cabine ?

Les marins de Pantal renflouèrent l'*Albatros*, le vidèrent de l'eau qui l'alourdissait et le remorquèrent jusqu'au rivage où ils le mirent en cale sèche. Puis ils s'attaquèrent au calfatage, une tâche longue et difficile.

— Tu es un sacré veinard, Gunda, dit Pantal. Tu as dû écoper souvent, en venant ?

— Deux ou trois fois, si ma mémoire est bonne. Le vieux filou m'avait parlé de fuites sans gravité, mais quand même à surveiller. Pourquoi l'*Albatros* a-t-il fini par couler comme une pierre ?

— L'action conjuguée de plusieurs facteurs... L'eau

froide, l'impact d'une déferlante, la perte d'une longue bande de calfatage… C'est difficile à déterminer. Mais tu aurais pu sombrer en chemin…

— A Castano, j'aurai deux mots à dire à ce vieil escroc ! Tes hommes en auront pour longtemps ?

— Plusieurs jours…

— Et si tu mettais plus de gars au travail ? Il est capital que mon bateau soit opérationnel très vite.

— Ils se gêneraient les uns les autres, cousin. Il n'y a pas assez de place dans la cale pour renforcer l'équipe.

Pendant que les marins s'affairaient sur le chalutier, les jours semblèrent s'écouler au ralenti. Gunda passa le plus clair de son temps dans la salle de la carte, où il étudia le futur champ de bataille.

Il en conclut que Narasan aurait besoin des renforts le plus vite possible.

Si le chalutier lui avait paru une solution idéale pour accélérer les choses, le colonel commençait à avoir des doutes.

2

— Ton navire est bon pour le service, cousin ! annonça Pantal à Gunda, une semaine plus tard. Et tu vas avoir une bonne surprise. Depuis des années, l'entretien de l'*Albatros* laissait à désirer. Avec un bon calfatage, il fendra l'eau comme un couteau coupe du beurre.

— Je l'espère, dit Gunda. J'aurais aimé être au point de rendez-vous… il y a quatre jours.

— Aucun bateau ne remonte le temps, mais tu peux toujours essayer.

— Je ferai de mon mieux… Depuis que je suis là, je sonde le ciel. Ce soir, ce sera la pleine lune. Par une nuit claire, je n'aurai pas besoin de jeter l'ancre.

— Ce n'est pas une idée géniale, marmonna Pantal. Si tu navigues de nuit, reste à bonne distance des côtes et des îles. Le tirant d'eau de l'*Albatros* n'est pas énorme, mais quand même…

— Je serai prudent, coupa Gunda. Mais ça chauffera bientôt dans le coin, et Narasan sera content de voir arriver ses renforts.

Pantal lui-même aurait été surpris par l'effet du calfatage. Remis à neuf, l'*Albatros* semblait voler alors qu'il descendait le long de la côte est du Domaine de Veltan.

Quand il atteignit la pointe de la péninsule méridionale, Gunda dut affronter des vents défavorables. A contrecœur, il baissa la voile et continua à la rame.

Par bonheur, le vent tourna avant que les ampoules, dans ses mains, n'éclatent comme des fruits trop mûrs. Soulagé, le colonel releva la voile.

Puis il fit une découverte précieuse. Un courant régulier filait vers l'ouest, le long de la face nord de la barrière de glace. Se laissant porter, il atteignit l'entrée du « canal » en deux jours. Bien entendu, par rapport à l'aller, la pleine lune lui conférait un avantage, puisqu'il pouvait naviguer de nuit. Bref, la durée du voyage ne fut pas plus courte, mais il alla quand même plus vite !

Les yeux lourds de sommeil, il s'engagea dans la brèche et ne songea pas un instant à s'arrêter. Par bonheur, quatre ou cinq heures de sommeil semblaient lui suffire. La fatigue s'accumulerait, il le savait, mais il se rattraperait une fois à destination.

N'apercevant pas l'ombre d'une flotte en chemin, il continua et aperçut la côte nord de l'Empire dans l'après-midi de son quatrième jour de croisière.

— Tu t'en es très bien tiré, mon petit, dit-il à l'*Albatros*. Je suis très fier de toi. Dès que nous serons au port, nous dormirons comme des bébés. Ça te dit ?

Gunda s'avisa soudain du comique de la situation.

— Bon sang, voilà que je perds encore la boule ! Comme si un bateau pouvait me répondre ! J'ai vraiment besoin de repos...

Dès qu'il entra dans le port de Castano, le colonel recouvra d'un coup toute sa lucidité. Devant lui, le long des jetées et des quais, des dizaines de gros navires se préparaient apparemment à lever l'ancre. A bord, tous les hommes portaient l'uniforme rouge des soldats cléricaux.

— Que font-ils là, ces crétins ? s'exclama le colonel.

Il accosta à une distance raisonnable du front de mer de Castano, amarra le chalutier à un arbre, et s'infiltra discrètement en ville. Une fois dans le camp, il gagna le quartier général.

— Où as-tu été traîner, Gunda ? lui demanda Andar sans même le saluer.

— J'ai été retenu au Pays de Dhrall... Que se passe-t-il ici ? Le port grouille de vaisseaux cléricaux !

— Nous n'avons aucune information, avoua Andar. Les troupes cléricales sont arrivées il y a trois jours. Puis la flotte est entrée dans le port. Ces navires m'empêchent de faire embarquer nos hommes sur les vaisseaux que j'ai loués. Je ne sais pas où vont les cléricaux, mais ils prévoient visiblement de participer à une campagne majeure.

Gunda commença à transpirer comme s'il brûlait de fièvre.

— J'ai dit quelque chose qui t'a déplu ? demanda Andar.

— Jalkan !

— S'il te plaît, pas de gros mots ! Il y a des enfants pas très loin...

— Dans ce cas, il est temps qu'ils grandissent...

Quand il eut réussi à se calmer, Gunda informa son ami de la disgrâce et de l'emprisonnement de l'ancien hiérarque.

— On devrait ouvrir une bonne bouteille pour fêter ça ! s'exclama Andar.

— Hélas, non... Ce chien s'est évadé, et il a volé le chalutier de Veltan. Tu devines où il est allé, je parie ?

— A la lumière de ce qui arrive ici, je suppose qu'il a foncé à Kaldacin, pour rendre une petite visite au temple principal de l'Eglise d'Amar. Quelques hauts prélats ont dû l'entendre brailler à tue-tête le mot « or », et ces pourceaux ne résistent pas à ce genre d'appel. Ça explique pourquoi les cléricaux se sont approprié les quais de Castano…

— Et nous ne pouvons rien y faire… Tu as idée du nombre de soldats embarqués sur ces navires ?

— Les troupes cléricales ont des étendards distincts, comme les nôtres. Mes espions ont recensé *cinq* armées en partance…

— Ça fait environ cinq cent mille hommes, fit Gunda avec une grimace. Avec une guerre sur les bras, impossible d'en livrer une deuxième ! Tu sais quand ils entendent lever l'ancre ?

— Dans un ou deux jours, probablement… Mais il y a plus, Gunda. Hier, deux vaisseaux aux voiles noires ont rejoint les autres. Leurs capitaines se sont longuement entretenus avec les hauts prélats. Nous savons tous ce que ça signifie…

— Des esclavagistes ! Que veulent-ils… (Gunda ne finit pas sa phrase.) Bon sang, c'est évident ! Ces armées n'ont pas pour objectif d'affronter Narasan. Les esclaves sont presque aussi précieux que l'or… Les cléricaux ne rencontreront pas beaucoup de résistance quand ils feront leur « marché » au Pays de Dhrall, où les outils et les armes sont encore en pierre !

— Tu as sans doute raison, Gunda… Dommage que le mari outragé se soit contenté de casser quelques dents à Jalkan. Une épée à travers le ventre – ou une hache enfoncée dans le crâne – aurait étouffé le problème dans l'œuf.

— J'ai rencontré Omago. C'est un homme digne et civilisé, mon vieux. Pour lui, un coup de poing était déjà beaucoup.

— Les gens civilisés sont parfois une plaie, tu sais…

Confirmant la prédiction d'Andar, la flotte cléricale appareilla deux jours plus tard.

Gunda enleva son uniforme, enfila des vêtements élimés, accrocha un filet de pêche à la proue de l'*Albatros* et quitta le port en direction du nord. Bien entendu, il distança sans peine les gros rafiots trogites et atteignit la barrière de glace le lendemain, un peu après midi. Mettant son filet à l'eau à environ un mille marin de l'entrée du canal, il attendit la suite des événements.

La nuit tombait quand les premiers vaisseaux cléricaux jetèrent l'ancre devant le passage.

— Qu'est-ce qui leur a pris si longtemps ? murmura-t-il à l'*Albatros*.

Comme Gunda s'y attendait, dès l'aube, les navires levèrent l'ancre et s'engouffrèrent dans la brèche.

— Eh bien, nous avons la réponse à ma question d'hier, souffla Gunda à son chalutier. Ces marins d'eau douce ne naviguent pas la nuit...

L'*Albatros* ne répondit pas vraiment. Mais il s'autorisa un léger tangage qui pouvait passer pour un acquiescement.

— Nous retournons à Castano, mon petit. Nos amis doivent être informés de ce qui se passe.

Pour accélérer les choses, Andar viola plusieurs points de règlement lorsqu'il fit embarquer ses hommes. Quelques protestations indignées lui percèrent les tympans quand il annonça que les officiers n'auraient pas droit à des quartiers séparés. Le temps étant clément, ajouta-t-il, les cadres de l'armée n'auraient pas besoin d'avoir un toit sur la tête pendant la traversée.

Bien qu'il n'y eût pas, en principe, assez de navires pour embarquer tant de monde, tous les soldats, serrés comme des sardines, partirent vers le nord. Avoir l'esprit pratique se révélait souvent nécessaire, mais Andar poussait parfois le bouchon un peu loin…

Gunda fit remorquer l'*Albatros* par le *Triomphe*, le vaisseau amiral d'Andar. Quand ils furent en vue de la barrière de glace, il alla voir son ami dans la petite cabine qui lui tenait lieu de quartier général.

— Il faudra être prudents quand nous sortirons du canal, conseilla-t-il. L'idéal serait de rester hors de vue de la côte sud. Si tes espions ont raison, cinq armées camperont sur le rivage, et il vaudrait mieux qu'elles ignorent notre présence. Avec mon chalutier, j'irai voir ce que font les cléricaux.

— Ne prends pas de risques, Gunda. Narasan me bouffera le foie si tu te fais tuer.

— Ne t'inquiète pas… Je veux simplement m'assurer que les navires de l'Eglise mouillent bien le long de la côte. Je parie qu'ils le feront, mais nous devons en être certains.

Deux marins aidèrent le colonel à tirer l'*Albatros* plus près de la poupe du *Triomphe*. Quand il eut glissé le long de la corde puis sauté sur le pont du chalutier, Gunda détacha l'amarre de la proue. Puis il leva la voile, contourna le vaisseau amiral et vogua vers la sortie du canal.

Le crépuscule tombait quand l'*Albatros* sortit du passage. Dans la pénombre, Gunda continua son chemin vers la côte du Pays de Dhrall. La lune étant encore presque pleine, sa lumière suffirait dès qu'elle se lèverait. Décidant de l'attendre, le colonel jeta l'ancre à quelque distance de la face nord de la barrière.

L'astre nocturne daigna se montrer vers minuit. Gunda repartit à la rame. Voilure baissée, l'*Albatros* serait invisible pendant qu'il approcherait de la côte sud du Domaine de Veltan.

Les repérant grâce à la lueur des lanternes qui brûlaient dans les huttes, le colonel constata que des navires cléricaux mouillaient devant tous les villages. Les yeux plissés, il remarqua que des enclos de fortune jouxtaient à présent chaque hameau. Et que des soldats en uniforme rouge montaient la garde tout autour…

— Je crois que nous avions bien deviné, mon petit, souffla Gunda à l'*Albatros*. A présent, on fait demi-tour, et on fonce raconter tout ça à Andar !

3

Conduite par le *Triomphe*, l'armada atteignit trois jours plus tard la péninsule orientale de la côte sud du Domaine de Veltan. A sa grande surprise, Gunda vit fondre sur ses navires une impressionnante flotte de drakkars maags. Les pirates semblant d'humeur belliqueuse, la tension monta jusqu'à ce que le colonel ait pu contacter Sorgan Bec-Crochu.

Repassant sur l'*Albatros*, le Trogite approcha du *Cormoran.*

— Que se passe-t-il ? cria-t-il à Bovin.

— On dirait que nous avons une seconde guerre sur les bras, répondit le Maag.

— Comment l'avez-vous découvert ? Nous pensions être les seuls à le savoir.

— Veltan nous a avertis qu'une flotte impériale venait d'accoster dans le Sud. Le Cap'tain a décidé que nous nous en chargerions…

— Une décision logique… (Gunda colla l'*Albatros* contre la coque du *Cormoran.*) Il faut que je parle à Sorgan. Je crois connaître les réponses aux questions qu'ils se posent sûrement…

— Monte à bord, dans ce cas…

Bovin déroula une échelle de corde. Au moment où

Gunda prenait pied sur le pont, Bec-Crochu déboula au pas de course.

— Que se passe-t-il ?

— Je reviens avec le gros de l'armée du général... Nous cinglons vers l'embouchure de la rivière Vash, comme Narasan me l'a demandé. Quand je suis arrivé à Castano, des vaisseaux cléricaux occupaient tous les quais. Deux jours plus tard, ils ont appareillé avec cinq cent mille hommes à bord. Je les ai suivis pour vérifier qu'ils se dirigeaient bien vers le nord, et ça n'a pas raté. Si peu de temps après l'évasion de Jalkan, tu ne trouves pas étrange qu'une flotte cléricale ait l'idée de traverser la barrière de glace ?

— A présent, je comprends tout ! s'exclama Sorgan. Tu en as appris plus long sur leurs intentions ?

— Oui, Cap'tain ! répondit Gunda avec un grand sourire. L'armada est restée hors de vue, mais j'ai joué les espions avec mon *Albatros*. Des bateaux cléricaux mouillent devant chaque village, et les esclavagistes ne tarderont pas à arriver.

— Nous avions prévu le coup..., soupira Bovin.

— Je m'en doutais un peu... Désolé, mais l'esclavage est une vieille pratique du culte d'Amar. L'Empire souffre de cette plaie depuis des siècles. Les navires des marchands de chair humaine ont des voiles noires. Celles de l'Eglise sont rouges. Les prélats adorent cette couleur, qui flatte admirablement leur vanité.

— Quand nous en aurons fini avec eux, ricana Sorgan, je doute qu'ils l'aiment encore...

— Sans blague ?

— Les flammes ne sont pas vertes, que je sache ? Lorsque nous aurons incendié leurs vaisseaux, ils feront sûrement une allergie à toutes les nuances de rouge !

— Quelle bonne idée ! approuva Gunda. Pourquoi n'y ai-je pas pensé ?

— Quand tu verras Narasan, fit Sorgan avec un rire

diabolique, dis-lui que nous sommes en position, et que nous remplirons notre mission.

— Je n'y manquerai pas, Cap'tain ! Et je te souhaite une excellente journée.

Gunda sourit aux pirates, puis il retourna sur l'*Albatros*.

Si quelques navires mouillaient encore devant la plage, face au château de Veltan, le gros de la flotte était déjà parti. Du coup, Gunda ne vit aucune raison de s'arrêter.

En remontant vers le nord, la côte se révéla plus déchiquetée, et des montagnes se découpèrent dans le lointain.

— Impressionnants, fit Andar en désignant les pics.

— Admire-les tant que tu le peux, mon ami, répondit Gunda. Quand on les escalade, on en a plus envie ! Narasan m'a montré une carte de la région où nous combattrons, et ça n'a pas soulevé mon enthousiasme. La piste qui conduit au sommet est très étroite, ce qui nous ralentira beaucoup. En passant à cinq de front, il faudra un moment pour que toute l'armée soit à pied d'œuvre.

— Eh bien, soupira Andar, plus une guerre est difficile, mieux on est payé…

— A condition d'être vivant le jour de la solde, rappela Gunda.

En fin d'après-midi, le lendemain, ils atteignirent l'embouchure de la rivière Vash, où mouillaient la majorité des navires de l'avant-garde. Avisant le *Triomphe*, Gunda et Andar prirent l'*Albatros* pour aller rendre une petite visite à Pantal.

— Nous n'avons rien de neuf, annonça le capitaine. La piste qui mène au sommet est bloquée par nos hommes. Personne ne peut redescendre pour nous dire ce qui se passe là-haut.

— C'est un problème fréquent dans les régions montagneuses, dit Gunda. Combien de temps faut-il naviguer en eau douce pour atteindre ta piste ?

— Environ deux jours… Tu connais le colonel Danal ?

— Il sert dans l'armée de Narasan depuis presque aussi longtemps que Padan et moi.

— C'est lui qui commande, au pied de la falaise. Et il s'en sort très bien. Ses hommes ont construit des quais, le long des berges de la rivière. Crois-moi, ça facilite beaucoup le débarquement des troupes ! Mais le transport du ravitaillement n'est pas facile. Avec un sac de cinquante kilos sur les épaules, personne ne grimpe très vite.

— Devons-nous affronter des rapides ? demanda Andar.

— Non, colonel. Jusqu'à notre destination, les eaux sont très calmes. Selon les indigènes, ça se gâte après, mais nous nous en fichons !

— Excellent, dit Andar. Nous partirons demain dès l'aube. Faire débarquer l'armée ne sera pas un jeu d'enfant. Inutile de perdre du temps.

Comme prévu, le *Triomphe* commença à remonter la rivière dès le lever du soleil. Andar ne cacha pas sa surprise face aux arbres géants qui poussaient sur la berge.

— Combien de temps leur faut-il pour devenir aussi grands ? demanda-t-il à Gunda.

— Je n'ose pas y penser… Au moins cinq cents ans, si je devais risquer une estimation. Mais quelques-uns doivent friser le millénaire d'existence.

— Tu peux imaginer ça ? Vivre dix siècles ?

— Pour un arbre, ça ne doit pas être très excitant. Comment explorer le monde quand des racines vous retiennent en place ?

— Hier, avant de me coucher, j'ai eu une idée, annonça Andar.

— Au sujet de la position que tu adopterais ? Du genre roupiller sur le dos ou sur le ventre ?

— J'ai des préoccupations plus élevées, Gunda. Ton cousin nous a dit que le transport du ravitaillement ralentissait beaucoup l'ascension.

— Je m'en souviens, oui…

— Un homme progresse plus vite quand il porte moins de poids, pas vrai ?

— Et une porte s'enfonce plus facilement quand elle est ouverte ! Evite d'énoncer des évidences, mon vieux. Sinon, les gens te prendront pour un crétin.

— Et si tu cessais de dire des âneries, au lieu de m'écouter ?

— Désolé… De quel plan génial as-tu accouché ?

— Dix kilos ne ralentiraient pas un soldat entraîné, non ?

— Presque pas, oui… Où veux-tu en venir ?

— Nous avons quatre-vingt mille hommes. Si chacun porte dix kilos, Narasan aura huit cents tonnes de ravitaillement à sa disposition.

— Tu as réussi à calculer ça en somnolant ? s'étonna Gunda.

— Non, pas vraiment. J'ai dû prendre un papier et un crayon. Ça fait bien huit cents tonnes !

— L'armée aura à manger pour un moment…

— Nos hommes doivent de toute façon monter. Porter des vivres sera plus utile qu'admirer la vue…

— Qui a été assez malin pour penser à laisser des cordes en place le long du chemin ? demanda Gunda à Danal.

Les yeux levés, il sondait l'étroit passage.

— Un jeune officier nommé Keselo…

— J'aurais dû m'en douter !

— Il est si brillant que ça ? demanda Andar.

— Au point de luire parfois dans la nuit, confirma

Gunda, amer. Et ça m'irrite franchement ! Les bleus sont idiots, c'est une règle non écrite de l'armée. Keselo la viole chaque fois qu'il respire ! La sagesse devrait être l'apanage des vétérans, mais il braconne sans cesse sur notre territoire. Bon, je devrais monter, maintenant. Narasan sera content d'apprendre l'arrivée des renforts.

— N'oublie pas ton sac de vivres, rappela Andar.

— Je suis très pressé, tu sais !

— Les officiers supérieurs doivent donner l'exemple, au cas où tu l'aurais oublié.

— Tu n'as pas pu t'empêcher de la placer, celle-là, pas vrai ?

— C'est mon devoir, répliqua Andar avec un grand sourire. Je suis tenu de te signaler tes obligations chaque fois que tu les négliges. Ce fardeau pèse sur mes épaules, mais je suis assez fort pour le supporter. Prends le sac, Gunda, et ne discute pas !

— Et qu'y a-t-il dedans ? De quoi régaler les papilles de notre chef ?

— Non, simplement des lentilles.

— Quoi ? Tu m'enquiquines pour que je porte un sac de lentilles ?

— Tu préférerais les cailloux ?

Le haut plateau était en réalité une grande vallée où se dressaient çà et là des bosquets d'arbres. Un paysage très classique, à part le geyser qui alimentait les chutes. Gunda avait entendu parler de ces phénomènes naturels, mais en voir un était une autre affaire. Impressionné, il frémit intérieurement en imaginant l'énorme pression souterraine requise pour envoyer à plus de trente mètres de haut les gerbes d'eau qui alimentaient les chutes puis une rivière large de près d'un kilomètre et demi à son embouchure.

Alors que Gunda débouchait du passage, un vieux

sergent qui se reposait à l'ombre d'un arbre le salua nonchalamment.

— Le camp du général est à l'extrémité nord du plateau, colonel, dit-il en désignant une falaise où béait une gigantesque brèche. D'après ce qu'on m'a dit, il vous attend impatiemment.

— L'ennemi a-t-il déjà attaqué ?

— Pas à ma connaissance…

— Eh bien, ne nous en plaignons pas…

Ajustant le sac de lentilles qu'il portait dans le dos, Gunda se dirigea vers le camp de Narasan.

Victime d'une catastrophe naturelle, la falaise nord évoquait le mur d'enceinte d'une cité, après un bombardement d'un an à la catapulte. Cette comparaison, s'avisa Gunda, lui venait probablement à l'esprit à cause de la configuration très particulière de la roche. Uniformément noires, les murailles qui formaient la falaise s'étaient brisées en d'innombrables fragments plats et lisses. Sur la pente de pierre rouge qui conduisait aux Terres Ravagées, Gunda vit une multitude de blocs noirs. Si ses vagues souvenirs d'école étaient bons, la roche ou le sable rouge avaient un rapport avec le fer. De quoi s'étonner un peu… Si la bauxite abondait dans la région, pourquoi les indigènes utilisaient-ils des outils et des armes en pierre ?

Concentré sur le moment présent, Gunda oublia cette question dès qu'il fut entré dans le camp.

— Tu as fait vite, mon ami, dit Narasan quand le colonel se présenta devant lui. Nous avions peur que tu n'aies eu maille à partir avec la flotte cléricale.

— Nous avons eu de la chance… Lorsque je suis arrivé à Castano, les navires du culte occupaient le port. Une fois qu'ils ont levé l'ancre, j'ai filé vers la barrière de glace, pour vérifier notre théorie au sujet de leur destination. Bien entendu, nous avions raison. De retour à Castano, j'ai constaté qu'Andar avait pris des libertés avec le règlement, afin d'embarquer tout le monde. Les officiers n'ont pas eu droit à des quartiers séparés – ni à un toit sur la tête ! – et ça ne les ravissait pas. Mais avec des astuces de ce genre, Andar a réussi à amener tous les renforts. Certains bateaux étaient si chargés qu'une petite tempête aurait suffi à les faire couler.

Narasan eut une grimace sans équivoque.

— Nous sommes en été, mon ami ! Les risques de gros temps sont négligeables... En arrivant, nous avons rencontré Sorgan, qui sautait de joie à l'idée de brûler les vaisseaux cléricaux.

— Cette perspective m'a réjoui aussi, avoua Narasan. La possibilité d'être pris en tenaille ne me disait rien qui vaille, si tu veux le savoir.

— Qu'y a-t-il dans ton sac à dos ? demanda soudain Padan à son ami.

— Tu ne vas pas te foutre de moi ? rugit Gunda.

— Pourquoi le ferais-je ?

— Une nuit, avant de s'endormir, Andar a eu une brillante idée. Pour transporter les sacs de vivres, il avait désigné des soldats très costauds. Mais le poids les ralentissait, et ça bloquait la progression des autres hommes. En réduisant la charge, chaque gars peut se transformer en porteur. Depuis, tout le monde – y compris moi – doit grimper avec dix kilos sur les épaules.

— Voilà une idée qui ne me serait pas venue à l'esprit, admit Narasan, beau joueur.

— Et que transportes-tu, Gunda ? insista Padan.

L'officier chauve leva un poing et le brandit devant le nez de son ami.

— Des lentilles... Ne ris pas ! Et ne tente surtout pas de te montrer finaud en plaisantant au sujet des cailloux...

— Je n'oserais pas, mon ami, assura Padan, imperturbable.

— Dans ce cas, tu conserveras toutes tes dents.

(Gunda se tourna vers le général.) Vous avez déjà affronté des hommes-serpents ?

— Non, mais l'ennemi sait que nous sommes là. Le Vlagh s'est livré à de nouvelles expériences. Ses sbires nous espionnent, mais ce ne sont pas des hommes-serpents. Cette fois, ils ont des ailes, mon ami ! Et des crocs venimeux, bien entendu…

— Des reptiles volants ? s'exclama Gunda.

— Ce n'est pas si terrible que ça, dit Padan. Le petit Maag de Bec-Crochu a eu l'idée d'utiliser des filets de pêche pour nous protéger. Jusque-là, ça a très bien marché et personne n'a été mordu.

— Le « jusque-là » ne me plaît pas, Padan ! Tu devrais être moins pessimiste…

— Il ne faut négliger aucune possibilité, mon vieux !

— Je suis content que tu sois de retour, Gunda, dit Narasan. En matière de fortifications, il n'y a pas meilleur que toi, et nous avons un sacré défi sur les bras.

— Vraiment ?

— La vallée est entourée de hautes falaises, sauf au nord, à cause d'un ancien séisme. Hélas, c'est probablement de là que l'ennemi attaquera. Nous devons combler une brèche d'un kilomètre et demi. J'ai peur que nous n'en ayons jusqu'à la fin de l'été. Les hommes de Padan s'occupent déjà des fondations, mais le travail avance lentement.

— Sauf ton respect, général, tu devais dormir pendant certains cours, quand nous étions enfants. Pour bloquer une zone aussi étendue, pas besoin de fondations ! Construire une muraille suffit. Après la leçon que tu as sûrement ratée, j'ai été faire un tour à l'est de Kaldacin, pour étudier le mur qui sépare Falka et Chalan. Les habitants de ces villes ne se sont jamais entendus. Pour éviter des massacres, leurs dirigeants ont collaboré à l'érection d'un mur de séparation.

— Les insectes et les serpents n'auront aucun mal à escalader une muraille, objecta Padan.

— Ils ne trouveront pas ça facile si on ajoute à l'ouvrage des tourelles espacées d'environ trente mètres. Un poste de tir idéal pour les archers, qui les cribleront de flèches à chaque tentative.

— Présenté comme ça..., concéda Padan.

— Tentons le coup ! décida Narasan. Ce problème m'empêche de dormir depuis des jours.

— Désormais, tu ronfleras comme un sonneur, glorieux chef ! Le grand Gunda est de retour, et tout ira bien.

— Tu sais que ce genre de rodomontades me tape sur les nerfs, Gunda ?

— Ravi de divertir, général ! A présent, qu'on me dise où poser ces fichues lentilles ! J'ai mal au dos, à force de les trimballer partout...

— C'est du basalte, colonel Gunda, expliqua Keselo. On n'en trouve presque pas dans l'Empire, mais il est très répandu dans les régions volcaniques.

— Pourquoi se casse-t-il si nettement ?

— Je ne sais pas trop, messire. Notre professeur, à l'université de Kaldacin, ne donnait jamais de détails sur les roches rares dans notre pays.

— Y a-t-il une matière que tu n'as pas étudiée ? demanda Gunda.

— Non, messire... A l'époque, je faisais mon possible pour ne pas choisir une carrière. Alors, je butinais un peu partout. Sauf en théologie. Les enseignants étaient tous des Amarites, et leurs étudiants devaient verser leur obole avant chaque cours.

— Ces prêtres auraient fait n'importe quoi pour se remplir les poches, on dirait...

— Et ils continuent, colonel.

— Au moins, nous gagnons notre argent à la sueur

de nos fronts. Revenons-en à cette roche. Elle est assez solide pour une muraille ?

— Le basalte s'effrite plus facilement que le granit. Cela dit, nos ennemis n'auront pas de catapultes. Donc, ça devrait suffire.

— C'est tout ce que je voulais savoir. Il est plus aisé de travailler avec des pierres plates, et on en trouve à foison ici.

— Sans doute à cause des volcans...

— Tu veux parler des « montagnes de feu » ? demanda Gunda, soudain inquiet.

— Barbe-Rouge les appelle ainsi. Mais tous ne crachent pas des flammes. Certains expulsent de la cendre, pas de la lave.

— Y a-t-il des signes, quand une éruption se prépare ?

— En principe, la terre tremble avant que le sommet du volcan saute comme un bouchon.

Gunda frémit à cette description.

— Voilà Lièvre, annonça soudain Keselo.

— Il n'est pas parti vers le sud avec Bec-Crochu ?

— Non, parce que Veltan l'a emprunté au capitaine.

— Une initiative fascinante... Il y a longtemps que je n'ai plus emprunté personne !

Le petit Maag rejoignit les deux Trogites au pied de la falaise déchiquetée.

— J'ai entendu dire que vous vouliez bâtir une muraille...

— C'est le plan, oui, répondit Gunda.

— Puis-je faire une suggestion ?

— Si c'est indispensable, soupira Gunda, las d'être entouré de génies. Qu'as-tu donc en tête ?

— Quand vous aurez fini, pourrez-vous ajouter au sommet du mur, et des deux côtés, des poteaux de trois mètres de haut ?

— Ça devrait être faisable. A quoi serviront-ils ?

— A tendre les filets de pêche.

— Je doute que ça morde beaucoup, à cette altitude, plaisanta Gunda.

— Je pensais aux chauves-abeilles, fit Lièvre sans daigner sourire. Arc-Long croit qu'elles se contenteront de nous espionner, mais Barbe-Rouge a capté l'odeur du venin sur celle que notre ami a tuée. Si elles s'emmêlent les ailes dans les filets, personne ne sera mordu.

— Une bonne idée... Mais tes filets nous gêneront si l'ennemi prend pied sur la muraille.

— Les chauves-abeilles sortent seulement la nuit, rappela Lièvre. Le jour, nous lèverons les filets assez haut pour qu'ils ne nous gênent pas. La nuit, nous les baisserons...

— Il se peut que ça marche. De toute façon, se battre dans le noir n'est pas amusant.

Le basalte se révéla parfait pour la construction du mur. Gunda ayant mis au travail la majorité des hommes, l'ouvrage avança plus vite que prévu. Si les monstres – volants ou non – daignaient attendre quelques jours de plus, la muraille et les tourelles seraient terminées. Alors, les horreurs du Vlagh devraient se tenir à carreau.

Narasan passa le plus clair de son temps à observer l'évolution du chantier. Il s'intéressa aussi aux progrès des barricades que les soldats de Padan construisaient sur la pente. Les obstacles, disposés en demi-cercle, comme le stipulait le manuel, partaient du pied du mur et se succédaient sur la pente à intervalles réguliers. Si Padan avait le temps, l'ouvrage atteindrait probablement la lisière du désert.

Somme toute, des positions défensives d'un strict classicisme !

N'étaient quelques spécialités locales... Selon Gunda, certaines armées trogites équipaient leurs barricades de pieux très pointus. Mais dans l'Empire, on ne les enduisait jamais de venin.

Le colonel était satisfait des travaux. La brèche obstruée, ils repousseraient les hordes du Vlagh pendant des mois, et sans encaisser de trop lourdes pertes.

Près des fortifications, Keselo continuait d'initier les paysans à l'art délicat de la phalange. Malgré ses préventions contre les bleus trop malins, Gunda dut reconnaître que le garçon s'en tirait très bien. A présent, les fermiers étaient presque aussi bons que des soldats de métier.

— Narasan, tu gardes un œil sur Keselo ? Il est rudement doué…

— Je le suis de près depuis longtemps, Gunda.

— Il a du potentiel, non ?

— Tu peux le dire… Si nous évitons de le faire tuer, il ira loin.

— Jusqu'à ton poste, tu crois ?

— Ce n'est pas exclu… Il est intelligent et très pédagogue. Je pensais que les paysans ne nous serviraient à rien. En peu de temps, il en a fait d'excellents soldats. Il leur reste à subir le baptême du feu, mais je parie qu'ils s'en sortiront honorablement.

— Nous verrons, fit Gunda. Cette guerre n'aura pas grand-chose d'ordinaire. Alors, ne compte pas sur moi pour miser un sou !

La muraille était presque finie quand Veltan, qui campait près du geyser, vint informer Narasan de l'arrivée de Barbe-Rouge, avec plusieurs milliers d'archers du Domaine de Zelana.

— Il a retrouvé Arc-Long près de la falaise ouest, dit le maître du Sud. J'ai des informations à te transmettre de sa part, général.

— Par exemple où il était ces derniers temps ? avança Padan.

— Il avait du pain sur la planche, éluda finement le dieu.

Quand Narasan et ses officiers approchèrent du camp, Barbe-Rouge était en grande conversation avec dame Zelana.

— Que fiche Arc-Long ? demanda Lièvre. Et pourquoi passe-t-il son temps dans les montagnes ?

— La dernière fois que je l'ai vu, répondit Barbe-Rouge, il patrouillait au sommet de la falaise occidentale. On m'a dit qu'il y avait eu des problèmes, au sud ?

— Arc-Long a dû les régler, répondit Narasan. Je lui ai confié tous les archers de mon armée, avec la mission de mettre un terme à la seconde invasion.

— Il m'en a parlé, oui… Ses affaires s'arrangeront, maintenant qu'il travaille avec des types qui savent par quel bout armer un arc. Sans vouloir t'offenser, général, tes archers ne sont pas des flèches. Il leur arrive de s'entraîner ?

— Le règlement de l'armée trogite les en empêche, répondit Padan. Cinq heures de marche par jour, plus cinq d'escrime, ne leur laissent pas le temps de tirer.

— Pourquoi portent-ils des épées ? demanda le Dhrall roux.

— La tradition… Les officiers et les instructeurs ne voient que par elle. Les soldats sont censés s'étriper à coups d'épée. Chez nous, l'arc est une abomination. Tuer un homme à plus d'un mètre cinquante de distance ne semble pas… hum… courtois.

— Il me fait marcher ? demanda Barbe-Rouge au général.

— Eh bien… non, répondit Narasan, un peu gêné. Il est peut-être temps de modifier le règlement.

— Tu crois que ça n'entraînera pas la fin du monde ? fit mine de s'étonner Padan.

Le général ne releva pas la saillie.

— Continue ton histoire, Barbe-Rouge, dit-il.

— Arc-Long a dû faire tout le travail quand des soldats en uniforme rouge ont tenté de grimper ici. Faute de les cribler de flèches, vos archers arrivent à repérer les ennemis. Mon ami les a chargés de la surveillance des voies d'accès. A présent que des tireurs compétents l'épaulent, il pourra se reposer un peu. Et les envahisseurs en rouge ne nous ennuieront plus.

— Vos archers doivent venir ici ! s'exclama Gunda. Notre stratégie repose sur eux.

— Dans ce cas, nous avons un problème intéressant… On peut en discuter des heures, si ça vous amuse, mais Arc-Long a déjà réquisitionné la moitié des archers dhralls. Et je doute qu'il consente à vous les rendre…

4

Quelques jours plus tard, alors que ses hommes mettaient la dernière touche à la muraille, Gunda se frotta les mains de satisfaction. Le basalte se révélait solide, bien que peu esthétique. Dans l'Empire, un ouvrage aussi rudimentaire lui aurait valu quelques ricanements. Mais il n'avait pas le temps, et encore moins l'envie, de le revêtir de plaques de marbre…

Il était environ midi, le même jour, quand un énorme nuage de poussière obscurcit l'horizon des Terres Ravagées, à des kilomètres du pied de la pente.

Gunda envoya un messager à Narasan. Très vite, son mur tout neuf fut envahi par une cohorte d'observateurs, dont le prince Ekial et la reine Trenicia. Le cavalier, avec ses cicatrices, ne déparait pas parmi les soldats. L'amazone passa moins inaperçue – y compris aux yeux du colonel –, mais personne n'osa aller au-delà d'un émerveillement poli.

— On dirait que nous avons de la visite, fit Andar.

— Bon sang, et moi qui n'ai rien à me mettre ! s'exclama Padan.

— Gunda, il fait ça souvent ? demanda Andar.

— Tout le temps… Il se croit drôle, mais je ne ris

plus depuis des années. (Gunda sonda la pente, puis se tourna vers Veltan.) Je peux me tromper, mais on dirait que cette partie du désert est beaucoup plus basse que celle qu'on voyait en haut du canyon.

— Jadis, c'était la zone la plus profonde de la mer intérieure qui couvrait les Terres Ravagées, répondit le maître du Sud. Je n'ai pas pris de mesures exactes, mais je crois que la dépression, ici, est plus basse que le fond de Notre Mère l'Eau.

— Si tu parlais gentiment à votre maman, avança Padan, elle consentirait peut-être à inonder de nouveau cet endroit.

— Maman ? répéta Veltan, perplexe.

— L'appeler comme ça ne te gagnerait pas ses bonnes grâces ? demanda Padan, mimant à la perfection l'innocence.

— Notre frère cadet, intervint Zelana, ne prendra pas ce risque. Jadis, il a commis un impair avec Notre Mère l'Eau, et elle l'a envoyé en exil sur la lune – après l'avoir privé de dîner.

— Nos ennemis sont si nombreux que ça ? demanda Andar, les yeux rivés sur la colonne de poussière.

— A mon avis, fit Danal, ils tirent de grands coups de pied dans le sable pour nous impressionner. Une tactique classique… En infériorité numérique, on tente toujours de tromper l'adversaire. Dans le cas contraire, ruser n'est pas mal non plus…

— C'est possible, concéda Zelana. Mais je penche plutôt pour une nouvelle couvée. Après le désastre de Lattash, le Vlagh ne devait plus avoir beaucoup de serviteurs. S'il a renouvelé ses troupes, il risque d'avoir eu de nouvelles idées. Ce monstre adore avoir des rejetons de tout poil…

— J'ai toujours du mal à m'y faire, soupira Keselo. Affrontons-nous vraiment des hordes de femmes ?

A ces mots, la reine amazone posa la main sur la garde de son épée.

— Il ne voulait pas t'insulter, Trenicia, dit Veltan en retenant le bras de la guerrière. Ce garçon ignore tout de ta culture.

— Quelqu'un devrait l'informer au plus vite, grogna la reine.

— Keselo, intervint Zelana, le mot « femme » ne convient pas vraiment. Il s'agit de *femelles*, je te le concède, mais il en va ainsi avec la majorité des insectes. Les mâles n'ont qu'une fonction, dont nous ne sommes pas obligés de parler maintenant...

A ces mots, le pauvre Keselo s'empourpra.

— N'est-il pas adorable ? lança Zelana avec un rire de gorge. Pour conclure, quand le Vlagh produit une couvée, elle compte des milliers de membres.

— Mais ce sont des bébés..., rappela Andar.

— Exact, répondit Zelana. L'ennui, c'est que l'enfance des insectes dure environ une semaine. Après, ils sont pleinement adultes.

— Et de sexe féminin ?

— C'est ça, oui...

— La vie des rares mâles doit être fichtrement amusante, fit Padan.

— A condition d'avoir le goût du risque, jeune homme, rappela Zelana. Une fois sa fonction accomplie, le reproducteur devient inutile. Du coup, les sbires du Vlagh – des femelles, évidemment – lui arrachent la tête à grands coups de mandibules, puis elles le mettent au rebut avec les autres détritus...

— Une carrière de bourdon te tente toujours ? demanda Gunda.

— Je commence à avoir des doutes..., avoua Padan, un peu verdâtre.

Le vent se leva une heure plus tard, dispersant le nuage de poussière. Les observateurs perchés sur le mur de Gunda furent stupéfaits par la masse d'ennemis qui avançaient vers eux.

— Il est temps de prendre nos postes, messires, dit Narasan à ses officiers.

— Je rêve, demanda Padan, ou ces créatures sont plus grosses que celles du canyon ?

— C'est dur à voir, à cette distance, répondit Gunda, le front plissé, mais tu pourrais avoir raison. (Il se tourna vers Veltan.) Le Vlagh peut multiplier par deux la taille de ses soldats ? En un mois ?

— Probablement, répondit le maître du Sud. A la base, c'est un *imitateur*. Quand il repère des caractéristiques qui lui semblent utiles, il modifie sa couvée suivante. Les Maags sont très grands, et ça a dû lui donner des idées.

— Pourquoi n'a-t-il pas commencé tout de suite par des géants ? s'étonna Lièvre.

— Parce qu'il lui aurait fallu plus de nourriture, expliqua Veltan. Dans les Terres Ravagées, il n'y a pas grand-chose à se mettre sous la dent. Mais avec la manne disponible depuis la guerre de Lattash, le Vlagh a pu se permettre quelques fantaisies.

— Je ne te suis pas vraiment, Veltan…

— Les combats sont de gros producteurs de cadavres. Après le canyon, les hordes du Vlagh ont eu de quoi faire bombance. La lave a carbonisé pas mal de bonne viande, mais il en restait assez pour caler l'estomac de soldats plus grands…

— C'est écœurant ! s'écria Keselo.

— Le Vlagh ne réfléchit pas comme nous, lui rappela Veltan. Quand il veut quelque chose, rien ne l'arrête. Jusque-là, il n'y a jamais eu assez de nourriture, sur son territoire, pour lui permettre de multiplier à l'infini ses rejetons. Quand on y réfléchit, c'est peut-être le but ultime de cette guerre.

— Gunda ! cria Andar, perché au sommet d'une tourelle proche. Regarde derrière les cinq premiers rangs de monstres. Le Vlagh a sacrément innové, ce coup-ci !

Le colonel chauve fit ce que son collègue lui conseillait. Au début, il ne vit rien d'inhabituel. Puis il aperçut un étrange mouvement, au niveau du sol, et attendit qu'une bourrasque dissipe la poussière.

— Des tortues ? s'écria-t-il. Comment peuvent-elles servir le Vlagh ?

— Elles font trois mètres de large, dit Padan. Et si je compte bien, elles sont munies de huit pattes.

— Des tortues-araignées ? Je ne vois toujours pas leur utilité !

— Moi si, hélas, soupira Veltan. Le Vlagh a volé une très bonne idée à nos amis trogites. (Il tapota le plastron de Gunda.) Celle-là, pour être précis. A présent, notre adversaire commande des soldats en armure.

— Mais pourquoi des araignées ?

— Elles avancent vite et peuvent tisser des toiles… (Veltan plissa le front.) Je n'en suis pas absolument sûr, mais leur venin doit être encore plus mortel que celui des serpents.

— Bref, nous sommes dans la mouise, conclut Padan.

Les hommes-serpents et leurs multitudes d'alliés bizarres lancèrent quelques assauts contre les barricades. De simples tests qui cessèrent dès la tombée de la nuit…

Profitant de cette accalmie, Narasan convoqua un conseil de guerre.

— Bavarder me manquait…, grommela Gunda en allant rejoindre les autres officiers au pied du mur.

— Ces monstres sont deux fois plus gros que ceux du canyon, annonça Keselo. Cela dit, ils semblent moins agiles et rapides…

— Les grands sont naturellement pataufs, confirma Lièvre. J'ai appris ça très tôt dans ma vie.

— Il s'agit sans doute de la première couvée de « géants », dit Veltan. Il leur faudra plusieurs générations pour s'adapter, mais ça arrivera inexorablement.

— Sauf si nous gagnons la guerre avant qu'ils se soient faits à leur nouvelle taille, rappela Padan.

— Je ne parierais pas ma fortune là-dessus, déclara Gunda. Si la guerre du canyon reflétait fidèlement leurs aptitudes, ils risquent de nous surprendre. Et quand on combat des adversaires venimeux, « surprise » est souvent synonyme de « mort subite ».

— Les monstres géants se sont approchés des barricades ? demanda Narasan à Keselo.

— Non, messire. Ils se contentaient d'observer...

— Tu as idée de l'épaisseur de leur carapace ? s'enquit Barbe-Rouge.

— Pas vraiment... Ils étaient trop loin.

— Une flèche à pointe d'acier pourrait pénétrer leur « armure », mais je n'en mettrais pas ma tête à couper.

— Nous devrions utiliser des catapultes, général, proposa Andar. Si « transpercer » ne marche pas, « écrabouiller » a des chances de réussir.

— Une bonne suggestion, messire, dit Danal. Un rocher de trente kilos devrait écraser ces carapaces.

— L'idée mérite d'être creusée, admit Narasan.

A cet instant, Torl les rejoignit près du feu de camp.

— Comment ça se passe, au sud ? lui demanda Veltan.

— Nous avons incendié tous les vaisseaux, mais j'ignore si ça nous a fait du bien... Il se passe de drôles de choses, là-bas...

— Si tu commençais par le commencement ? lança Narasan.

— La perte des bateaux n'a pas découragé nos adversaires... parce qu'ils étaient déjà partis.

— Pour où ? demanda Gunda.

— Ici, j'en ai peur…

— Le commencement, Torl ! insista Narasan.

Le Maag décrivit une série d'événements, le « mythe de l'or » se révélant le plus bizarre du lot.

Gunda ne comprit pas tout. L'air convaincu que c'était important, Narasan partit avec Torl vers le camp de Veltan et de Zelana.

Le colonel oublia vite ces fadaises. Pour l'heure, il avait d'autres soucis en tête.

Le lendemain matin, les soldats trouvèrent des centaines de chauves-abeilles prises au piège dans les filets. Bien qu'elles fussent simplement des espionnes, selon Arc-Long, ces créatures étaient venimeuses, et Gunda frissonna en les regardant.

Il chargea une escouade armée de lances empoisonnées d'achever les monstres blessés. D'autres hommes, gantés de cuir, décrochèrent les cadavres et en débarrassèrent la muraille.

Les hommes-serpents « classiques » lancèrent de nouveaux assauts contre les barricades. Une fois de plus, il s'agissait de simples tests. Les tortues géantes restèrent à l'arrière, une tactique qui arrangea bien Gunda, puisque la construction des catapultes n'était pas encore terminée.

Vers midi, Arc-Long vint dans la vallée pour s'entretenir avec Narasan et Veltan. Désireux de participer à la conversation, Gunda descendit de la muraille.

— Les cléricaux tentent toujours de monter ? demanda Padan.

— Ils y ont renoncé, répondit Arc-Long. Les bergers nous ont montré toutes les voies d'accès, et mes archers les contrôlent. Au bout d'un moment, les Trogites ont compris qu'ils ne passeraient pas. Du coup, ils se sont massés au pied des chutes.

— Ils veulent essayer à la nage ? lança Padan.

Arc-Long s'autorisa l'ombre d'un sourire.

— Pas jusque-là… Apparemment, ils ne cherchent plus à grimper facilement. Donc, ils ont opté pour la difficulté.

— Des échelles ? avança Padan.

— Même des fanatiques ne seraient pas assez idiots pour tenter ça. On dirait plutôt qu'ils veulent construire une route.

— Je ne suis pas sûr de comprendre…, avoua Narasan.

— Ils érigent une rampe qui passera par la face ouest de la falaise. Pour qu'elle ne soit pas trop pentue, ils ont commencé très loin de la paroi.

— En terrain découvert ? s'étonna Padan. Je n'aurais pas cru les cléricaux assez crétins pour s'exposer ainsi aux tirs de nos archers. Sous une pluie de flèches, ils n'iront pas bien loin.

— Ils ont trouvé un moyen de se protéger en cas d'averse de ce genre, dit Arc-Long.

— Comment ?

— Je crois qu'on appelle ça un toit, Padan. Celui-là les isolera de la pluie – et de l'acier. Quand le travail sera fini, beaucoup de cléricaux atteindront le sommet. Que ça nous plaise ou non, il faudra faire face à deux invasions !

LA MER D'OR

1

Midi approchait au moment où Arc-Long estima judicieux d'aller informer Zelana et son frère de la tournure des événements. A son avis, organiser une réunion s'imposait – *avant* que les Extérieurs prennent des décisions hâtives et probablement désastreuses.

Alors qu'il traversait la vallée en direction du geyser géant, le Dhrall repensa au jour fatidique, dans sa chère forêt, où Zelana et Eleria l'avaient débusqué et convaincu de se joindre à la guerre en cours. Cette conversation avait à jamais bouleversé sa vie.

Pour être franc, il s'en désolait. Son existence solitaire dans les bois lui plaisait à cause de sa simplicité, car personne ne l'empêchait de chasser. Et depuis la mort d'Eau-Brumeuse, sa bien-aimée, cette traque était son unique but. Expert dans l'art de pister et de tuer les serviteurs du Vlagh, il se réjouissait chaque fois qu'un nouveau monstre tombait raide mort devant ses yeux.

Alors qu'il approchait du geyser, Arc-Long se félicita que le temps fût clément, les gratifiant d'une journée agréablement chaude. Si la vallée était moins belle que sa forêt, on ne pouvait lui dénier un certain charme. Et sonder de vastes horizons, il fallait l'admettre, n'était pas toujours déplaisant. Pourtant, les grands arbres de sa contrée natale lui manquaient. Sans parler de l'excitation perpétuelle de la chasse.

La guerre, il en convenait, éliminait les sbires du Vlagh à un rythme qu'il n'aurait pas pu assurer seul. En fait, le massacre atteignait des proportions très supérieures à ce que Zelana et Eleria lui avaient promis. Mais les combats rangés, compliqués par nature, imposaient trop de déplacements de troupes et – surtout – de conférences où on parlait pendant des heures pour ne rien dire.

Et dès qu'il fallait traiter avec les Extérieurs, Zelana et Veltan lui refilaient la corvée !

Ces fichus mercenaires adoraient se disputer à longueur de journée sur des sujets sans importance. Un chasseur solitaire atteignait et frappait sa cible plus vite que n'importe quelle armée au monde. Sans doute parce qu'il ne devait discutailler avec personne avant de se mettre en route...

— Je ne suis pas vraiment fait pour la vie militaire, pensa tout haut l'archer. Avant d'accepter, j'aurais dû y réfléchir à deux fois...

Certes, mais à présent que le vin était tiré...

La « fontaine » qui alimentait la rivière Vash ne cessait pas d'émerveiller le Dhrall. Avec sa façon de retomber en pluie après avoir atteint son zénith, cette colonne d'eau de trente bons mètres le faisait immanquablement penser à l'éclosion d'une fleur géante...

Prudentes, Zelana et Eleria avaient dressé leur camp assez loin du geyser pour ne pas être aspergées en permanence. En guise de campement, elles se contentaient d'une paillasse rudimentaire, pour le repos de la fillette, et d'un grand seau à demi rempli de fruits, histoire qu'elle ne meure pas de faim. En bon être parfait qui se respecte, Zelana n'avait aucun besoin de manger ou de dormir...

Eleria courut vers Arc-Long, les bras grands ouverts, comme d'habitude.

— Bisou-bisou ! exigea-t-elle dès qu'il l'eut soulevée du sol.

Avec un sourire ému, le Dhrall embrassa la délicieuse enfant.

— Et moi, on ne m'embrasse pas ? demanda Zelana, d'humeur mutine.

— Chaque chose en son temps..., répondit Arc-Long. Pour l'heure, Veltan et toi devriez aller voir les Extérieurs. Les derniers événements les ont perturbés...

— Vraiment ?

— Nous avons sur les bras une seconde invasion venue du Sud. Le cousin de Sorgan, Torl, nous a raconté une étrange histoire au sujet des Trogites qui ont débarqué sur la côte méridionale du Domaine de Veltan. Chaque fois qu'un clérical prononce le mot « or » devant un Dhrall, il obtient un récit délirant sur une mer de métal précieux, dans les Terres Ravagées. A force, la nouvelle s'est répandue et cinq armées se dirigent vers notre position, poussées par la cupidité...

— Je suis au courant de tout ça, Arc-Long, dit Zelana.

— Au début, j'ai cru que le Vlagh avait inventé cette fable pour lancer un deuxième ennemi sur les troupes de Narasan. Avec le temps, j'ai de plus en plus de doutes... Ce n'est pas un plan trop compliqué pour notre adversaire ?

— Pas vraiment, répondit la maîtresse de l'Ouest. Quand Kajak a tenté de s'emparer du *Cormoran*, dans le port de Kweta, des serviteurs du Vlagh l'avaient manipulé. Tu t'en souviens ?

— Bien entendu, mais ça concernait une poignée de Maags. Cette fois, il s'agit de cinq cent mille hommes ! De plus, Kajak avait vu l'or que Sorgan gardait dans sa soute. Des Trogites attaqueraient-ils le célèbre général Narasan sur la foi d'une légende invérifiable ? Je trouve ça idiot, et ça m'énerve !

— Je n'y suis pour rien, dit Zelana. Si ça te déplaît, va donc te plaindre au Vlagh !

— Désolé... Les choses illogiques m'ont toujours tapé sur les nerfs. Cela dit, je n'ai rien à te reprocher. Mais j'insiste pour que Veltan et toi alliez voir Narasan avant qu'il n'accouche d'une idée bizarre. La perspective d'être pris en tenaille l'inquiète, et je redoute ce qui arrivera si on le laisse faire.

— Je viens à condition que tu me fasses un bisou, Arc-Long ! lança Zelana avec un sourire coquin.

Alors que le soleil sombrait à l'horizon, les défenseurs se réunirent derrière le mur de basalte de Gunda. Narasan avait convié presque tous ses officiers, Lièvre et Torl représentant Sorgan Bec-Crochu.

— Afin que tout le monde soit informé, dit le général, si tu nous racontais ce que tu as vu près des Chutes de Vash, ami Arc-Long ?

— Ce sera vite fait, Narasan... Ayant compris qu'une ascension serait impossible, surtout sous le feu de mes archers, les cléricaux ont décidé de construire une rampe.

— C'est idiot ! s'exclama Lièvre. Tes hommes les cribleront tout aussi bien de flèches !

— Non, parce qu'ils ont prévu un toit. Pas très épais, c'est vrai, mais suffisant pour les dissimuler. S'il veut faire mouche, le meilleur archer du monde a besoin de voir sa cible. (Arc-Long marqua une pause, les yeux rivés sur l'horizon occidental.) Cela dit, leur rampe n'est pas si large que ça, et il devrait être possible de mettre en position assez d'archers pour les abattre quand ils en sortiront. Mais il nous faudra beaucoup de flèches...

— Cette fois, tu devras te débrouiller seul, mon ami, dit Lièvre. Avec ma forge et mon enclume sur le *Cormoran*, je ne pourrai pas t'aider. (Le petit Maag plissa le front.) J'ai comme une impression de *déjà-vu*, messires. Dans le port de Kweta, la proximité de l'or a rendu fou cet imbécile de Kajak. Et voilà que ça recommence avec un demi-million de Trogites !

— C'est une hypothèse à creuser, Veltan, dit Zelana. Quand tu es venu me chercher au Pays de Maag, tu as vu des serviteurs du Vlagh à Weros. Et nous savons qu'ils ont influencé Kajak…

— Manipuler quelques Maags est une chose, chère sœur… Là, nous parlons de *cinq* armées trogites, et d'une bonne moitié du clergé de l'Eglise d'Amar. Je crois que tu t'avances un peu…

— Ce n'est pas impossible ! insista Zelana. Les agents du Vlagh nous ont espionnés lors de nos récents voyages. Notre adversaire sait que l'or fait perdre tout sens commun aux Extérieurs. N'oublie pas que nous l'avons utilisé comme appât ! J'ai ramené Sorgan au bout de ma ligne, et toi, Narasan… Tu crois que le Vlagh n'a pas saisi l'intérêt de la manœuvre ? Si ses sbires ont agité cette carotte devant le nez des prêtres et des soldats, ils ont pu les pousser à courir vers les Chutes de Vash, aveuglés par la cupidité au point de ne pas voir ce qui leur arrivera s'ils remportent la victoire.

— Et que leur arrivera-t-il ? demanda Gunda, perplexe.

— Quand ils vous auront écrasés, répondit Arc-Long à la place de Zelana, le Vlagh n'aura plus besoin d'eux. Alors, ses serviteurs les inviteront à un grand banquet… dont ils seront le plat de résistance.

— C'est affreux ! s'exclama Gunda.

— Pas tant que ça, déclara Andar. Quand on a deux ennemis, et que l'un mange l'autre, ça élimine pas mal de problèmes, non ?

— Très bien…, intervint Narasan, inhabituellement tendu. Que ça nous plaise ou non, nous devrons faire face à deux invasions. Si quelqu'un a une idée, il est temps de m'en faire part.

— Nous avons l'avantage de la position, dit Danal. Le toit des cléricaux les protégera des flèches, mais je doute qu'il résiste à une pluie de rochers.

— Surtout quand ils tombent de cent mètres de haut, renchérit Andar. L'idée de la rampe n'est pas mauvaise, mais elle a des… trous… Et elle en aura encore plus après notre bombardement massif ! (Il fronça les sourcils.) Vous croyez qu'ils n'y ont pas pensé ? Les officiers cléricaux ne sont pas des génies, mais un tel crétinisme m'étonnerait, même de leur part.

— Ils ont le cerveau embrumé, affirma Torl. Souvenez-vous de mon histoire, messires. Après avoir entendu la fable des fermiers, tous ces hommes ont perdu l'esprit. Et il n'y a pas que la fièvre de l'or là-dessous. Je suis sûr que quelqu'un les manipule.

— Veltan, c'est le genre de tactique que le Vlagh affectionne, dit Zelana.

— J'avoue qu'il y a quelque chose de *vlaghien* là-dedans… Mais comment transformer cinq cent mille hommes en pantins décervelés ?

— Le Vlagh a l'habitude de commander des hordes de serviteurs incapables de penser par eux-mêmes. S'il a lavé le cerveau des cléricaux, ils n'auront plus qu'une idée en tête : empêcher quiconque de s'emparer de l'or avant eux.

— Ça se tient…, concéda Veltan.

— Avant de nous poser des problèmes, dit Narasan en ajustant son plastron, ils devront franchir les chutes. (Il se tourna vers Padan.) Tu devrais prendre un millier d'hommes et aller te poster au bord de la falaise. Voyons si les cléricaux aiment recevoir des rochers sur la tête…

— Tes désirs sont des ordres, cher général. Courons réduire en bouillie de la bonne cervelle de Trogites !

— Un rien t'amuse, et je t'envie cet optimisme, mon vieil ami, soupira Narasan.

Le plan semblait excellent. Pourtant, Arc-Long restait dubitatif. Cette histoire n'était pas claire, et il ne trouverait pas le repos avant d'avoir mis le doigt sur ce qui le tracassait…

Les Trogites continuèrent à discourir dans le vide longtemps après le coucher du soleil. Las de leurs palabres, Arc-Long alla rejoindre Zelana, qui s'était mise à l'écart depuis un moment. Vêtue de gaze vaporeuse, comme toujours, la maîtresse de l'Ouest s'était assise près d'un petit feu. Serrant Eleria contre elle, elle veillait jalousement sur son sommeil.

— Quel goût ont les feux de camp ? demanda l'archer.

— Celui de la fumée, répondit Zelana. Rien à voir avec la lumière de ma grotte, mais tout vaut mieux que l'obscurité. Que font les mercenaires de Veltan ?

— Ils se disputent, comme toujours… Des désaccords sur la façon de procéder, et ce genre de choses. Si tu veux, je te raccompagnerai jusqu'à ton camp. Eleria serait mieux dans son lit.

— La tenir ainsi ne me dérange pas, dit Zelana en baissant des yeux débordants de tendresse sur sa protégée. Mais tu as raison, elle dormira mieux dans son lit.

Arc-Long sourit, aida la maîtresse de l'Ouest à se lever et prit délicatement la petite fille dans ses bras.

— Les événements ne tournent pas comme nous l'avions prévu, dit-il en marchant vers le petit camp. Si nos archers n'avaient pas dû s'occuper de la deuxième invasion, le mur de Gunda et les barricades de Padan auraient pu retenir les monstres du Vlagh. Pour ne rien arranger, Narasan vient de charger un millier d'hommes d'écrabouiller les cléricaux. L'ennui, c'est que nous aurions eu besoin de ces soldats en haut du mur. Nous manquons de défenseurs…

— Vénérée, dit Eleria d'une voix pâteuse de sommeil, pourquoi ne vas-tu pas chercher Gros-Bec, qui s'amuse dans le sud du Domaine de Veltan ? C'est ici que les choses se passent !

— Je croyais que tu dormais…, murmura Zelana.

— Qui fermerait l'œil pendant que vous jacassez ? grommela la fillette. C'est toi qui paies Gros-Bec, donc il doit t'obéir. Les Maags jetteront des rochers sur la tête des cléricaux, et les mercenaires de Veltan viendront se battre là où il le leur a demandé.

— Je crains qu'elle n'ait raison…, soupira Arc-Long.

— Bien sûr que j'ai raison ! Je ne me trompe jamais… Maintenant, je veux un bisou-bisou !

— Tu devrais plutôt te rendormir, ma chérie… Arc-Long, la petite voit juste. Je vais filer sur la côte sud. La récréation est finie pour Bec-Crochu ! Et il aura intérêt à filer doux ! (Zelana leva sur le Dhrall des yeux brillants de malice.) Après, j'aurai mérité un bisou-bisou, pas vrai ?

Arc-Long préféra ignorer cette curieuse requête.

Dès l'aube, le lendemain, l'archer dhrall alla rejoindre Veltan et Narasan au sommet de la tour centrale du mur de Gunda.

— Du mouvement chez l'ennemi ?

— Jusque-là, c'est le calme plat, répondit Veltan. Les monstres attendent sûrement qu'il fasse jour. (Il sonda la pente.) Général, où as-tu posté les hommes d'Omago ?

— Keselo les a affectés aux deux extrémités des barricades, répondit Narasan. S'ils utilisent la même tactique que dans le canyon, les sbires du Vlagh attaqueront le centre de notre position. Les gars d'Omago n'ont pas encore reçu le baptême du feu. Au fil des ans, j'ai appris à ne pas impliquer la bleusaille au cœur de la bataille. Ne le prends pas mal, Veltan, mais je doute que ces paysans aient assez de tripes pour tuer un adversaire.

— Ils pourraient te surprendre, général. Dans les cas d'urgence, Omago sait utiliser son cerveau. Il a dit aux fermiers qu'ils allaient affronter des *insectes* géants. Et ces braves cultivateurs les abominent !

— Nous verrons bien..., fit Narasan, pas vraiment convaincu.

— Ils se mettent en mouvement, annonça Arc-Long.

— Je ne vois rien..., fit Veltan. Non, ça y est, je les aperçois ! Mais ils sont encore loin de la première barricade...

— Dans le canyon, dit Arc-Long, nos tactiques les ont souvent pris de court. Apparemment, le Vlagh n'aime pas les surprises...

— J'avoue ne pas bien connaître ces monstres, concéda Veltan. Dans ma famille, c'est Dahlaine l'expert en insectes. Avant l'avènement de l'humanité, il a passé des millénaires à les étudier. Selon lui, le Vlagh est une sorte de voleur. Quand il remarque chez une espèce une caractéristique intéressante, il la copie sans vergogne. A mon avis, beaucoup de ses expériences échouent, et la majorité de ses monstres meurent avant de sortir de l'œuf. Mais de temps en temps, il réussit son coup et reproduit le spécimen à des milliers d'exemplaires. Puis il continue ses modifications...

— Ça explique pourquoi nous avons affaire à tant d'ennemis différents, dit Narasan. Les « modèles réduits » que nous avons affrontés chez Zelana n'étaient pas très compétitifs, surtout face aux catastrophes naturelles. Aujourd'hui, certains de nos adversaires volent et d'autres portent des armures...

— Sans oublier ceux qui ressemblent à des humains, ajouta Arc-Long. Cette guerre promet d'être intéressante.

— Je préfère les conflits ennuyeux à mourir, souffla Narasan. Dans les autres, le risque de crever pour de bon est trop élevé.

Comme toutes les attaques lancées dans le domaine

de Zelana, celle-là fut annoncée par un cri inhumain poussé loin derrière les lignes ennemies.

Au grand soulagement d'Arc-Long, les monstres « géants » se révélèrent moins agiles et rapides que leurs prédécesseurs courts sur pattes. Du coup, les archers trogites entraînés par Barbe-Rouge les criblèrent aisément de flèches.

Alors que le soleil pointait à l'horizon, Lièvre rejoignit Veltan et ses compagnons au sommet de la tour.

— Vous voyez Keselo ? demanda-t-il dès qu'il eut repris son souffle. N'ayant pas beaucoup d'amis trogites, je tiens beaucoup à celui-là.

— Il est sur le flanc gauche de ce que Narasan appelle des barricades. Le général tient à éloigner les soldats débutants du cœur de la bataille, et ton ami commande les hommes d'Omago.

— Arc-Long, j'ai peur que ces bouseux ne s'en sortent pas très bien, souffla le petit Maag. Pour faire un bon soldat, il faut l'entraîner dès qu'il sort de l'enfance. Et le payer très cher !

— Nous saurons vite ce qu'il en est…

Une quinzaine de barricades se dressaient sur la pente. Aidés par quelques Trogites, les paysans d'Omago défendaient la plus éloignée du mur de Gunda. Bien qu'il fût difficile de voir les détails, Arc-Long et Lièvre crurent remarquer que les défenseurs n'avaient pas trop de mal à refouler les hommes-serpents géants.

Vers midi, un autre cri retentit et les monstres battirent aussitôt en retraite.

— Voilà qui est nouveau, commenta Lièvre. Dans le canyon, les hommes-insectes étaient trop abrutis pour faire demi-tour.

— Ils ont dû tirer quelques leçons de leurs déconvenues, supposa Arc-Long.

— Je croyais qu'il fallait un cerveau pour apprendre,

s'étonna Lièvre. Et sauf erreur de ma part, les insectes n'en ont pas.

— Ceux-là en possèdent un, mon ami, répondit le Dhrall. Mais ils ne l'emportent pas avec eux. Le Vlagh, ou plutôt la conscience collective, se charge de réfléchir à leur place. On dirait que ce « super-esprit » a compris que gaspiller ses soldats n'est pas le meilleur moyen de gagner une guerre.

L'après-midi, sous un soleil éclatant, les hordes du Vlagh ne se montrèrent pas. Conscients que la première attaque visait uniquement à tester leurs capacités de riposte, les défenseurs s'inquiétèrent. A l'évidence, leur ennemi avait compris que la force brute ne le conduirait pas à la victoire, et ce n'était pas une bonne nouvelle.

— Je n'aime pas ça, Narasan, grogna Gunda. Si ce foutu Vlagh se met à réfléchir, même un peu, nous allons au-devant de gros problèmes. Les monstres nains du canyon étaient trop bêtes pour distinguer leur tête de leurs fesses. Ceux-là ont l'air moins idiots. S'ils ont l'idée de ramasser des rochers et de nous bombarder avec, le cours de la guerre changera radicalement.

— Tu enfonces des portes ouvertes, mon ami, lâcha Narasan. Pour l'heure, la seule solution est de nous attendre à tout. Si l'ennemi innove, nous devrons trouver une réplique. Et il ne faudra pas traîner pour l'imaginer !

Au crépuscule, Keselo revint vers le mur, gravit une des échelles de corde qui garnissaient sa face externe et gagna rapidement la tour centrale.

— Nos ennemis sont plus grands que dans le canyon, général, annonça-t-il.

— Tu confirmes nos impressions, répondit Narasan. D'autres choses à signaler ?

— Ils semblent un peu maladroits et courent moins vite que les petites créatures de Lattash.

— Ils ont toujours des crocs et des dards ? demanda Gunda.

— Hélas, oui… Et ils sont plus gros et plus longs…

— En principe, intervint Lièvre, ça implique que leurs sacs à venin sont plus volumineux…

— Nous n'avons pas eu le temps d'en disséquer un pour vérifier, mon ami.

— Combien en avez-vous tué ? demanda Gunda.

— Des centaines, répondit Keselo. Je n'ai pas fait le tour des défenses pour les compter… Mais à l'évidence le venin agit aussi sur ces monstres-là. Pour être honnête, cette question m'a tracassé. Si le poison collecté à Lattash s'était révélé inefficace, la journée aurait mal fini pour nous. (Le jeune Trogite se tourna vers son chef.) Général, je suis venu demander l'autorisation de poster les hommes d'Omago plus près du centre des barricades. Aujourd'hui, ils ont eu l'impression de ne pas servir à grand-chose. Maintenant qu'ils ont vu de vrais soldats à l'œuvre, ils aimeraient être au cœur de l'action.

— C'est toi qui les commandes, répondit Narasan. La décision te revient.

— Et tu porteras le blâme si tu te trompes, ricana Gunda.

— Merci de l'encouragement, colonel…, grogna Keselo. Général, après la retraite ennemie, j'ai eu une idée. Cette nuit, nous devrions aller planter des pieux empoisonnés entre les deux premières lignes de barricades. S'ils attaquent demain, les monstres trouveront la surprise difficile à digérer.

— Une excellente idée, jeune homme, approuva Gunda. Surtout si tu fais semblant d'avoir abandonné la barricade la plus éloignée du mur. Les serviteurs du Vlagh la sauteront allégrement et ils s'embrocheront sur tes pieux. Ensuite, il vous suffira de massacrer les survivants.

— Le jour suivant, je ferai mine d'avoir évacué

la deuxième ligne de défense. S'ils tombent dans le piège...

— La brochette d'hommes-serpents deviendra un plat à la mode ! Ton plan est encore meilleur que le mien, Keselo. Après une semaine de ce petit jeu, les serviteurs du Vlagh ne sauront plus où ils en sont...

Dès la tombée de la nuit, les Trogites mirent en place les filets de protection contre les chauves-abeilles. Arc-Long aurait juré qu'elles étaient seulement des espionnes, mais Narasan refusait de courir des risques.

L'aîné de la famille de Zelana, l'imposant Dahlaine, vint lui aussi passer un moment sur la tour centrale.

— Nos ennemis ne se montrent pas quand il fait noir, dirait-on...

— Détrompe-toi, grand frère, répondit Veltan. L'air grouille de chauves-abeilles. Elles n'attaquent pas, mais elles nous tournent autour.

— Les hommes postés sur la pente sont aussi équipés de filets, j'espère ?

— Bien sûr que oui ! Même si je doute qu'ils en aient besoin. Jusque-là, les chauves-abeilles n'ont mordu personne. Elles semblent chargées de nous surveiller, puis d'aller faire leur rapport au Vlagh.

— Mauvaise analyse, Veltan ! Quand le combat est engagé, tous les serviteurs du Vlagh passent à l'attaque. Sans ces filets, nos hommes seraient déjà morts.

— J'ai eu une autre idée, intervint Arc-Long. Pour espionner de nuit, une créature a besoin d'une excellente vision nocturne, pas vrai ?

— Voilà qui semble évident, grogna Dahlaine.

— Une lumière très vive n'aveuglerait-elle pas un monstre qui ne sort jamais de sa cachette quand il fait jour ?

Dahlaine plissa le front, puis éclata de rire.

— Ne bouge pas de là, Arc-Long, dit-il dès qu'il eut repris son souffle. Je reviendrai très vite.

Il y eut un éclair suivi d'un roulement de tonnerre… et Dahlaine se volatilisa.

Peu après, le phénomène se reproduisit et le maître du Nord reparut, une petite boule brillante dans la main gauche.

— Ne la regardez pas fixement, mes amis, ce serait très mauvais pour vos yeux.

Il ouvrit la main. La boule lévita dans les airs et devint de plus en plus brillante. Quand elle fut à environ quatre cents mètres au-dessus du mur, on aurait juré être à midi, pas au début de la nuit.

Les chauves-abeilles crièrent de douleur et filèrent à tire-d'aile vers leurs antres.

— Cette boule, c'est quoi ? demanda Gunda, éberlué.

— Un de mes animaux de compagnie, répondit Dahlaine. Si elle était plus grosse, nous l'appellerions un soleil.

2

Dès les premières lueurs de l'aube, Arc-Long descendit une échelle de corde, se réceptionna au pied du mur de Gunda et dévala la pente en sautant sans peine au-dessus des barricades de fortune érigées par les hommes de Padan. Considérant l'agilité des petits serviteurs du Vlagh qu'ils avaient combattus à Lattash, l'archer regrettait que ces obstacles ne soient pas plus hauts. Mais il décida de garder cette réflexion pour lui.

Cette visite matinale aux avant-postes avait une raison principale : recueillir les sentiments des guerriers qui s'étaient frottés aux nouveaux monstres des Terres Ravagées.

Près du centre de la barricade, Danal et Andar, en uniforme de combat, conversaient déjà tranquillement.

— Tu te lèves bien tôt, Arc-Long ! lança Danal. Des ennuis en perspective ?

— Pas pour le moment… Je n'ai pas encore vu de près les dernières créatures du Vlagh. Vos impressions m'intéressent, messires. Avez-vous relevé des différences significatives ?

— Ces monstres sont plus maladroits que ceux du canyon, répondit Danal. Parfois, on dirait qu'ils se prennent les pieds dans leurs propres jambes.

— Ça n'a rien d'étrange, dit le Dhrall. Si mes souvenirs sont bons, il m'arrivait la même chose à chaque poussée de croissance. Lorsque le corps grandit trop vite pour que le cerveau s'adapte, on trébuche sur toutes les mottes de terre. Les « tortues » ont-elles participé à l'attaque d'hier ?

— Je n'en ai pas vu, répondit Andar. Et toi, Danal ?

— Pas l'ombre d'une, et j'espère que ça ne changera pas. Un adversaire venimeux est déjà dangereux. Alors, quand il porte une armure…

— Keselo vous a parlé de son idée de planter des pieux ? Et de faire semblant d'abandonner une ligne de défense ?

— C'est un bon plan, dit Andar, mais il ne fonctionnera pas tant que cette fichue boule nous éclairera comme en plein jour. Si nos adversaires nous voient, le truc ne marchera pas.

— Un écran de fumée nous aiderait, avança Danal.

— A condition de trouver assez de bois…

— Nous avons jusqu'au crépuscule pour imaginer une solution, rappela le Dhrall. Comment s'en sortent vos archers ?

— Ils sont meilleurs que jamais, répondit Danal. Pas aussi bons que les tiens, mais ils font mouche une fois sur deux.

— Dans ce cas, ils tirent trop tôt… Tracez une ligne imaginaire, à une vingtaine de mètres de leur position, et dites-leur de ne pas lâcher leurs flèches avant que les monstres ne l'aient franchie.

— Nous essaierons ce truc, promit Andar – visiblement à contrecœur.

Arc-Long s'éloigna des officiers et contacta mentalement Zelana.

— Tu veux quelque chose ? demanda-t-elle de la voix hautaine que le Dhrall ne supportait pas.

— Le soleil miniature de ton frère est très bien, mais pour mettre à exécution le plan de Keselo, nos hommes ont besoin d'un manteau de ténèbres.

— Sans la lumière de Dahlaine, rappela la maîtresse de l'Ouest, les chauves-abeilles reviendront nous espionner, et le résultat sera le même... Du brouillard ferait l'affaire ? La clarté continuerait à éloigner les monstres volants, et les autres ne verraient pas les hommes de Keselo.

— Je n'avais pas pensé à ça, admit Arc-Long. Sans doute parce que le brouillard, à cette période de l'année, est très rare en montagne. Tu pourras invoquer une nappe de brume, ce soir ?

— Bien sûr que oui ! Tu devrais le savoir, depuis le temps... Mais ça te coûtera un autre bisou-bisou.

Arc-Long était presque certain que Zelana reprenait l'expression favorite d'Eleria pour se moquer de lui.

Presque...

Quand le soleil apparut, un cri inhumain marqua le début du deuxième jour de la guerre du Sud.

Arc-Long passa d'une barricade à l'autre pour conseiller aux archers trogites d'attendre que les monstres soient sur eux avant de tirer.

— N'est-il pas dangereux de les laisser approcher autant ? demanda un jeune soldat.

— C'est toujours mieux que de gaspiller vos flèches, répondit Arc-Long. De près, on ne rate pas sa cible. Et si des cadavres s'entassent devant votre barricade, ils ralentiront la vague suivante de créatures. Dis-toi que ton arc est un outil, mon jeune ami. Grâce à lui, tu construis un nouvel obstacle avec des monstres morts en guise de blocs de pierre.

— Je n'avais pas vu les choses sous cet angle, fit le jeune Trogite avec un sourire un peu forcé. Au moins, je n'aurai pas à m'échiner à soulever des rochers pour construire cet obstacle-là !

— Il faut toujours laisser le travail pénible à l'ennemi. C'est un excellent principe.

— Je ne l'oublierai pas, messire, et j'en parlerai à mes compagnons.

— Très bonne idée !

— Le sergent Barbe-Rouge aurait dû nous présenter les choses de cette façon dès le début.

— Le *sergent* Barbe-Rouge ?

— Nous l'avons appelé comme ça quand il nous a pris en main. Vous croyez que ça l'a vexé ?

— J'en doute, répondit Arc-Long en luttant pour garder son sérieux. Barbe-Rouge n'est pas du genre collet monté... (Une idée traversa l'esprit du Dhrall.) Mais si vous voulez lui faire plaisir, donnez-lui son véritable titre : chef Barbe-Rouge.

— Je le dirai à mes camarades. Il est préférable de respecter le protocole, n'est-ce pas ?

— C'est souvent une bonne idée, mon jeune ami...

Arc-Long parvint de justesse à ne pas éclater de rire. Barbe-Rouge bombardait ses compagnons de plaisanteries que lui seul jugeait drôles. Mais il perdrait son sens de l'humour quand les archers trogites commenceraient à lui donner du « chef » à tout bout de champ. Un titre dont il avait hérité contre son gré, et qui lui pourrissait la vie !

Quand les monstres émergèrent en vacillant du cœur des Terres Ravagées, Arc-Long constata de visu que les dernières expériences du Vlagh avaient produit des guerriers lamentables. Pourtant, il ne se berça pas d'illusions. Ces monstres s'amélioreraient au fil des couvées, et ils deviendraient au minimum les égaux de ceux qui hantaient les forêts du Domaine de l'Ouest.

Celui-Qui-Guérit avait mis un moment à faire entrer ce concept dans le crâne de son jeune disciple : incapables d'*apprendre* individuellement, les serviteurs du Vlagh se bonifiaient néanmoins au fil des générations.

Avec le temps, ceux-là aussi seraient dangereux. Pour l'heure, ils représentaient une menace négligeable.

Ils attaquèrent toute la journée. Au crépuscule, la pile de cadavres qui s'élevait à une vingtaine de mètres des défenses trogites dépassait la hauteur de leurs barricades.

Un nouveau cri marqua la fin de cet assaut suicidaire. Presque aussitôt, la nappe de brouillard de Zelana tomba lentement sur la pente.

— Une excellente journée, commenta Andar. Nous avons tenu notre position et les monstres sont repartis la queue basse.

— Profitons au plus vite de la brume, proposa Danal. A mon avis, il nous faudra presque toute la nuit pour planter les pieux empoisonnés entre les deux barricades.

— Livrer une guerre avec du poison me fait froid dans le dos, dit Andar. Qui a eu cette idée bizarre ?

— Celui-Qui-Guérit, le chamane de ma tribu, répondit Arc-Long. Nos ennemis étant venimeux, le poison des monstres qu'on tue un jour permet d'éliminer ceux qu'on rencontre le lendemain.

Sans raison apparente, le Dhrall éclata de rire.

— Qu'est-ce qui t'amuse tant ? demanda Andar.

— Tu connais Barbe-Rouge ?

— Le rouquin qui entraîne nos archers ?

— Exactement... Il a un étrange sens de l'humour. S'il était là, il ajouterait un commentaire de son cru. Par exemple, que nous pourrions aussi bien aller à la pêche et laisser nos adversaires se débrouiller seuls...

— Il faut au minimum donner le change, Arc-Long, dit Danal. S'ils croient que nous nous tournons les pouces, nos employeurs risquent de renouer les cordons de leur bourse.

— Ne parle pas de malheur, ami ! grogna Andar.

Sous la protection du brouillard de Zelana – et de la lumière filtrée du soleil de Dahlaine –, les Trogites mirent beaucoup moins de temps que prévu à planter leurs pieux.

— A présent, il ne nous reste plus qu'à attendre, soupira Andar lorsqu'ils eurent fini.

— Profites-en pour récupérer ton sommeil en retard, lui conseilla Danal. Le foutu cri te réveillera assez tôt pour voir les monstres s'embrocher sur nos pièges.

— Quand je dors, une éruption volcanique ne me réveillerait pas.

— Ça ne m'étonne pas, avec le boucan que tu fais !

— Plaît-il ?

— Tu ronfles, Andar ! Parfois, le bruit est assez fort pour ébranler les murs d'une forteresse.

A cet instant, alors que l'aube pointait, le hurlement retentit et les monstres nouvelle version repassèrent à l'assaut.

— Tant pis pour ta sieste, Andar ! lança Danal.

Toujours aussi peu assurés sur leurs jambes, les serviteurs du Vlagh piétinèrent les cadavres de leurs semblables et semblèrent étonnés de ne pas rencontrer de résistance.

— Indiquons-leur où nous sommes, proposa Andar.

— Excellente initiative, dit Danal. Soldats, montrons-leur ce qu'est un vrai cri de guerre !

Un rugissement martial monta de derrière la deuxième ligne de barricades.

Les monstres se regardèrent, interloqués, jusqu'à ce qu'un autre cri retentisse dans les entrailles des Terres Ravagées.

— Ça a été vite..., souffla Arc-Long alors que les hordes du Vlagh entreprenaient d'escalader l'obstacle.

— De quoi parles-tu ? demanda Andar.

— D'après Veltan, ces monstres sont dirigés par une conscience collective. Pour résumer, toutes les créatures disposent des connaissances de chaque membre du groupe. Apparemment, elles partagent aussi ce que les autres *voient*…

— Tu veux dire qu'elles font circuler leurs yeux dans les rangs ? s'étonna Andar.

— Non, répondit le Dhrall. A mon avis, les informations passent par le contact physique. Quand les monstres attaquent en masse, comme en ce moment, ils sont assez près les uns des autres pour se transmettre des données qui arrivent ainsi jusqu'au Vlagh.

— Un peu comme le système que Lièvre a imaginé à Lattash, dit Danal.

— C'est tout à fait ça…

— Désolé, les amis, fit Andar, mais je ne vous suis pas.

— Là-bas, expliqua Danal, les montagnes sont couvertes de neige. Les indigènes nous ont parlé d'une bizarrerie climatique. Chaque année, au même moment de l'hiver, le vent chaud qui souffle de la mer fait fondre la neige en une seule nuit. La rivière se transforme alors en torrent. Des Maags s'étant engagés dans le canyon, nous devions les prévenir que la fonte était imminente. Lièvre a eu l'idée d'utiliser une chaîne de cornes de brume pour transmettre le message. En procédant ainsi, il a suffi de quelques minutes pour que l'avertissement monte de la baie jusqu'au bout du canyon. Les pirates se sont vite mis en sécurité. Mais nos ennemis n'y ont vu que du feu, et des milliers se sont noyés.

— Une très bonne comparaison, Danal, dit Arc-Long. N'était que les monstres se passent de cornes de brume, parce qu'un simple contact leur suffit. Le Vlagh sait ce qui se produit ici, et il a crié pour ordonner à ses sbires de continuer l'attaque.

— Me voilà forcé de réviser mon jugement sur l'ennemi, dit Andar. Avec un tel réseau de communication, les monstres ont un sacré atout dans leur manche.

— Ils ne l'ont pas utilisé dans le canyon, rappela Danal.

— C'est ce qui me tracasse, avoua Arc-Long. Le Vlagh a tiré des leçons de la première guerre…

— Un point important lui a quand même échappé, souligna Danal. Ses ennemis ne semblent pas conscients que nos pieux sont enduits de venin. Regardez, ils tombent comme des mouches !

Le Dhrall risqua un coup d'œil par-dessus la barricade. Les premiers rangs de serviteurs avaient effectivement succombé, et les suivants semblaient vouloir suivre le même chemin.

Un cri impérieux retentit. Aussi maladroits qu'ils fussent, les sbires du Vlagh s'immobilisèrent à la lisière du champ de pieux.

Arc-Long lâcha un abominable juron.

— Un problème ? demanda Andar.

— Les pieux ne nous serviront à rien, cette fois. Le Vlagh a mesuré le danger, et il vient d'arrêter la charge.

— Ce n'est pas une mauvaise nouvelle, dit Danal. Quand l'ennemi cesse d'avancer, la guerre est finie, et les défenseurs triomphent. Les pieux ont eu la peau des hordes du Vlagh !

— Seulement des premiers rangs, corrigea Andar. Derrière, les monstres sont toujours vivants.

— Ils fileront lorsqu'ils auront trop faim pour rester plantés là, conclut Danal.

Vers dix heures, les tortues à huit pattes commencèrent à *trottiner* sur la première barricade. Aussi bizarre que fût cette description, Arc-Long n'en trouva pas de meilleure. En règle générale, ces reptiles à carapace se déplaçaient avec une légendaire lenteur. Munis de pattes couvertes de chitine, ceux-là bougeaient à une vitesse affolante.

Les tortues passèrent devant les hommes-insectes et

les reptiloïdes. Puis elles s'engagèrent dans le champ de pieux, les brisant les uns après les autres.

— C'est de la triche ! s'indigna Danal.

— Non, du mimétisme, dit Andar. Les carapaces remplissent la même fonction que nos plastrons. La conscience collective, comme l'appelle Arc-Long, a compris qu'une armure pouvait être très utile. L'ennui, pour nous, c'est que ces tortues, avec leurs huit pattes, sont fichtrement rapides !

— Je parie qu'elles se moqueront de nos flèches, ajouta Arc-Long, sinistre. Et si elles savent tisser des toiles, comme les araignées normales, nous ne tarderons pas à être englués dedans.

— Il leur a fallu moins d'une demi-journée pour briser tous nos pieux, annonça Andar le soir même.

Comme de coutume, Narasan avait organisé une réunion au sommet de la tour centrale.

— Par bonheur, continua le Trogite, les tortues détestent la nuit. Elles ont rebroussé chemin un peu avant le crépuscule.

— Avons-nous réussi à en tuer une ? demanda Gunda.

— Non. Les flèches rebondissent sur leur carapace, et elles n'ont pas approché assez pour tâter de nos lances. Mais j'ai peur que ces armes-là ne soient tout aussi inefficaces.

— Les choses tournent mal, Narasan, dit Gunda. Le Vlagh a tiré les leçons de sa déroute de Lattash. Il commande des soldats plus grands et des guerriers en armure. Si nous ne trouvons pas une riposte, nos positions ne tiendront pas longtemps.

— Je pars à la recherche de Dahlaine, déclara Veltan. Ses connaissances sur les insectes nous seront précieuses…

Arc-Long jeta un rapide coup d'œil au petit soleil du maître du Nord. Quelque chose lui échappait dans cette affaire. Si la lueur de la boule de feu faisait fuir les chauves-abeilles, pourquoi les autres serviteurs du Vlagh battaient-ils en retraite dès le coucher du véritable astre du jour ? Cette guerre était plus compliquée que prévue, sans doute à cause des connaissances glanées par le Vlagh lors du premier conflit. Mais la notion d'« apprentissage » ne collait pas avec la nature insectoïde de leur ennemi...

Quand Veltan eut ramené Dahlaine et Zelana, Narasan leur décrivit rapidement les guerriers géants et les tortues caparaçonnées.

— Ce sont les adversaires à éviter coûte que coûte, dit Dahlaine. Les arachnoïdes feront beaucoup plus de dégâts que les autres.

— Ils me semblaient déjà assez dangereux comme ça..., soupira Lièvre.

— Le venin des serpents tue sur le coup. Celui des araignées paralyse leurs proies. Elles les engluent d'abord dans une toile, puis les mordent pour les empêcher de fuir. Ensuite, elles attendent que leur appétit revienne. Il n'est pas rare qu'une araignée engrange ainsi quatre ou cinq repas.

— C'est affreux ! gémit Lièvre.

— Attends la suite ! lui conseilla Dahlaine. Les araignées n'ayant ni dents ni mâchoire, leur venin est aussi un fluide digestif qui liquéfie la chair et les organes de leurs victimes. Quand le processus est achevé, l'araignée aspire ce suc jusqu'à ce qu'il ne reste rien de la proie, à part la peau et les os.

— Dans ce cas, nous avons intérêt à trouver un moyen de les tuer, déclara Arc-Long.

— Le feu ? avança Keselo.

— C'est une solution envisageable, approuva Dahlaine.

— N'oubliez pas que ces araignées-là ont des carapaces, rappela Arc-Long. Ont-elles un point faible ?

— Les yeux, répondit Dahlaine après une courte

réflexion. (Il eut un sourire désabusé.) Ça te fera beaucoup de cibles, mon ami…

— Pourquoi ?

— Parce que les araignées en ont huit… Mais je suppose que tu le savais.

— Non, avoua Arc-Long. Cela dit, ça m'ouvre des horizons. La situation est peut-être moins désespérée que nous ne le pensions…

3

A court de sommeil depuis plus d'une semaine, Arc-Long tenait à peine debout. S'éloignant de la vallée, il s'enfonça dans la forêt, à l'ouest du geyser, et se coucha au pied d'un arbre. Rassuré par les propos de Dahlaine sur les yeux des tortues-araignées – des cibles idéales pour ses flèches –, il s'endormit comme une masse dès qu'il se fut étendu.

La nuit était bien avancée quand il crut entendre une voix de femme lui lancer :

— Fuis la tourmente, brave guerrier ! Détourne-toi de la mort avant qu'il ne soit trop tard !

Le Dhrall s'assit vivement, regarda autour de lui et ne vit personne. Cette voix mélodieuse lui rappelait quelqu'un, mais qui ? Malgré ses efforts, il ne trouva pas la réponse.

Il se rallongea et se rendormit aussitôt.

— Pars aussi loin que tu le peux, protecteur de Zelana ! Ne mets pas ton existence en danger ! Il convient que tu restes à l'écart de la tempête, noble et courageux Arc-Long !

L'archer se rassit, sonda de nouveau les alentours et ne vit pas âme qui vive.

Ce petit jeu commençait à lui taper sur les nerfs.

— Arrêtez de m'embêter ! grogna-t-il. J'ai besoin de repos.

La voix féminine insista, de plus en plus impérieuse.

— Au nom d'Eau-Brumeuse, je t'ordonne de quitter la région. Cette guerre est la mienne et la victoire me sourira si tu ne t'en mêles pas.

Sur ces fortes paroles, la voix onirique cessa de harceler le guerrier, qui sombra dans un sommeil sans rêve.

Au matin, Arc-Long contacta mentalement Zelana.

— As-tu tenté de me parler, cette nuit ?

— Non. Tu es sûr que ce n'était pas un songe ?

— J'ai peur d'avoir passé l'âge d'être un Rêveur...

— Le temps est une notion très relative, mon cher. Prends mon cas, par exemple...

— Ne m'embrouille pas les idées ! Cette voix voulait me convaincre de partir d'ici.

— Dans ce cas, ce n'était sûrement pas moi ! Je ne pourrais pas vivre sans toi, délicieux Arc-Long.

— Ce petit jeu va durer longtemps ?

— Désolée... Et si c'était le Vlagh, ou un de ses serviteurs moins abruti que les autres ?

— Impossible... Cette voix a mentionné Eau-Brumeuse. Le Vlagh ignore son existence, et même s'il la connaissait, il n'aurait pas idée de ce qu'elle représente pour moi.

— Alors, c'était sans doute un rêve. Parfois, m'a-t-on dit, ils semblent si réels qu'on a du mal à les distinguer de la réalité.

— Tu as peut-être raison, admit le Dhrall, pas vraiment convaincu.

Pendant la nuit, Andar avait fait reculer ses hommes jusqu'à leur nouvelle ligne de défense. Bien que ce fût probablement inutile, ils avaient « planté » un champ de pieux entre la deuxième et la troisième barricade.

Arc-Long et Lièvre rejoignirent leurs amis peu avant le lever du soleil.

— Ce n'est pas trop tôt ! grommela Andar.

— Du sommeil à rattraper…, répondit simplement le Dhrall.

— J'ai une question à te poser, enchaîna le Trogite. On dit que tu es l'expert reconnu des monstres du Vlagh. Sais-tu pourquoi ils battent en retraite au crépuscule ? Des centaines de guerriers meurent pour gagner un peu de terrain, et ils l'abandonnent dès que le soleil se couche. Le lendemain, ils doivent tout recommencer. C'est un effet de leur crétinisme ?

— La stupidité est leur caractéristique fondamentale, répondit Lièvre. Ils ignorent peut-être que l'astre du jour reviendra le lendemain. Imagine qu'ils le croient mort pour de bon et remplacé par des ténèbres éternelles ? A moins que leur maman n'aime pas être seule la nuit.

— Leur maman ?

— Le Vlagh… D'après Zelana, c'est lui – ou *elle*, si on veut – qui pond les œufs d'où sortent ces horreurs. Donc, on peut l'appeler leur maman.

— Parfait, dit Arc-Long après avoir jeté un coup d'œil par-dessus la barricade. Tes hommes ont planté des pieux, et ça attirera les tortues-araignées. Il faut en tuer une aussi vite que possible.

— Pourquoi ?

— Pour la disséquer et découvrir d'autres points faibles que ses yeux. Tes archers te semblent assez bons pour placer une flèche dans un globe oculaire, à cent mètres de distance ?

— Pas vraiment, admit l'officier.

La solution que trouvèrent les Trogites – des projectiles enflammés tirés par des catapultes – fit remonter leur cote dans l'esprit d'Arc-Long. Un judicieux mélange de naphte, de poix et de goudron sema la terreur parmi les hommes-insectes et les reptiloïdes, et parvint même à inquiéter les tortues-araignées. Le Dhrall en tira un axiome qu'il se promit de ne jamais oublier : toute créature en flammes cesse de penser à se battre pour se rouler frénétiquement dans la poussière – faute de pouvoir se jeter à l'eau.

Le seul défaut de la méthode trogite ? Son manque de précision ! Bombardées de boulets incendiaires, des dizaines de tortues, les yeux criblés de flèches, se consumèrent avant qu'il n'ait eu le temps de les disséquer.

— Andar ! finit par crier Arc-Long, tu veux bien arrêter de carboniser tout ce qui bouge ?

— Je croyais que c'était le but de la manœuvre… Et on ne change pas une tactique qui gagne !

— L'ennui, c'est qu'elle perd ! En tout cas pour moi. Je cherche une tortue *crue*, si tu vois ce que je veux dire !

— Désolé, j'avais oublié ce détail… Combien de temps te faudra-t-il pour en descendre une et récupérer son cadavre ?

Arc-Long sonda la pente, devant la troisième ligne de barricades. Le sol était jonché de restes calcinés…

— Si tu accordais un peu de repos à tes hommes ? suggéra-t-il. Après tant d'efforts, ils doivent être *cuits*… Laissons approcher quelques ennemis. Je choisirai ma cible, et quand j'aurai sa dépouille, tes gars se remettront aux fourneaux.

Si les autres monstres continuaient d'avancer, les tortues-araignées battaient prudemment en retraite. A l'évidence, elles n'étaient pas attirées par les flammes.

Dès que les boules de feu cessèrent de pleuvoir, elles repartirent à l'assaut.

— Une mauvaise décision, souffla Arc-Long en tirant une flèche de son carquois.

Les nouveaux serviteurs du Vlagh étaient incontestablement plus futés que ceux du canyon de Lattash. Et beaucoup plus prudents face à la perspective de griller vifs. Cela posé, ils n'avaient rien de génies, comme le démontraient à présent les tortues.

Le Dhrall attendit d'en avoir une dans sa ligne de mire, à quelques mètres de lui. Puis il planta une flèche au centre d'un œil globuleux qui éclata comme un fruit trop mûr.

Le monstre tomba raide mort. Quelques Trogites sautèrent courageusement par-dessus la barricade et tirèrent sa dépouille jusqu'à Arc-Long.

— J'ai ce qu'il me faut, Andar ! cria l'archer. Fichez le feu aux autres !

— J'ai cru que tu ne me le demanderais jamais ! répondit l'officier, tout excité.

Les catapultes se déchaînèrent joyeusement.

Dahlaine passa le plus clair de l'après-midi à examiner la défunte tortue-araignée.

— Ces monstres ne cesseront jamais de m'étonner..., déclara-t-il quand il eut fini. Cette création du Vlagh n'est pas ce qu'elle semble être. Imaginez qu'elle n'a rien de reptilien ! C'est une araignée mutante, rien de plus.

— Sa carapace n'est pas arachnoïde, objecta Veltan.

Lièvre et Narasan approuvèrent du chef.

— Pourtant, c'est une simple évolution de la physiologie d'une araignée. Le Vlagh a voulu copier nos plastrons. Cherchant un équivalent dans le règne animal, il a fixé son choix sur la carapace des tortues. A la base, c'est logique... Ensuite, il a modifié des araignées pour leur adjoindre une protection contre nos flèches empoisonnées. Mais je m'étonne qu'il ait travaillé sur des arachnoïdes. Il n'y a pas de lien évident entre ces animaux et ses serviteurs – sinon que les uns mangeraient volontiers les autres. C'est une bien curieuse hybridation. Quelque chose comme un croisement entre un chat et une souris...

— Une idée absurde ! protesta Zelana.

— Le Vlagh est en lui-même une absurdité, chère sœur ! Tu ne t'en étais jamais avisée ? Mais pourquoi a-t-il choisi des araignées ? Plusieurs espèces de scarabées auraient pu convenir, et il s'agit d'insectes. De plus, les araignées sont des créatures solitaires, alors que les serviteurs du Vlagh ont un instinct grégaire très développé.

— Le monde de ces foutues bestioles est fichtrement compliqué, pas vrai ? lança Lièvre.

— Ça, on peut le dire…, concéda Dahlaine.

— Pourquoi ne m'écoutes-tu pas, courageux guerrier ? demanda la voix féminine, réveillant à demi Arc-Long. Je vaincrai si tu ne t'en mêles pas. Même si elles l'ignorent, les armées venues du Sud combattent pour moi, et c'est sur mon ordre qu'elles se sont mises en route. Je t'ordonne de ne plus t'impliquer dans cette guerre. Pars, et cesse de faire obstacle à mon triomphe.

Tout à fait réveillé, Arc-Long eut soudain une illumination. L'histoire de Torl sur la fable « aurifère » des paysans ne l'avait jamais convaincu. A présent, il comprenait pourquoi les cléricaux avaient attrapé la fièvre de l'or. L'inconnue à la voix mélodieuse avait repris à son compte l'idée d'appâter des mercenaires avec de l'or. Et la pêche avait été miraculeuse : cinq cent mille hommes !

Mais dans quel but ?

Au terme de sa réflexion, le Dhrall conclut que le discours de la femme devait être pris au pied de la lettre. Elle voulait qu'il s'en aille. Et tous les autres avec ! Les Trogites et les Maags devaient aussi libérer le terrain enfin que leurs deux ennemis s'affrontent et se massacrent.

— Tu es un bon garçon, dit la voix. J'aurais parié que tu finirais par comprendre – un jour ou l'autre !

« Nous devons parler, Zelana ! » pensa très fort Arc-Long le lendemain matin.

— Un nouveau désastre en vue ?

— Je ne crois pas… Mais tes frères et Narasan devraient être présents à notre réunion…

— Quelque chose te tracasse ?

— Je ne présenterais pas le problème comme ça… Si je ne me trompe pas, nous avons une alliée puissante dont nous ignorions jusqu'à l'existence.

— Je déteste les énigmes, Arc-Long. Tu ne peux pas être plus explicite ?

— Désolé, mais j'en suis encore au stade des hypothèses… Retrouvons-nous près du geyser. Les soldats ne doivent pas encore être informés, il ne faut pas que le Vlagh ait vent de tout ça.

— J'espère que tu ne nous déranges pas pour rien, jeune homme…

— Si j'ai raison, ça changera tout !

Toujours occupé à s'éclaircir les idées, le Dhrall sortit de la forêt et se dirigea vers le geyser.

Quand il l'atteignit, Zelana et ses frères l'attendaient en compagnie de Lièvre, Keselo, Gunda, Torl et Narasan.

— Que se passe-t-il, mon ami ? demanda le petit Maag.

— Revenons un peu en arrière, proposa Arc-Long. Le rêve d'Ashad nous a prévenus qu'il y aurait une seconde invasion, et peu après notre arrivée, cinq armées cléricales ont accosté sur la côte sud du Domaine de Veltan.

— C'est de l'histoire ancienne, bougonna Gunda.

— Exact, mais elle mérite d'être regardée d'un œil nouveau. Les cléricaux ont capturé les habitants de la côte, puis ils se sont tranquillement assis pour attendre les esclavagistes.

— Tout le monde a entendu ça, rappela Narasan.

— Sans ouvrir assez grand les oreilles, j'en ai peur… Selon Torl, les fermiers, en entendant le mot « or », ont débité une légende qui n'a sûrement rien d'« antique », puisque Omago n'en a jamais entendu parler. Sur la foi de ce mythe, un demi-million de cléricaux, plus une meute de prêtres, ont tout abandonné pour courir jusqu'ici, construire une rampe et atteindre à n'importe quel prix ce haut plateau… (Arc-Long se tourna vers Narasan.) Général, tu connais mieux que moi les cléricaux. Cette façon de faire leur ressemble ?

— Pas vraiment… Cela dit, l'idée qu'une mer d'or les attendait a pu leur troubler l'esprit.

— *Cinq cent mille esprits ?* Et pas un seul pour réclamer davantage de preuves ?

— Je vois où tu veux en venir, dit Narasan. Ces hommes ne se comportent pas normalement. Et alors ? Ils attaqueront bientôt mes arrières, et je ne pourrai pas les affronter en même temps que les forces du Vlagh. Que proposes-tu de concret ?

— Une femme – ou une entité – me parle dans mon sommeil. Ses propos ont une certaine emphase, mais leur sens est sans équivoque : « Tirez-vous de là ! » Cette personne pense que les cléricaux et les monstres s'extermineront mutuellement si nous les laissons s'affronter en paix.

— Depuis quand es-tu un des Rêveurs, Arc-Long ? demanda Dahlaine, ouvertement sceptique.

— Ce n'est pas le même phénomène, répondit l'archer. Les rêves des enfants provoquent des événements. Moi, je suis simplement chargé de vous convaincre d'abandonner cette guerre.

— As-tu reconnu la voix ? demanda Lièvre.

— Je l'ai déjà entendue, mais pas moyen de l'identifier !

— Pour quitter le champ de bataille, dit Gunda, il

nous faudra des arguments plus convaincants. Ton histoire de rêve ne tient pas debout.

— Je suis d'accord avec le Trogite, déclara Dahlaine. Si quelqu'un a influencé les cléricaux, c'est sûrement le Vlagh, et pas une improbable alliée. Si nous filons, et que nos deux ennemis unissent leurs forces, le Domaine de Veltan tombera avant la fin de l'été. Nous ne t'opposons pas un refus définitif, mais avant d'avoir des certitudes, pas question de lever le camp !

— Ils sont têtus comme des mules, pas vrai ? lança Torl alors qu'Arc-Long et lui montaient la garde sur la tour centrale. Dommage qu'ils n'aient pas été dans le Sud, pour voir le grand plan des Trogs partir en quenouille à cause d'un conte de fées. (Le jeune Maag sonda un long moment les Terres Ravagées.) Ce sable y est pour beaucoup, j'en ai peur… S'il était jaune, et pas rouge, ta théorie aurait plus de poids.

— Ça ne convaincrait pas les Trogites…, soupira Arc-Long. Ils n'ont pas l'esprit ouvert, et leurs certitudes sont gravées dans le marbre.

— Nous allons avoir du mauvais temps, dit soudain Torl en désignant l'ouest.

Arc-Long plissa les yeux pour mieux voir les nuages qui tourbillonnaient dans le lointain.

— Ce n'est pas un orage, mon ami, mais une tempête de sable.

— C'est encore pire ! Ces fichus grains vous entrent dans les narines, et on en avale pendant des jours !

— L'ennui, continua Arc-Long, c'est qu'une telle tempête ne devrait pas venir de cette direction. A l'ouest, il n'y a que des arbres et des buissons. Alors, où s'est formée cette colonne de sable ?

— Elle est jaune, Arc-Long, et je n'ai pas vu d'arbres de cette couleur, dans le coin…

Le nuage jaune dévala la pente et se rua vers le désert des Terres Ravagées.

— Bien joué ! jubila Torl. Va empoisonner la vie des monstres, et ne te remontre pas par ici !

Soudain, le tourbillon parut se désintégrer pour tomber en pluie sur la grande étendue de sable rouge.

Il ne resta bientôt rien de la tempête, comme si elle s'était enfoncée dans les entrailles de la terre.

Le soleil réapparut dans toute sa gloire. Les yeux ronds, Arc-Long contempla sans y croire la mer jaune qui s'étendait à l'infini.

— Par tous les dieux ! s'exclama Torl. C'est de l'or ! Plus de la bauxite, de l'or !

L'archer dhrall éclata de rire.

— Pas exactement, mon ami ! Ça ressemble à du métal précieux, mais c'est du fer sulfuré. Notre alliée inconnue vient de placer l'appât dans son piège, et elle attrapera un demi-million de Trogites ! Tu ne trouves pas que notre horizon s'éclaire ?

4

Au sommet du mur de Gunda, tous les guerriers de Narasan contemplaient en silence le désert devenu jaune.

— Tu devrais secouer tes soldats, général, dit Arc-Long. Les monstres gravissent toujours la pente. Si nous ne faisons rien, il y aura bientôt foule sur cette muraille.

Non sans difficulté, le Trogite détourna les yeux de la « mer d'or ».

— Tous à vos postes ! beugla-t-il. On ne vous paie pas pour admirer le paysage. (Il fit la moue.) Je ne suis pas sûr qu'ils obéiront, mon ami. Devant ce spectacle, j'ai moi-même du mal à garder les idées claires.

— C'est le but recherché, général. Pour reprendre tes esprits, souviens-toi que ce n'est pas de l'or, mais une vulgaire imitation. (Le Dhrall marqua une courte pause.) Dans *ma* tête, tout est très clair, à présent. L'histoire des fermiers a poussé les cléricaux à venir ici, et la tempête de sable a transformé le désert pour mieux les abuser. Quelqu'un tire les ficelles de cette comédie. Et quoi qu'en dise Zelana, je suis sûr que ce n'est pas le Vlagh.

— J'espère que tu as raison, dit Narasan. S'il peut

provoquer le genre de phénomène que nous venons de voir, mon armée finira par se faire botter les fesses.

— Général, cria un soldat posté sur une autre tour, des pirates arrivent derrière nous !

Narasan et Arc-Long se tournèrent vers le sud.

— Voilà l'avant-garde des renforts, dit le Trogite, et il me semble reconnaître ce bon vieux Bec-Crochu. Je me trompe ?

— C'est bien lui, et il n'a pas traîné en chemin. A mon avis, Zelana lui a encore donné un de ses « coups de pouce ».

— On dirait que tirer les ficelles est une activité très répandue, dans le coin, lâcha le général.

— C'est vrai, mais il vaut mieux faire comme si on ne s'apercevait de rien...

Sorgan Bec-Crochu monta au sommet de la tour et se pétrifia quand il découvrit la mer d'or.

— Par tous les dieux ! s'exclama-t-il lorsqu'il eut repris son souffle.

— Ne t'emballe pas, dit Arc-Long. C'est du fer sulfuré, comme Grock en a trouvé dans la montagne. Quelqu'un joue ici à des petits jeux très amusants.

— N'espère pas que je te croie sur parole, l'ami ! Je veux une preuve que ce n'est pas de l'or.

— Sorgan, Arc-Long est sûr de son fait, dit Narasan. Mais pour une fois, je suis de ton avis. Avant de m'en désintéresser, je veux aussi être certain que ce n'est pas de l'or !

— Lièvre ! appela le Dhrall. Nous avons besoin de toi !

Le petit Maag gravit l'escalier au pas de course.

— D'ici, demanda Sorgan, tu peux déterminer si ce sable est de l'or ou non ?

Le pirate miniature plissa les yeux.

— C'est dur à dire, Cap'tain. Pour être sûr, il me faut un échantillon.

— Ça risque d'être un peu difficile, dit Narasan. Au cas où tu n'aurais pas remarqué, le désert grouille de monstres.

— Je pourrais monter sur cette falaise, à l'ouest, et faire descendre un panier attaché au bout d'une corde. Mais j'ignore si je collecterai assez de grains pour… (Lièvre se tut et se tapa très fort sur le front.) Bon sang, j'ai dû oublier de me réveiller, ce matin ! Il y a dans ma bourse quelque chose qui nous permettra de savoir la vérité.

— De quoi s'agit-il ? demanda Sorgan.

— J'ai acheté cette pierre à un collègue forgeron, quand nous faisions escale à Kormo. On l'appelle une magnétite. Un aimant naturel, pour les non-initiés. En avoir une m'amusait, mais jusque-là elle ne m'a pas servi à grand-chose. Ce caillou se colle comme par magie à tout ce qui contient du fer.

— Tu es sûr que ça fonctionne ? fit Sorgan, soupçonneux.

— J'en mettrais ma main au feu, chef ! A terre, quand je suis à court d'argent, je bois à l'œil en pariant que je possède une pierre « sauteuse ». (Il ouvrit sa bourse et en sortit un fragment de roche noire de la taille d'un pouce d'homme.) Regardez bien, messires !

Lièvre posa la pierre sur sa paume, dégaina son couteau et le passa quelques centimètres au-dessus de la magnétite. Aussitôt, elle sauta comme une puce pour venir se coller à la lame.

— Incroyable ! s'exclama Sorgan. Je comprends que tu aies gagné tant de paris, Lièvre !

— J'avais entendu parler de ces pierres, dit Narasan, mais c'est la première que je vois.

— Je la placerai dans un sac en tissu, annonça le petit Maag en caressant amoureusement son trésor. Comme elle est ronde et lisse, y attacher une corde serait risqué, et je ne veux surtout pas la perdre. Laissez-moi le temps de fabriquer le sachet, et nous saurons ce qu'il en est de ce sable.

— Le tissu ne risque pas de neutraliser son… pouvoir ?

— Rien ne l'empêche de sauter sur le fer, chef, ou de le faire voler vers elle. Ça marche même à travers du cuir. Je mettrai la pierre dans un sac, j'y attacherai une corde, et je ferai plusieurs passages au-dessus du sable, comme avec un pendule. Quand je remonterai le tout, il suffira de regarder le tissu. Si des grains y sont collés, vous pourrez dire adieu à votre or !

— Et s'il n'y a aucun grain ? demanda Sorgan.

— Nous saurons que ce sable ne contient pas de fer. Bien entendu, ça ne voudra pas dire qu'il s'agit d'une mer d'or…

— Allons sur ta falaise, à l'ouest, proposa Arc-Long. Comme elle est moyennement haute, ça nous facilitera la tâche.

— On se mettra en route dès que j'aurai mon sac… (Lièvre sourit.) Si la réponse est satisfaisante, il ne nous restera plus qu'à fêter une nouvelle victoire !

— La personne qui tire les ficelles est très intelligente, dit Torl à Lièvre et à Arc-Long tandis qu'ils montaient vers le sommet de la falaise. Ce sacré type avait prévu depuis le début le coup de la fausse mer d'or !

— Cette sacrée bonne femme, corrigea Arc-Long. La nuit, c'est une voix féminine qui m'ordonne de débarrasser le plancher.

— Tu crois que c'est la sœur de dame Zelana ? demanda Lièvre en rajustant la position du rouleau de corde qu'il portait sur l'épaule.

— J'aurais reconnu sa façon de parler, répondit le

Dhrall. Ce n'est pas Aracia, j'en suis sûr. Mais je n'arrive pas à me rappeler où j'ai entendu cette voix.

— Mes amis, fit Torl, la mystérieuse inconnue a beaucoup plus de pouvoir que nos employeurs. Et c'est la plus grande arnaqueuse du monde !

— *Arnaqueuse ?* s'étrangla Lièvre.

— Appâter les gens avec de l'or factice n'est pas très honnête, mon vieux. Cela dit, ça ne m'empêchera pas de dormir. Cette brave femme va pousser cinq armées à combattre à notre place, et elle les paiera en monnaie de singe. Bien fait pour ces foutus trafiquants d'esclaves !

— Nous devrons quand même repousser les monstres jusqu'à ce que les cléricaux aient construit leur rampe, rappela Arc-Long.

— C'est vrai, dit Torl, mais les hommes de Sorgan arriveront bientôt pour nous prêter main-forte. De plus, nous n'aurons pas besoin d'exterminer les serviteurs du Vlagh. Dès que les cléricaux seront là, nous filerons, et ils se chargeront du sale boulot. (Le Maag regarda autour de lui.) C'est encore loin, Arc-Long ?

— Non, juste de l'autre côté de ce grand arbre, devant nous.

— Tu es sûr que nous avons emporté assez de corde ? Si nous ne lui ramenons pas la réponse, le Cap'tain nous en fera tout un plat.

— A cet endroit, la falaise mesure à peine vingt mètres de haut, mon ami.

— Dans ce cas, demanda Torl, pourquoi les monstres ne passent-ils pas par là ?

— Le chemin est trop étroit. Quand il lance ses hordes à l'attaque, le Vlagh choisit des terrains dégagés.

Ils contournèrent l'arbre géant et descendirent le long d'un lit de ruisseau asséché.

Lorsqu'ils furent au bord de la falaise, Torl sonda les environs.

— La mer d'or n'est pas si grande que ça, annonça-t-il.

Au-delà de cette falaise, le sable redevient rouge. Après un ou deux kilomètres, il est banalement grisâtre.

— C'est toute la valeur de l'appât, expliqua Arc-Long. Notre alliée veut attirer les cléricaux à un endroit précis des Terres Ravagées.

— J'aurais dû y penser, soupira Torl, pas très fier de lui. Contempler tout cet or, même faux, me donne le tournis…

— Ça ira mieux quand nous aurons prouvé qu'il s'agit d'une mystification, dit Arc-Long, compatissant.

— On ne croirait pas que l'eau peut éroder ainsi la roche ! lança soudain Lièvre. D'autant plus que ce ruisseau coule quelques semaines par an…

— Tout dépend du temps qu'on lui laisse pour faire le travail, rappela Arc-Long.

— Et combien lui en a-t-il fallu pour forer le lit de ce cours d'eau ?

— Pas beaucoup… Cinquante mille ans, au maximum.

— Et c'est ça que tu appelles « pas beaucoup » ?

— L'eau est très patiente, mon ami. Et son seul but était de dévaler un jour la pente.

— Il y a du sable jaune au pied de la falaise, annonça Torl, penché dans le vide.

— A quelle distance ?

— Une vingtaine de mètres, comme l'a dit Arc-Long.

— Voilà qui me rassure, fit Lièvre. S'il nous avait manqué un mètre de corde, nous aurions eu l'air fin !

Il sortit la magnétite, rangée dans un petit sac, et passa dessus la lame de son couteau.

La pierre vint s'y coller docilement.

— On va pouvoir y aller ! lança Maag.

Après l'avoir fixée au sac, il donna du mou à la corde et la fit descendre lentement. Quand la pierre fut à quelques centimètres du sable, il la fit osciller un moment, puis remonta la corde, détacha le sac et le brandit triomphalement.

Le tissu était couvert de grains.

— On dirait que ton caillou crevait de faim, Lièvre, dit Torl. Tu devrais le nourrir plus souvent.

— Aujourd'hui, il a bien mérité son festin ! Quand le général et le Cap'tain verront ça, ils n'auront plus de doute. Mes amis, l'inconnue d'Arc-Long vient de gagner la guerre à notre place !

L'après-midi était bien avancé quand les trois hommes revinrent près du geyser, où Zelana et Veltan les attendaient.

— Alors ? demanda la maîtresse de l'Ouest.

Lièvre brandit le petit sac couvert de grains jaunes.

— Faut-il en dire davantage ? Il n'y a pas plus d'or dans ce désert que d'intelligence dans le crâne d'un serviteur du Vlagh.

— Nous allons devoir réviser nos positions, chère sœur, dit Veltan. Je ne vois pas quels avantages le Vlagh tirerait de cette mystification. Si nous cessons de bombarder les cléricaux, ils finiront leur rampe. Quand ils verront la mer d'or, ils se précipiteront sur les monstres pour leur arracher un trésor imaginaire.

Zelana ne cacha pas sa déconvenue.

— Ces derniers temps, soupira-t-elle, je me trompe avec une régularité consternante. Le Vlagh n'est pas le seul illusionniste du monde. Et cet or factice a peut-être plus de valeur que le vrai. Veltan, tu devrais aller voir Narasan. Padan doit cesser de harceler les cléricaux. Nous voulons qu'ils arrivent ici le plus vite possible.

— Bien parlé, chef ! lança Veltan, facétieux.

Après le coucher du véritable soleil, l'astre miniature de Dahlaine inondait de lumière la pente et la lisière du désert. Comme de juste, Narasan avait organisé une petite conférence au sommet de la tour centrale.

— Tu es sûr que c'est du fer, Lièvre ? demanda Sorgan, la mine défaite.

— Ma magnétite est affirmative, Cap'tain. Elle adore le fer et l'or la laisse de marbre.

— J'ai commis une grave erreur, Veltan, avoua Narasan. Certain que les cléricaux venaient me châtier, je n'ai jamais imaginé qu'ils pouvaient nous rendre service.

— Pourquoi voudraient-ils te châtier, mon ami ? demanda Sorgan.

— Dans le sud de l'Empire, expliqua Gunda, quelques armées cléricales nous ont tendu un piège vicieux. Le général a perdu un parent dans l'affaire, et ça l'a bouleversé. Padan et moi avons trouvé un moyen de laver le sang de nos frères d'armes. Bien entendu, l'Eglise n'a pas apprécié…

— Qu'avez-vous fait pour penser que les cléricaux vous suivraient jusqu'au bout du monde ?

— Nous avons engagé des tueurs professionnels. Une foule de hauts prélats et de généraux ont fini au cimetière, cette année-là.

— Chez vous, on peut gagner sa vie en tuant sur commande ? s'étonna Sorgan. Les Maags se chargent d'étriper leurs ennemis.

— Recourir à des tueurs est plus efficace, dit Gunda. Ils ne se trompent jamais de cible, et on peut leur demander toutes sortes d'exécutions. Discrètes, spectaculaires, douloureuses, rapides… Un de ces artistes garantit par contrat que le « sujet » agonisera pendant deux jours. S'il rend l'âme plus tôt, le type refuse d'être payé…

— Voilà ce que j'appelle de la conscience professionnelle, cousin ! lança Torl, admiratif.

— Je doute de détester un jour quelqu'un au point de lui infliger ça, répondit Sorgan.

— Que les cléricaux nous haïssent ou pas, intervint

Narasan, la vue de la mer d'or les excitera et ils attaqueront les monstres.

— D'accord, dit Sorgan, mais *quand* se mettront-ils à l'ouvrage ? Vos bombardements les ralentissent. A ce rythme, il leur faudra des mois pour achever la rampe. Et pendant ce temps, qui devra contenir les hordes du Vlagh ?

— Nous, grogna Narasan. Je suis conscient du problème. Toutes les suggestions sont bienvenues.

— Et si nous les aidions ? proposa Omago.

— Comment ? demanda Veltan.

— Pour finir leur ouvrage, les cléricaux ont besoin de gros rochers. On n'en trouve pas tant que ça au pied des chutes, à cause de l'érosion de l'eau. Si nous continuons à déclencher des avalanches – en ratant notre cible –, nos ennemis croiront que nous tentons toujours de les arrêter. En réalité, nous leur fournirons de quoi travailler plus vite.

— Génial ! s'exclama Sorgan. Ces types l'ignorent, mais ils sont nos alliés. J'adore aider mes amis, surtout quand ils ont l'intention de mourir à ma place.

— Dans cet ordre d'idées, dit Arc-Long, je crois qu'il faudrait un peu modifier le mur de Gunda.

— Il est très bien comme ça ! s'indigna le Trogite.

— Il est même *trop* bien, mon ami. Quand les cléricaux l'atteindront, il les empêchera de courir se jeter sur les serviteurs du Vlagh. Une brèche d'une trentaine de mètres leur permettrait de lancer plus vite le massacre.

— Messires, si vous me laissiez cette partie du travail ? proposa Veltan. Ne touchons pas au mur jusqu'à l'arrivée de nos alliés involontaires. A ce moment-là, je leur ménagerai une ouverture, histoire qu'ils crèvent allégrement pour notre plus grande gloire.

— Comment t'y prendras-tu ? demanda Gunda.

— Tu es certain d'avoir envie de le savoir ?

— Eh bien... en un sens... si on réfléchit... Hum, ça n'est peut-être pas indispensable.

— Vous pensez que les monstres continueront à rentrer chez eux au crépuscule ? demanda Narasan à Zelana et à Veltan. C'est tellement idiot !

— Ces créatures sont attachées à leurs habitudes, répondit la maîtresse de l'Ouest. Je doute qu'elles en changent du jour au lendemain.

— Nous en avons eu la preuve dans le canyon, rappela Bec-Crochu.

— Ces serviteurs du Vlagh sont un peu moins stupides que leurs prédécesseurs, dit Veltan. Mais ils continuent à obéir aveuglément à leur chef. Tant qu'il leur ordonnera de battre en retraite le soir, ils s'exécuteront sans se poser de questions.

— Une très bonne nouvelle, fit Narasan. Jusque-là, nous les avons tenus assez loin du mur pour qu'ils ne l'endommagent pas, et le « soleil » de Dahlaine nous a débarrassés des chauves-abeilles. Les pieux ont éclairci les rangs des guerriers géants, et nos catapultes ont presque anéanti les tortues-araignées. Devant le mur, nous avons treize lignes de barricades, et notre mission ne consiste plus à exterminer les monstres. Histoire de les ralentir, dès qu'ils partiront, ce soir, nos hommes réinvestiront la première ligne de défense. Les jours suivants, nous répéterons la manœuvre qui a si bien marché la première fois – mais en laissant l'ennemi avancer jusqu'à l'ultime barricade. D'ici deux semaines, avec notre aimable assistance, les cléricaux devraient avoir achevé leur rampe. Alors, nous tirerons notre révérence, et à eux les ennuis !

— Tu tireras ce que tu voudras, général, dit Sorgan. Moi, je serai trop occupé à courir pour saluer quiconque !

Arc-Long appréciait le pragmatisme du général. S'il continuait à croire que ses hordes gagnaient chaque jour du terrain, le Vlagh ne se casserait pas la tête à imaginer de nouvelles tactiques. Et quand ses troupes atteindraient le mur, les cléricaux seraient là pour les accueillir.

Le Dhrall se félicitait d'avoir convaincu Sorgan et Narasan que la voix qui hantait ses nuits ne mentait pas. Pour être franc, l'apparition de la fausse mer d'or lui avait donné un fameux coup de main.

— Avec un peu de chance, je dormirai en paix, ce soir, marmonna l'archer en s'enfonçant dans la forêt.

Bien qu'il eût de plus en plus d'amis parmi les Extérieurs, il continuait à dormir seul au fond des bois.

Même si les arbres, si loin au sud, ne ressemblaient pas à ceux de son pays natal, ils lui fournissaient un abri… contre des intempéries qui ne le menaçaient pas, en été.

Ah, les bizarreries de l'âme humaine !

Arc-Long s'étendit sur son lit de feuilles et s'endormit aussitôt.

— Tu as bien agi, brave guerrier ! lança la voix familière. Désormais, je ne troublerai plus ton repos. Prends soin de toi, Arc-Long du Domaine de Zelana. En temps voulu, nous nous retrouverons…

LE PONT

1

Padan avait de sérieux doutes sur la théorie d'Arc-Long.

Selon le Dhrall, une mystérieuse alliée leur avait envoyé cinq armées cléricales en guise de renforts. Dans l'Empire, nul n'ignorait la cupidité maladive de l'Eglise d'Amar. Mais jusque-là aucun soldat, prêtre ou Régulateur n'avait aperçu la fausse mer d'or. Et on voulait lui faire gober qu'ils se ruaient vers le nord sur la foi d'une fable débile ?

— Ça ne tient pas debout, marmonna le colonel alors qu'il remontait la rivière en direction du bord des chutes.

Où ses hommes continuaient à bombarder de rochers le toit qui protégeait les cléricaux des flèches dhralls.

Doutes ou pas, Narasan était convaincu, et Padan devait obéir.

Depuis toujours, il déplorait cet inconvénient de la vie militaire. Dès que le chef suprême avait arrêté une décision, ses officiers étaient contraints d'exécuter ses ordres. A l'époque de sa formation, avec Narasan et Gunda, leur sergent instructeur leur avait fait entrer cette idée dans le crâne à grands coups de marteau.

« On ne discute pas les ordres ! » Combien de fois

avaient-ils entendu cette phrase ? Des milliers, sans doute…

Bien entendu, elle témoignait d'un certain bon sens. Mais quand le chef se trompait, la moitié de l'armée pouvait y laisser la vie.

Dès qu'il fut sur place, le colonel convoqua ses officiers.

— Les plans ont changé, messires, annonça-t-il. Désormais, plus question de jeter des rochers sur le toit des cléricaux. Notre glorieux chef veut que nous les aidions à monter jusqu'ici. A partir de maintenant, faites rouler les rochers au lieu de les jeter. Et arrangez-vous pour qu'ils s'arrêtent devant la rampe, sans s'écraser dessus.

— C'est absurde, Padan, dit un des plus vieux officiers.

— Narasan veut qu'il en soit ainsi…

Le colonel hésita un instant, puis décida d'expliquer pourquoi le plan avait changé.

— Un allié inattendu est entré dans le jeu, dit-il. Misant sur la cupidité des cléricaux, ce fin stratège veut les forcer à attaquer les monstres. La mer d'or que certains d'entre vous connaissent est en réalité un appât mortel.

— J'ai failli perdre ma lucidité quand je l'ai vue, avoua un autre officier.

— Espérons que les cléricaux auront la même réaction. Le nouveau « plan génial » consiste à les aider à monter. Ensuite, nous partirons et les laisserons face aux monstres.

— Qui les empoisonneront avec leur venin ?

— C'est l'idée générale, oui… Une extinction mutuelle.

— Tu ne parais pas très convaincu, Padan, dit le vétéran.

— Le règlement ne m'y oblige pas, mon vieux… Narasan accouche d'une idée et nous l'exécutons, voilà tout. Placez vos hommes une centaine de mètres à gauche et à droite de la rampe, et alimentez nos adversaires en matériau de construction. Avec un peu de chance, ces idiots finiront par comprendre que nos blocs de pierre peuvent leur servir à accélérer le travail. (Padan marqua une courte pause.) Si certains rochers s'écrasent sur des crânes cléricaux, je n'en ferai pas un drame…

Les officiers n'eurent pas besoin d'un dessin…

Le lendemain, vers midi, Lièvre vint délivrer un message à Padan.

— Devine quoi ? lança-t-il. Tu es convoqué à une réunion, près du geyser…

— Encore ! Nous n'avons pas assez discouru hier ?

— On ne me tient pas dans le secret des dieux, mais je crois que le frère aîné de Zelana veut en savoir plus sur l'Eglise d'Amar. (Lièvre regarda autour de lui pour s'assurer que personne n'écoutait.) A mon avis, ça a un rapport avec l'organisatrice des derniers événements. La mer d'or jaillie de nulle part a perturbé nos employeurs. Garde ça pour toi, mais je parie que ça dépasse leurs possibilités. Depuis qu'elle a vu le « miracle », la sœur aînée de Zelana saute partout comme un cabri.

— Une image amusante, Lièvre…

Le petit Maag haussa modestement les épaules. Puis il jeta un rapide coup d'œil dans le gouffre.

— Un sacré à-pic…, souffla-t-il.

— On peut le dire, oui…

— Les cléricaux ne seront pas là avant longtemps, j'en ai peur.

— C'est leur problème, et je m'en contrefiche ! A présent, allons perdre notre temps à bavasser.

— Si tu n'aimes pas le message, l'ami, ce n'est pas une raison pour engueuler le messager !

Le geyser qui alimentait la rivière Vash faisait un boucan d'enfer. Impressionné par la mystérieuse force qui propulsait l'eau dans les airs, Padan admettait volontiers que ce phénomène naturel ne manquait pas de beauté. Mais à la longue, on se lassait de ces éternelles giboulées printanières…

Par bonheur, Veltan avait choisi un lieu de réunion assez éloigné du geyser pour qu'on y soit au sec.

Tous les officiers trogites accompagnaient Narasan et Gunda.

— Qui tient la boutique, général ? demanda Padan.

— Les sergents…

— Alors, pour une fois, elle devrait tourner rond !

— Garde ce genre de réflexions pour toi, mon ami. Si on découvre un jour qui dirige vraiment l'armée, il faudra démissionner et nous trouver un travail honnête.

— Que se passe-t-il, Narasan ? Nous avons oublié un sujet inepte, hier ?

Le général regarda autour de lui et baissa la voix.

— Dahlaine veut en apprendre plus sur le culte d'Amar et les armées cléricales. Au Pays de Dhrall, la religion est d'une grande simplicité. Dans l'Empire, au contraire…

— Pourquoi m'as-tu convoqué ? Je suis ignare en la matière, et je compte bien le rester.

— Tu crois être le seul ? Tu sais quoi ? On devrait refiler la corvée à Keselo !

— Bonne idée ! Contrairement à nous, ce garçon a reçu une excellente éducation…

— Messires, dit soudain Dahlaine, puis-je avoir votre attention ? Nos amis trogites étant des experts en matière de religion, ils auront sûrement l'obligeance d'éclairer notre lanterne au sujet du culte d'Amar.

Le maître du Nord riva un regard inquisiteur sur Narasan.

— Seigneur Dahlaine, les subtilités de l'Eglise m'échappent totalement. Mais le jeune Keselo, qui fréquenta l'université de Kaldacin, saura répondre à vos questions. Pour être honnête, seigneur, je n'estime pas l'Eglise, et encore moins les crétins arrogants qui président à son ignoble destinée. Keselo, parle à nos amis de la religion qui a contaminé l'Empire et qui le conduira à sa perte.

— A vos ordres, général… (L'air troublé, le jeune officier chercha un moment ses mots.) Seigneur Dahlaine, l'Eglise d'Amar n'a pas grand-chose pour plaire. Personne ne conteste qu'elle fut jadis pure et bienveillante. Mais aujourd'hui c'est un nid de serpents où règne la corruption.

— Quelle est son origine ? demanda le maître du Nord.

— Nul ne le sait vraiment, seigneur. Dans un lointain passé, un saint homme nommé Amar – dont l'existence reste douteuse – vint séjourner à Kaldacin. A l'époque, ce n'était qu'un petit village… Amar parla aux habitants de vérité, de charité et de morale. Au début, personne ne l'écouta. Puis des rumeurs commencèrent à courir… Bien entendu, elles ne furent jamais confirmées.

— Quelles rumeurs ? demanda Dahlaine.

— Des gens prétendaient l'avoir vu voler comme un oiseau.

— C'est ridicule ! s'exclama Gunda.

— Pas tant que ça, intervint Barbe-Rouge. Quand elle est décidée, dame Zelana peut planer dans les cieux comme un aigle.

— Mauvaise image, mon ami, corrigea la maîtresse de l'Ouest. Je n'ai pas besoin d'ailes ! Mais continue, Keselo…

— A vos ordres, ma dame… Je suis convaincu que ces vieilles histoires sont les inventions des premiers fidèles d'Amar. Afin de convaincre les incrédules, si vous voyez ce que je veux dire… Au fil du temps, ces affabulations prirent de l'ampleur. On prétendit qu'Amar pouvait rester sous l'eau plusieurs jours de suite. Puis qu'il traversait les murs sans y laisser l'ombre d'un trou. Enfin, on parla de montagnes déplacées, d'océans gelés et d'autres absurdités. A mesure que l'Eglise prenait de l'importance, les récits devenaient de plus en plus délirants, et les nouveaux convertis les gobaient sans discuter. Selon moi, la manœuvre visait à les persuader que rien n'était impossible pour le grand Amar. Une fois le saint homme transformé en mythe, de nouveaux fidèles intégraient chaque jour le culte.

— Où est censé être ce fabuleux personnage ? demanda Dahlaine.

— L'Eglise entretient savamment le mystère, seigneur. Aux dernières nouvelles, il aurait quitté le monde pour sillonner l'espace et apporter la bonne parole aux étoiles.

— J'ai essayé ce coup-là, dit Veltan. Elles n'ont pas daigné me prêter l'oreille…

Keselo sursauta et dévisagea le maître du Sud.

— C'est une vieille histoire, jeune homme, expliqua Zelana. Veltan ayant insulté Notre Mère l'Eau, elle l'a exilé sur la lune pour lui apprendre les bonnes manières.

— Je l'avais taquinée, c'est tout !

— Nous nous éloignons du sujet, grogna Dahlaine. Un peu de discipline, je vous prie ! Keselo, si j'ai bien compris, l'Eglise d'Amar, au début, visait à réconforter les gens. Pourquoi a-t-elle si mal tourné ?

— Seigneur, je suis incapable de préciser le moment – ou les circonstances – de ce changement. Mais je suppose qu'il fut graduel. Les premiers prêtres, très pauvres, dépendaient de la charité de leurs ouailles. Au fil des décennies, les dons sont devenus obligatoires, et le clergé a découvert la cupidité. Nous en sommes toujours là : les hauts prélats possèdent la moitié de l'Empire, mais ils en veulent toujours plus. Une vieille plaisanterie prétend qu'intégrer le clergé, pour un voleur, est le meilleur moyen de réussir sa carrière sans risquer la prison.

— C'est sûrement pour ça que Jalkan y est entré, dit Gunda.

— Bien vu, mon ami ! approuva Padan.

— Le colonel Gunda a tout compris, fit Keselo avec un petit sourire. Le clergé amarite est ainsi, et ce n'est pas près de changer. Mais Jalkan, aussi tordu soit-il, reste un amateur comparé aux pontes de l'Eglise. L'avidité de ces hommes n'a pas de limites. Ils pensent que l'univers entier leur appartient, y compris les êtres humains.

— Nous voilà face au problème de l'esclavage, Dahlaine, lâcha Narasan, sinistre.

— J'allais aborder la question, dit le maître du Nord. Keselo, l'esclavage était-il un des fondements de la doctrine amarite ?

— Absolument pas ! Les premiers croyants le tenaient pour une abomination.

— Dans ce cas, dit Padan, ce salaud de Jalkan et ses complices se sont fichtrement écartés du droit chemin !

— On pourrait s'en occuper, proposa Sorgan. (Il eut un sourire mauvais.) J'adore remettre les gens sur la bonne voie – surtout à grands coups de pied dans les fesses !

— C'est aux Trogites de s'en charger, Bec-Crochu, rappela Narasan.

— Vous serez trop occupés avec les monstres. Je me charge de *réhabiliter* les cléricaux. C'est un sale boulot, mais il faut bien que quelqu'un le fasse.

— Ces imbéciles croient vraiment qu'on peut posséder une personne ? demanda Dahlaine.

— J'ai peur que oui, seigneur. Cela dit, l'Eglise garde rarement les esclaves. Elle les cède à des marchands de chair humaine, qui les revendent à de gros propriétaires terriens trop distingués pour travailler. De temps en temps, un empereur plus compatissant que les autres décide d'abolir l'esclavage. Hélas, il ne survit jamais assez longtemps pour réussir. Quand l'Eglise ne le fait pas tuer, les riches fermiers s'en occupent… L'esclavage est une fabuleuse source de profits. Ceux qui en vivent ne se laissent pas mettre des bâtons dans les roues.

— Mes amis, je crains que nous n'ayons un problème, dit Dahlaine. Si les prélats sont corrompus, leurs soldats doivent l'être aussi. Comment nous fier à des gens pareils ?

— Qui a parlé de leur faire confiance, mon frère ? demanda Zelana. Une inconnue très sympathique a résolu la question en transformant un désert en mer d'or !

— Foutaises ! s'exclama Aracia. Personne ne peut réussir un exploit pareil. J'en mettrais ma main droite à couper…

— Alors, entraîne-toi à utiliser la gauche. J'ignore comment, mais notre mystérieuse alliée l'a fait – et pour nous aider, qui plus est !

Aracia foudroya sa sœur du regard. Puis elle se détourna et s'éloigna à grandes enjambées.

— Quel est son problème, dame Zelana ? demanda Sorgan.

— Quelqu'un a plus de pouvoir qu'elle, et elle ne supporte pas cette idée. De plus, la description de Keselo l'a bouleversée. Son Domaine grouille d'obèses paresseux qui passent leur temps à vanter sa beauté et sa toute-puissance. Ma sœur adore ça, mais elle se demande si ses prêtres la flattent pour conserver leur position et continuer à se prélasser. Bref, la Sainte Eglise d'Aracia ressemble au culte d'Amar, et ça la perturbe.

— La vénérer ainsi n'est pas un peu débile ? avança Sorgan.

— Un adjectif adapté, convint Zelana. Qu'en penses-tu, Dahlaine ?

— Le plus grand bien, même si je ne l'utiliserais pas devant notre sœur… Revenons à nos moutons, les amis. Si les cléricaux sont là pour nous aider, même à leur corps défendant, nous devrions leur donner un coup de main. Padan, où en est leur rampe ?

— Ils avancent plus vite grâce aux rochers que nous leur fournissons. Mais il leur reste du pain sur la planche. De plus, la rampe n'est pas assez large. Trois mètres ne suffiront pas à faire monter une force assez importante pour affronter les monstres.

— Il y a pire, intervint Torl. Dès que les premiers idiots découvriront la mer d'or, ils dévaleront la pente. S'ils déboulent dans les Terres Ravagées par petits groupes, les serviteurs du Vlagh n'en feront qu'une bouchée.

— C'est là que nous intervenons, cousin, dit Sorgan. Les tranchées que nous allons creuser les ralentiront assez pour que leurs copains les rattrapent.

— As-tu enfin reconnu la personne qui te parle la nuit ? demanda soudain Dahlaine à Arc-Long.

— Je suis sûr d'avoir déjà entendu cette voix. Mais impossible de mettre un nom dessus…

— Cette femme tente de te cacher son identité, dit le maître du Nord. Donc, on peut supposer que tu la connais, et nous aussi. S'est-elle montrée à toi, même brièvement ?

— Jamais, répondit le Dhrall. Son langage a quelque chose d'archaïque, comme si elle appartenait à un lointain passé.

— Il s'agit sûrement d'une composante de sa stratégie de dissimulation, avança Dahlaine. Pour l'heure, ce n'est pas très important. Cette inconnue a abusé un demi-million de Trogites qui volent à notre secours sans le savoir. Nous découvrirons son identité plus tard ! En attendant, assistons-la de notre mieux. Si tout se passe bien, elle aura tout simplement gagné la guerre à notre place !

Le lendemain matin, debout au bord des chutes, Padan regardait ses hommes faire rouler des rochers vers la rampe des cléricaux. Faute de munitions, les soldats avaient dû s'engager sur la pente et ils étaient à présent une bonne dizaine de mètres en contrebas.

— Nous n'aurons bientôt plus de blocs de pierre, marmonna le colonel. (Il jeta un rapide coup d'œil à l'ouvrage des « envahisseurs ».) Ils roupillent, ou quoi ? A ce rythme, ils ne sont pas près d'arriver ! (Il regarda autour de lui.) Sergent Marpek, viens un peu par ici !

Bâti en force, le sous-officier était un des meilleurs experts en génie civil de l'armée du général Narasan.

— Il y a un problème, messire ? demanda-t-il en accourant.

— Je rêve, ou ces crétins, en bas, se tournent les pouces ?

Marpek regarda à son tour les cléricaux.

— Ils travaillent toujours aussi dur, colonel. J'admets qu'ils ne sont pas bien malins, mais ils n'ont pas les côtes en long.

— Ils ont à peine avancé d'un mètre ! Ça ne t'étonne pas ?

— Messire, c'est le contraire qui me surprendrait.

— Tu peux m'expliquer pourquoi ? Avec des mots simples, si possible. N'oublie pas que le jargon des techniciens me dépasse.

— Ils ont besoin de plus de matériau. A mesure qu'ils montent, il leur faut davantage de rochers, de cailloux et de terre. Sur un terrain plat, le travail progresserait à une allure régulière. Mais la pente est d'environ trente pour cent. Chaque jour, avancer devient plus difficile, car la *hauteur* de la rampe doit être plus importante. Vous me suivez ? (Le sergent porta une main devant ses yeux, le pouce et l'index écartés lui fournissant l'équivalent d'un cadre.) Il leur reste une sacrée distance à parcourir, colonel. Je n'avais pas encore fait le calcul mais, de tête, je dirais qu'ils en ont encore pour un bout de temps.

— Détaille-moi tes calculs, sergent…

— Avec une pente pareille, pour construire une rampe de trois mètres de large sur une hauteur de soixante, il faut environ soixante mille mètres cubes de rochers et de gravats divers…

— Soixante mille ?

— S'ils avaient prévu une voie d'accès plus raide, ce chiffre serait inférieur. Mais il est trop tard pour modifier cette donnée…

— Ils en auront jusqu'à la fin de l'été !

— Quelque chose comme ça, oui…

Un peu après midi, Sorgan, Torl et Lièvre vinrent rendre une petite visite à Padan.

— Pourquoi tires-tu cette tête, colonel ? demanda Bec-Crochu.

— J'ai du mal à digérer certains chiffres… Les conséquences d'une leçon d'arithmétique du genre à couper le souffle ! La notion de « mètre cube » vous dit quelque chose ?

— Un mètre multiplié par un mètre multiplié par un mètre ? avança Sorgan.

— Excellente réponse ! Hélas, ce n'est pas tout. Parce qu'il faut mettre soixante mille devant !

— De quoi parles-tu, Padan ? demanda Torl, agacé.

— De la quantité de rochers dont nos amis cléricaux ont besoin pour finir leur rampe.

— Comment as-tu obtenu ce chiffre ? s'étonna Sorgan.

— Le sergent Marpek me l'a jeté au visage. Et c'est le meilleur ingénieur de notre armée.

— Tu devrais demander à quelqu'un d'autre, conseilla Sorgan. Ça ne semble pas possible.

— Tu te trompes, cousin, dit Torl. Plus la rampe monte, plus elle doit être haute…

— Et si on leur fournissait des troncs d'arbres au lieu de rochers ? proposa Lièvre.

— Je ne vois pas la différence…, lâcha Torl.

— Tu as déjà vu des constructions sur pilotis ? Avec ce genre de système, pas besoin de tonnes de pierres. Evidemment, on ne pourra plus parler de « rampe », s'ils procèdent comme ça. Vous avez quelque chose contre le mot « pont » ?

2

— L'idée est excellente, colonel, dit le sergent Marpek. L'ennui, c'est que nous n'avons pas assez de haches et de scies. Sur les pentes, les arbres ne manquent pas, et nous disposons de la main-d'œuvre requise. Mais avec quoi travailleront nos soldats ?

— Une idée de génie ? demanda Padan à Lièvre.

— Sans ma forge et mon enclume, je ne peux rien faire. (Le petit pirate hésita un instant.) Cela dit, tes hommes pourraient couper les arbres avec leurs épées.

— Quel infâme blasphème ! s'écria Padan, feignant à merveille l'indignation.

— J'ai de très bonnes pierres à poncer, colonel, ajouta le Maag. Après le travail, tes soldats raffûteront leurs précieuses lames. Et si les utiliser ainsi les choque trop, ils n'ont qu'à essayer avec leurs dents.

— Pardon ?

— Les castors le font tout le temps, insista Lièvre avec un grand sourire. Et ça aurait un avantage non négligeable…

— Lequel ?

— S'ils mordent du bois toute la journée, tes hommes auront trop mal aux mâchoires pour manger, le soir venu. Imagine les économies que tu feras !

Les fiers Trogites s'indignèrent quand Padan leur ordonna de jouer aux bûcherons avec leurs épées. Magnanime, le colonel leur offrit un choix qui les calma aussitôt.

— Si ça ne vous plaît pas, allez rejoindre le général. Je suis sûr que débiter des carapaces de tortues est beaucoup plus amusant que d'élaguer une pente...

Les soldats trouvèrent très vite le meilleur moyen de livrer aux cléricaux leurs billots de bois. Les jetant dans la rivière, ils laissèrent aux chutes le soin de les faire parvenir à leurs destinataires.

Les imbéciles *amarisés* mirent un certain temps à penser à une passerelle sur pilotis. Et leur premier essai, très branlant, n'eut rien d'encourageant.

— Si ces amateurs continuent à empiler les troncs les uns sur les autres, prédit Marpek, leur pont s'écroulera, et il y aura beaucoup de morts.

— Ce serait un drame affreux ! lança Sorgan avec une belle hypocrisie.

Pourtant connu pour son imperméabilité à l'humour, le sergent éclata de rire.

A force de mépriser les règles fondamentales du génie civil – histoire d'aller plus vite –, les cléricaux connurent diverses avanies au cours des quelques jours suivants. D'abord amusé par leur stupidité, Padan trouva vite énervants les cris des soldats qui tombaient dans le vide puis s'écrasaient sur les rochers.

Abandonnant ses hommes, qui creusaient des tranchées et érigeaient des barricades en amont de la rivière, Sorgan Bec-Crochu vint constater de visu les « progrès » des glorieuses troupes d'Amar. Au moment où il arriva, un énième embryon de pont venait de s'écrouler.

— Combien de fois est-ce arrivé, Padan ? demanda le capitaine des pirates.

— J'ai peur d'avoir perdu le compte… Lièvre, c'est la sixième ou la septième catastrophe ?

— La septième…

— Ces abrutis perdent leur temps ! s'écria Sorgan. Nous devrions arrêter de leur envoyer des billots, et construire ce fichu truc à leur place. Quand vont-ils comprendre qu'il leur faut abaisser la partie inférieure du pont, pour qu'elle corresponde à l'extrémité supérieure de la rampe ? Bon sang, un enfant de six ans aurait cette idée !

— S'ils continuent aussi brillamment, nous devrons effectivement retrousser nos manches… Comment avancent tes tranchées et tes barricades ?

— Les trois premières lignes sont terminées. A part la décoration…

— Pardon ?

— C'est une idée de Bovin, et je la trouve excellente.

— Accouche, Sorgan !

— Nous reprenons le principe des pieux empoisonnés… Au fond, le but est de ralentir les cléricaux, non ? Quand quelques-uns seront tombés raides morts, les autres avanceront plus prudemment. Idem pour ceux qui débouleront plus tard du pont – s'ils y arrivent un jour ! Quand on voit les cadavres de ses frères d'armes joncher le sol, ça coupe l'envie de courir tête baissée. Grâce à ma petite stratégie, toute l'armée cléricale aura atteint le sommet avant que les premiers crétins n'aperçoivent la mer d'or. A ce moment-là, nous irons avertir Narasan, puis nous filerons vers l'ouest sans demander notre reste.

— Un plan brillant, fit Padan, sincèrement admiratif. Mais ne voulais-tu pas dire filer vers l'« est » ? Le passage de Nanton est dans cette direction…

— Je sais, mais la rivière coule sur le flanc oriental des tranchées. Même un bon nageur comme moi ne se frotterait pas à un courant aussi rapide. Surtout avec le risque d'être entraîné vers les chutes.

— Je vois très bien ce que tu veux dire…

Peu après l'aube, le lendemain, Narasan vint à son tour rendre visite à Padan. A peine réveillé, le colonel, agenouillé près de la rivière, s'aspergeait le visage d'eau glacée pour s'éclaircir les idées.

— Je croyais que tu avais renoncé à la bouteille depuis longtemps, mon ami ? dit le général.

— Tu crois que j'ai la gueule de bois ? Erreur... Je tiens simplement à avoir l'esprit vif.

— Une gageure pour un militaire, mon ami, badina Narasan. Comment s'en sortent les cléricaux ?

— Un peu mieux... Au début, trop pressés d'envahir le pays où l'or se ramasse à la pelle, ils s'en sont pris quelques-unes, de pelles, justement... Leurs dix premiers essais auraient fait mourir de rire un bébé de six mois. Après quelques chutes spectaculaires de soldats, de prêtres et de Régulateurs, ces gentilshommes sont revenus à la raison. Depuis qu'ils ont renoncé à solidariser l'ouvrage avec des bouts de ficelle, il y a beaucoup moins de bouillie de Trogites au pied de la falaise. Evidemment, ça leur a remonté le moral...

« Leur dernier pont – encore inachevé – semble assez solide pour supporter le poids de mille hommes. Celui-là doit avoir des entretoises tous les vingt centimètres, je parie !

— Et quand pourront-ils l'inaugurer ?

— Dans deux jours, au maximum. Je les vois déjà se ruer vers le nord en criant : « De l'or, de l'or, de l'or ! » Jusqu'à ce qu'ils tombent sur les tranchées garnies de pieux de Sorgan !

— Il m'a exposé cette brillante idée lorsque je suis passé par son camp. Quand il s'y met, ce type est d'un machiavélisme époustouflant.

— Et d'une efficacité rare ! Avec les pieux empoisonnés plantés au fond des tranchées, nous sommes quasiment sûrs que tous les cléricaux atteindront le mur de Gunda en même temps. Que demander de plus ?

— Rien, mais je vais devoir modifier mon plan original. Reculer d'une ligne de barricades chaque nuit ne laissera pas le temps aux crétins d'Amar d'atteindre le champ de bataille. Ralentis par Sorgan, ils seront plus nombreux face aux monstres, mais le trajet jusqu'au mur aura été plus long. Nos hommes devront tenir chaque ligne deux jours au lieu d'un.

— C'est toi le chef, mon vieux, fit Padan.

— Je ne sais pas si ça suffira, dit Narasan en regardant vers le nord. Et ça m'inquiète un peu…

— Désolé, mais je ne te suis pas…

— A l'endroit où les cléricaux arriveront, des murailles rocheuses empêchent de voir la mer d'or. Il y a un peu de sable jaune sur ces rochers, mais je crains que ça ne soit limite, comme incitation…

— Si l'histoire de Torl est vraie, les glorieux déserteurs d'Amar n'auront pas besoin d'en voir plus. L'important, c'est ce qu'ils découvriront de l'autre côté du mur de Gunda. Là, il faut qu'ils oublient tout sens commun et se précipitent vers les Terres Ravagées sans se soucier des monstres qui les y attendent. La guerre se jouera à ce moment-là, mon ami.

— Alors, espérons que la cupidité prendra le pas sur la logique. Sinon, nous aurons fait tout ça pour rien.

TANT DE VOIX…

1

En poste derrière la huitième ligne de barricades, sur la pente, Andar de Kaldacin fulminait. Au Pays de Dhrall, il ne cessait de rencontrer des créatures absurdement monstrueuses. Glorieux vétéran de plusieurs conflits, toujours sous les ordres de Narasan, il n'avait jusque-là affronté que des *humains*.

Dans le canyon, Gunda et Padan avaient eu le temps de s'habituer aux particularités de leurs adversaires. Resté à Castano, où il commandait le gros de l'armée, Andar n'en avait pas eu l'occasion. Flatté par la confiance que lui témoignait le général, il s'était pourtant désolé d'être une nouvelle fois tenu à l'écart de l'action.

Narasan lui faisait toujours ce coup-là. Etait-ce parce que le père d'Andar ne logeait pas dans le même bâtiment que le sien, à l'époque où tous les cadres actuels de l'armée portaient encore des culottes courtes ? Le général s'appuyait immanquablement sur Gunda et Padan, ses amis d'enfance. A l'évidence, ce n'était pas une question de compétences, mais d'amitié…

A contrecœur, Andar dut admettre que c'était normal : s'il devait un jour diriger l'armée, il se fierait surtout à Danal, son compagnon de jeunesse.

A l'est, les premiers rayons de soleil coloraient de rose les rares nuages qui dérivaient dans un ciel radieux.

— Du mouvement chez les monstres ? demanda Danal en rejoignant son ami.

— Rien à signaler pour l'instant.

— Au moins, ici, nous ne risquons pas d'être piégés par les terriers qui nous ont coûté si cher dans le canyon.

— Je n'ai jamais vraiment compris ce qui vous est arrivé, avoua Andar.

— C'est le genre de choses dont on n'aime pas parler… Les monstres prévoyaient leur attaque depuis longtemps, et ils avaient foré des tunnels qui débouchaient sur les flancs du canyon. Sans le savoir, nous sommes allés construire de superbes fortifications à l'entrée de ce même canyon, afin d'interdire une attaque massive. Les serviteurs du Vlagh ont lancé un assaut de diversion pendant que le gros de leurs forces rampait sous terre pour nous prendre à revers. Bref, ils nous ont coupé la retraite.

— Tout ça reste obscur dans mon esprit… Comment des insectes, ou même des serpents, ont-ils pu creuser la roche ?

— Ils l'ont grignotée, mon vieux, pas forée ! D'après les indigènes, le Vlagh préparait cette invasion depuis des siècles.

— Les insectes n'ont pas une aussi longue espérance de vie, mon ami…

— Nous ne sommes plus dans le monde normal, Andar. Ici, tout est possible. Une crue et deux volcans nous ont aidés à Lattash. Ces choses-là n'arrivent pas ailleurs qu'au Pays de Dhrall.

A la lueur de plus en plus vive de l'aube, Andar sonda la pente.

— On dirait qu'il y a eu du changement, Danal, annonça-t-il.

— Sans blague ?

— Les monstres ne retournent plus dans le désert après le coucher du soleil. Je crois qu'ils ont établi un camp sur les deux premières lignes de barricades. Mais le Vlagh, lui, est toujours à l'arrière. Il a beuglé pendant que ses guerriers investissaient nos anciennes positions, et le cri venait toujours de très loin.

— Les monstres protègent le Vlagh par tous les moyens, dit Danal. C'est normal, si on y réfléchit. Tous les enfants ont le réflexe de défendre leur mère.

— Il me faudra un moment pour m'y faire, soupira Andar. C'est la première fois que je combats une armée dirigée par une femme.

— A Lattash, en attendant que la neige fonde, nous avons subi des cours magistraux sur les créatures des Terres Ravagées. Le vieux type maigrichon qui a formé Arc-Long nous a répété que presque tous les monstres sont de sexe féminin. Mais le Vlagh seul est en mesure de pondre. C'est aussi lui qui détermine les mutations en s'inspirant de ce qu'il voit dans la nature. Les insecto-reptiloïdes de Lattash étaient très petits. Après la déroute que nous leur avons infligée, Cap'tain Vlagh a jugé bon de revoir à la hausse la taille de ses sbires.

— Cap'tain ? s'étonna Andar.

— Les Maags appellent Sorgan comme ça. Trouvant ça drôle, tous nos jeunes soldats ont adopté le terme. Evidemment, ils l'utilisent à toutes les sauces et sous le moindre prétexte. Une affaire de mode. Quand ils en auront assez, ils feront joujou avec un nouveau mot.

— C'est le symptôme d'une maladie très répandue, mon ami. On l'appelle la « jeunesse ». L'avantage, c'est qu'on finit toujours par en guérir.

— Tu es d'un cynisme affolant, mon ami !

— Je sais… Parfois, je me demande si ce n'est pas dû à un autre mal, nommé la « vieillesse ». Hélas, celui-là est incurable.

Au début de l'après-midi, Arc-Long et une importante colonne de Dhralls vinrent se joindre aux Trogites qui défendaient les barricades. Cet événement illumina la journée du général Narasan. Malgré l'entraînement fourni par Barbe-Rouge, les archers impériaux ne brillaient toujours pas par leur précision. Et à ce qu'on disait, les indigènes rataient rarement leur cible.

— Les cléricaux ont fini le travail ? demanda Narasan à Arc-Long.

— C'est pour bientôt, général. Les tranchées et les barricades de Sorgan sont prêtes. Bref, tout est en place. Vu que nous ne savons pas quand arrivera la « relève », tu voudras sûrement t'en tenir à ton plan, et défendre chaque ligne pendant deux jours. Autant retarder les monstres jusqu'à ce que tous nos alliés involontaires soient à pied d'œuvre.

— Plusieurs variantes sont possibles, général, dit Andar. Si c'est nécessaire, nous resterons deux jours sur chaque barricade. Au cas où les cléricaux seraient plus rapides que prévu, il suffira de battre en retraite en sautant quelques lignes de défense.

— Très bonne idée, dit Narasan.

— Nos forces et les leurs doivent être parfaitement coordonnées. Considérant le manque d'organisation des cléricaux, nous ferions mieux de nous charger de cette partie du programme. Comme ils rêvent déjà à la manière de dépenser l'or qu'ils n'auront jamais, ces idiots n'y verront que du feu.

— J'aime la façon de raisonner de cet homme, dit Arc-Long avec un grand sourire.

— Moi aussi, maintenant que tu le mentionnes, fit Narasan en regardant Andar d'un œil nouveau.

Au lever du soleil, comme toujours, le Vlagh lança son cri de guerre. Aussitôt, les monstres géants passèrent maladroitement à l'attaque. Les archers trogites auraient sans doute suffi à les contenir. Avec leurs tirs d'une précision diabolique, les Dhralls les contraignirent à battre en retraite en piétinant leurs camarades morts ou blessés.

— De la pure idiotie ! tempêta Andar, dégoûté.

— En fait, c'est dix fois pire que ça, corrigea Danal. Dans l'univers des insectes, le pire abruti de l'Empire serait un génie !

— Les tortues arrivent ! cria un soldat perché sur la barricade.

— Voilà qui est bizarre…, souffla Danal. Il n'y a pas de pieux empoisonnés, ce coup-ci. Je pensais que ces bestioles à carapace servaient uniquement à les briser.

— Elles sont insensibles à nos flèches, rappela Andar. Le Vlagh serait-il passé de la débilité profonde au crétinisme léger ? Va dire aux servants des catapultes d'ouvrir le feu. C'est le moment de faire aux monstres une nouvelle démonstration de pyrotechnie !

— A vos ordres, Cap'tain !

— Mon vieil ami, j'ai peur que tu ne passes trop de temps avec la bleusaille…

Un banc de nuages festonnant l'horizon occidental, le soleil brillait comme un diamant dans un ciel céruléen. En dépit de ses nombreux défauts, pensa Andar, le Pays de Dhrall était d'une beauté étourdissante. Si la civilisation avait ses avantages, on pouvait toujours rêver d'y respirer un air aussi léger et pur. Dans les rues de Kaldacin, certains jours, on voyait à peine à trois mètres.

L'astre diurne inondait toujours l'horizon de rouge quand Keselo vint porter un message de Narasan à Andar.

— Bonjour, colonel, dit-il. Le général suggère que vous reculiez jusqu'à la septième ligne de défense, cette nuit.

— Suggère ? s'étonna Andar.

— En fait, il l'exige. Comme ses ordres sont très abrupts, je les « fleuris » un peu en les transmettant.

— Ce garçon est le seul militaire au monde qui s'excuse avant de tuer un adversaire ! lança Danal.

— Je ne m'excuse pas ! se défendit Keselo. Mais pourquoi se dispenser d'être poli quand on peut faire autrement ?

— Et comment étripe-t-on courtoisement quelqu'un ?

— En le saluant d'abord avec son chapeau, répondit Keselo, sérieux comme un hiérarque.

— Un point pour lui ! lança Andar. Keselo, je voudrais une réponse honnête. Ici, la situation sera bientôt très compliquée. Tu crois que les hommes d'Omago sauront faire face, même s'ils ne saisissent pas toutes les subtilités de notre plan ?

— Omago a tout compris, et ses paysans lui obéissent sans sourciller.

— Ils sont plus disciplinés que des soldats de métier, dans ce cas. Comment ton ami réussit-il cet exploit ?

— Non sans raison, ses hommes pensent qu'il parle au nom de Veltan.

— Et ils ont peur de lui ?

— Pas le moins du monde ! Ici, nul ne craint Veltan, à part nos ennemis. (Keselo marqua une courte pause.) J'allais oublier, colonel… Comme d'habitude, la brume vous couvrira quand vous battrez en retraite. C'est la contribution de Zelana aux événements en cours…

— Tu devrais lui dire de ne pas épuiser ses réserves, fit Danal. J'ignore comment elle s'y prend, mais si elle tombe en panne de brouillard au moment où nous ficherons le camp, les cléricaux et les monstres nous verront, et ça pourrait être dangereux.

— Il n'y a aucun risque, répondit Keselo. Quand dame Zelana veut quelque chose, elle obtient satisfaction, même si ça paraît impossible.

— Puisqu'on parle d'impossibilité, qui – ou quoi – se chargera d'ouvrir une brèche dans le mur de Gunda ?

— Veltan, messire.

— Tout seul ?

— Je suppose que son éclair apprivoisé l'aidera.

— Comment peut-on domestiquer un éclair ?

— Je n'en sais rien... Mais je tiens d'une source hautement fiable que ce sympathique fils de la foudre a ouvert dans la barrière de glace le canal qui nous a permis de venir ici. Aussi solide que soit l'ouvrage de Gunda, je doute qu'il résiste à ce genre de pouvoir.

— Je ne me ferai jamais aux bizarreries de ce foutu pays, gémit Andar.

— Tu te poses trop de questions, mon vieux, dit Danal. Les miracles ne me gênent pas, tant qu'ils sont en notre faveur. S'ils passent dans le camp du Vlagh, je jure de signer ta pétition indignée...

Au crépuscule, les monstres reculèrent jusqu'aux deux premières barricades et le brouillard de Zelana se leva obligeamment.

Alors qu'il allait ordonner à ses hommes de se mettre en mouvement, Andar reçut la visite de son chef.

— Les catapultes sont très efficaces, dit le général, mais elles réduisent énormément notre collecte de venin. Si les cléricaux tardent beaucoup, nous aurons besoin de grandes quantités de poison pour contenir les serviteurs du Vlagh.

— Ce n'est pas un gros problème, répondit Andar. Les archers dhralls peuvent les empêcher d'approcher...

— Tu t'es adapté au Pays de Dhrall plus vite que moi, colonel, souligna Narasan. Au début de mon séjour, après avoir appris qui seraient nos ennemis, j'ai eu d'atroces cauchemars.

— J'ai un avantage sur toi, Narasan. Ce n'est pas moi

qui prends les décisions. Mon boulot consiste à exécuter tes ordres. En cas d'erreur, c'est toi qui seras en tort.

— Merci de me le rappeler...

— De rien, chef... (Andar sonda attentivement la pente.) Le brouillard est assez dense, je crois. Si tu retournais sur le mur pendant que mes gars reculent ? Je connais mon métier, et je n'aime pas qu'on me traîne dans les pattes.

— Eh bien, toutes mes excuses, *colonel !* grogna Narasan.

— J'envisagerai de les accepter, *général...* Reviens me voir quand je serai moins occupé.

Quelques heures avant l'aube, après avoir supervisé le déploiement des catapultes, Danal vint faire son rapport à Andar.

— Nous sommes prêts à repousser un nouvel assaut, fit-il. Que dirais-tu d'aller dormir un peu ? Je garderai la boutique...

— Je suis trop tendu pour fermer l'œil... En revanche, va dire aux hommes de se reposer un peu. Je doute que nous ayons grand-chose à redouter de la journée à venir, mais on ne sait jamais. Mieux vaut que nos soldats aient l'esprit et le corps vifs.

— Excellente initiative, dit Danal avant de s'enfoncer dans la brume.

Au matin, comme d'habitude, le petit soleil de Dahlaine s'éteignit et la brume de Zelana se dissipa. Andar se demanda un instant si ce brouillard n'était pas une pure illusion. Craignant de se flanquer une migraine s'il réfléchissait trop à ces choses-là, il préféra ne pas insister.

Quand le vrai soleil apparut à l'horizon, Danal revint se poster près d'Andar.

— C'est l'heure de se remettre au boulot, dit-il. Les

monstres dorment sûrement encore, mais ne prenons pas de risques…

— Dans le canyon, ils n'ont jamais attaqué de nuit ?

— Pas à ma connaissance… Selon moi, ces hybrides insecto-reptilo-je-ne-sais-quoi-oïdes y voient mal dans le noir. C'est pour ça que le Vlagh a créé les chauves-abeilles. Sans la lumière de Dahlaine, nous aurions eu de mauvaises surprises.

L'astre du jour sembla mettre une éternité à se lever, comme s'il était las de contempler l'incurable folie des monstres et des hommes. Quand il fut enfin visible, le hurlement du Vlagh annonça l'imminence d'un nouvel assaut désespéré.

— L'ennemi arrive ! cria un vieux sergent.

— J'ai ordonné aux archers de laisser approcher nos adversaires, dit Danal. Faisons-leur croire aussi longtemps que possible que nous tenons toujours la huitième ligne de défense. Plus ils sont perturbés, et mieux je les aime !

— Tu crois qu'on peut *perturber* un insecte ?

— Je n'en sais rien, mais c'est le moment de le découvrir.

Un peu plus tard, les serviteurs du Vlagh atteignirent la barricade abandonnée et errèrent comme des âmes en peine à la recherche d'un adversaire à mordre.

— Ils *sont* perturbés ! triompha Danal. Des soldats humains finiraient par comprendre que nous sommes partis. On parie qu'ils vont se mettre à mordre les rochers et la barricade ?

— Une idée idiote !

— Je n'en suis pas si sûr… Le Vlagh leur a ordonné de jouer des crocs, et comme il ne reste pas un soldat… Tu sais, ce serait une aubaine pour nous. S'ils se cassent les dents sur la roche, la guerre cessera faute de combattants.

— Je ne miserais pas ma solde là-dessus… Dès que le

Vlagh aura compris que nous sommes partis, il beuglera de nouveaux ordres. Et il paraît que les informations lui arrivent très vite.

Comme pour donner raison à Andar, un cri retentit et les monstres repartirent de l'avant.

— Archers en position de tir ! ordonna Danal.

Les Trogites et les Dhralls avancèrent et armèrent leurs arcs.

— Tirez ! lança Danal.

Une volée de flèches s'abattit sur les serviteurs du Vlagh, qui tombèrent comme des mouches.

Les survivants continuèrent d'avancer. Une deuxième salve les faucha presque tous.

Un autre cri, furieux, cette fois, lança la charge des tortues-araignées.

— Catapultes, prêtes à tirer ! cria Danal.

— Tu permets ? demanda Andar.

— Fais comme chez toi !

— Catapultes, feu à volonté !

Les projectiles enflammés décrivirent dans le ciel une ellipse très esthétique et s'abattirent sur les horreurs à huit pattes.

2

Lièvre ne pouvait s'empêcher de trouver cette guerre plus intéressante que la précédente. Sans le claironner sur tous les toits, il jugeait que l'apparition des cinq armées cléricales avait agréablement pimenté la sauce. Et les rêves d'Arc-Long étaient en quelque sorte la cerise sur le gâteau.

Zelana et sa fratrie avaient eu du mal à admettre que ces Trogites-là, habilement manipulés, venaient à leur secours sans le savoir. Depuis, les quatre maîtres du Pays de Dhrall faisaient la tête. A l'évidence, l'idée que la mystérieuse inconnue soit plus puissante qu'eux leur donnait de l'urticaire.

Le petit Maag désapprouvait cette réaction, qui frisait le ridicule. Quoi de plus stupide que de refuser une aide précieuse parce qu'elle heurte votre susceptibilité ?

L'ouvrage des cléricaux étant presque terminé, Padan ordonna à ses hommes de se replier dans la forêt, à l'ouest de la vallée.

— Inutile de montrer que nous sommes encore là, dit-il. Tant qu'ils feront ce que nous attendons d'eux, pourquoi leur traîner dans les pattes ?

D'un avis contraire, Barbe-Rouge déclara qu'il serait

judicieux de garder un œil sur leurs « cordiaux ennemis ». Les traits d'esprit du Dhrall énervaient parfois Lièvre. Mais si Arc-Long avait raison, cette expression était très bien trouvée.

Environ une semaine après que les cléricaux eurent commencé à bâtir leur pont, Lièvre rejoignit Barbe-Rouge et Torl, qui avaient pris position dans une poche de broussailles très denses, à la lisière nord des chutes.

L'après-midi touchait à sa fin et une douce brise s'était levée.

— Ils avancent ? demanda le petit pirate.

Torl se plaqua une main sur la bouche pour étouffer ses ricanements.

— Nos amis ont encore quelques problèmes avec la notion d'équilibre, répondit-il.

— Plaît-il ?

— Quand on pousse un tronc d'arbre de trente mètres de long au-dessus d'un gouffre qui en fait vingt-cinq, il a tendance à pencher vers l'avant après une quinzaine de mètres. Au-delà de vingt, il tombe dans le vide. Ces sombres crétins ont déjà expédié quatre troncs au pied des chutes, et ils se préparent à gaspiller le cinquième.

— Tu n'es pas sérieux ?

— Notre ami aurait du mal à l'être, face à tant de bêtise, dit Barbe-Rouge. Mais sa description est fidèle. Tôt ou tard, un de ces ânes bâtés comprendra qu'il faut lester le tronc – du côté de leur pont – pour qu'il ne bascule pas dans le gouffre.

— Vous trouvez peut-être ça drôle, mais nous voulons qu'ils arrivent ici, rappela Lièvre.

— Ils finiront par se débrouiller…, lâcha Torl.

— On dirait qu'un de ces ignares vient d'être touché par la grâce, annonça Barbe-Rouge. Il faudra sans doute que davantage de types s'asseyent au bout du tronc, mais ils sont sur la bonne voie.

— Utiliser des soldats comme contrepoids n'est pas une idée très brillante, souffla le petit Maag.

— Ils ne manquent pas d'hommes, dit Torl. A force de tâtonner, ils trouveront la solution.

Alors que quelques soldats en uniforme rouge poussaient le cinquième tronc, un grand nombre de leurs camarades s'assirent dessus pour l'équilibrer. Et cette fois, le miracle eut lieu.

— A votre avis, il leur a fallu combien de temps pour mettre en place ce tronc ? demanda Lièvre.

— Ils ont commencé à midi, je crois ? fit Torl en se tournant vers Barbe-Rouge.

— Et même un peu plus tôt…

— A deux troncs par jour, ils en auront pour un moment…

— Le premier est en position, dit Torl. Pour les autres, ça ira plus vite. (Il eut un sourire mauvais.) Si nous n'avions pas tant besoin des cléricaux, nous irions saboter leur travail, cette nuit. Vous imaginez les cris, demain matin ?

Constatant que la nuit tombait, les cléricaux retournèrent sur leur rampe et allumèrent des feux de camp.

— Assez d'espionnage pour aujourd'hui ! lança Torl. Allons voir ce qu'il y a à dîner.

— Pas encore…, souffla Barbe-Rouge. Je distingue des silhouettes au sommet des chutes.

— Comment ces hommes sont-ils arrivés là ? demanda Torl.

— Avec des cordes, avança Lièvre. Tout bien pesé, c'était une meilleure solution que la rampe.

— Regardons encore un peu, insista Barbe-Rouge. Ces types font très attention à n'être pas vus des autres…

— Ils portent des uniformes noirs, dit Lièvre. Je croyais que les cléricaux étaient en rouge…

— Ce sont des Régulateurs, expliqua Torl. J'en ai entendu parler sur la côte sud du Domaine. Ils font la police, et tout le monde en a peur, y compris les prêtres.

— Ils ont peut-être décidé de se mettre à leur compte, dit Lièvre. S'ils se dépêchent, ils atteindront la fausse mer d'or longtemps avant leurs petits copains.

— C'est possible, fit Torl, dubitatif.

— La solution de l'énigme est occupée à ramper sur le tronc ! annonça Barbe-Rouge.

Lièvre plissa les yeux et aperçut les ombres qui s'efforçaient d'atteindre le bord de la falaise. Quand ce fut fait, les cléricaux poussèrent la stupidité jusqu'à tenir une conférence au sommet.

— Maintenant, dit l'un d'eux, en route pour l'étendue d'or ! Nous remplirons quelques sacs, et nous reviendrons au camp avant qu'on ait remarqué notre absence.

— Il faudra bien cacher notre butin, souffla une autre voix. Si les prêtres nous prennent en flagrant délit, ils ordonneront aux Régulateurs de nous torturer à mort.

— Il est peut-être temps de nous débarrasser de ces foutus prêtres, dit le premier type. Et des Régulateurs, tant que nous y sommes !

— On ne peut pas tuer un membre du clergé !

— Qui a parlé de tuer ? Ces saints hommes savent sûrement voler, comme le grand Amar. Pour le vérifier, il suffira de les jeter dans le vide. Tous ceux qui s'écraseront sur les rochers seront des usurpateurs, et nous continuerons à vénérer les autres. S'il en reste…

Des rires étouffés saluèrent cette déclaration.

Puis les Régulateurs jaillirent des ombres et s'assurèrent à grands coups de massue de la docilité des déserteurs.

— Que faisons-nous d'eux, Konag ?

Le chef du groupe sourit sinistrement.

— Si on mettait leur sainteté à l'épreuve ? proposa-t-il.

— Là, je ne te suis plus…

— Tu devais être trop loin pour les entendre… Le jeu consiste à jeter un type dans le vide. S'il vole, sa sainteté est avérée. S'il s'écrabouille en bas, c'était un mécréant.

— On essaie avec tous ces chiens ?

— Quelle bonne idée !

Le lendemain, Lièvre décida de mettre la dernière touche à un travail entrepris depuis quelque temps. S'emparant de la branche recourbée coupée sur un frêne, dans la forêt, il continua à la tailler avec son couteau.

— Tu te fabriques un pipeau ? demanda Torl. Ne me dis pas que tu t'ennuies à ce point ?

— Pas du tout ! Mais je me suis avisé que je n'ai jamais tiré à l'arc. Plutôt bizarre, pour un type qui a fabriqué tant de pointes de flèches…

— Ce n'est pas un peu court, pour un arc ?

— S'il était aussi long que ceux des Dhralls, je devrais monter sur une échelle pour m'en servir.

— Je parie que nos ennemis fuiront en hurlant lorsqu'ils verront Arc-Long et Arc-Nabot se dresser sur leur chemin !

Le petit Maag n'apprécia pas la plaisanterie.

— Torl, quand j'aurai fini, il me faudra une cible pour m'entraîner. Si ça te dit, le boulot est à toi ! Comme je débuterai, tu ne risqueras pas grand-chose…

— Une autre fois, peut-être… Pour le moment, je suis trop pris.

— Si tu venais à t'ennuyer, n'hésite surtout pas. Je suis sûr que ça t'amuserait.

— Je garde cette possibilité à l'esprit, Lièvre…, fit Torl avant de s'éloigner, un peu troublé.

Quand il eut fini de tailler l'arc, Lièvre alla voir Barbe-Rouge et lui montra son œuvre.

— Qu'utilises-tu comme corde ? demanda-t-il.

— Du boyau séché… Certains archers se servent de

tendons d'animaux, mais j'aime moins. J'ai quelques cordes de rechange. Tu en veux une ?

— Et comment !

Le Dhrall prit l'arme et la plia doucement.

— La souplesse est parfaite… Tu devrais faire des merveilles avec.

— Ça, c'est une autre affaire… Pour le savoir, rien ne vaut la pratique.

Le petit Maag banda son arc, prit une poignée de flèches et s'enfonça seul dans la forêt. N'ayant jamais tiré de sa vie, il jugeait plus prudent de ne pas se ridiculiser en public.

Arc-Long lui avait souvent parlé du sentiment d'« unité » qui devait lier l'archer, son arme et sa cible. En chemin, il y repensa et retourna le concept dans tous les sens.

— Et si c'était ce que je ressens quand une pièce de métal chauffée dans ma forge a exactement la couleur voulue ?

Regardant autour de lui, le petit Maag repéra un cercle de mousse verte, sur un tronc d'arbre, à quinze mètres de sa position. Sans quitter des yeux sa cible, il encocha une flèche, arma l'arc et tira sans même viser.

Il faillit crier de surprise quand son projectile se planta au centre de la mousse.

— Je me sous-estimais…, murmura-t-il. Et voilà que je n'ai jamais manqué une cible de ma vie !

Intrigué, il tira une nouvelle fois. Sa deuxième flèche se planta à côté de la première. Après un troisième coup au but, il approcha de l'arbre pour voir de près le miracle.

Arc-Long lui-même n'aurait pas réussi un tir plus groupé.

— C'est impossible !

Soudain soupçonneux, Lièvre regarda autour de lui pour voir si Zelana n'était pas en train de lui jouer un de ses tours. Comprenant qu'il ne la repérerait pas, si c'était le cas, il renonça à la chercher.

Retirer les flèches ne fut pas facile, et il en cassa deux en essayant.

Toujours perplexe, il retourna au camp et cacha l'arc sous sa couverture.

— Je devrais garder cette histoire pour moi, souffla-t-il. De toute façon, personne ne me croira. Et un homme avisé ne rate jamais une bonne occasion de se taire…

— Les cléricaux ont presque fini, Padan, annonça Torl deux jours plus tard, alors que le soleil sombrait à l'horizon. Les Régulateurs font le sale travail pour nous. Sous leur surveillance, les soldats ne tentent plus de prendre de l'avance sur leurs camarades.

— Une bonne et une mauvaise nouvelle, fit le Trogite. Si la terreur peut dominer la cupidité, nous avons un problème…

— Nous devrions prévenir nos chefs, proposa le Maag. Si les Régulateurs empêchent les « débordements » que nous redoutions, Sorgan et Narasan voudront peut-être modifier leurs plans…

— Brillamment raisonné ! (Padan se tourna vers Lièvre.) Comment vont tes jambes, mon ami ?

— Assez bien pour courir… Tu veux que je me charge de délivrer le message ?

— Si ce n'est pas trop demander…

— Et même si c'est trop ! conclut abruptement Torl.

— Cousin, commenta Skell quand Lièvre eut fait son rapport, on dirait que les Régulateurs nous ont mis au chômage.

— Possible…, lâcha Sorgan, pas convaincu. Je préférerais que ces imbéciles courent tête baissée vers la mer d'or. S'ils ont le temps de réfléchir, ils tenteront peut-être d'aller se remplir les poches ailleurs que sur un terrain grouillant de monstres.

— Aucun risque, Cap'tain, affirma le petit Maag.

Quand nous sommes allés prélever un échantillon de sable, Arc-Long, Torl et moi avons vu que le désert redevient rouge sur les deux flancs du champ de bataille. Selon mon ami dhrall, sa visiteuse nocturne a placé l'appât à l'endroit où elle veut attirer les cléricaux.

— J'adorerais rencontrer cette dame, dit Skell. Nous lui devons un tombereau de remerciements, messires.

— Si son plan marche, rappela Sorgan. En cas d'échec, nous serons pris entre le marteau et l'enclume…

3

Peu après que les cléricaux eurent achevé le pont dont tout le monde faisait si grand cas, Aracia, Zelana, Veltan, Dahlaine et les enfants se réunirent près du geyser. A la profonde surprise de la reine Trenicia, leur unique but était de regarder dormir la petite Lillabeth. La fillette, aurait juré l'amazone, n'avait pas besoin d'un public pour se reposer. Pourtant, Aracia et les autres semblaient fascinés.

Trenicia de l'île d'Akala ne parvenait pas à s'habituer à toutes ces cultures dominées par les mâles. Chez elle, les hommes, à peine mieux considérés que des animaux de compagnie, passaient l'essentiel de leur temps à se pomponner. Et il leur arrivait même de se maquiller.

D'anciennes histoires – plus probablement des légendes – prétendaient que les mâles, dans un lointain passé, tenaient le haut du pavé et traitaient leurs compagnes comme des objets. Selon ces absurdes affabulations, tout changea quand une centaine de femmes, parties chercher du petit bois non loin d'une plage, aperçurent l'épave d'un grand bateau venu d'un pays inconnu. En l'explorant, elles découvrirent une importante quantité d'armes qui n'étaient visiblement *pas* en pierre.

Si ces femmes avaient été douces et dociles, l'histoire

d'Akala aurait évolué d'une autre façon. Comme elles n'avaient rien de tendres gazelles, elles retournèrent à la maison armées jusqu'aux dents, et entreprirent de démontrer à leurs seigneurs et maîtres que plusieurs millénaires de soumission finissaient par lasser les esprits les plus conciliants.

Les hommes en furent terrifiés. Du jour au lendemain, leurs épouses s'étaient transformées en sauvages rétives à tous les ordres et promptes à frapper dès qu'on les regardait de travers.

Les Akaliens décidèrent courageusement de fuir. Hélas, cela ne suffit pas, car leurs anciennes esclaves avaient soif de sang…

Certaine que ces récits étaient exagérés, Trenicia comprenait pourtant le comportement de ces révoltées. Car plier l'échine sous le joug des hommes n'avait rien de plaisant.

Alarmées par le massacre en cours, les anciennes de l'île, bardées de sagesse comme il convient, exhortèrent leurs jeunes sœurs à la raison. Si elles exterminaient les étalons, il n'y aurait plus d'enfants et l'île deviendrait vite un désert.

Leur enthousiasme douché, les premières amazones cessèrent d'étriper les mâles et les enfermèrent dans des enclos, comme du bétail. Puis elles les firent sortir un par un et les mirent en quelque sorte aux enchères. Tous ceux qui ne trouvèrent pas preneuse – parce qu'ils étaient vieux, laids ou mal vus de la gent féminine – furent abattus sur-le-champ.

Au fil du temps, la pratique de la sélection par la lame disparut de la culture akalienne. Mais les hommes continuèrent à croire qu'ils devaient être désirables pour survivre.

Occupés à se faire beaux, ils n'eurent plus le temps de travailler, et laissèrent aux femmes le soin de semer, de récolter, de cuisiner, de gouverner et de guerroyer.

Trenicia ne voyait aucun inconvénient à cette façon de vivre. En revanche, le fonctionnement des sociétés à domination masculine la dépassait…

Ne comprenant toujours pas pourquoi les dieux locaux et leurs gamins s'intéressaient au sommeil de Lillabeth, l'amazone décida d'interroger la petite Eleria, qui se tenait à l'écart des autres, une curieuse expression sur le visage.

— Pourquoi cette fascination pour Lillabeth ?

— Elle rêve, répondit Eleria. C'est notre fonction première. Nos songes provoquent des événements que nos protecteurs n'ont pas le droit de déclencher.

— Pourtant, ce sont vos aînés ?

— En un sens, oui… Mais on peut aussi affirmer le contraire.

— Quoi qu'il en soit, les dieux sont tout-puissants.

— Pas vraiment, puisqu'il leur est interdit de tuer.

— Même des ennemis acharnés à leur perte ? s'étonna Trenicia, outrée par ces stupides restrictions.

— Oui, et c'est pour ça que nous sommes là, sous l'apparence d'enfants. Avec nos songes, nous massacrons les monstres. Dans le Domaine de ma Vénérée, j'ai rêvé à une crue. Elle s'est produite et a noyé des milliers de serviteurs du Vlagh. Plus tard, Vash a réveillé deux volcans, et il y a eu encore plus de morts…

Sans cacher son étonnement, Trenicia regarda mieux Lillabeth et vit qu'un petit objet aux couleurs changeantes, un peu comme celles des flammes, lévitait au-dessus d'elle.

— Qu'est-ce que c'est ? demanda-t-elle en tendant un index.

— Son coquillage… Une haliotide, je crois. Il est très joli, mais moins que ma perle. Ces talismans influencent nos rêves. Ils sont la voix de Celle Qui Nous Guide. Elle s'en sert pour les orienter…

— Qui est cette femme ?

— Je ne sais pas trop, avoua Eleria. Mais je la connais depuis l'aube des temps. (La fillette eut un sourire mélancolique.) L'ennui, c'est que je ne me rappelle plus à quand ça remonte ! J'étais là, bien sûr, mais trop de millénaires ont passé pour en tenir le compte. A l'époque, nous étions tous très occupés.

— A quoi ?

— A créer un tas de choses, évidemment… Nos aînés avaient commencé depuis longtemps. Comme ils étaient épuisés, nous leur avons conseillé de se reposer et de nous transmettre le flambeau. Aujourd'hui, il faudra bientôt répéter l'opération. Ma Vénérée se comporte de plus en plus bizarrement… Dans quelque temps, elle devra dormir. Je m'occupe déjà de beaucoup de problèmes dans son dos, et ce n'est pas difficile, parce que je l'ai déjà fait par le passé. (Eleria regarda la fillette endormie.) Enalla ne tardera pas à se réveiller. Son rêve doit être en cours de réalisation, et il nous permettra de gagner cette guerre. (L'enfant retroussa les lèvres.) Je crois que Dakas l'a un peu aidée… Comme Vash l'a fait pour moi à Lattash.

— Avez-vous tous plusieurs noms ? Je croyais que la Rêveuse d'Aracia s'appelait Lillabeth.

— C'est ce que croit sa protectrice. Mais son vrai nom est Enalla.

— Dans ce cas, quel est le tien ?

— Balacenia, bien sûr… Quand Dahlaine a eu sa fameuse idée, il nous a donné des pseudonymes. C'était une partie de sa manipulation. L'autre consistait à nous ramener en enfance, pour que nos protecteurs ne nous reconnaissent pas.

— Lorsque Aracia est venue sur mon île, fit la reine, vexée, elle ne m'a rien dit de tout ça.

— Elle adore les cachotteries ! Parfois, elle énerve beaucoup Dahlaine. Il sait qu'elle sera l'aînée de la famille, dans leur prochain cycle, et cette idée ne lui dit rien qui vaille.

— Pourquoi me confies-tu tout ça ? Si c'est la vérité, tu devrais tout faire pour me garder dans l'ignorance.

— Nous ne sommes pas comme Aracia, chère reine. Depuis toujours, je pense que la transparence est plus efficace que la dissimulation. Bientôt, il sera vital pour toi de connaître la vérité. Alors, pour te mettre sur la bonne voie, je t'ai un peu poussée dans le dos. Plus tard, quand tu auras réfléchi, nous irons un peu plus loin sur ce chemin. (Eleria se tut et gratifia la reine d'un magnifique sourire d'enfant.) Tu verras, on s'amusera beaucoup !

Avec un enthousiasme un peu forcé, la fillette tapa joyeusement dans ses mains.

4

En poste à l'extrémité sud de la première tranchée, Sorgan, Skell et Bovin sondaient les ténèbres.

— Tu t'inquiètes trop, cousin, dit Skell. D'après ce que j'ai vu à Lattash, les Trogites n'aiment pas combattre après le coucher du soleil.

— Tu parles de véritables militaires, objecta Bec-Crochu. Si ce que raconte Torl est vrai, ceux-là ne sont plus des soldats, mais une meute en chasse. Rendus fous par la fièvre de l'or, ils sont capables de n'importe quoi.

— C'est bien vu, Cap'tain, dit Bovin. Mais s'ils n'ont pas fini leur pont, nous ferions aussi bien d'aller dormir.

— Ce n'est pas si simple, fit Sorgan. Padan a promis de nous prévenir dès que les cléricaux auront terminé. Si son messager ne connaît pas le chemin qui serpente entre les pieux, il mourra avant de nous avoir rejoints.

— Quelqu'un vient..., souffla Skell en désignant le sud.

— On dirait Lièvre, ajouta Bovin. En tout cas, la taille colle. Si c'est lui, il sait comment éviter les pieux.

— Je commençais à en avoir assez d'attendre..., soupira Sorgan, soulagé.

— Chef, c'est vous ? demanda la voix de Lièvre.

— Evidemment ! Tu t'attendais à rencontrer qui ? Le Vlagh ? Où en sont les choses ?

— Les cléricaux ont enfin terminé le travail, Cap'tain, annonça le petit Maag en sautant dans la tranchée. Mais les événements ne tournent pas comme prévu.

— Des problèmes en vue ? demanda Skell.

— Je n'en sais rien… Au début, tout se passait selon nos espérances. Les Trogites en uniforme rouge ont réussi à mettre un tronc en place sur la dernière partie de l'abîme. La nuit venue, une dizaine de petits malins sont montés au sommet des chutes, histoire de se remplir les poches avant leurs camarades.

— Nous savions que ça se passerait comme ça, rappela Bovin.

— Oui, mais les tricheurs sont tombés sur un os. Des types en uniforme noir les attendaient au sommet, qu'ils avaient dû atteindre en utilisant des cordes. Ils ont sauté sur les soldats. Après les avoir roués de coups, ils les ont jetés dans le vide. D'après Torl et Padan, ces policiers, appelés des Régulateurs, sont chargés d'assurer l'ordre dans l'armée. Et ils ont une méthode très simple : tuer tous ceux qui font mine de désobéir.

— De quelle profondeur est le gouffre ? demanda Sorgan.

— Au moins soixante mètres, Cap'tain. Après une dégringolade pareille, il ne doit pas rester grand-chose des cléricaux volants. (Le petit pirate marqua une pause.) Padan me charge de vous informer que le pont est fini. Des centaines de soldats en rouge débouleront bientôt sur vos positions. Le colonel et ses hommes me suivent à environ une heure. Padan aimerait que quelqu'un le guide à travers les pieux, afin de vous rejoindre plus vite.

— Nous lui enverrons un homme, dit Sorgan. A présent, tu devrais filer jusqu'au mur et répéter ton message à Narasan.

— Je le ferai, chef… Si quelqu'un me montre comment traverser les autres tranchées sans m'embrocher sur un pieu !

Un peu avant l'aube, Padan et Torl atteignirent la tranchée de Sorgan.

— Avant de partir vers le mur, dit Skell, Lièvre nous a dit ce qui se passait. Il n'a pas exagéré ? Ces Régulateurs sont aussi brutaux que ça ?

— Pire encore, mon frère ! répondit Torl. D'après Padan, ces sadiques en noir usent de la terreur pour imposer une discipline de fer aux soldats – et même aux prêtres. Un regard de travers ou un mot de trop, et les voilà qui sortent leurs massues ! Devant nos yeux, ils ont envoyé une dizaine de soldats s'écraser sur les rochers.

— Padan, notre ami Torl n'en rajouterait-il pas un peu ? demanda Sorgan.

— Hélas non, capitaine… Les Régulateurs sont exactement comme ça. L'Eglise ne pensant plus qu'à s'enrichir, elle se fiche de la morale ! (Padan plissa les yeux pour sonder l'obscurité, derrière la tranchée de Bec-Crochu.) Je suppose que la dernière défense, à l'est, est adossée à la rivière. Comment as-tu bloqué le flanc ouest ?

— Nous avons eu un coup de chance, répondit Sorgan. A l'ouest, une muraille rocheuse se dresse sur près de deux kilomètres. Avec de la détermination, il est possible de l'escalader, mais à condition d'avoir du temps devant soi. Pressés de s'emparer de l'or, les clé-ricaux refuseront de se laisser ralentir ainsi. Nos pieux empoisonnés sont très courts. Nous les avons recouverts de branchages, au fond des tranchées, pour ne pas gâcher la surprise à nos invités.

— Tu es sûr que les pointes traverseront les semelles de bottes impériales ?

— Ne compte pas sur moi pour aller essayer… Dans combien de temps les cléricaux arriveront-ils ?

— Pour que les cinq armées traversent le pont, il faudra deux jours et demi. Mais attendront-ils d'être tous au sommet, ou iront-ils de l'avant par bataillons ? Franchement, je ne saurais le dire…

Au matin, Sorgan et Padan se perchèrent sur la barricade érigée assez loin derrière la première tranchée. De là, ils virent que l'ennemi ne s'était pas encore mis en mouvement.

— Nous n'aurons pas de visite pour le moment, dit Bec-Crochu. Padan, tu es sûr que les cléricaux ne s'apercevront pas que les rubans jaunes sont des « panneaux indicateurs » ?

— Certain, répondit le Trogite. Gunda et moi étions gamins quand nous avons eu cette idée, et nous l'avons toujours gardée pour nous. Personne ne sait ce que ça veut dire.

— Et Jalkan ? Si j'ai bien compris, il est dans votre armée depuis longtemps. Et aujourd'hui, il se bat dans le camp adverse.

— Narasan, Gunda et moi n'avons jamais vendu la mèche. (Padan eut un petit sourire.) Pour être honnête, ce comportement est un peu enfantin. Mais c'est notre idée, et nous y tenons jalousement. Comment as-tu percé notre secret ?

— Narasan me l'a révélé – à contrecœur – quand tu es parti en éclaireur avec Skell et ses hommes. En te voyant nouer des morceaux de tissu aux buissons, mon cousin a dû croire que tu devenais cinglé !

— Voilà Arc-Long, dit Padan, les yeux tournés vers le nord. Et il semble que Lièvre lui montre le chemin.

— Parfait ! S'il arrivait malheur à son archer favori, dame Zelana m'écorcherait vif.

— Aucun signe de nos cordiaux ennemis ? demanda l'archer dhrall quand il eut atteint la tranchée.

— Pas encore, répondit Sorgan. Mais il est encore tôt… Lièvre, comment Narasan a-t-il réagi aux dernières nouvelles ?

— Il a dit qu'une fois n'était pas coutume…

— Pardon ?

— D'habitude, le général désapprouve tout ce qui se passe dans les armées cléricales. Là, il félicite les Régulateurs d'empêcher les soldats de courir vers l'or par petits groupes. Je crois qu'il a hâte de voir une bataille rangée entre nos envahisseurs et les monstres du Vlagh.

— Du Narasan tout craché ! s'exclama Sorgan. Pour être franc, je suis aussi pressé que lui de contempler ça !

— Cléricaux droit devant…, annonça Padan d'une voix presque ennuyée.

Bec-Crochu se tourna vers le sud.

— Voilà ce que j'appelle une armée, messires ! J'avais peur de voir débouler une bande de chercheurs d'or excités, mais les Régulateurs ont fait un travail admirable.

Au pas de course, les Trogites en rouge avalaient littéralement le terrain. Jusqu'à ce qu'ils atteignent le bord de la première tranchée de Sorgan… Perplexes, les hommes de tête sondèrent le large boyau profond de trois mètres, puis reculèrent vers les camarades qui les suivaient.

— Je crois remarquer un certain manque d'enthousiasme, dit Padan, ravi.

— Si on s'y prend mal, on peut se casser une jambe en tentant un saut pareil, souligna Sorgan. A leur place, je me méfierais aussi.

Un grand type mince et très laid, en uniforme noir, s'entretint brièvement avec d'autres gaillards pareillement vêtus. Puis ses subordonnés, s'il était bien le chef, vinrent se placer derrière les soldats hésitants et les firent tomber dans la tranchée.

— Efficace, constata Padan, mais peut-être un peu brutal… (De sa position dominante, il jeta un coup d'œil dans le boyau.) Combien de pieux avez-vous plantés au fond de ce trou, Sorgan ?

— Le sol en est tapissé…

— Le venin n'a rien perdu de sa puissance. Tous les cléricaux sont morts, là-dedans…

— C'était le but de la manœuvre, colonel. Maintenant qu'ils savent ce qui les attend, ils devront prendre le temps de déterrer prudemment tous les pieux. J'estime qu'il leur faudra deux jours et demi. D'ici là, deux fois plus de soldats attendront de traverser nos tranchées.

— Astucieux…, admit Padan. Encore trois ou quatre arrêts forcés, et les cinq armées seront massées les unes derrière les autres, impatientes d'aller s'emparer de l'or qui leur tend les bras.

Hélas, les choses ne se passèrent pas ainsi. Après une nouvelle concertation, le chef des Régulateurs cria quelques ordres. Ses hommes retournèrent parmi les soldats et les saisirent sans ménagement par le col.

Cette fois, ils ne se contentèrent pas de les pousser dans le vide. Ils les y jetèrent aussi loin que possible. Peu à peu, les cadavres s'entassèrent, obstruant une section de la tranchée.

Bientôt, les cléricaux traverseraient sur un tapis de morts.

— Bon, ça commence à bien faire ! s'écria Lièvre d'une voix étrangement ferme pour un homme d'habitude si effacé.

Il saisit le petit arc que Sorgan prenait pour un jouet et tira une flèche de son carquois.

— Tu veux tuer le chef des Régulateurs ? demanda Torl. A cette distance, c'est trop dur pour toi, Arc-Nabot…

— J'essaie quand même ! lança le petit Maag.

Il arma son arc, visa à peine et tira.

Le chef des Régulateurs observait avec une sinistre jubilation le massacre en cours quelques mètres devant lui. Avec une flèche plantée au milieu du front, il parut soudain moins ravi. Sa soudaine morosité ne dura pas, car il s'écroula sur le dos, ses yeux morts fixant le ciel.

— Comment as-tu fait ça ? s'exclama Sorgan.

— Cette arme s'appelle un « arc », et le projectile qui a traversé le cerveau du Trogite porte le joli nom de « flèche ». Quand on sait les combiner intelligemment, ces objets font des choses très méchantes à des gens pas très gentils…

— Ce n'était pas le sens de ma question, abruti ! grogna Bec-Crochu. (Il se tourna vers Arc-Long.) Tu lui as donné des cours en secret ?

— Non, capitaine. Il a peut-être appris en nous regardant tirer dans le canyon, mes archers et moi.

— C'est à peu près ça, chef, dit Lièvre.

— Mais tu as dû passer des heures à t'entraîner ! s'étonna Torl.

— Pas tellement… C'est inutile, quand on fait mouche à tous les coups. Tu aurais voulu que je m'exerce à rater ma cible, pour changer ? (Lièvre plissa comiquement le front.) Je pourrais m'apprendre à ne pas mettre dans le mille, mais ça risque d'être dur… Enfin, en insistant, je devrais y arriver !

Sur ces mots, le pirate miniature éclata de rire.

Malgré les affirmations de Lièvre, Sorgan aurait juré qu'Arc-Long lui avait transmis ses secrets.

— On s'inquiétera de ça plus tard…, marmonna-t-il.

— De quoi parles-tu ? demanda Padan.

— Je réfléchissais à voix haute… C'est fou ce qu'une seule flèche peut changer les choses !

— J'ai entendu parler du chef des Régulateurs – Konag,

si je me souviens bien. Même les hauts prélats ont peur de lui.

— *Avaient peur*, corrigea Sorgan. Raide mort, il ne fera plus trembler personne.

— C'est bien vu…, fit le colonel. On dirait que sa fin a donné du cœur au ventre aux soldats. Je me trompe, ou un des Régulateurs s'est fait transpercer le torse par une épée ?

— Quel malheur…, ironisa Sorgan.

— Un autre vient de subir le même sort… Nos cordiaux ennemis sont un peu nerveux, dirait-on.

— Ne t'en réjouis pas, Padan, conseilla Bec-Crochu. Si les soldats en rouge perdent la tête, ils massacreront tous les salopards en noir. Et nous serons revenus à la case : « Chacun pour soi et l'or est à moi. » Et si les cléricaux chargent en désordre, les monstres du Vlagh les massacreront.

— Tes pieux sont toujours là, Sorgan. Le temps qu'ils les déterrent, le gros de la troupe sera arrivé.

— Espérons…, souffla le capitaine.

Peu après midi, un éclair aveuglant déchira le ciel. Comme d'habitude, il fut suivi d'un roulement de tonnerre.

— Tu es obligé de faire ça, Veltan ? grogna Bec-Crochu.

— Mon éclair est plus rapide que le vent, Sorgan. Ne le vexe pas, je t'en prie ! J'ai trop besoin de lui.

— Que se passe-t-il, seigneur Veltan ? demanda Padan au frère de Zelana.

A force de politesse, pensa Sorgan, le colonel finissait par devenir mielleux.

— La Rêveuse d'Aracia va nous enlever plusieurs épines du pied, messires ! Si vous avez l'obligeance de regarder vers l'ouest, vous comprendrez ce que je veux dire.

Bec-Crochu obéit et vit un énorme nuage jaune voler au-dessus de la falaise.

— Qu'est-ce que c'est ?

— Une tempête de sable, capitaine. En haute mer, on ne doit pas en voir souvent…

— C'est très rare, convint Sorgan.

— Cette idée ne me paraît pas très bonne, seigneur Veltan, dit Padan. Cette tempête risque de propulser dans le vide les cléricaux qui sont toujours sur la rampe.

— Le cyclone survolera le haut plateau, colonel. Il ne balaiera pas la pente ! Les soldats parvenus au sommet devront s'abriter. Ceux qui grimpent ne s'apercevront de rien. (Le maître du Sud sourit.) Et il y a mieux !

— Vraiment ?

— Venue du sud-ouest, la tempête passera au-dessus du mur de Gunda, puis elle dévalera la pente qui conduit aux Terres Ravagées.

— Les serviteurs du Vlagh détesteront ça !

— Tu n'imagines pas à quel point, mon ami ! Les monstres devront se mettre à couvert. C'est encore plus important pour eux que pour les cléricaux. Cette sympathique tempête immobilisera tout notre petit monde, à part les renforts qui gravissent la rampe. Ils continueront à bouger, et personne d'autre ne le pourra !

— Nous non plus…, lâcha Sorgan, beaucoup moins enthousiaste que son interlocuteur.

— Ne me bouscule pas, capitaine ! Je n'ai pas trouvé la solution de ce problème mineur, mais ça ne saurait tarder, fais-moi confiance !

5

Keselo était au bord de l'épuisement. Les manœuvres nocturnes, à la faveur du brouillard de Zelana, avaient porté leurs fruits, et il ne contestait pas leur utilité. Mais l'accumulation de nuits blanches l'avait vidé de ses forces.

Les jambes flageolantes, il était posté au centre de la sixième ligne de défense, du côté « Terres Ravagées » de la muraille de Gunda.

— Tu devrais dormir un peu, lui conseilla Omago. Je monterai la garde, mais ne t'inquiète pas, l'aube pointe à peine et les monstres ne passeront pas à l'attaque avant un moment.

— Je ne pourrai pas fermer l'œil, répondit Keselo. A mon avis, l'assaut est imminent, et ça me rend nerveux.

Aussi étrange que ce fût pour des hommes issus de cultures si différentes, le Trogite et le Dhrall avaient développé une solide amitié. S'ils s'entendaient très bien, Keselo était souvent déconcerté par l'aptitude du fermier à produire de brillantes idées.

— Un nouvel éclair de génie, mon ami ? demanda-t-il.

— Rien de notable…, soupira Omago. Je dois être un peu fatigué.

— Nous en avons bavé, ces derniers temps… Andar est un très bon officier, mais il pousse un peu trop les hommes… Tiens, voilà qui me donne une idée ! Si nous lui chantions une berceuse, il s'endormirait et nous nous reposerions.

— Le général Narasan lui soufflerait dans les bronches, à son réveil !

— C'est probable ! Oublions ça, pour le moment… Si tu essayais de m'empêcher de tomber comme une masse ? Par exemple, en m'en disant plus sur Veltan ? Dans le canyon, je ne l'ai pas beaucoup côtoyé.

— Si ça t'amuse, nous pourrions en avoir jusqu'à demain matin. Quand j'étais gamin, Veltan passait beaucoup de temps dans le verger de mon père.

— Pour lui voler des pommes ?

— Non. Il venait au printemps, lorsque les arbres sont en fleurs. A cette période de l'année, c'est un spectacle magnifique. Veltan s'asseyait près de moi et nous parlions. En réalité, il tenait un monologue et j'écoutais, découvrant des épisodes de sa vie que seuls les humains de son Domaine connaissent.

— Sans blague ? Tu as des exemples ?

— Un jour, il a offensé Notre Mère l'Eau, et elle l'a exilé sur la lune.

Les paupières lourdes, Keselo avait fermé les yeux. De surprise, il les rouvrit, ronds comme des soucoupes.

— J'ai bien entendu ? Veltan est allé sur la lune ?

— Eh oui ! Notre Mère l'Eau était furieuse. Le pauvre Veltan a dû rester des milliers d'années là-haut. Mais la lune s'est jouée de lui. Comme elle appréciait sa compagnie, elle lui a fait croire que sa punition devait durer longtemps. En fait, il aurait pu revenir après un mois ou deux.

— Tu as trop d'imagination, Omago ! accusa Keselo.

— Je me contente de répéter les propos de Veltan. (Le fermier sourit.) On dirait que ça t'a réveillé, mon ami ! (Il regarda vers l'est.) Le soleil se lèvera bientôt. Si les monstres sont fidèles à leurs habitudes, ils ne devraient pas tarder…

— Ne réponds pas si ça t'embarrasse, dit Keselo, mais comment un fermier ordinaire comme toi a-t-il pu séduire une telle beauté ?

— Je n'ai rien séduit du tout… C'est Ara qui s'est chargée du boulot. Elle est passée dans mon verger pendant que je cueillais les pommes vertes surnuméraires pour donner de l'air aux autres. Mon travail l'intriguait. Elle m'a interrogé et je lui ai expliqué le principe. Après son départ, j'ai pensé à elle pendant des semaines. Puis elle est revenue me faire la déclaration la plus étonnante que j'aie entendue.

— Qu'a-t-elle dit, si tu n'as pas oublié ?

— Ces mots ne risquent pas de s'effacer de ma mémoire. « Je me nomme Ara, j'ai seize ans et je te veux. »

— Au moins, c'était direct…, commenta Keselo.

L'histoire d'Omago avait chassé sa fatigue. Aussi bizarre que ce fût, il se sentait vif et alerte.

— Keselo, puisque nous en sommes aux confidences, j'ai quelque chose à te dire. Ne te vexe pas, mais la vie militaire me pèse. Donner des ordres n'est pas dans mon tempérament, et je suis malade à l'idée de tuer des créatures qui ressemblent à des humains. Cela dit, Veltan compte sur moi, et je ne peux pas le laisser tomber. Mais si je fais trop d'erreurs, n'hésite pas à me secouer les puces.

— Tu t'en sors très bien, mon ami. Par exemple, en inventant la lance. Si mon professeur d'histoire ne racontait pas n'importe quoi, tu as parcouru en deux semaines un chemin qui a pris mille ans au reste de l'humanité.

Un peu gêné, Omago regarda de nouveau vers l'est.

— Le soleil se montre… Les choses sérieuses vont commencer.

Un cri familier monta des profondeurs des Terres Ravagées. Comme tous les matins, les monstres géants – mais certainement pas surdoués ! – se mirent en branle vers la position abandonnée la veille par les Trogites. Et une fois encore, ils furent stupéfaits de ne pas y trouver de défenseurs.

— Les insectes et les serpents ne sont pas très malins, hein ? fit Omago.

— Les pierres sont plus intelligentes…, répondit Keselo.

— Tu as un problème ? demanda le fermier en voyant que son jeune ami se prenait le pouls.

— Non, je compte… Si je ne me trompe pas, nous entendrons un nouveau cri dans cinquante-sept pulsations.

— De ton cœur… Le mien semble battre un peu plus vite.

L'ordre de continuer la charge ne tarda pas à retentir dans le désert.

— Cinquante-trois, annonça Keselo. Un des monstres doit être un peu moins abruti que les autres.

— Comment as-tu eu l'idée de compter ainsi ?

— On m'a appris ce truc pendant mes classes. Dans certaines situations, un bon minutage est essentiel. Ça marche moins bien quand on a couru, mais je n'ai plus bougé depuis l'aube. (Il désigna la barricade abandonnée.) Ils arrivent !

— Et ils s'arrêtent déjà ! ajouta Omago alors que les serviteurs du Vlagh se heurtaient à des pieux empoisonnés.

Keselo était soulagé que Narasan, annulant son ordre précédent, les ait autorisés à utiliser ce moyen d'éliminer les monstres. Si tout allait bien, avait argumenté Gunda, les cléricaux prendraient vite leur relève. Garder ses hommes en vie comptait plus à ses yeux que renouveler leur stock de venin.

— Cette fois, pronostiqua Keselo, l'information mettra plus longtemps à atteindre le Vlagh. Les pieux troublent les monstres, tu comprends…

— Et quand il sera averti, le Vlagh lancera les tortues-araignées sur les pieux ?

— Exactement. Dès qu'elles approcheront, les archers leur tireront dans les yeux, brisant leur assaut. (Keselo bâilla à s'en décrocher la mâchoire.) Ensuite, nous irons nous reposer.

— Et si les monstres attaquent de nouveau ?

— C'est peu probable… Ils ne l'ont jamais fait, et il leur faut longtemps pour modifier une tactique. Des mois ou des années, pour ce que j'en sais… Réveille-moi s'il y a du nouveau.

Le jeune officier alla s'allonger dans un coin confortable de la barricade et il s'endormit comme une masse.

Au début de l'après-midi, le colonel Danal le réveilla.

— Andar se demande si tu connais l'explication d'un phénomène très bizarre, dit-il.

— Quoi donc ? grogna le jeune Trogite en s'étirant.

— Jette un coup d'œil au mur de Gunda, en supposant que tu parviennes encore à le voir.

Keselo se leva et constata qu'un nuage jaune tourbillonnait devant la muraille.

— C'est une tempête de sable, colonel. Un phénomène très fréquent dans les régions désertiques.

— Tu devrais aller rassurer Andar. Un rien l'inquiète, ces derniers temps. Les bizarreries du Pays de Dhrall lui tapent sur les nerfs…

Keselo, Omago et Danal allèrent rejoindre leur chef.

— Le monde ne va pas s'ouvrir en deux ! annonça Danal. D'après Keselo, c'est un phénomène naturel.

— Puis-je avoir de plus amples explications, jeune homme ?

— C'est la première tempête de sable que je vois, messire. Dans les parties très arides du monde, où il y a peu d'arbres et de plantes, un vent puissant peut soulever le sable, ou la poussière, et le charrier sur des kilomètres. Quand les bourrasques cessent, tout retombe sur le sol.

— Et combien de temps durent ces tempêtes ?

— Tout dépend du vent, messire.

— Ce n'est pas très précis…

— Il en va toujours ainsi avec le climat. Dans ce domaine, nous ignorons encore beaucoup de choses. Bien sûr, nous savons qu'il fait chaud en été et froid en hiver. Mais à part ça… Dites quand même aux hommes de se couvrir le nez et la bouche. Respirer du sable n'est pas bon pour les poumons.

La tempête commençait déjà à dévaler la pente.

— Nous ne sommes pas les seuls que ça inquiète, dit Danal. Les monstres battent en retraite comme si une calamité fondait sur eux.

Le front plissé, Keselo fouilla dans ses souvenirs d'université. Et quelque chose lui revint.

— Ça doit avoir un lien avec la façon dont les insectes respirent.

— Il n'y a pourtant pas trente-six manières de le faire !

— Détrompez-vous, messire. Les insectes n'ont pas de nez. Ils respirent grâce à une série de trous, sur leurs flancs. Une tempête de sable ne gênerait pas des bestioles normales, parce que ces orifices sont minuscules. Ceux de nos adversaires géants doivent être en proportion. Donc, les grains peuvent les boucher. Et provoquer une mort par suffocation.

— Voilà qui me briserait le cœur ! lâcha Danal.

— Tu crois que cette tempête les tuera tous ? demanda Andar à Keselo.

— C'est peu probable… Les Terres Ravagées sont

un immense désert où ces phénomènes doivent être fréquents. Nos ennemis ont sûrement découvert des moyens de se protéger. S'enfouir sous terre, voire sous un tas de semblables morts. Leur fuite prouve qu'ils se sentent en danger et cherchent une protection.

Un cri terrible monta du désert et se répercuta à des kilomètres à la ronde.

— Le Vlagh peut-il faire autant de bruit tout seul ? demanda Omago.

— C'est possible, fit Keselo. Mais ce n'est sûrement pas le cas. Il a des hordes de rejetons prêts à tout pour défendre leur « mère ».

— Je ne m'habituerai jamais à combattre une femme, soupira Andar.

— Celle-là voudrait nous donner en pâture à ses petits, rappela Andar. Dans ce genre de cas, les lois de la galanterie ne s'appliquent plus. Regarde les choses en face, mon ami. Si le Vlagh t'invite un jour à dîner, tu figureras sur son menu !

LA MER INTÉRIEURE

1

Comme tous les autres, Veltan avait longtemps douté de la théorie d'Arc-Long. Penser que les cléricaux couraient à leur secours sans le savoir était tellement étrange…

L'apparition de la fausse mer d'or, puis l'hystérie collective des Trogites venus du Sud l'avaient convaincu que la visiteuse nocturne de l'archer dhrall disait la vérité.

A présent, le maître du Sud se demandait qui était leur mystérieuse alliée, et comment elle avait pu monter une machination aussi colossale. A l'évidence, elle avait des pouvoirs immensément supérieurs aux siens et à ceux de sa famille.

Pour l'heure, le dieu avait des préoccupations plus urgentes. Quand il le convoqua mentalement, son éclair, à sa grande surprise, ne bougonna pas et le rejoignit très vite.

— Tu es un bon garçon, mon petit. Nous devons aller voir des amis, sur les Chutes de Vash. (Veltan hésita un instant.) Ne le prends pas mal, mais pourrais-tu être un peu moins bruyant ?

Le fils de la foudre crépita de perplexité.

— Bon, ne te casse pas la tête pour ça… Le climat a été très capricieux, ces jours-ci. Les Extérieurs ne seront pas trop étonnés. (Veltan enfourcha sa monture.) Allons-y !

C'était décidément le jour des surprises. Quand ils furent à destination, l'éclair, au lieu de tonner, se contenta d'un vague roulement.

— Merci beaucoup, mon petit. C'est très délicat de ta part. Attends-moi, je ne serai pas long.

Veltan sauta de sa monture et se laissa porter par le vent jusqu'à la construction rudimentaire qui reliait la rampe des Trogites au sommet des chutes.

Les cléricaux continuaient à monter, et il en restait très peu au pied de la falaise.

— Parfait... Dans une demi-journée, ils seront tous là-haut.

Soudain, le maître du Sud reconnut un visage familier parmi les envahisseurs.

— Voilà qui répond à toutes nos questions !

A côté d'un obèse qui suait sang et eau, l'immonde Jalkan gravissait lentement la rampe. Un petit groupe de Régulateurs les entourait...

Veltan amplifia son ouïe pour espionner ses deux ennemis.

— Ce n'est plus très loin, Adnari, dit Jalkan.

— Laisse-moi reprendre mon souffle, par pitié !

— Non ! Nous bloquerions la rampe. La dernière brigade est derrière nous, et il ne faut pas la retarder.

— Je me contrefiche des soldats ! Ils sont là pour servir l'Eglise, et dans cette partie du monde, je *suis* l'Eglise !

— Pas pendant une guerre, Adnari Estarg. Sauf si vous avez envie de découvrir les joies du plongeon dans le vide. Les hommes qui nous suivent savent que de l'or les attend. Si vous les retardez trop, ils se dégageront le chemin par tous les moyens.

— Ces chiens n'oseraient pas !

— Vous joueriez votre vie là-dessus ?

L'obèse jeta par-dessus son épaule un coup d'œil aux soldats qui le foudroyaient déjà du regard.

— Les Régulateurs me protégeront.

— La joueriez-vous aussi sur ça ? Depuis la mort de Konag, nous devons nous méfier de tout le monde. Il terrorisait les autres Régulateurs, qui se défoulaient sur les soldats. Konag était la clé de tout. Sans lui, nous ne verrouillerons plus aucune porte.

Veltan se gratta pensivement le menton, car une possibilité fascinante venait de lui traverser l'esprit. Quelque chose – ou plus probablement quelqu'un – avait poussé Lièvre à agir contre ses habitudes. *Primo*, il s'était fabriqué un arc, alors que les Maags, en règle générale, utilisaient peu cette arme. *Secundo*, il avait été révolté par la brutalité de Konag, et sa façon d'exécuter les déserteurs. *Tertio*, il lui avait suffi d'une seule flèche pour tuer le chef des Régulateurs. Un sacré exploit pour un débutant, même doué…

— Quelqu'un a tiré pas mal de ficelles, dans cette affaire…

Un cri monta soudain de la gorge des hommes qui venaient d'atteindre le sommet. Veltan reconnut le mot « or », beuglé sur tous les tons.

Il regarda vers le nord. Des murailles rocheuses délicieusement jaunes auraient dû cacher la fausse mer d'or à la vue des Trogites. Pourtant, on la voyait briller au loin, tel un océan aux alléchantes promesses.

Quelques phénomènes, assez improbables, pouvaient expliquer pourquoi un terrain en principe invisible s'offrait soudain aux regards. En de rares occasions, Veltan avait vu des mirages, ces reflets inversés de paysages très lointains. Mais il s'était toujours agi d'étendues d'eau.

— L'alliée d'Arc-Long est imaginative… Et c'est très bien !

— J'aimerais vraiment que tu ne fasses plus un boucan pareil, Veltan ! grogna Bec-Crochu quand l'éclair déposa son passager à quelques mètres de lui. A chaque fois, je manque mourir de peur.

— J'en parlerai à mon éclair, mais il m'étonnerait que ça marche. Il adore effrayer les gens. (Veltan sonda le fond de la troisième tranchée de Sorgan.) Je vois que tu y plantes toujours des pieux…

— Ça marche très bien ! L'idée est de ralentir les cléricaux, et on peut dire que c'est réussi. Même si nous trichons un peu.

— Vous trichez ?

— Pour économiser le venin, oui… Ces idiots déterrent délicatement de vulgaires bouts de bois pointus. Tant qu'ils croiront qu'une seule blessure est mortelle, ils ne se précipiteront pas.

— Nous allons peut-être changer les règles du jeu, Sorgan. Toutes les armées ont atteint le sommet. A présent qu'elles sont en place, il est temps pour nous de filer, histoire de laisser en tête à tête les Trogites du Sud et les monstres.

— J'espère qu'Arc-Long sait ce qu'il dit… Tu es sûr que les cléricaux se comporteront comme prévu ?

— L'amie d'Arc-Long a encore joué les magiciennes. En arrivant au sommet des chutes, nos cordiaux ennemis n'ont pas découvert les rochers qui obstruent la vue, mais notre bonne vieille mer d'or. Les soldats sont prêts à mourir pour y arriver…

— Comment cette femme a-t-elle fait ça ?

— Je n'en sais rien… Ses pouvoirs dépassent ma compréhension. Sorgan, prépare-toi à quitter ta position. Nous allons tous lever le camp.

— Il nous faudra un moment… Pour que les cléricaux avancent plus vite, mes hommes devront déterrer les pieux à leur place.

— Si tu me laissais ce travail ? Mon éclair a besoin de se distraire. Désintégrer tes pieux l'amusera, alors pourquoi le priver de cet innocent plaisir ?

— Comment tournent les choses, Veltan ? demanda Narasan quand l'éclair eut déposé le dieu au sommet de la tour centrale du mur.

— Aucun problème à signaler... La tempête de sable nous facilite la vie et tous les cléricaux sont à pied d'œuvre. Je viens d'avertir Sorgan qu'il doit leur dégager le terrain.

— Quand il s'est replié, Padan a traversé les défenses de Sorgan. S'ils décident d'aller à l'est, le capitaine et ses hommes seront bloqués par la rivière. Bec-Crochu devra vraiment passer par l'ouest ?

— Non. Il laissera une petite force derrière ses barricades, pour ralentir les cléricaux. La plupart de ses hommes fileront vers le nord, jusqu'au geyser, puis ils bifurqueront vers l'est.

— Qu'arrivera-t-il aux Maags restés en arrière ?

— Sorgan a choisi les meilleurs coureurs de son armée. A mon avis, ils distanceront les cléricaux sans même transpirer. Au fait, j'ai failli oublier une information qui te réjouira.

— Laquelle ?

— Jalkan et ce gros plein de soupe d'Estarg font partie de l'expédition trogite ! Dommage que nous ne puissions pas les accueillir, mais nous devons filer...

— Tu ne m'autoriserais pas un petit retard ?

— Qu'as-tu à l'esprit ?

— Une mort lente et douloureuse pour le traître...

— Laisse les monstres s'en charger ! En matière de souffrance, ils sont beaucoup plus imaginatifs que toi. (Veltan marqua une courte pause.) Cette guerre est bizarre, tu ne trouves pas ? Nous nous frotterons les mains pendant que nos ennemis s'entre-tueront...

— Selon les plus hautes autorités militaires, ces conflits-là sont les meilleurs. Et je partage cet avis.

2

Barbe-Rouge était ravi de la façon dont les choses se déroulaient dans le Domaine de Veltan. Il aurait préféré qu'elles traînent davantage en longueur, mais il ne fallait pas trop en demander. Au fond, l'essentiel était de vaincre, et ils semblaient bien partis pour ça.

De plus, cette guerre finie, une autre éclaterait sûrement, et il se ferait un point d'honneur d'y participer. Lassés de l'attendre, les membres de sa tribu se choisiraient un nouveau chef. Son souhait le plus cher !

Quand Padan s'était replié, une fois le pont des cléricaux terminé, le Dhrall avait décidé de ne pas le suivre. Dans la vallée, les événements promettaient d'être passionnants, et son ami Arc-Long aurait peut-être besoin d'aide…

Les deux Dhralls se joignirent aux hommes de Bec-Crochu, qui abandonnaient leurs tranchées et reculaient sur la berge ouest de la rivière Vash.

— Veltan semble très content du déroulement des opérations, annonça Sorgan alors qu'ils remontaient vers le geyser.

— Nous n'avons pas fait trop d'âneries…, concéda Arc-Long.

— Tu es toujours aussi rabat-joie, l'archer ?

— Une question d'habitude… Quand on s'attend au pire, le moindre événement positif est une agréable surprise.

— Une question me brûle les lèvres depuis un moment, dit Sorgan. A l'évidence, tu n'as pas eu le temps d'entraîner Lièvre au tir à l'arc. Et le voilà presque aussi bon que toi. Comment as-tu réussi ça ?

— Je n'y suis pour rien. Lièvre s'est débrouillé tout seul.

— Il est assez malin pour faire un coup pareil, concéda Bec-Crochu, toujours sceptique. Mais ne faut-il pas des années d'entraînement pour être aussi bon ?

— Pendant qu'il fabriquait des pointes de flèches, je lui ai parlé de l'art de mettre dans le mille à tous les coups. Il a peut-être retenu la leçon.

— Ta fameuse histoire d'« unité » ? demanda Barbe-Rouge. Je n'ai jamais saisi un traître mot de ce discours.

— C'est pourtant simple, mon ami. Si tu réfléchis un peu, tu comprendras qu'un archer, dès qu'il tire sa première flèche, doit avoir en tête l'idée de s'unir à sa cible. S'il y parvient, tout sera facile pour lui. Sinon, il ne fera jamais d'exploits.

— Merci du compliment, Arc-Long, grogna Barbe-Rouge.

— Je ne voulais pas t'offenser… J'ai sans doute eu de la chance le jour où j'ai débuté. Lorsque je m'entraînais avec les autres enfants, Celui-Qui-Guérit nous parlait sans arrêt de l'unité entre l'arme, le tireur et la cible. Certains d'entre nous ont essayé sa méthode. Constatant qu'elle fonctionnait, les gamins qui l'avaient dédaignée ont fait grise mine, parce qu'ils n'y sont jamais arrivés *après* leur premier tir. Si Lièvre a pensé à ce conseil quand il a inauguré son arc, il a acquis un talent qui ne le quittera plus.

— Je trouve ton histoire tirée par les cheveux, dit Sorgan. Mais une autre chose m'a encore plus étonné. Lièvre était fou de rage contre Konag. Pourtant, il est du genre placide, pour ne pas dire plus…

— Je ne sais pas trop, avoua Arc-Long. Notre mystérieuse alliée l'a sans doute influencé. Si Konag la gênait, elle a pu se servir de Lièvre pour en être débarrassée…

Alors qu'ils approchaient du geyser, Barbe-Rouge entendit un grondement sourd monter des entrailles de la terre. Se souvenant des volcans qui avaient fini par détruire Lattash, il regarda autour de lui, très inquiet. La dernière catastrophe en date lui avait valu d'être bombardé chef. Que lui réservait la prochaine ?

Barbe-Rouge et Arc-Long se laissèrent distancer par les Maags de Sorgan. Derrière eux, les cléricaux avaient d'abord avancé prudemment. Ayant découvert que les pieux n'étaient plus empoisonnés, ils étaient passés à la vitesse supérieure.

— Les pirates sont encore loin du geyser ? demanda Barbe-Rouge.

— Environ trois kilomètres…

— On devrait aller leur dire de se dépêcher. Sinon, les cléricaux leur tomberont sur le paletot.

— Sorgan bifurquera vers l'est dès qu'il aura atteint le geyser. Il a assez d'avance pour que les Trogites ne le rattrapent pas.

Un nouveau grondement fit trembler le sol.

— Je n'aime pas ça, dit Barbe-Rouge. Quand la terre vibre, ça n'annonce jamais rien de bon.

— Demande-lui d'arrêter, proposa Arc-Long. Je doute qu'elle t'écoute, mais essayer ne coûte rien.

— Très drôle…, marmonna Barbe-Rouge.

Sur ces mots, un éclair zébra le ciel, un roulement de tonnerre perça les tympans des deux amis, et l'altier Dahlaine à la barbe grise se matérialisa devant eux.

— Allez dire aux Maags de ma sœur de quitter cette vallée aussi vite que possible. Ashad a eu un nouveau rêve, et je parie qu'il se passera bientôt du vilain dans le coin.

— Encore des montagnes de feu ? demanda Barbe-Rouge, l'estomac noué.

— Je ne peux rien dire, car Ashad est resté très vague... Mais quelque chose se prépare au plus profond de la terre. Rejoignez Sorgan, je me charge de prévenir Narasan.

Debout près de l'endroit où le geyser jaillissait depuis des milliers d'années, Sorgan, Torl et Lièvre écarquillaient les yeux, stupéfaits de ne plus voir l'ombre d'une goutte d'eau en sortir.

— Que se passe-t-il ? demanda Sorgan en désignant la fissure, dans la roche.

— A ta place, lança Arc-Long, qui arrivait au pas de course, je ne traînerais pas dans le coin pour le découvrir. Dahlaine vient de nous avertir qu'une catastrophe se préparait.

— Qu'entends-tu par « catastrophe » ? demanda Lièvre alors que le sol recommençait à trembler.

— Cette secousse répond à ta question ? lança Barbe-Rouge au petit forgeron. Au Pays de Dhrall, quand la terre vibre, nous oublions les interrogations philosophiques, et nous filons à toute vitesse.

— Dans quelle direction devons-nous aller ? demanda Bec-Crochu à Arc-Long.

— Vers la falaise orientale, qui se dresse non loin d'ici, répondit le Dhrall. Dans ce genre de situation, la proximité est toujours un atout. Et il vaut mieux courir que flâner.

— Ton étrange amie nous joue encore un de ses tours ? avança Torl.

— Si on fichait le camp ? proposa Arc-Long. Une fois à l'abri, nous aurons tout le temps de gloser...

— Quant à ficher le camp, ajouta Barbe-Rouge, autant le ficher vite, si vous voyez ce que je veux dire !

— Fais circuler la consigne, cousin, dit Sorgan à Torl. Que les hommes foncent vers l'est. Il en va de leur vie ! Je veux qu'ils le sachent, histoire de les stimuler.

3

Au comportement d'Ashad, et à l'émotion qui faisait trembler sa voix, je compris que ce rêve-là était différent de celui qu'il avait eu dans notre caverne, au cœur du mont Shrak, avant le début de la guerre.

Il me donna peu de détails. Pourtant, je devinai qu'il mourait de peur à l'idée de ce qui se préparait.

Conscient que l'heure n'était pas à la méditation, j'avertis Veltan, Zelana et Aracia qu'il fallait quitter la vallée en emmenant nos Rêveurs. Si Ashad avait été plus volubile, j'aurais pu leur en dire plus long. Mais depuis Lattash, et la double éruption volcanique, nous avions compris que détaler, face aux catastrophes provoquées par les enfants, était la meilleure solution.

Après avoir prévenu Sorgan, Arc-Long et Barbe-Rouge, j'ordonnai à mon éclair de filer jusqu'au mur de Gunda.

— Faut-il nous attendre à un événement aussi radical que celui qui nous a sauvé la mise, dans le canyon ? demanda Narasan.

— Je n'en sais rien, général. Mais ne prenons pas de risques. Nous devons évacuer le canyon sur-le-champ ! Ton ami Padan t'a-t-il rejoint, ou est-il parti directement vers l'est ?

— Il est ici, à la tête de la section ouest des défenses.

— Fais-le prévenir avant qu'il ne soit trop tard. (Je sondai la pente où se dressaient les barricades trogites.) Les monstres se sont remis de la tempête de sable ?

— Pas encore… Leur attaque sur la troisième ligne de défense manquait de conviction. Nous ne savons rien du nombre de serviteurs dont dispose le Vlagh. Mais une chose est sûre : il en a perdu beaucoup aujourd'hui. Pour les remplacer, il lui faudra du temps.

— Une denrée dont il manque cruellement…, dis-je. Les cléricaux atteindront bientôt le mur. Les défenseurs postés sur la pente doivent battre en retraite. Ceux de la muraille aussi. Mettons nos hommes à l'abri…

— Bien pensé… (Narasan tourna la tête sur la droite.) Gunda ! Rapplique en vitesse !

Le colonel chauve ne se le fit pas dire deux fois.

— Des problèmes ? demanda-t-il en déboulant au pas de course.

— Ce n'est peut-être pas le bon mot, mon ami… Envoie un messager à Padan pour lui ordonner d'abandonner sa position et de nous retrouver ici avec ses hommes. Fais dire la même chose à Andar. Je ne veux pas qu'il lui arrive malheur…

— Si nous agissons comme ça, les serviteurs du Vlagh nous tomberont dessus avant le coucher du soleil !

— Non, parce que nous ne serons plus là. Notre stratégie a changé, Gunda. A présent, le plan consiste à filer d'ici aussi vite que possible. Les Rêveurs ont recommencé à s'amuser, et ça risque d'être dangereux. (Narasan se tourna vers moi.) Dahlaine, Veltan a dit qu'il ouvrirait une brèche dans le mur avec l'aide de son éclair. Peux-tu l'avertir que c'est le moment ou jamais ?

— Mon petit compagnon est aussi efficace que le sien, général. Si Veltan est occupé ailleurs, c'est mon éclair qui aura droit à une récréation. Quand les cléricaux arriveront, une voie royale s'ouvrira devant eux.

Dans l'armée de Narasan, tous les officiers adoraient le mot « logistique ». Après quelques hésitations, je compris qu'il signifiait : « placer l'équipement requis et les hommes nécessaires au bon endroit et au bon moment ».

A l'occasion, le langage militaire me laisse rêveur…

Le principal problème du général était la largeur du mur de Gunda. Soit à peine neuf mètres à la base, et beaucoup moins au sommet. Pour assurer le transfert de cent mille hommes vers la crête qui conduisait à l'est, cela serait insuffisant, dans les délais qui nous étaient impartis.

Alors qu'il semblait évident que l'opération ne serait pas finie à temps, le jeune Keselo nous rejoignit et trouva une solution si simple que ses supérieurs en restèrent bouche bée. Et moi aussi, car je me demandais comment elle avait pu échapper à des hommes si expérimentés.

— Utilisons des échelles de corde. Nous en avons une bonne réserve. Chaque homme qui courra au *pied* du mur sera un obstacle de moins pour ceux qui passeront par le sommet.

— Tu consignes le score quelque part, Narasan ? demanda Padan. Si oui, rajoute un point dans la colonne de Keselo. Du côté sud du mur, le terrain est parfaitement plat. Et courir sur de la terre est plus simple que se déplacer sur de la roche.

— Ne retourne pas le couteau dans la plaie…, gémit le général. Dès qu'Andar et ses hommes seront là, déroulez les échelles de corde et faites-les descendre du côté sud de la muraille. A présent, en route, messires ! Le vent charrie une odeur de désastre, et je ne voudrais pas être ici quand la catastrophe se produira.

— Les cléricaux arrivent du sud, Narasan, annonça Gunda deux heures plus tard.

— Tes hommes sont en sécurité ?

— Presque tous... Il y a des traînards, comme toujours, mais ils accéléreront le pas quand le seigneur Dahlaine fera un grand trou dans mon mur. C'était un bel ouvrage, non ? Hélas, il est temps de lui dire adieu...

— Faudra-t-il nous mettre à couvert ? demanda Narasan en me regardant. Si des éclats de roche volent dans les airs, ça peut être dangereux.

Etudiant la muraille, je fis un rapide calcul mental.

— Il n'y a aucun risque, général... Mon éclair frappera à partir du sud, afin que les blocs de pierre dévalent la pente. Ça nous conférera un avantage supplémentaire, puisque les monstres devront s'éparpiller pour ne pas être écrasés. Quand les cléricaux leur fondront dessus, ils n'auront pas eu le temps de se regrouper.

— Une perspective plaisante, fit Narasan.

— En revanche, couvrez-vous les oreilles, messires. Trop de bruit endommage les tympans, et il y aura un sacré boucan, dans quelques instants.

Appelant mentalement mon éclair, je lui ordonnai de frapper la face sud de la muraille.

Comme souvent, il en fit un peu trop, et des blocs de pierre volèrent sur des kilomètres avant de s'écraser dans le désert, où ils soulevèrent de jolies colonnes de sable jaune.

Quand le vacarme cessa, un grondement monta des entrailles de la terre, et le sol trembla.

Alors, j'eus une idée bizarre. L'amie d'Arc-Long avait-elle l'esprit de compétition ? Car sa pollution sonore était encore pire que la mienne !

— Impressionnant, admit Narasan. Un moment, j'ai cru que l'éclair expédierait le mur jusqu'au canyon, dans le Domaine de Zelana.

— Voilà qui aurait été discourtois, général. Avec mes sœurs, je suis toujours très prudent. En cas de bévue, elles se plaignent pendant des siècles.

— On dirait que les oreilles des cléricaux les ont

trahis en même temps que leur cerveau, dit Gunda. Le bruit ne les a pas fait ralentir d'un iota.

— De bons garçons, vraiment, souffla Padan.

La tour où nous avions pris position, loin de la brèche, était plus haute que les vestiges du mur. Nous eûmes donc une vue imprenable sur les événements.

Les cléricaux s'engouffrèrent dans la brèche, hésitèrent un instant quand ils virent enfin la fausse mer d'or, puis repartirent à l'assaut et sautèrent sans peine les lignes de barricades trogites.

— Les insecto-reptiles arrivent, annonça Padan. Dans deux minutes, nous saurons si l'amie d'Arc-Long est une grande stratège. Dans le cas contraire, les cléricaux battront en retraite, et nous serons très mal partis, chers amis…

— Aucun risque, dit Gunda. Si les monstres et les soldats faisaient un concours de crétinisme, je ne sais pas qui gagnerait… Comptons sur l'idiotie de nos ennemis, et frottons-nous les mains !

Les créatures géantes improvisées par le Vlagh confirmèrent qu'elles ne valaient pas un clou. Prétendant arrêter leur charge, elles se campèrent devant les cléricaux, qui n'en firent qu'une bouchée.

— Tiens, tiens, dit Padan, je viens d'apercevoir un visage familier… Jalkan est de retour au Pays de Dhrall ! Sans lui, ce n'était pas aussi drôle.

— Où est-il ? demanda Omago en accourant, Keselo sur les talons.

— Du côté ouest des barricades, répondit Padan, un index tendu.

— Où est Arc-Long quand on a besoin de lui ? marmonna Narasan.

— Pas d'inquiétude, général, dis-je. Regarde bien, et tu remarqueras un réseau de fils, de l'autre côté de ces barricades. Jalkan et le gros type qui l'accompagne vont avoir une très mauvaise surprise.

— Je vois les fils, dit Narasan. Ils indiquent la présence d'une tortue-araignée, n'est-ce pas ?

— Exactement ! J'ai le sentiment que la carrière de Jalkan touche à sa fin.

— Une grande perte ! railla Padan.

— Quelqu'un a idée de la date d'aujourd'hui ? demanda Gunda.

— Quel besoin as-tu de la connaître ? lança Padan.

— A Castano, Andar et moi avons décidé que l'anniversaire de la mort de Jalkan serait un jour de fête impériale.

— Compte sur moi pour vider un tonneau de bière, ce soir-là ! promit Gunda.

Jalkan aida son compagnon à escalader la barricade, puis il avança d'un mètre ou deux, s'immobilisa et tenta de se libérer des fils qui l'avaient pris au piège. Insensible à ses cris de détresse, l'obèse continua son chemin vers la mer d'or, désormais à quelques pas de lui.

Il s'immobilisa à son tour, englué dans une autre toile.

— Ces fils sont solides à ce point ? demanda Gunda.

— Oui, répondis-je, et ils sont aussi très élastiques. Plus ces deux bandits se débattront, et plus ils seront coincés.

Une tortue-araignée sortit de sa cachette, au-delà de la barricade, et entreprit de tisser d'autres toiles pour empêcher ses prisonniers de fuir.

— Pourquoi perd-elle son temps ainsi? s'étonna Gunda. Elle aurait plus vite fait de les tuer…

— Tu n'aimeras pas la réponse…, mon ami, dis-je.

— Mais je veux quand même l'entendre !

— Tant pis pour toi ! Les araignées n'ayant pas de mandibules, leur venin contient un suc digestif qui liquéfie les organes et la chair de leurs proies. Quand c'est fait, elles aspirent ce délicieux liquide…

— Ce venin est mortel ?

— Non. Il paralyse le gibier mais ne le tue pas. Les toiles sont en quelque sorte des garde-manger.

— Quelle horreur !

— Peut-être, mais c'est une méthode efficace, dis-je. Quand une araignée tisse sa toile au bon endroit, elle ne risque pas de mourir de faim.

Incapables de bouger, Jalkan et son compagnon d'infortune pouvaient encore crier au secours. Mais les soldats, fascinés par l'or, ne leur accordèrent pas un regard.

Un nouveau grondement retentit et la terre trembla plus violemment.

— Fichez le camp ! criai-je à Narasan et aux autres. Ça commence !

Le grondement sembla monter vers la surface, comme s'il se forait un puits inversé. Cent mètres plus bas, sur la pente, la terre s'ouvrit et lâcha un flot de liquide.

Pas de la lave, mais simplement de l'eau… Un formidable torrent qui emporta avec lui les cléricaux et les monstres.

Un cri de fureur monta du désert. Il mourut très vite, car la garde rapprochée du Vlagh devait déjà le conduire en sécurité, loin de la zone inondable.

J'eus une série d'illuminations, puis éprouvai un émerveillement sans borne face à l'exploit de notre mystérieuse alliée. A présent, je comprenais pourquoi le geyser était à sec. Notre amie l'avait *déplacé* du centre de la vallée jusqu'au pied de la pente afin d'éliminer d'un seul coup les serviteurs du Vlagh et les cléricaux. Jetant un coup d'œil derrière moi, je vis qu'une authentique mer remplacerait bientôt la fausse étendue d'or. Quand ce serait fait, Veltan n'aurait plus jamais à redouter une invasion venue des Terres Ravagées.

Le geyser horizontal produisant beaucoup de vapeur, on aurait pu, avec un tel soleil, prendre pour un phénomène naturel l'arc-en-ciel apparu au-dessus de l'ancien désert. Je ne fus pas dupe un instant. Ravie des résultats de sa stratégie, Dame Inconnue manifestait sa joie d'une fort glorieuse manière.

— Messires, dis-je d'un ton faussement détaché, je crois que notre alliée a les choses en main. Il est temps de s'en aller…

Deux semaines plus tard, nous nous réunîmes dans la salle de la carte si chère à Veltan. La maquette de mon frère étant désormais obsolète, nous aurions pu choisir n'importe quelle autre pièce. Mais nous nous sentions si bien dans celle-là…

La séance commença par une cataracte de récits. Logique, puisque nous nous étions éparpillés pendant cette guerre – si on pouvait nommer ainsi notre aventure.

A mes yeux, nous n'avions pas fait grand-chose, et tout le mérite revenait à l'étrange amie d'Arc-Long. Même si le songe d'Ashad était à l'origine de la nouvelle mer intérieure, j'étais de plus en plus convaincu que Dame Inconnue influençait mon Rêveur depuis le début.

Car la seconde invasion, annoncée par son premier rêve, nous avait fourni une force suffisante pour contenir les monstres du Vlagh jusqu'à ce qu'un phénomène « naturel » nous débarrasse de nos *deux* ennemis.

— Crois-moi, mon vieux, dit Sorgan à Narasan, nous avons fui la vallée aussi vite qu'un renard qui a la queue en flammes. Les secousses nous ont rappelé l'éruption volcanique, dans le canyon, et un type qui craint de mourir brûlé vif court deux fois plus vite qu'en temps normal.

— C'était la bonne réaction… Quand on ignore ce qui se passe, ficher le camp est une excellente idée.

— Si mes souvenirs sont bons, dit Lièvre, la visiteuse nocturne d'Arc-Long lui a donné et redonné ce conseil, mais en termes plus fleuris… Voilà une femme qui sait de quoi elle parle ! (Le petit pirate plissa le front.) Qu'est-il arrivé au traître qui a provoqué la seconde invasion ? Il est mort noyé avec les autres cléricaux ?

— Il n'était probablement plus de ce monde quand l'eau a tout balayé, dit Padan.

— Comment est-il mort ?

— Disons qu'il a été aspiré…

— Pardon ?

— Son compagnon et lui couraient vers la mer d'or quand ils ont été pris dans une toile d'araignée géante. Le monstre les a sans doute dégustés vivants pendant qu'ils appelaient à l'aide.

— Je n'y vois rien à redire, déclara Lièvre. Ils méritaient une fin moins douce qu'une flèche dans le crâne ou une épée dans le ventre…

— Omago est d'accord avec toi, dit Keselo.

— Assez parlé du passé ! lança soudain Aracia. Il est temps de nous remettre en route. D'abord, nous devons deviner où le Vlagh frappera la prochaine fois.

— Ne faut-il pas attendre le futur songe d'un des Rêveurs ? intervint Zelana. Sans ces prémonitions, comment savoir ce que décidera notre ennemi ?

— Quelques détails importants t'échappent, ma sœur, lâcha Aracia. Ton Domaine et celui de Veltan sont désormais inaccessibles. Le Vlagh n'a plus que deux options : le nord et l'est. Le plus prudent est de nous préparer à chaque possibilité.

— Ekial et moi avons longuement parlé, dit soudain la reine Trenicia, et nous sommes convaincus que Narasan et Sorgan nous seront très utiles lors des guerres à venir. Grâce à leur plus grande expérience des monstres, ils nous éviteront de commettre des erreurs. Et si leurs hommes les accompagnent, nous serons assez nombreux pour rayer les monstres du Vlagh de la surface du Pays de Dhrall.

— Qu'en penses-tu, général ? demanda Sorgan.

— Que du bien, tant qu'on nous paie !

— Je suis sûre que ça pourra s'arranger, dit Zelana.

A cet instant, la porte s'ouvrit et la femme d'Omago déboula sur le balcon.

— Le dîner est servi, annonça-t-elle d'une voix mélodieuse.

J'eus soudain le sentiment que la dernière pièce du puzzle venait de se mettre en place. Excité par la beauté d'Ara, Jalkan s'était permis des remarques que tout individu sensé aurait gardées pour lui. Furieux, Narasan l'avait chassé de son armée et ordonné qu'on l'emprisonne à bord de son vaisseau amiral.

Après son évasion, Jalkan était allé dans l'Empire rameuter les cinq armées qui avaient assuré la déroute des serviteurs du Vlagh. S'il restait possible que ces événements n'aient aucun lien, ça semblait improbable…

Stupéfait, j'étudiai l'épouse d'Omago. S'agissait-il de notre mystérieuse alliée ? Dans ce cas, ses pouvoirs dépassaient tellement les miens – et ceux de ma famille – que je ne pouvais même pas *imaginer* de quoi elle était capable.

— *Ce n'est pas le moment, mon enfant*, dit la voix mélodieuse d'Ara dans ma tête. *Nous parlerons de tout ça une autre fois…*

Les pouvoirs des enfants-dieux

Les Rêveurs

T. 1 - Le réveil des anciens dieux

David & Leigh Eddings

Huit dieux règnent sur le monde depuis des millénaires. Quatre d'entre eux transmettront bientôt leurs pouvoirs à leurs successeurs qui sont encore des enfants endormis. On les appelle les Rêveurs. Leur ennemi le plus puissant est Vlagh, un être maléfique dont l'ambition est de devenir lui-même un dieu en détruisant la fratrie divine. Il prépare ses troupes et attend. Mais au-delà des ténèbres qui s'annoncent, l'espoir viendra des Rêveurs, car leurs aînés ont décidé, contre les lois éternelles qui les gouvernent, de les éveiller avant terme…

(Pocket n° 5889)

Souvenirs de sorcière

Polgara la sorcière
T. 2 - Les années d'enfance
David & Leigh Eddings

Polgara doit protéger les descendants de Beldaran et de Riva, car de cette lignée sera issu l'Enfant de Lumière qui livrera le combat ultime contre Tarak, l'Enfant des Ténèbres. Les générations passent. Polgara aide ses protégés à choisir leurs épouses, assiste à la naissance de leurs héritiers et les voit mourir l'un après l'autre. Tout se met en place pour préparer la venue de Garion, l'Enfant de Lumière. Mais Tarak sort enfin de sa réclusion, décidé à donner naissance à une nouvelle race de Dieux. Il a même choisi une épouse : Polgara…

(Pocket n° 5717)